김 박사는
누구인가?

이기호 소설집
김 박사는 누구인가?

초판 1쇄 발행 2013년 4월 15일
초판 14쇄 발행 2025년 6월 27일

지은이 이기호
펴낸이 이광호
펴낸곳 ㈜문학과지성사
등록번호 제1993-000098호
주소 04034 서울 마포구 잔다리로7길 18 (서교동 377-20)
전화 02)338-7224
팩스 02)323-4180(편집) 02)338-7221(영업)
전자우편 moonji@moonji.com
홈페이지 www.moonji.com

ISBN 978-89-320-2393-9 03810

이기호 소설집

김 박사는 누구인가?

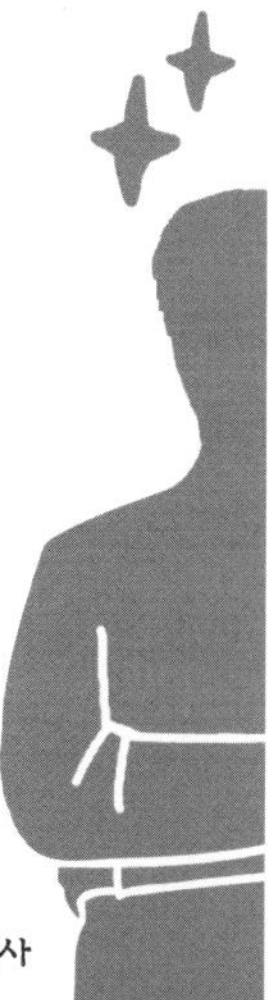

문학과지성사
2013

차례

행정동 7
밀수록 다시 가까워지는 41
김 박사는 누구인가? 97
저기 사람이 나무처럼 걸어간다 131
탄원의 문장 169
이정(而丁)—저기 사람이 나무처럼 걸어간다 2 217
화라지송침 259
내겐 너무 윤리적인 팬티 한 장 337

해설 이야기의 경계를 넘어, 이야기되지 않는 삶을 찾아서_김동식 367
작가의 말 402

행정동

1

그날 밤도 역시 우리의 가련한 주인공 오재우는 행정동을 향해 천천히 걸어가고 있었다. 시간은 밤 열 시를 넘어서고 있었고, 손에는 검은 비닐봉지 하나가 들려 있었다.

*

지은 지 삼십 년도 훨씬 넘은 십 층짜리 회색 행정동 건물은, 언제나처럼 일 층 상황실과 첨탑 모양으로 뾰족하게 솟아오른 옥상 꼭대기 점멸등을 제외하곤 모두 불이 꺼져 있었다. 창과 창틀은 서로의 경계를 지운 채 검게 변해 있었고, 짝수 층마다 앞으로 길게 뻗어 나와 있는 난간들은 그림자처럼 벽에 스며들어, 자신들의 폭과 너비를 감추고 있었다. 밤하늘엔 낮은 구름들이 오래된 외투처럼 구겨진 채 이리저리 몰려다니고 있었고, 별은 하나도 보이지 않았다. 그래서인지 그 아래 서 있는 행정동 건물은 평소보다 더 각이 져 보였고, 더 차가워 보였다. 오돌토돌 시멘트와 모래가 돋은 외벽에 손바닥이라도 갖다 대면 그대로 쩌억, 소리를 내며 달라붙어버릴 것만 같았다.

오재우는 잠시 걸음을 멈추고 그런 상상을 해보았다. 밤새 행정동 건물에 손바닥이 붙은 채 달라붙어 있던 자신을 누군가가 발견한다. 그 누군가는 직원일 수도 있고, 학생일 수도 있고, 교수일 수도 있고, 혹은 아침 운동을 나온 동네 주민일 수도 있다. 그 누군가는 아마도 이렇게 물을 테지. 거기 왜 그러고 있는 거요? 그러면 그는 멋쩍게 웃으면서 아마 이렇게 대답할 것이다. 하하하, 이게 잘 안 떨어지네요. 차가워서 그런가 봐요…… 친절도 하여라, 그 누군가는 아마도 그의 허리를 양손으로 단단히 붙잡고 건물에서 떼어주려 애쓸 것이다. 끙끙 소리를 내며, 조금만 참으라고 말하면서 힘을 쓸 테지. 한데, 이런…… 그의 허리를 붙잡고 있던 그 누군가의 손도 자석처럼 달라붙고 만다. 하하하, 이런 당신 몸도 차가워졌군요. 그러니, 어쩌나. 그와 그 누군가는 조금 어색한 포즈로 건물에 계속 달라붙어 있게 된다. 그런 그들 뒤에 또 다른 친절한 누군가가 달라붙고, 또 또 다른 친절한 누군가가 달라붙고, 또 또 또 다른 친절한 누군가가 달라붙고…… 줄은 계속 이어져 행정동 건물이 보이지 않는 곳까지 길게 늘어지게 된다. 그러면 줄 맨 뒤에서 있는 친절한 사람들은 서로 이런 말을 나누게 되겠지. 우리가 여기 왜 이러고 있는 거죠? 글쎄요, 잘은 모르겠지만 뭐 좋은 일 때문에 이러고 있는 거 아니겠어요? 기다려보면 알겠죠……

그는 괜스레 고개를 절레절레 흔들어보았다. 그러곤 다시 흐린 밤하늘과 행정동 건물을 바라보았다. 곧 눈이라도 내릴 것 같은 날씨였다. 바람은 불지 않았고, 주변은 조용하기만 했다. 깜빡깜빡, 옥상 점멸등만이 온몸으로 소리를 내지르고 있을 뿐이었다. 그러나 그 소리는 조금 무표정해 보였다. 반복되고 있기 때문이었다.

오재우는 다시 천천히 걸어 행정동 일 층 출입문 쪽으로 다가갔다. 문은 굳게 잠겨 있었다. 그는 뒷주머니에 있던 낡고 주름진 지갑을 꺼내 신분증을 빼 들었다. 그의 모교 총장 명의로 발급된, 출입증 카드를 겸하고 있는 신분증이었다. 출입문 왼쪽 상단 센서에 갖다 대면 자동으로 문이 열리는, 그래서 모든 근태 기록이 다 저장되는, 작은 칩이 내장된 카드였다. 그는 어둠 속에서 한참 동안 그 카드를 만지작거리며 내려다보았다.

—아예 퇴근을 하지 말렴.

신분증을 처음 받아 들고 집으로 돌아온 날, 그의 아버지는 대뜸 그렇게 말했다.

—젊었을 땐, 사무실에서 의자 붙이고 자도 다음 날 아무 문

제 없단다. 여기 다 기록이 남는다며?

신분증의 뒷면엔 몇몇 문장이 적혀 있었다. 본증을 분실, 훼손 시에는 즉시 상황실로 연락 바랍니다, 본증을 습득하신 분은 가까운 우체통에 넣어주십시오, 본증은 교직원들의 출, 퇴근 시간 확인으로도 이용됩니다 등등. 오재우의 아버지는 그 문장들을 달력 뒷면에 꼼꼼히 옮겨 적었다. 앞면에 적혀 있는 신분증 발급 번호와, 상황실 번호, 홈페이지 주소도 옮겨 적었다. 오재우는 그런 아버지 옆에 책상다리를 하고 가만히 앉아 있었다.

삼 년 전, 뇌졸중을 일으켜 왼쪽 팔과 왼쪽 다리를 제대로 쓰지 못하는 아버지는, 지난여름 그의 부축을 받고 모교에 찾아간 적이 있었다. 그가 대학을 졸업한 지 오 개월이 넘도록 아무런 일자리를 잡지 못하고 집 안에만 머물렀기 때문이었다. 그의 모교는 또한 그의 아버지의 모교이기도 했고, 그의 지도교수의 모교이기도 했다. 그의 지도교수는 그의 아버지의 삼 년 후배이기도 했고, 십 년 전 세상을 뜬 그의 어머니의 동기이기도 했다. 그러나, 그것은 어떤 커다란 인연은 아니었다. 오재우의 모교는, 그가 살고 있는 지방 도시의 단 하나밖에 없는, 개교한 지 팔십 년도 훨씬 넘은, 유일한 4년제 대학교였다. 동문만 삼만 명에 이르니, 남다를 것도 없는 인연이었다. 하지만 그의 아버지의 생각은 달랐다. 그의 아버지는 오재우의 지도교수를 만나자마자 조금씩 조금씩 새는 발음으로, 우, 우리가 어디 보통 인연인가, 자, 자네를 믿고 마, 맡겼으니, 자, 자, 자네가 책임져야 할 거 아닌가, 우리 애가 집에서 매, 매, 매일매일 써, 써, 썩어가고 있다네,라고 말했다. 오재우는 그의 아버지가 일부러 말을 더듬고 있다는 것을 알았다. 그러나 그는 내색하지 않았다. 그는 가만히 고개를 숙인 채 소파에 앉아 있었다. 콧수염을 기른 지도교수는 가끔씩 넌지시 그런 오재우를 바라보았다. 지도교수와 제자 사이였지만, 학교를 다니는 내내 단 한 번도 얼굴을 마주한 적 없던 그들이었다. 그건 어디까지나 행정상의 사이였기 때문이었다. 그러나, 이상하게도, 막상 졸업과 동시에 학교에서 떠밀려 나오자마자, 오직 그 사이만이 진실로 남게 되었다. 그날, 지도교수는 뚜렷한 해결책을 내놓지 못하고 흠흠, 헛기침만 연신 해대다가 강의를 핑계로 자리를 떴지만, 그럼에도 이후 그의 아버지가 열흘에 한 번꼴로 연구실로 계속 전화를 걸어 "우, 우, 우리 애가 지, 집에서 써, 써, 썩어가고 있다네"라고 말할 수 있었던 것은, 모두 그 서류, 오재우의 학적부에 적혀 있던 지도교수 이름 석 자 때문이었다.

그는 센서 앞으로 카드를 가져다 댔다. 쇠망치로 가볍게 스테인리스를 두들기는 듯한, 청명한 전자음이 울리고, 이윽고 홱, 그를 낚아채기라도 할 듯 문이 열렸다. 오재우는 잠시 멀거니 열린 문 사이로 드러난 복도 바닥의 바람개비 문양을 바라보다가, 서둘러 행정동 안으로 걸어 들어갔다. 문은 다시 전자음을 내며 닫혔고, 그 전자음은 오랫동안, 마치 귀울림처럼 그의 귓가에 남았다. 그리고 동시에 팔과 다리에 친친 랩이라도 휘감긴 듯, 빽빽하고 서늘한 기운이 느껴졌다. 그는 숨을 한번 크게 들이마셨다. 이제 또 일을 해야 할 시간이었다.

오재우는 행정동 일 층 엘리베이터 앞에서, 그때 막 상황실에서 나오던 두 명의 경비원과 마주쳤다. 경비원은 두 명 모두 검은 모자를 쓰고 있었고, 방탄조끼처럼 생긴 윗옷을 걸치고 있었으며, 군화를 신고 있었다. 모자 탓인지 둘 다 살결이 모두 검고, 표정은 없어 보였다. 눈은 잘 보이지도 않았다.

오재우는 들고 있던 검은 비닐봉지를 슬쩍 왼손으로 옮겨 들었다. 경비원 중 한 명이 그에게 물었다.

—어디 가시는 겁니까?

오재우는 살짝, 그들에게 고개를 숙인 후, 자신의 신분증을 내밀었다.

—저기…… 팔 층 좀 가려고요.

경비원들은 그의 신분증 가까이 얼굴을 들이댔다.

—팔 층요? 아아, 팔 층……

경비원 중 한 명이 고개를 끄덕거리면서 알은체를 하자, 다른 한 명이 동료의 얼굴을 바라보았다. 거, 왜 있잖아, 임시직들…… 그들은 바로 앞에 서 있는 오재우를 전혀 의식하지 않고 말했다. 경비원들은 학교를 지키고 있었지만, 모두 학교 소속 직원들은 아니었다. 학교는, 그가 졸업하기 이전부터 예산 절감 차원에서 사설 경비업체에 외주를 주고 있었다. 그 바람에 각 건물들을 지키고 있던 야간 경비들은 일제히 해고되고 말았다. 오재우는 몇 번, 그들이 교문 앞에 줄지어 앉아 데모하는 것을 지켜본 적이 있었다. 그들은 푸른색 유니폼을 그대로 입은 채 구호를 외쳐댔다. 대부분 머리칼이 희끗희끗한, 해고된 늙은 경비들의 구호엔 어쩔 수 없는 해수와, 가래와, 저음이 섞여 있었다. 그래서인지 그 구호들은 뾰족하기보단 축 늘어진 한여름 밤의 깃발을 연상시켰다. 데모는 채 일주일도 가지 못하고 흐지부지 끝나고 말았다.

엘리베이터 문이 열렸지만, 오재우는 쉽게 자리를 뜨지 못했다. 경비원들이 움직이지 않았기 때문이었다. 오재우는 주뼛주뼛 그들의 눈치를 보다가 뒷걸음치듯 엘리베이터에 올라탔다. 문이 닫히기 전, 오재우는 다시 한 번 경비원들이 하는 말을 들었다. 금요일 밤인데…… 거 월급 얼마나 받는다고, 신경 쓰이게 쯧……

오재우는 팔 층에서 내려 곧장 '교수평의회실' 간판을 달고 있는 사무실 안으로 들어갔다. 그곳이 바로 그가 근무하는 임시 사무실이었다. 원래는 회의실로 사용되는 장소였지만, 회의용 탁자 위에 그대로 컴퓨터 여섯 대를 두 줄로 배치해 만든, 말 그대로 임시인 사무실이었다. 그곳에서 오재우는 이 인 일 조로

짝을 맞춰, 오래된 학적부를 전산 프로그램에 입력, 수정하는 일을 했다. 그것이 지난 육 개월 동안 아버지의 전화에 시달린 그의 지도교수가 마련해준 일자리였다. 4대 보험은 가입되지 않지만, 따로 식대와 차비가 나오는, 정부 지원금을 받는 일자리였다. 기간은 총 일 년. 그 안에 오재우를 포함한 여섯 명의 임시직들은 천구백육십일 년 졸업생들부터 시작해 천구백구십이 년 졸업생까지, 모두 삼십 년이 넘는 기간 동안의 졸업생 학적부를, 수기로 작성된 낡은 학적부들을, 일일이 전산 프로그램에 입력하는 일을 해야 했다. 업무량 때문인지 그도 아니면 일 년이라는 제한된 기간 때문인지 몰라도, 주 5일제 근무는 아니었다. 토요일도 오전까지는 근무를 해야만 했다.

—육십일 년 이전 졸업생들은 따로 안 하나요?

일을 시작한 지 이틀 뒤엔가, 회의용 탁자 맨 왼쪽 끝자리에 앉아 있던, 머리를 갈색으로 염색한 남자가 학적과 팀장에게 물었다.

—그분들이야 학적부를 따로 뗄 일이 별로 없으니까…… 뭐, 나중에 또 예산이 생기면 모를까.

—그렇게 따지면 육십일 년도 너무 멀리까지 나간 게 아닐까요?

갈색머리는 조금 짜증 섞이고 따분한 듯한 표정으로 말했다. 계산을 해보니 육십일 년도 졸업생들은 이미 거의 대부분 일흔을 넘긴 나이들이었다. 일흔을 넘긴 사람들에게 학적부란 과연 어떤 의미일까? 오재우는 잠시 그런 생각을 해보았다. 그들 중 과연 몇 명이 자신의 학적부를 새로 떼어볼까? 만약 떼어본다면 그건 아마도 무언가에 대한 증명 때문은 아닐 것이다. 회한이나 어떤 정리의 차원이겠지. 증명이 되지 못하는 학적부. 오재우는 아직 그런 서류를 만나본 적이 없었다.

학적과 팀장은 잠시 말없이 갈색머리를 바라보다가 이런 말을 꺼냈다.

—보관 문제도 있고…… 사실 이건 일 그 자체보다도 어떤 테스트의 성격이 있는 작업이니까……

오재우는, 학적과 팀장이 임시직들을 한 명 한 명 둘러보며 하는 말들을, 이미 들어 알고 있었다. 그 말은 그의 지도교수가 미리 귀띔해준 말이기도 했다. 임시직이지만 그냥 우습게만 볼 일만도 아닌 게, 그중 한 명 정도를 정규직으로 교무처에서 채용할 모양인 거 같더라, 학교 측에서도 일 년 정도 근무평가를 내리고 뽑는 거니까 아쉬울 일 없는 거지, 그저 일 년 동안 긴 면접을 본다고 생각해라, 육 대 일이면 그리 높은 경쟁률도 아니니까…… 학적과 팀장은 그의 지도교수가 했던 말들을 고스란히 반복했다. 갈색머리는 더 이상 질문을 하지 않았다. 오재우와 나머지 임시직들도 질문 없이 자판만 두들겨댔다. 사실 별달리 질문이 필요한 작업은 아니었다. 서류를 보면서 프로그램의 빈칸을 그대로 채워나가는 일은, 질문도, 창작도, 응용도, 아니 어쩌면 사람까지도 필요 없는 일일지도 몰랐다. 그것은 그저 서류와 서류 사이의 일일 뿐, 다른 것은 아무것도 필요하지 않았다. 아니, 불필요했다.

오재우는 사무실의 불을 켜고 자신의 자리에 앉았다. 그의 자리는 회의용 탁자 맨 오른쪽 끝이었다. 그가 사용하는 컴퓨터 왼쪽에는 독서대가 놓여 있었고, 그 위에는 천구백육십사 년 이월, 국문과를 졸업한 '김길수'라는 남자의 학적부가 가로로 길게 펼쳐져 있었다. 그는 자리에 앉자마자 컴퓨터의 전원을 켰다. 그의 왼손에는 그때까지도 계속 검은 비닐봉지가 들려 있었다. 서랍이라도 하나 있었으면…… 그는 회의용 탁자 아랫부분을 살펴보면서 중얼거렸다. 그런 다음, 그는 다시 한 번 회의실 내부를 쭉 둘러보았다. 일과 시간 이후에는 따로 난방이 작동되지 않는, 국기가 내걸려 있고 교훈이 자리 잡고 있고 산세비에리아 화분들이 줄지어 늘어서 있는 커다란 회의실은, 춥고 또 한편 빳빳해 보였다. 의자들도 커튼들도 액자들도 공기들도, 모두 직립으로, 차려 자세를 취하고 있는 것만 같았다.

그는 들고 있던 검은 비닐봉지를 맞은편 컴퓨터 본체 위에 올려놓았다. 그러면서 슬쩍, 맞은편 독서대 위에 펼쳐져 있는 학적부를 살펴보았다. 아직 천구백육십삼 년 학적부였다. 자판 옆과 모니터 바로 아래에는 오재우가 작업을 끝내고 넘긴 학적부들이 수북이 쌓여 있었다. 작업은 같은 조의 한 사람이 먼저 학적부의 내용을 프로그램에 입력하고 나면, 나머지 한 사람이 그것을 넘겨받아 검토, 오타나 오기 여부를 체크하는 절차로 이루어졌다. 그것은 같은 조원들끼리도 별다른 말이 필요치 않은 작업이었다. 그는 말없이 입력을 했고, 그의 맞은편에 앉은, 파마머리에 여드름이 많이 난, 키가 작은 여자 또한 말없이 검토하는 일을 계속했다. 그러나, 여자의 작업 속도는 다른 사람들에 비해서 늦었다. 게으름을 피우거나 딴청을 부리는 것 같지는 않은데, 아니 오히려 다른 사람들보다 더 오랜 시간 모니터를 바라보고 앉아 있는 것이 분명한데, 탁자 위 학적부는 계속 높이 쌓여만 갔다. 작업을 시작한 지 한 달 가까이 흘렀지만, 그동안 오재우는 단 한 자의 오타나 오기도 내지 않았다. 오재우는, 그것 때문에 여자의 작업 속도가 느려진 것은 아닐까, 잠깐 생각해보기도 했다. 아무래도 그녀의 작업이란 오타나 오기가 나와야지만, 그래야지만 스스로에게 초라해지지 않고, 또 스스로에게 초라하다는 기분 따위를 잊게 해줄 수 있는 법이니까. 그래서 더 오랜 시간, 남들보다 더 꼼꼼하게, 기를 쓰고 확인에 확인을 거듭하는 것이 아닐까……? 아무려나, 그 덕분에 오재우와 그녀는 마주 앉아 함께 작업을 한 그 한 달이라는 시간 동안 단 한마디의 말도 서로 나누지 않고 지냈다. 오타나 오기가 나와야지만 '저기요, 이거 다시 입력해야 할 것 같은데요'라고 간단한 말이라도 걸 수 있을 텐데, 오재우와 그녀는 그저 아침에 처음 얼굴을 마주칠 때마다 간단한 목례만 나누었을 뿐, 다른 말은 일절 하지 않았다. 당연, 그는 그녀의 이름이 무엇인지,

나이가 어떻게 되는지, 사는 곳은 어디인지 따위를 알지 못했다. 그러나 그것은 비단 그와 그녀 사이만의 관계는 아니었다. 나머지 조원들도 각자 자신의 자판만 두들겨댈 뿐, 서로 대화를 나누지는 않았다. 오타나 오기가 나오는 일도 드물었다. 며칠에 한 번씩, 다른 조의 누군가가 '저기요, 이거 다시 입력해야 할 것 같은데요'라고 말을 하면, 모두의 시선이 일제히 그쪽으로 향했다. 그 외에는 언제나 침묵, 침묵뿐이었다.

그는 모니터에 프로그램 창을 띄우고, 다시 독서대 위 학적부를 바라보았다. '김길수' 씨의 생년월일은 천구백삼십구 년 사월 이 일, 입학 연도는 천구백오십팔 년 삼월이었다. 본적은 타지방이었지만, 현주소는 학교와 가까운 곳으로 기재되어 있었다. 그는 검은 비닐봉지에 들어 있던 식빵 하나와 바나나우유를 꺼내 들고 계속 모니터를 바라보았다. 그것이 그의 때늦은 저녁식사였다. 그는 그것으로 아침까지 허기를 달래야만 했다. 그는 식빵을 입에 문 채, 자판을 치기 시작했다.

사십 년 전에 작성된 '김길수' 씨의 현주소는 오 년 전쯤인가, 대단위 택지 개발이 이루어진 곳이었다. 지금 그곳엔 아파트형 공장 건물들이 촘촘히 들어서 있었다. 하지만, 그래도 그는 프로그램에 사십 년 전 '김길수' 씨의 현주소를 그대로 입력했다. 그것이 프로그램 작성의 원칙이었기 때문이었다. 원 학적부의 기록을 훼손하지 말 것, 학점과 학위 구분, 입학 연도와 졸업 연도, 주소 이외의 모든 내용은 그대로 생략할 것. 그것이 학적과에서 임시직들에게 나누어준 프로그램 작성 매뉴얼이었다. 덕분에 예전 학적부에 기재되어 있던 혈액형이나 신장, 몸무게, 보증인, 가족 관계, 질병 사항, 병역, 수상 경력, 휴학 기간 따위들은 모두 사라지게 되었다. 이유는 간단했다. 그것들까지 모두 프로그램에 담기에는 시간이나 용량이 부족했기 때문이었다. 또, 그것들이 사라졌다 한들, 학적부의 본래 의미가 훼손되는 것은 아니기 때문이었다.

그는 식빵을 천천히 오물거리면서 '김길수' 씨의 학적부를 들여다보았다. 그가 한 번도 만나본 적 없는 '김길수' 씨는 입학에서부터 졸업에 이르기까지, 모두 삼 년이라는 시간이 비워져 있었다. 오십구 년에서부터 육십 년까지 이 년 휴학, 다시 육십이 년에 일 년 가사 휴학. 병역 사항도 '미필'로 기재되어 있으니, 군 입대 문제는 아니었을 터였다. 오재우는 그것이 무엇 때문이었을까, 계속 식빵을 오물거리면서 생각해보았다. 어쩌면 '김길수' 씨는 오십구 년, 뜻하지 않게 부친상을 당했을지도 몰랐다. 가족 관계를 살펴보니, 그는 장남이었고, 그의 동생들은 모두 일곱 명이었다. 본적이 면 소재지이니, 아마도 그의 부친은 그곳에서 농사를 짓고 있었으리라. 대학에 진학한 장남 덕분에 그의 동생들은 모두 초등학교만 마치고 아버지의 농사를 도왔을 것이고, 그것 때문에 나름 선망과 질투와 강요된 존경의 눈으로 그를 바라봤을 것이다. 그중 셋째와 다섯째는 형보다 더 영특했을 것이고, 그의 어머니는 그것을 아마도 모른 척했으리라. 그런 와중에 부친상을 당했다면…… 오재우는 계속 '김길수' 씨의 비어 있는 삼 년을 상상해보았다. 가래질을 하고 있는 '김길수' 씨와, 골방에 틀어박혀 낡은 책을 읽고 있는 '김길수' 씨와, 혁명에 가담하지 못해 자책하는 '김길수' 씨…… 그는 그런 상상을 하면서 또 한편 천천히, '김길수' 씨의 신장을 지우고, 몸무게를 지우고, 가족 관계를 지우고, 휴학 연도를 지워나갔다. 그리고 남은 숫자들을 프로그램에 입력했다. 그렇게 프로그램에 입력된 '김길수' 씨는, 예전 학적부 속 '김길수' 씨와는 전혀 다른, 또 다른 '김길수' 씨로 변해 있었다. 그는 그것이 신기해, 자신이 입력한 프로그램 숫자들과, 예전 학적부의 숫자들을 비교하고, 비교하고, 또 비교해보았다. 오타도 없었고, 오기도 없었다. 하지만, 이상도 하여라, 같은 숫자들이었지만 그 느낌은 전혀 다른 것이었다. 만약 숫자에게도 눈썹 같은 것들이 있다면, 그 눈썹들이 모두 뭉텅 빠져나가버린 듯한 느낌이었다. 오재우는 그것이 마치 어떤 커다란 비밀처럼만 여겨졌다. 아무도 모르는, 이제는 알려고 해도 알 수 없는, '김길수' 씨도 모르고, 오직 자신만 알게 된 비밀. 오재우는 그런 비밀들을 한 장 한 장, 마음속에 쌓아가며 계속 자판을 두들겼다.

밤은 갈수록 깊어져만 갔고, 주변은 자판을 두들기는 소리 때문에 더욱더 조용해져만 갔다. 그는 외로웠으나, 그러나 외로울

틈조차 없이, 차곡차곡 쌓인 오래된 학적부를 계속 들여다보며 혼자 앉아 있었다.

행정동 팔 층 사무실로 찾아오는 사람은 아무도 없었다.

2

새벽 세 시 무렵, 오재우는 잠깐 사무실 옆 화장실에 들렀다가, 그제야 창밖에 눈이 내리고 있다는 것을 알게 되었다. 어, 눈이네. 오재우는 창 바로 앞에 달린 소변기에 붙어 서서 그렇게 혼잣말을 했다. 함박눈이었다. 바람 없이 내리는 눈은 마치 이제 막 출발선상을 떠난 마라톤 주자들처럼 서로서로 간격을 지우고, 가벼운 몸짓으로, 사방에서 우르르 떠밀려 떨어지고 있었다. 눈 때문인지 사위는 더 어두워진 것 같았고, 주변은 조금 더 따뜻해진 것 같았다. 그는 소변을 다 본 다음에도 계속 화장실 창가에 바싹 붙어 서서, 내리는 눈을 바라보았다. 멀리 순환도로를 비추고 있는 가로등 아래론 띄엄띄엄, 차들이 속도를 줄인 채 지나가고 있었다. 제설차 한 대가 번쩍번쩍, 화살표 모양의 경고등을 켠 채 달려가는 것도 보였다. 아마도 폭설이 내릴 모양이었다. 그는 폭설이 내렸으면 좋겠다는 생각을 했다. 차가 있는 것도 아니고, 따로 출근을 해야 할 것도 아니니, 아무래도 상관없었다. 아니, 오히려 그 때문인지 행정동 안에 있는 것이 편안하게 느껴졌다. 무언가 자신은 안전하다는 생각도 잠시 스치고 지나갔다.

오재우는 그런 생각을 하면서 오랫동안 화장실 창가에 달라붙어 있었다. 그는 아예 턱을 괸 채 쏟아지는 눈을 바라보기도 했다. 그러다가 그는 어둠 속에서, 누군가가 천천히 행정동을 향해 걸어오는 것을 발견했다. 교내 가로등들은 모두 꺼져 있었지만, 어두운 콘크리트 길을 모두 지운 눈 덕분에 그는 그것이 사람임을, 그리고 좀더 시간이 흐른 후엔 그 사람이 여자임을 알게 되었다. 여자는 어깨를 잔뜩 웅송그린 채, 가끔 휘청, 중심을 잃기도 하면서, 눈길을 헤치며 걸어오고 있었다. 누구일까? 누가 이 어두운 밤에 혼자 교정을 걸어 다니고 있는 걸까? 오재우는 허리를 앞으로 숙여 여자를 내려다보았다. 오재우는 여자 때문에 풍경이 조금 더 쓸쓸해졌다고 생각했다. 그래서 더 그 여자의 얼굴이 보고 싶어졌다.

그러나…… 거기에서 또 몇 분이 흐르고 난 후, 오재우는 그 여자가 바로 자신의 맞은편에서 작업을 하는, 여드름이 많이 난 여자임을 알게 되었고, 그래서 저도 모르게 무춤 허리를 세우고 말았다. 분명 그 여자가 틀림없었다. 일을 시작하고 나서 하루도 빠짐없이 입고 나왔던 무릎까지 내려오는 회색 코트와 검은 목도리, 거기에 털실로 짠 붉은색 모자까지. 오재우는 다시 창턱 너머로 길게 목을 빼고 그녀의 모습을 내려다보았다. 여자는 이제 거의 다 행정동 일 층 출입문 앞까지 다가와 있었다. 여자는 잠시 제자리에 멈춰 서서 툭툭, 어깨에 쌓인 눈들을 치워냈다. 그러곤 고개를 꺾어 행정동 건물을 올려다보았다.

오재우의 마음이 바빠지기 시작한 것은 바로 그때부터였다. 오재우는 허둥지둥 화장실에서 빠져나와, 사무실로 뛰어 들어갔다. 그는 제일 먼저 모니터에 띄워져 있던 프로그램 창을 닫았고, 컴퓨터 전원을 껐다. 의자에 벗어두었던 감색 외투를 걸쳤고, 탁자 위에 떨어져 있던 식빵 부스러기를 손바닥으로 쓸어 모았다. 맞은편 컴퓨터 본체 위에 있던 검은 비닐봉지를 치웠고, 다 마시지도 않은 바나나우유를 쓰레기통에 버렸다. 그는 그대로 회의실을 빠져나가려다가, 되돌아와 맞은편 자리와, 자신의 자리를 다시 한 번 차근차근히 살펴보았고, 그런 다음 불을 끄고 사무실 밖으로 빠져나왔다.

오재우는 매일 오후 여섯 시, 다른 임시직들과 마찬가지로 퇴근을 했다. 그러나 그는 항상 버스 정류장 쪽으로 가지 않고 천천히 학교 운동장과, 학교에서 오 분 정도 떨어진 곳에 있는 저수지 근처를 산책했다. 산책을 끝내고 나서는 멀거니 운동장 스탠드에 앉아 있거나, 학교 도서관에 들러 철 지난 잡지들을 오랫동안 읽었다. 그런 후, 열 시 무렵 빵집에 들러 재고 처분되는 식빵과 바나나우유를 사서, 다시 행정동으로 돌아왔다. 그는 그것이 일종의 반칙과도 같다는 생각을 하곤 했다. 하지만 그래도 어쩔 수 없었다. 그것이 그의 아버지의 바람이기 때문이었다.

—다, 네 경쟁자들이란다. 일을 안 해도 카드를 찍는 게 중요한 거야. 그래야 얼른 정규직이 되지.

그는 아버지의 바람을 들어주고 싶었다. 그가 아버지를 위해 해줄 수 있는 일은 오직 그것밖에 없는 것 같았다. 때때로 그것이 그를 조금 쓸쓸하게 만들었지만, 그렇다고 그가 아버지의 뜻을 거역한 적은 한 번도 없었다. 몸져누운 뒤로도 꼬박꼬박, 그의 등록금을 대주었던 아버지였다. 그의 아버지는 이제 신용불량자가 되어 있었다. 집으로는 가끔씩 낯선 사람들에게서 전화가 걸려오곤 했다.

오재우는 엘리베이터를 타려다가 다시 발길을 돌려 비상계단 쪽으로 내려가기 시작했다. 불이 꺼진 계단은 마치 곳곳에 허방이라도 숨겨진 듯, 발을 떼기가 쉽지 않았다. 자주 허리가 꺾였고, 그럴 때마다 발소리는 멀리, 깊게 울려 퍼졌다. 만약 그녀가 밤늦도록 행정동에 남아 있는 자신의 모습을 발견한다면…… 오재우는 계단을 내려가면서 그런 생각을 해보았다. 그러나, 그녀는 아무런 항의도, 반발도 하지 못할 것이다. 원칙적으로 그가 잘못한 것은 아무것도 없었다. 그녀는 항의할 말도, 반발할 말도 찾지 못할 것이다. 기껏해야 그녀가 할 수 있는 일이라곤, 그보다 더 오래, 더 늦게까지 행정동에 남아 있는 것이겠지…… 오재우는 자신이 지금 이렇게 그녀를 피하는 것은, 어쩌면 그런 일을 미리 방지하기 위해서, 그런 피곤한 경쟁을 피하기 위해서인지도 모른다는 생각을 했다. 그렇게 된다면, 아마 얼마 가지 못해 여섯 명 모두 퇴근하지 않는 일도 벌어질 수 있을 테니까……

그는 최대한 발소리를 죽여가며, 조심스럽게 계단을 내려갔다. 계단은 내려갈수록 더 어둡기만 했다.

3

오재우가, 여자에게 어떤 문제가 생겼다는 것을 알게 된 것은 일 층 복도를 막 눈앞에 둔, 층계참에 도착하고 난 뒤의 일이었다. 일 층 출입문 쪽에서 여자의 목소리가 들려왔고, 그 소리를 듣자마자 오재우는 반사적으로 층계참 한쪽 구석으로 몸을 숨겼다.

—저기요, 저기요! 아무도 없어요?

뜻밖에도 여자는 아직 출입문 밖에 서 있었다. 여자는 통통, 유리문을 두들기며 계속 말을 했다.

—아저씨! 아저씨! 경비 아저씨 안 계세요?

여자는 계속 소리쳤지만, 그러나 경비원들은 나타나지 않았다. 경비원들은 깊이 잠이 든 모양이었다.

여자는 아마도 출입증 카드를 깜빡 잊고 가져오지 않은 모양이었다. 그래서 오재우는 조금 난감해지고 말았다. 다시 사무실로 돌아갈 수도, 그렇다고 행정동 건물 밖으로 빠져나갈 수도 없는 상황이 되어버린 것이었다. 언제 어느 때 경비원들이 깨어나 여자에게 문을 열어줄지 알 수 없는 노릇이었다. 그렇다고 여자가 서 있는 출입문 쪽으로 걸어 나갈 수도 없는 일이었고……

오재우는 최대한 몸을 낮춰, 출입문 쪽을 슬쩍 바라보았다. 자판기 불빛에 여자의 실루엣이 비쳐 눈에 들어왔다. 여자의 발목 높이까지 쌓인 눈과, 그 위를 잠시도 쉬지 않고 계속 동동거리는 발목, 코트 끝자락에 보풀처럼 달라붙은 눈과, 간간이 유리창에 달라붙었다가 사라지는 입김 그리고 장갑도 끼지 않은 손바닥을 연신 쓰다듬는 또 다른 손바닥까지. 오재우는 그 모습을 오랫동안 훔쳐보고, 또 훔쳐보았다. 그러면서 오재우는 까닭없이 화가 나기도 했다. 여자의 모습이 안쓰러워서 그런 것은 아니었다. 층계참 바닥에 두 손을 디딘 채, 한쪽 뺨이 닿을 듯 말 듯 몸을 숙이고 있는 자신의 모습이 우스꽝스럽고, 또 한편 처량하게 느껴져서 그런 것도 아니었다. 오재우는 학교에 나오면서도 출입증 카드를 가져오지 않은 여자에게 화가 났다. 그러려면 뭣 하러 이 밤, 이 눈 내리는 밤, 학교까지 왔단 말인가! 출입증 카드가 없다면, 설령 행정동 건물 안으로 들어온다고 해도 아무런 의미가 없지 않은가! 오재우는 여자에게 그렇게 말해주고 싶었다. 그러니, 어서, 여자가 다시 자신의 집으로 돌아가주기를, 출입문 앞에서 사라져주기를 바랐다. 오재우가 보기에 여자는, 지금 자신이 무엇을 잘못했는지도 모른 채, 오직 추위만을 피하기 위해 애쓰고 있는 것처럼만 여겨졌다. 오재우는 그것이 답답했다. 추운 것으로 따진다면 난방이 되지 않는 행정동 건물 안도 건물 밖과 다를 바 없었기 때문이었다.

그렇게 몇 분이 더 흘렀을까? 어느 순간, 일 층 상황실 문이 열리고 누군가의 발소리가 들려왔다. 오재우는 그 소리를 듣자마자 조금 더 층계참 구석 쪽으로 몸을 숙였다.

—거, 누구요?

목이 잠긴 남자의 목소리가 들렸다. 경비원이었다.

—아저씨, 저 여기 직원인데요, 문 좀 열어주세요. 제가 신분증을 안 갖고 와서 그만……

경비원이 출입문 안쪽에 서자, 자동으로 문이 열렸다. 그가 센서에 카드를 갖다 댄 모양이었다.

—직원요? 어디 근무하는 누군데요? 아니 도대체 지금이 몇 신데……

—저기 팔 층에 근무하는 사람인데요. 제가 그만 지갑을 두고 오는 바람에……

투덕투덕, 누군가 옷을 털어내는 소리가 들렸다. 오재우는 차마 출입문 쪽은 바라보지도 못한 채, 계속 층계참 구석에 쭈그리고 앉아 있었다.

—아이, 씨. 진짜 오늘 왜 이러냐? 팔 층에 무슨 불이 난 것도 아니고, 젠장……

오재우는 크게 한번 숨을 들이마셨다. 경비원이 여자에게 그를 만난 이야기를 할까, 마음이 조마조마해졌다. 그러나, 다행히 경비원은 그 얘기는 하지 않았다.

—출입증 없이는 못 들어와요. 내가 그쪽이 직원인지 아닌지, 어떻게 알아요?

경비원은 신경질적인 목소리로 말했다.

—아저씨, 저 정말 여기 팔 층에서 근무하는 사람 맞아요. 저, 거기에서 학적부 정리하는 일을 하고 있거든요. 제가 지금 집으로 다시 돌아갈 수도 없고…… 죄송하지만 오늘만 좀 어떻게……

—아, 글쎄 안 돼요. 직원이어도 출입증 없인 안 된다고요!

—아저씨……

상황실 쪽에서 또 다른 발소리가 들려왔다. 오재우는 구석에서 거의 기다시피 나와 일 층 복도를 바라보았다.

—거, 왜 그러는 거야? 뭔데?

경비원의 동료가 팔짱을 낀 채, 여자의 앞을 가로막았다.

—직원이라는데, 출입증도 없으면서 무조건 들여보내달라고 하잖아.

—직원?

—거, 왜 있잖아, 팔 층 임시직들.

경비원이 여자를 위아래로 살펴보았다.

—아저씨, 저 정말 여기 직원이거든요. 제가 눈이 와서…… 그래서 좀 불안해서 미리 온 건데…… 한데 지갑을 안 갖고 와서요……

—뭐라는 거야?

—아니, 지갑도 안 갖고, 그럼 여기까지 어떻게 온 거요?

맨 처음 나왔던 경비원이 물었다.

—그러니까 그게…… 걸어서……

여자는 말끝을 흐리면서 그렇게 말했다. 오재우는 여자가 무슨 말을 하고 있는지 대충 알 것도 같았다. 눈 내리는 밤, 여자는 아마도 내일 출근길이 걱정되어서 계속 잠을 설쳤을 것이다. 그러다가 조금 일찍 출근을 하기로 마음을 먹고 집을 나섰을 것이다. 버스가 끊긴 시각이니, 아마도 여자는 무작정 걷기 시작했으리라. 택시를 탈 생각은 애초부터 없었을 것이다. 그러니 지갑을 챙겨 나왔는지, 놓고 나왔는지조차 알지 못했을 것이다. 여자에게 중요한 것은 출근 시간이었으니까.

—그게 무슨 말도 안 되는…… 아, 어쨌든 안 돼요! 출입증 없으면 우리도 어쩔 수 없다고요!

—아, 아저씨…… 한 번만, 딱 한 번만 봐주세요, 네?

—잔말 말고 어서 나가요. 될 게 있고 안 될 게 있지.

경비원 중 한 명이 여자를 잡고 문 밖으로 걸어 나갔다. 그 순간이었다. 여자의 입에서 비명이 터져 나왔다.

—어딜 만져요!

여자가 경비원의 손을 뿌리치면서 소리 질렀다. 경비원은 잠깐 주춤했지만, 다시 여자를 잡고 몇 걸음 더 움직였다. 여자는 계속 비명을 질렀다.

—만지길 누가 뭘 만졌다고 그래! 밀친 거지.

경비원은 반말 투로 말했다.

—만졌잖아요, 지금!

—하, 나 참. 만질 데가 어디 있다고 만져, 응? 만질 데가 어디 있냐고?

경비원은 다른 경비원을 보면서 말했다. 그들은 짧게 웃기까지 했다.

—안 들여보내주니까 이젠 별소리를 다 하는구만.

여자는 아무 말 없이 경비원들을 노려보고 서 있었다. 한 손으론 계속 자신의 가슴을 가리고 있었다. 다시 그녀의 털실 모자 위로 눈이 쌓이기 시작했다.

—어여 가라, 어여 가. 신경 좀 건드리지 말고. 그러니까 처음부터 안 된다고 그랬잖아.

경비원 중 한 명이 까치발을 딛고, 교정을 한 번 쭉 둘러보면서 말했다. 여자는 계속 말이 없었다. 어느새 여자는 행정동 밖에, 경비원들은 행정동 안에 서 있게 되었다. 눈 때문인지 여자의 얼굴은 더 어두워졌다.

—내가 가만히 있을 거 같아?

여자가 말했다.

—그래, 그러니까 가만히 있지 말고 얼른 가라고.

여자를 밀어낸 경비원이 담배를 물면서 말했다.

여자는 등을 돌려 다시 교문 쪽으로 걸어가기 시작했다. 그런 여자의 등 뒤에 대고 경비원 중 한 명이 큰 소리로 말했다.

—다시 한 번 오면, 그땐 정말 만져버린다!

경비원들은 서로를 바라보면서 낄낄, 큰 소리로 웃어댔다. 그들은 계속 웃으면서 상황실 쪽으로 걸어갔고, 출입문은 다시 아무 일 없었다는 듯 굳게, 자동으로 닫혔다.

오재우는 그 모든 것을 층계참에 숨어, 지켜보았다. 그 이외에 다른 사람은 아무도 없었다.

4

한참을 갔을 거라고 생각했지만, 그러나 여자는 이제 막 교문을 벗어나고 있었다. 여자는 고개를 푹 숙인 채, 천천히 천천히, 가끔씩 한쪽 손으로 얼굴을 훔치면서 걸어가고 있었다. 오재우는 그런 여자의 뒷모습을 바라보면서 걸음을 늦췄다. 신발 밑창엔 이미 단단하게 눈이 달라붙어, 걸음을 내디딜 때마다 나뭇가지 부러지는 듯한 소리가 났다. 그 소리는 제법 컸지만, 그러나 오재우는 조심하지 않았다. 오재우는 여자가 뒤돌아봐주길 내심 바랐다. 그러면 자연스럽게 말을 걸 수도 있을 것 같았다. 그러나, 여자는 뒤돌아보지 않았다. 택시 한 대가 천천히 속도를 늦추고 있었다. 아마도 택시는 그들을 발견한 모양이었다. 눈은 좀처럼 그칠 기미를 보이지 않았다.

오재우는 경비원들이 상황실로 들어간 다음에도, 한동안 층계참에 계속 쭈그리고 앉아 있었다. 여자가 돌아갔으니, 이제 다시 팔 층 사무실로 되돌아가도 아무 문제 없었다. 여자가 다시 행정동으로 되돌아올 일은 없어 보였다. 그러나 그는 그러고 싶지 않아졌다. 전에 없이 오재우는, 여자와 자신이 친해졌다는 느낌이 들었다. 그리고 동시에 여자와 마찬가지로 자신 또한 어떤 경멸을 당했다는 생각이 뒤늦게 들었다. 경비원들과 처음 마주쳤을 때, 그들이 엘리베이터 문 밖에서 자신에게 했던 말들이 계속 떠올랐다. 그건 분명 모멸이었다. 그는 숨을 한 번 짧게 내쉰 후, 발소리를 죽여, 여자를 쫓아 행정동 밖으로 걸어나왔다. 어쨌든 여자는 같은 조 사람이었다. 이건 남의 일이 아니었다. 그리고 또한 감정적인 일도 아니었다. 오재우는 계속 그렇게 자신에게 되뇌었다. 그는 여자에게 도움이 되고 싶었다. 그게 진심이었다.

버스 정류장 근처에서 여자가 잠시 발걸음을 멈췄다. 여자는 뒤를 돌아보지 않고, 그대로 가만히 표지판처럼 서 있기만 했다. 속도를 줄인 택시는 아예 그녀의 앞에 정차해 있었다. 오재우는 잠깐 걸음을 멈췄다가, 다시 그녀 쪽으로 다가갔다.

—저기요.

오재우가 말을 걸자, 여자는 흠칫, 뒤로 한 발 물러섰다. 그러곤 다시 오재우의 얼굴을 오랫동안 바라보았다. 오재우는 살짝, 여자를 향해 고개를 숙였다. 여자도 따라 고개를 숙였다. 여자의 눈두덩은 벌겋게 변해 있었다.

—저기…… 그냥 가실 건가요?

오재우는 여자의 신발을 보면서 말했다. 여자는 다시 한 걸음 뒤로 물러섰다.

—그게 무슨……?

—제가 아까 다 봤거든요…… 신고…… 안 하세요?

여자는 말없이 오재우를 바라보았다. 오재우의 머리에도 눈이 쌓이기 시작했다.

—그런 건 바로 신고를 해야 하거든요. 제가…… 도와드릴 수도 있는데……

오재우는 더듬더듬 말을 했다. 오재우는 정말 그렇게 여자를 도울 마음이었다. 그러나 여자는 계속 말이 없었다. 여자는 오재우를 계속 바라보기만 했다. 그러곤 이내 뒤돌아 다시 걸어가기 시작했다.

오재우는 등 돌린 여자의 모습을 보고 잠시 당황했다. 여자의 반응이 자신의 예상과는 달랐기 때문이었다. 어쩌면 오재우는 그래서 더, 여자의 일을 그냥 넘어가선 안 된다고 생각했는지도 몰랐다. 오재우는 여자가 용기를 내지 못하는 것이라고 생각했다.

—저쪽으로 가면 파출소가 있거든요.

오재우는 여자의 뒤를 쫓아가면서 말했다. 여자는 말없이 걷기만 했다.

—제가 증인이 되어드릴게요. 정말 전 다 봤거든요.

오재우는 여자의 옆에 서서 나란히 걸었다. 여자는 잠깐 걸음을 멈추고, 오재우의 얼굴을 노려보았다. 그러곤 다시 걸어갔다.

—겁먹지 마시고요, 제가 도와드릴 테니까……

—야!

여자가 갑자기 오재우를 바라보면서 소리 질렀다.

—너, 왜 그래? 너, 나한테 지금 왜 그러는 거야!

오재우는 끔벅끔벅 여자를 바라보았다. 여자의 입김이 그의 얼굴에 와 닿았다. 택시는 계속 졸졸, 그들의 뒤를 따라오고 있었다.

—뭘 자꾸 신고하라는 거야, 나한테!

여자의 목소리는 좀 전과 달리 크고 날카롭게 변해 있었다.

—저기…… 아까 경비원들이…… 만졌잖아요……

오재우는 작은 목소리로 말했다. 눈송이들이 그의 입안으로 들어왔다. 눈썹에 내려앉은 눈 때문에 제대로 눈을 뜰 수가 없었다.

—만지긴 누가 뭘 만졌다고 그래!

—아까 분명……

오재우는 말끝을 흐렸다.

—밀친 거야, 밀친 거라구! 아까 다 봤다며!

—그러니까 그때 분명……

오재우는 그때 잠깐, 자신이 본 것이 사실이 아닐지도 모른다는 생각을 했다. 하지만, 그는 이내 그런 생각을 지웠다.

—너, 내가 그렇게 일을 그만두었으면 좋겠어? 그래서 계속 이러는 거야? 응?

—아니, 난 아까 정말 다 봐서……

—남자 새끼가 치사하게 같은 조 사람 흠이나 잡으려고 들고……

여자는 그렇게 말한 후, 조금 더 빠른 걸음으로 걸어나갔다. 오재우는 한참 동안 그 자리에 그대로 서 있었다. 무언가 갑자기 그의 몸에서 쑤욱, 빠져나가버린 듯한 기분이 들었다.

오재우는 다시 뛰다시피 여자의 뒤를 쫓아갔다. 그리고 여자의 어깨를 잡았다.

—이 개새끼야!

여자가 메고 있던 가방으로 오재우를 내리쳤다.

—싫다잖아! 내가 싫다고! 내가 아니라잖아, 이 개새끼야!

여자는 제자리에 주저앉으면서 빽, 소리를 질렀다. 하지만 이번엔 오재우도 가만히 있지 않았다. 그도 소리를 질렀다.

—분명 만졌잖아요! 만졌는데 왜 바보같이 가만히 있어요!

오재우는 소리를 지르면서 여자의 얼굴을 노려보았다. 눈 때문이었을까, 그녀의 눈썹은 모두 지워지고 보이지 않았다. 택시 기사가 차창을 내리고 그들에게 "택시 안 타요?"라고 물었다. 눈은 좀처럼 그치지 않았다.

5

그날 밤, 오재우는 여자와 헤어져 혼자 파출소 쪽으로 성큼성큼 걸어갔다. 오재우는 여자 대신, 자신이 직접 신고를 할 작정이었다. 자신이 처음부터 끝까지 다 지켜보았으니, 혐의 입증에는 아무런 문제가 없을 것이라고 생각했다. 그 순간까지도 오재우는 자신이 여자와 마찬가지로, 여자와 똑같은 피해자라는 생각을 하고 있었다. 무엇 때문인지 알 순 없어도, 분명 오재우는 그렇게 생각하고 있었다.

그러나…… 오재우는 파출소 안으로 들어가지 못했다. 이번엔 반대로 여자가 그의 뒤를 쫓아와서, 그의 어깨를 잡았기 때문이었다.

—왜요? 놔요, 난 다 봤다구요. 난 그쪽처럼 그냥 못 넘어

가겠다구요!

오재우는 여자의 손을 뿌리치며 계속 파출소 앞으로 걸어갔다. 그러나, 여자가 다시 한 번 더 오재우의 팔을 붙잡고, 작은 목소리로 무슨무슨 말을 한 다음, 모든 것이 다시 원래대로, 그러니까 그가 행정동 팔 층 화장실에서 여자를 발견하기 이전으로 되돌아가고 말았다.

—그게 아니고…… 저기, 나…… 차비 좀 꿔줘요.

여자는 고개를 옆으로 돌린 채 말했다. 오재우는 여자의 코트 끝자락이 파르르, 떨리는 것을 보았다. 바람 없이 눈만 내리는 밤이었다. 오재우는 한참 동안 여자의 보풀이 인, 눈송이들이 포도알처럼 잔뜩 매달린, 낡고 오래된 회색 코트를 내려다보았다. 이제 곧 어둠이 물러갈 시간이었다. 또 어느 누군가는 벌써 일어나, 출근 준비를 서두르고 있을 터였다. 오재우는 그제야 자신이 지금 무언가 오타를 내고 있다는 것을 깨닫게 되었다. 그건 명백한 오타였다.

6

오재우는 다시 행정동 팔 층 사무실로 혼자 돌아와 앉았다. 독서대 위에는 천구백육십사 년 이월, 철학과를 졸업한 '최민구' 씨의 학적부가 길게 펼쳐져 있었다.

오재우는 컴퓨터의 전원을 켜고, 모니터에 프로그램 창을 띄웠다. 천구백사십일 년 오월 팔 일 태어난 '최민구' 씨는, 일 년 동안 가사 휴학을 했고, 네 과목을 재수강했으며, 결핵을 앓아 사십 일 동안 학교에 나오지 못했었다. 그의 혈액형은 O형이었으며, 삼남 사녀 중 차남이었고, 몸무게는 오십칠 킬로그램이었다. 오재우는 그런 '최민구' 씨를 가만히 바라보다가, 하나하나 '최민구' 씨를 지워나가기 시작했다. 다른 생각은 하나도 하지 않았다. 그는 오직 지워나가기만 했다. 예전처럼 학적부에 적힌 숫자들과, 프로그램에 옮겨 입력한 숫자들이 서로 달라 보이지도 않았다. 그는 그제야 원래 학적부 속 숫자들 또한 사실이 아닐지도 모른다는 생각을 하게 되었다. 서류란 원래 그런 것이니까. 서류란 원래 사실이 필요해서, 사실을 만들어내기 위해, 작성된 것이니까. 우리의 가련한 주인공 오재우는 멀리 돌아와서, 비로소 그것을 깨닫게 되었다. 그래서 그는 더 이상 서류를 들여다보면서 상상하지 않게 되었다. 서류 자체가 상상이었으니까.

토요일 아침, 오재우를 빼고 제일 먼저 행정동 팔 층 사무실로 출근한 사람은, 그와 같은 조의, 여드름이 많이 나고 파마머리를 한, 밤새 추위에 떨었을지도 모르는, 바로 그 여자였다.

밀수록
다시 가까워지는

1

할머니가 삼촌에게 하얀색 스리 도어 프라이드를 한 대 사준 것은 87년 가을의 일이었다.

그때까지만 해도 경기도 가평에서 혼자 농사를 짓고 살던 할머니는, 3년 동안 손수 여물을 쑤어 기른 누렁이를 판 돈에, 한여름 장날 차부 옆 약국 계단에 쪼그려 앉아 한 묶음에 천 원씩 받고 판 옥수수, 거기에 고모의 통장에 들어 있던 돈까지 모두 합쳐 총 420만 원을 마련했고, 그 돈을 미련 없이 자동차 영업 사원에게 건네주었다. 고모가 부추긴 것도 한몫했지만, 그때 당시 할머니의 의도는 명백하고 단호한 것이었다. 삼촌이 차를 몰고 다니면, 그러면 여자가 생기지 않을까, 장가를 가지 않을까, 그것이 할머니의 예상이었다. 그래서 할머니는 그해 추석 전날,

서울 상봉동에서부터 직접 프라이드를 몰고 오느라 다섯 시간이 넘게 걸렸다고 투덜대던 자동차 영업사원에게도 군말 없이 웃돈에 송편까지 챙겨주며 등을 토닥거려주었으며, 시너 냄새가 채 가시지 않은 프라이드 유리창에 달라붙어 연신 손도장을 찍어대던 나와 사촌동생들에게는 난생처음 부지깽이를 휘두르며 '손 하나 까딱하지 마라'고 소리를 지르기도 했다. 아버지와 어머니, 작은아버지와 작은어머니는 입을 딱딱 벌린 채 그런 할머니를 말없이 바라보기만 했고, 주저주저 자동차 키를 받아든 삼촌은 다시 그런 아버지와 어머니, 작은아버지와 작은어머니의 얼굴을 힐끔힐끔 바라보며 뒤통수를 긁어댔다. 고모 혼자만 박수까지 쳐대며 삼촌의 등을 떠밀어 운전석에 타게 만들었다.

당시 서른 살이었던 삼촌은 구로동에 있는 대동피혁이라는 공장에 다니고 있었는데, 그 때문이었는지는 몰라도 열 손가락의 첫번째 마디는 늘 갈색으로 물들어 있었다. 머리카락에선 항상 휘발유 냄새가 났고, 봄 가을 겨울, 세 계절 내내 입고 다녔던 군청색 점퍼엔 붉은색 페인트가 군데군데 묻어 있었다. 시간이 조금 흐른 후, 할머니가 경기도 가평 집을 팔고 서울 홍은동 우리 집으로 살림을 옮긴 다음부터 나는 10년도 넘게 삼촌에 대한 이야기를 듣고 듣고 또 듣게 되었는데, 어쩌면 그것 때문에 지금 여기에 이렇게 삼촌 이야기를 쓰게 된 것인지도 모르겠다 (어쩌자고 어머니는 나와 할머니를 같은 방에서 살게 했을까? 아무리 방이 없다고 해도 그렇지, 이야기를 하느라 앞니가 몽땅 다 달아나버렸다고 실토하는 할머니와 재수생을 한 이불 속에 눕게 했으니, 결과는 뻔한 것이었다. 할머니는 내가 까무룩 잠이 들 때마다 어깨까지 툭툭 쳐대며 '야 야, 자냐? 웬 젊은 놈이 초저녁잠이 그리 많냐? 네 아버시가 마장동에서 한창 공부할 땐 말이다……'로 시작되는 이야기를 다시 꺼내곤 했다).

그때 할머니의 이야기에 빈번하게 등장했던 삼촌은 '이제 막 기름칠을 끝낸 경운기'처럼 하루 종일 밭을 갈고, 논을 매고, 땔감을 나르는 사람이었다. 고모가 태어난 바로 그해, 읍내 다리에서 낙상해 세상을 등진 할아버지 덕분이기도 했지만, 삼촌은 각각 아홉 살, 일곱 살 차이 나는 형님들이 서울에 있는 상고에 나란히 진학하는 바람에 읍내 중학교만 간신히 졸업한 후, 그대로 고향집에 눌러앉을 수밖에 없었다. 그리고 그때부터 스물한 살, 맹호부대에 입대할 때까지 해 뜰 때 발동이 걸렸다가 해 질 때 발동이 꺼지는 경운기처럼 뒷동산 감자밭에서부터 안목골 논까지 하루 종일 터덜터덜 걸어다니면서 일을 해야만 했다.

그런 삼촌을 서울로 떠밀어 올린 것은 할머니였다.

—걔가, 제대한 후에도 계속 농사만 지었는데, 아 어느 날 내가 걔 참을 가져다주려고 안목골 논까지 리어카를 끌고 갔거든……

—아이, 참, 할머니. 또 그 얘기 하려는구나. 아, 글쎄 그 얘긴 하지 말래도.

—아, 그러니까 잘 들어봐, 이놈아…… 그때 갸가 논두렁 한쪽에 이렇게 누워서 자고 있었는데 말이야, 내가 옆으로 가만히 다가가 내려다보니까, 아, 글쎄 추리닝 바지 아래로 갸 자지가, 갸 자지가 이렇게, 이렇게 서 있는 거야……

할머니는 그 이야기를 할 때마다 당신의 오른손을 잠옷바지 아래로 넣어 들썩거리곤 했다.

—아, 그걸 내가 처음 봤을 땐 어찌나 민망하고 놀랐던지…… 아, 근데 사람 마음이 또 요상한 게, 그걸 힐끔힐끔 내려다보고 있자니 이 할미 마음이 한편으론 짠해지는 거야…… 그래서 내 한참을 그 옆에 가만히 앉아 있다가 그냥 왔지 뭐냐.

할머니는 그길로 읍내 당숙에게 전화를 넣어 삼촌의 일자리를 부탁했다고 했다. 그게 82년 여름의 일이었다.

—나는 갸를 그렇게 서울로 올려보내면 지 형들만큼은 아니더라도 그냥 저랑 어울리는 짝 만나 알콩달콩 잘살 줄 알았지 뭐냐…… 한데, 이건 뭐 계절이 몇 번 바뀌도록 여자가 생겼는지 안 생겼는지 도통 알 수가 있어야지. 어쩌다 노는 날 집에 내려와도 아무 말 없이 장작이나 패다 가니…… 내가 두 해쯤 지나 네 고모를 일부러 같은 공장에 취직시켜 갸한테 올려 보낸 것도 다 그것 좀 알아보라고, 그것 좀 캐보라고 그런 거거든.

하지만, 당시 스무 살이었던 고모가 전해온 소식은 할머니를 충분히 실망시키고도 남는 것이었다. 고향에서랑 똑같다고, 아침부터 한밤중 잔업이 끝날 때까지 말 한마디 없이 기계에서 밀려 나오는 원단만 받아낸다는 것, 어쩌다 휴일이 돌아와도 자취방에서 도통 나오지 않고 잠만 자거나 라디오만 듣는다는 것, 회사 여공들 사이에서도 '어머, 그런 사람이 있었어?'로 통한다는 것, 그러니, 자기부터 먼저 시집을 보내줘야 할 것 같다는 얘기……

—내, 그래서 그때부터 악착같이 저금을 했다는 거 아니냐. 네 고모한테 들으니까 그때 젊은것들은 자동차 있는 남자들을 좋아한다고 해서, 오냐, 그럼 내가 우리 막내 그놈 한 대 사주자, 그래서 처녀들을 한꺼번에 세 명, 네 명씩 태우고 돌아다니게 해주자, 나는 뭐 열 며느리 마다하지 않을 자신이 있었으니까…… 그래서 그때까지만 해도 네 애비에게도, 네 작은애비에게도 없던 자동차를 떡하니 사준 게지. 내가 갸한테 뭘 사준 건 그게 처음이었어……

할머니는 삼촌이 프라이드를 몰고 서울로 올라간 그다음 주말부터 계속 다리 건너 신작로까지 나가 한나절을 앉아 있다가 돌아왔다고 했다. 옥니만 아니면 되는데, 옥니만 아니면 되는데…… 할머니는 그렇게 중얼거리면서, 삼촌이 프라이드 조수석에 태우고 데려올 여자를 머릿속에 그리고 또 그려보았다고 했다.

하지만 할머니의 그런 바람과는 달리, 삼촌은 그 뒤로도, 한 달이 지나고 두 달이 지나고 1년이 다 지나도록 처녀를 데리고 나타나진 않았다.

대신…… 삼촌은 프라이드와 사랑에 빠지게 되었다.

그러니까 이 글은 바로 그 사정에 대한 이야기이다. 나 역시도 한참 후에야 알게 된 삼촌과 프라이드의 사정 말이다.

2

내가 지금도 생생히 기억하는 삼촌은 항상 프라이드 운전석을 최대한 뒤로 젖힌 채, 그 위에 침낭을 깔고 자고 있는 모습이었다. 87년 추석 이후, 내가 삼촌의 얼굴을 본 것은 손으로 꼽을 수 있을 만큼 많지 않았는데, 그것은 대부분 설날 아침이거나 입춘 근처에 있는 할아버지 제삿날 저녁이었다. 가평 집 안방에 병풍이 쳐지고 지방이 세워질 때쯤이면, 항상 할머니가 부엌으로 따로 나를 불러내어 작은 목소리로 말하곤 했다.

—대문 열고 저기 저 뒷동산 밭 미루나무 아래 가봐라. 삼촌 왔으면 어여 들어오라고 하고.

삼촌은 어느 해 설날엔 왔고, 또 어느 해 설날엔 오지 않았다. 프라이드 창문 전체를 뒤덮은 하얀 서리를 부챗살 모양으로 긁어내보면, 거기 삼촌이 히터도 켜지 않은 채 잠들어 있었다. 뒷좌석 한편엔 휴대용 가스버너와 코펠, 커다란 플라스틱 물통이 하나 놓여 있었고, 운동화와 흙이 잔뜩 묻은 안전화, 공구들이 가득 담긴 쌀자루도 눈에 들어왔다. 삼촌은 자리에서 일어나면 항상 자동차 시동을 먼저 걸었는데, 그런 다음에야 눈곱을 떼고 기지개를 펴고 운전석 문을 열고 나와 내 머리를 한번 쓰다듬어주었다. 그리고 5분 정도 보닛 바로 옆에 쭈그리고 앉아 담배를 한 대 다 피운 후, 다시 시동을 끄고 그제야 집으로 들어가곤 했다.

내 기억이 정확하다면, 삼촌은 프라이드를 타기 시작한 지 두 달 만에 다니던 공장을 그만두고 전국을 떠돌기 시작했다. 주로 물막이 현장이나 신축 아파트 공사장들을 떠돌아다니며 간간이 일을 하는 모양이었는데, 따로 방을 잡거나 살림을 차린 눈치는 아니었다. 차례나 제사가 어느 정도 마무리되고 나면, 아버지는 짜증난 듯한 표정으로 나와 사촌동생들을 모두 방 밖으로 내보내곤 했다. 그리고 그 뒤엔 항상 큰소리가 튀어 나왔다. 주로 정신 좀 차리라는, 언제까지 그렇게 살 거냐는, 아버지와 작은아버지의 목소리였다. 어느 해엔 누군가 손찌검하는 소리가 부엌까지 들려오기도 했는데, 그때마다 할머니는 괜스레 어머니와 작은어머니에게 손이 굼뜨다는 둥, 아직까지 시어미가 들기름이 어디 있는지 일일이 가르쳐주어야 하겠냐며 신경질을 냈다.

삼촌은 차례나 제사가 끝난 후, 대개 한두 시간도 지나지 않아 사라졌다. 화장실을 가는가 싶었는데, 마당에 나가보면 어느새 멀리, 동네 초입을 빠져나가고 있는 프라이드의 붉은색 후

미등이 눈에 들어왔다. 그렇게 작게 작게 사라져가는 후미등을 한참 동안 바라보고 있자면 왠지 모르게 쓸쓸하고 외로운 마음이 들기도 했는데, 사실 그런 감정은 잠시였고, 나는 나도 모르게 휴우, 긴 한숨을 내뱉곤 했다. 어쨌든 삼촌 때문에 집안 분위기가 엉망이 되는 것은 사실이었으니까. 마치 그때부터 다시 명절이 시작되는 듯한 느낌이 들기도 했다.

93년도 설이던가, 한번은 사촌여동생이 삼촌의 점퍼에서 몰래 차 키를 빼내 프라이드에 숨어든 적이 있었다. 제 딴에는 집에서 가져온 카세트테이프를 듣고 싶어서 그랬던 모양인데, 시동도 제대로 걸지 않은 상태에서 히터와 오디오를 켜고 있는 바람에 그만 배터리가 모두 방전되고 말았다. 뒤늦게 그 사실을 안 삼촌은, 그때부터 다음 날 아침 서비스센터 직원이 트럭을 몰고 직접 찾아올 때까지 단 한 발짝도 프라이드 옆을 떠나지 않았다. 밤이 늦도록 집으로 들어오지 않는 삼촌을 보다 못한 작은어머니가 몇 번 대문 밖으로 나가봤지만, 번번이 혼자 돌아오곤 했다.

—뭐래, 안 들어오겠대?

작은아버지가 묻자, 작은어머니는 말없이 고개만 끄덕거렸다.

—한데…… 한데, 삼촌이 좀 이상해요.

—뭐가?

—차를…… 차 앞머리를…… 이렇게 꽉 끌어안고 있어요…… 마치 애인이라도 되는 것처럼.

그 말을 들은 아버지는 허, 참, 하며 고개를 절레절레 흔들었고, 할머니는 슬그머니 자리에서 일어나 방 밖으로 나가버렸다. 언젠가 내가 그날 일을 병실에 누워 있는 할머니에게 물어본 적이 있었는데, 할머니 역시 그때 일을 또렷하게 기억하고 있었다. 할머니 또한 그날 밤 종종 삼촌이 있는 곳으로 나가봤던 것이다.

—갸가…… 속정이 깊어서…… 그게 누렁이 팔아서 장만한 거잖냐? 그저 그게 누렁이다, 생각해서 그런 게지. 내가 그날 갸들 둘한테 담요 덮어주고 왔어.

할머니는 그렇게 이해했을지 몰라도, 그러나 가족들 중 그 누구도 그런 삼촌을 이해한 사람은, 아니 이해하려고 노력한 사람은 없었다. 그저 삼촌에게서 무언가가 살짝, 빠져나갔다고만 생각했을 뿐, 다른 것은 없었다. 그도 그럴 것이 삼촌은 그 뒤로도 20년 가까운 세월을 계속 프라이드에서 나오지 않았으니까…… 길을 가던 도중 어쩌다 불쑥 하얀색 프라이드를 마주치기라도 하면 무의식중에 꾸벅, 고개를 숙이고 싶은 마음이 들었던 건 비단 나뿐만은 아니었던지, 지금은 호주에 가서 살고 있는 사촌여동생은 언젠가 한번 횡단보도 앞에서 하얀색 프라이드와 마주쳤을 때, 저도 모르게 속엣말로 '숙모님'이라고 불러봤다고 고백했을 정도이니, 말 다한 것이다.

3

그런 삼촌이 우리 집 담벼락 옆에 프라이드를 주차해놓고 사라진 것은 6년 전 어느 봄날, 그러니까 정확하게 말하자면 2004년 4월 6일(정확한 날짜는 나 또한 훨씬 후에 알게 된 것이었다), 새벽의 일이었다. 아침에 신문을 가지러 대문 앞까지 나간 아버지는 우유 투입구에서 낯선 자동차 키를 발견했고, 곧이어 아버지의 소나타 뒤에 얌전히 주차되어 있던 삼촌의 프라이드를 보게 되었다. 삼촌은 타고 있지 않았다.

하필 그날 나는 같은 대학원에 다니고 있던 사람들과 왜 우리가 결혼정보회사 듀오에 가입될 수 없는가에 대해 밤새 진지하고 심도 있는 토론을, 다량의 음주와 함께 나눈 후 첫차를 타고 돌아오는 길이었기에, 골목길에서 아버지와 마주치자마자 움찔, 그 자리에 굳은 듯 멈춰 설 수밖에 없었다. 또 한 소리 제대로 듣겠구나, 각오하고 있었는데, 뜻밖에도 아버지는 계속 주차된 프라이드만 이리저리 살필 뿐, 내겐 별 관심을 보이지 않았다.

—이게 네 삼촌 차 맞지?

그제야 나도 주차되어 있던 프라이드로 눈길을 돌리게 되었다. 그건 한눈에 봐도 삼촌의 차가 틀림없었다. 번호판도 예전 그대로였고, 사선으로 된 알루미늄 휠도 변함없는, 삼촌의 오래된 연인이 맞았다. 프라이드는 이제 막 세차를 끝낸 듯 먼지

하나 없이, 그때 막 떠오르던 해에 반사돼 번들거리고 있었다. 20년 가까이 운행된 자동차였지만, 색깔만 조금 진주색에 가깝게 바랬을 뿐, 범퍼엔 잔 흠집 하나 나 있지 않았다.

—한데, 이걸 왜 집에 던져놓고…… 어딜 간 거야?

아버지는 손에 들고 있던 자동차 키를 흔들며 계속 고개를 갸웃거렸다. 그땐 할머니가 우리 집에서 함께 산 지도 벌써 8년 가까이 흐른 뒤인지라, 나는 당연히 삼촌이 할머니를 만나러 온 것이라고 생각했다. 그래서 아마 목욕탕에 간 거 같다고, 그래야 삼촌도 듀오에 가입할 수 있지 않겠냐며, 횡설수설 아버지에게 말을 늘어놓았던 것 같다. 그러니까 그때까지만 해도 나는, 삼촌이 하루가 지나고 이틀이 지나고 우리 동네 목욕탕들이 죄다 찜질방으로 상호를 바꿀 때까지 돌아오지 않을 줄은 상상도 하지 못한 것이다. 상상은 무슨 상상, 그저 빨리 늙고만 싶었을 뿐이었다.

4

프라이드는 87년 3월부터 기아자동차에서 생산되기 시작한, 우리나라 최초의 해치백 스타일의 자동차였다. 엔진은 직렬 4기통 1139시시 70마력짜리와, 1323시시 78마력 가솔린 엔진 두 가지 모델이 있었다. 그때까지만 해도 트렁크가 뒤로 삐죽 튀어

나와 있는 세단 모델에 익숙해 있던 사람들은, 처음 보는 해치백 스타일의 자동차를 두고 이런저런 말들이 많았다. 뒤에서 차가 받으면 운전자가 즉사한다는 둥, 트렁크엔 도시락 하나 실을 수 없을 거라는 둥, 기름통이 너무 작아 오토바이랑 다를 바 없을 거라는 둥, 앞에 손잡이만 하나 달면 딱 리어카라는 둥, 대부분 무시와 비하의 말들이 주를 이뤘다. 하지만 그해 3월 5일 서울 영동 무공종합전시장에서 열린 신차 발표회장엔 나흘 동안 무려 18만 명의 시민들이 한꺼번에 몰려, 그런 말들을 모두 무색하게 만들었다. 신차 발표회 후 한 달 만에 가계약 건수가 9천 대를 넘어섰고, 87년이 다 지나가기 전까지 그해 계획했던 총 3만 대의 판매실적을 모두 달성해, 당시로서는 어마어마한 성공을 거두기도 했다. 프라이드가 그토록 단기간 안에 인기를 끌 수 있었던 비결은 저렴한 차량 가격과 다른 차들과는 비교할 수 없을 만큼 좋은 연비가 톡톡히 한몫했지만, 그해 3월부터 집중적으로 방영된 텔레비전 CF의 공 또한 무시할 순 없을 것이다. 하얀색 캐주얼 차림의 젊은 두 남녀가 한강변을 걸어가다가 프라이드를 타고 석양이 지는 도시 저쪽으로 사라지는 광고는, '도시의 젊은 생활, 나의 삶 나의 꿈, 프라이드'라는 카피와 함께 매시간 텔레비전에서 흘러나왔다. 지금 생각해보면 조금 유치하기까지 한 그 광고는, 남자 모델의 특이한 승차 자세 때문에 더 큰 화제를 몰고 왔다. 남자 모델은 한쪽 다리를 미리 쭉 펴서, 그러니까 마치 태권도의 뒷발차기 비슷한 자세로 몸을 낮춰 운전석에 올라탔는데(아마도 차체가 낮아서 그랬던 모양이었다), 그 모습이 사람들에겐 낯설고 또 한편으론 신기하게 여겨진 모양이었다. 그 광고가 나온 이후, 거리 곳곳에서 택시를 그런 자세로 올라타는 사람들을 종종 발견할 수 있었고, 나와 내 친구들은 자주 그런 자세로 버스에 올라타다가 기사 아저씨에게 호되게 욕을 얻어먹기도 했다.

프라이드는 이후 몇 차례 보디 형식을 추가해 모델 라인업을 늘려나가다가, 2000년 1월 최종 단종되고 말았다. 그때까지 총 판매 대수는 70만 대가 조금 넘었고, 포드 자동차와 마쓰다 자동차에 OEM 방식으로 수출된 물량까지 합치면 총 100만 대가 넘게 생산되었다. 예전 어느 자동차 전문기자가 프라이드에 대해서 '결과적으로 실패한 모델'이라고 쓴 글을 읽은 적이 있었는데, 요지는 대충 이런 것이었다. '자동차는 어느 정도 결함도 있고, AS 유발 효과라는 것도 있어야 하는 법인데, 프라이드는 그런 게 없었다. 수익적 차원에서 보면 회사에 아무런 보탬도 되지 않았던 자동차였다.' 프라이드에 대해 욕을 하는 글인지 칭찬하는 글인지 도통 알 수는 없으나, 그의 평가와 일반인들의 평가는 크게 다르지 않았다. 어떤 사람은 프라이드의 출시로 인해 바야흐로 우리나라에 1가구 1차 시대가 열렸다고 평하기도 했으니까. 물론 다 지난 다음에, 프라이드가 단종된 이후에야 나온 말들이지만 말이다.

5

2004년 4월이면 내가 운전면허를 딴 지 채 6개월도 지나지 않았던 때인지라, 세숫대야만 봐도 무작정 이리저리 돌려보고 싶은 마음이 생기고, 버스 좌석에 앉아도 오른쪽 발바닥을 살짝 세워 허공을 지그시 밟아대던, 그런 시절이었다. 호시탐탐 아버지의 소나타를 노리다가 좌측 사이드 미러와 뒷범퍼를 전부 교체하게 만들었던 것도 그맘때였고, 인터넷으로 밤새 중고 마티즈 시세를 알아보다가 다시 학원 파트타이머 강사 자리를 알아보다가, 또다시 아반떼의 할부금리를 알아보던 시절이기도 했다. 차가 꼭 필요한 이유를 대라면 당연 아무런 말도 할 수 없었지만, 아무런 이유 없이 차를 몰고 다니는 친구들은 주위에 넘치고 넘쳐났기에, 나는 종종 까닭 없이 불행하다는 생각에 빠지기도 했다. 자동차 회사들 또한 아무런 이유 없이 차를 모는 사람들을 주 고객 대상으로 삼아 '제로백'이니 '코너링'이니 하는 것들을 주요 선전문구로 내세웠으니, 거참, 사람 멍하게 만드는 것도 한순간의 일이었다. 아무런 문제도 없고, 아무런 불편도 없는 상태에서 느끼는 불행이란, 곧잘 우울증으로 이어질 수 있다는 것을 깨닫게 된 것도 아마 그즈음의 일이었을 것이다.

그런 시절에, 삼촌의 자동차 키가 일주일 넘게 우리 집 신발장 위에 얌전히 놓여 있었다…… 처음엔 정말이지 손톱만큼도 그것을 건드릴 생각은 하지 못했다. 다른 사람도 아닌, 삼촌의 자동차였기 때문이었다. 삼촌에겐 애인과도 같은 프라이드였다. 그런 프라이드를 몰래 탄다는 건…… 그 자체가 불경스럽게 여겨지기도 했지만, 사실은 두려운 마음이 더 컸다. 차를 끌고 나갔다가 집으로 돌아와보면, 삼촌이 그 자리 그대로 우뚝 서서, 나를 기다리고 있을 것만 같았다. 그러니까 아무리 세숫대야를 잡고 이리저리 돌려대는 처지라 해도, 사람에 대한 예의까지는, '예의'라는 단어의 초성까지는, 자동차 핸들로 보지 않았던 것이다.

하지만, 삼촌이 일주일이 지나 열흘이 넘도록 연락 한 번 없이 돌아오지 않자, 슬금슬금 내 안에서 다른 가정들이 자라나기 시작했다. 일테면, 삼촌이 차를 바꾼 게 아닐까, 하는 가정, 혹은 삼촌이 이라크나 두바이로 일자리를 찾아 떠났을지 모른다는 가정, 그것도 아니면 삼촌이 음주운전으로 면허가 취소되었을지 모른다는 가정, 그것도 아니라면…… 그냥 불현듯 내가 생각나서, 네가 할머니 때문에 고생이 많구나, 하면서 선물로 주고 갔을 가정…… 삼촌 역시 젊은 시절 할머니 이야기를 듣느라 고생깨나 했을 게 분명하니까……

결국 그런 가정과 가정의 지난한 싸움 끝에, 내가 삼촌의 자동차 키를 손아귀에 감싸쥔 채 조용히 현관문 밖으로 나선 것은 그로부터 다시 보름이 지난, 4월의 마지막 주 금요일의 일이었다. 어쨌든 너무 오랫동안 시동을 걸지 않고 방치하면, 그것 또한 차에 대한 예의가 아니라는 것이, 삼촌도 그런 내 마음을 이해해주리라는 것이, 나의 최종 결론이었다. 하여간, 예의 하나는 어디에 내놔도 빠지지 않았던 청춘이었던 것이다.

삼촌의 프라이드에 처음 시동을 걸었을 때, 그때 들었던 엔진 소리를 지금도 잊을 수가 없다. 이미 햇수로 꼬박 18년이 되었고, 계기판에 나와 있는 주행거리는 47만 킬로미터를 넘어서고 있었지만, 프라이드의 엔진은 부드럽고 조용하게, 마치 난로 위 주전자처럼 천천히, 그리고 단호하게 움직이기 시작했다. 기름은 가득 채워져 있었고, 사이드브레이크는 단단히 잠긴 상태였다. 실내엔 희미하게 알코올 냄새 같은 것이 배어 있었는데, 그건 일전에 아버지 차에서 맡아보았던 새 차 특유의 냄새를 닮아 있기도 했다. 시트도 깨끗했고, 예전 내가 보았던 삼촌의 자질구레한 짐들 역시 하나 보이지 않았다. 검은 고무재질로 만든 발판은, 운전석 쪽은 닳고 닳아 끝 부분이 모두 갈라져 있었지만, 조수석 쪽은 이제 막 물에 담갔다가 뺀 듯 말끔했다.

나는 시동을 건 채, 한참 동안 차 내부를 두리번거리면서 살펴보았다. 그리고 핸들을 살짝 잡아보았다. 핸들은 길이 잘 든 듯 너무 뻑뻑하지도, 또 너무 헐겁지도 않았다. 나는 핸들을 잡은 상태에서 숨을 한번 길게 내쉬었다. 여러 가지 가정 중 하나의 가정은 확실해진 것 같았다. 왜인지는 알 수 없으나, 삼촌은 이제 이 프라이드와 영영 이별을 해버린 것만 같았다. 그냥 나도 모르게 그 순간, 그런 느낌이 들었다. 그렇다면…… 나는 브레이크 페달에서 발을 떼, 액셀 페달 위에 올려놓았다. 차는 아무 이상 없이 천천히 앞으로 움직이기 시작했다. 차가 서서히 움직이자, 나는 삼촌에 대한 생각은 자연스럽게 잊어버리고 말았다. 아직 초보딱지를 떼지 못한 처지여서 그랬기도 했지만, 어쩌면 그것은 자연스러운 관성 같은 것이었는지도 몰랐다. 가정을 진실로 만들어버리는 관성 같은 것.

하지만, 그런 상태는 그리 오래가지는 못했는데, 그날 밤, 나는 삼촌의 프라이드의 어떤 결함에 대해서 곧장 알아버렸기 때문이었다.

삼촌의 프라이드는, 삼촌의 프라이드는…… 후진이 되질 않았다.

6

삼촌의 프라이드가 후진이 안 된다는 것을 내가 처음 알게 된 건 가양대교가 눈앞에 보이는 한강시민공원 주차장에서였다.

혼자였으면 차라리 좋았을걸…… 왜 초보들은 운전대를 잡기만 하면 꼭 조수석에 누군가를 태워야 한다는 의무감에 휩싸이는지, 나 역시도 그날 프라이드를 몰고 집 앞 골목길을 빠져나오자마자 자연스럽게 한 여자아이부터 떠올렸고, 그래서 곧장 강변북로로 접어들고 말았다. 학교 신문사 간사 일을 하면서 알게 된 여자 후배였는데, 딱 한 번 단둘이 술자리를 가졌다가 엉망으로 취해 잠자리까지 하게 된 사이였다. 그렇다고 그 뒤 정식으로 사귀게 된 것은 또 아니었는데, 나야 어느 정도 호감을 갖고 있었다고 해도, 여자 후배의 입장은 꼭 그렇지만은 않은 것 같았기 때문이었다. 에이, 그거야 어디 사람끼리 잔 건가, 술끼리 서로 잔 거지. 여자 후배는 서슴없이 그런 말을 하면서 내 어깨를 퉁, 치기도 했다. 그러니, 나 역시도 별수 없이 퉁, 여자 후배의 어깨를 치며 그러게, 왜 술을 섞어 마시냐,라고 웅얼거릴 수밖에.

그러니까 내가 그날 일산에 있는 그녀의 집을 찾아가 '어머, 이게 웬 똥차예요?'라는 소리를 듣고도 아무렇지 않게 '글쎄 말이야, 귀찮게 삼촌이 잠깐 맡아달라고 해서…… 한강에 바람이나 쐬러 갈까?' 운운했던 것은, 실은 무언가 아쉬운 마음이 남아서, 더 확인해보고 싶은 마음이 남아 있었기 때문이었다.

하지만, 그날 나는 그녀의 마음을 확인하기도 전에, 프라이드의 문제를 먼저 확인하게 되었고, 그것 때문에 그녀의 속내

따위는 전혀 생각하지도 못한 채, 낑낑, 계속 애꿎은 기어만 앞으로 뒤로 옮기다가, 결국 쓸쓸히 집으로 돌아오고 말았다. 다른 문제는 전혀 없었다. 오직 단 하나, 기어를 'R'에 놓고 아무리 액셀 페달을 밟아도, 밟고 또 밟아도, 프라이드는 요란한 소음만 낼 뿐, 꿈쩍도 하지 않았다는 것, 그게 전부였다. 지금이야 물론 그럴 경우, 기어를 중립에 놓고 재빠르게 운전석 밖으로 나가 차가 들어갈 공간을 나름 머릿속에 그리며 적절한 세기로 차 트렁크를 두 손으로 밀어 신속하게 주차를 끝냈겠지만, 그때야…… 더구나 당시 나는 운전 경력이라곤 고작 아버지의 소나타를 야밤에 세 번 훔쳐 몰아본 게 전부인, 그 세 번 중 두 번은 전봇대와 담벼락에 각각 씻을 수 없는 상처를 남긴, 말 그대로 전진과 후진만 아는 운전자였다. 한데, 그중 후진이 안 되는 경우이니…… 나는 당황하지 않을 수가 없었다. 그리고 당황해서, 더 집착하게 되었다. 주차가 제대로 안 되면 대강 천천히 그 일대를 드라이브하면서 상황을 모면할 수도 있었을 텐데, 그러나 그때는 생각이 미처 거기까진 닿지 못했다. 그저, 계속 사이드브레이크를 당겼다가 풀었다가, 시동을 껐다가 켰다가, 기어를 'R'에서 다시 'D'로, 'D'에서 다시 'N'으로, 옮기고 옮겼을 뿐이었다. 그러는 사이 여자 후배는 조수석 문을 열고 나가 혼자 한강변을 걸어다니기 시작했고, 그걸 빤히 보고도 나는 계속 바퀴에 뭐가 낀 게 아닐까, 핸들을 이리저리 돌려보며 쭈욱 프라이드에 앉아 있었던 것이다.

결국 혼자 한강변을 돌아다니다가, 매점에 들러 콜라까지 사 마시고 돌아온 여자 후배는, 그때까지도 여전히 운전석에 앉아 기어를 만지작거리고 있던 내 어깨를 툭, 치며 말했다.

—에이, 차만 똥차인 줄 알았더니, 선배도 만만치 않네. 다 봤으니까, 이제 가요.

7

이것 또한 물론 다 지나고 난 후에 든 생각이긴 했지만, 만약 삼촌의 프라이드가 그때 아무런 문제도 없었다면, 후진도 전진만큼이나 쭉쭉, 미끄러지듯 잘되었다면, 다른 차들처럼 띠링 띠링 띠리리리, 「엘리제를 위하여」 선율에 맞춰 부드럽게 잘되었다면, 그랬다면 내가 그 후로도 오랫동안 그 차를 몰 수 있었을까? 그 차를 몰고 아무렇지도 않게 이마트 주차장에 들어가고, 학교에 가고, 아르바이트로 구한 보습학원에도 가고, 찜질방에도 가고, 그럴 수 있었을까? 아마, 아마 그러진 못했을 것이다. 만약 그랬다면 나는 기껏해야 야밤에 몰래 빠져나와 자유로나 내부순환로를 몇 번 달려본 후 말았을 것이 분명하다. 아무 문제가 없기 때문에, 오히려 나는 더 조심스러웠을 테니까.

하지만…… 삼촌의 프라이드가 후진이 안 된다는 것을 알게 된 뒤, 나름 며칠을 고민한 후 내린 결론은 '삼촌은 차를 놓고 간 것이 아닌, 버리고 간 것'이었다. 그때 당시 분명, 나는 그렇게 결론을 내렸었다. 그리고 그것은 가정이 아닌, 어떤 근거에 의해서 내린 결론이기도 했는데, 그중 하나에는 한강시민공원을 다녀온 그다음 다음 날이었던가, 프라이드를 몰고 찾아간 기아자동차 홍제동 AS센터의, 은색 토시가 인상적이었던 정비사의 의견도 포함되어 있었다. 정비사는, 대검처럼 기다랗게 생긴 드라이버를 갖고 차량 내부 센터페시아 아래쪽을 모두 뜯어보고 난 후, 그런 다음 다시 밀차에 누워 프라이드 차체 아래로 들어가 한참 동안 무언가를 살펴보고 난 후, 내게 말했다.

—뭐, 문제가 좀 있긴 하지만, 애를 쓰면 고칠 수는 있겠습니다.

그의 설명에 따르면, 삼촌의 프라이드는 오토미션 쪽에 붙어 있는 패킹이 아예 떨어져나가, 기어를 아무리 'R'로 옮겨도 자동적으로 중립 상태가 된다는 것이었다. 그것만 교체하면 아무 문제 없이 후진이 될 거라고 했다. 문제는 비용이었다.

—이게 워낙 초기 모델이어서요, 패킹을 교체하려면 오토미션까지 다 갈아야 하는데 그러면 공임까지 포함해서……

정비사는 툭툭, 타이어를 발로 차면서 60만 원 정도 들 거라고 말했다. 그것도 부품을 구할 수 있는 경우에 그렇다는 말이었다. 그러면서 그는 친절하게도 현재 프라이드의 중고 시세가 50만 원 선이라는 것을 가르쳐주었다. 그것도 90년대산 모델의 경우가 그렇지, 87년산 모델은, 하면서 말끝을 흐렸다. 나는 그에게 차 키를 건네받으면서 '사실 이건 내 차가 아니라 우리 삼촌 찬데, 삼촌이 하도 귀찮게 해서……' 운운, 하지 않아도 될 말들을 늘어놓았다.

또 하나의 근거는 프라이드 조수석 콘솔박스에서 나온 서류봉투들이었다. 그 안에는 자동차등록증과 자동차세 납입영수증, 자동차 보험증서 등과 함께 삼촌의 주민등록초본과 인감증명서가 각각 두 통씩 들어 있었다. 다른 서류들은 다 이해할 수 있었는데, 생뚱맞게 주민등록초본과 인감증명서는 왜 여기 넣어놓으셨을까, 곰곰 고민하다 보니, 아하, 그게 폐차에 필요한 서류라는 것에까지 생각이 닿게 되었다. 그제야 나는 모든 게 명확해진 기분이었다. 어떤 사정 때문인지는 몰라도, 삼촌은 당신의 프라이드가 후진이 되지 않는다는 것을 알게 되었고, 그래서 아버지나 나에게 대신 폐차를 부탁한 것이라는…… 어쨌든 삼촌에겐 애인 같은 프라이드였으니, 당신 손으로 직접 폐차를 하기엔 아무래도 어려운 부분이 있었을 테니까, 뭐 그런 결론……

이상한 것은 그렇게 결론을 내리고 난 뒤부터, 나에게 느닷없이 큰 용기 같은 것이 생겼다는 점이다. 그것을 용기라고 봐도 좋고, 또 어떤 안도감 같은 것이라고 해도 틀린 말은 아닐 것이다. 어쨌든 나는 그다음부터, 아니 그 덕분에, 삼촌의 프라이드를 주저 없이, 거리낌 없이 몰고 다닐 수 있게 되었으니까. 후진이 안 된다는 단점이 있었지만, 오히려 그것이 나에겐 더 편안하게 다가온 것도 사실이었다. 사실, 서울 시내에선 주차를 할 경우를 빼곤 후진을 할 일은 거의 없었다. 더구나 그때까지도 나는 주차가 제일 어려운 초보운전자였다(소나타의 사이드미러와 뒷범퍼를 깨먹은 것도 모두 후진 주차를 하다가 생긴 일들이었다). 하지만, 삼촌의 프라이드는 주차를 할 일이 생기면 무조건 나와서 밀기만 하면 되었으니까, 따로 신경을 곤두세울 일 같은 것은 없었다. 그저, 이마트에서도 밀고, 학교에서도 밀고, 학원에서도 밀고, 찜질방에서도 밀고, 무조건 밀어서 차를 넣고, 무조건 밀어서 차를 빼면 되는 것이었다(한 달 정도 지난 후부턴 운전석 문을 열고 핸들을 조작하면서 미는 방법도 터득하게 되었다. 그러니, 일렬주차도 아무 문제 없었던 것이다). 그렇게 매일매일 트렁크 부분을 밀다 보니, 어느새 나는 조금씩조금씩 프라이드에 적응해나가게 되었다. 나는 한밤중, 책을 읽다가도 말고 집 밖으로 나와 자유로를 달렸으며, 학원 강의를 끝내고 집으로 돌아가다 말고 핸들을 돌려 외곽순환도로를 달리기도 했다. 어떤 날은 조금 더 욕심을 내서 천안까지 갔다 오기도 했고, 또 어떤 날은 시속 130킬로미터로 꾸준히 달려 안면도까지 내려간 다음, 혼자 바지락칼국수를 먹고 돌아오기도 했다. 삼촌의 프라이드를 몰기 시작한 지 두 달 정도 지난 뒤부터는 나는 거의 일주일에 세 번꼴로 밤의 고속도로를 달렸다. 달리면서 나는 오디오도 거의 켜지 않았다. 처음엔 배터리가 미덥지 못해서 그랬지만, 그 뒤로는 그저 다른 어떤 소음들에도 방해받지 않고, 오직 차가 내는 소리를 듣기 위해서, 음악을 틀지 않게 되었다. 왜 그렇게 달렸냐고 묻는다면 지금도 딱히 대답할 말은 생각나지 않는다. 그러나 그래도 굳이 답을 해야 한다면 무언가 한계 같은 것을 보고 싶어서 그랬던 것 같기도 하다. 그때 당시엔 매일매일 프라이드에 시동을 걸면서 오늘이 마지막일 거야, 오늘이 마지막일 거야, 라고 중얼거렸으니까. 그도 아니면 어떤 반발심리 같은 게 있었을지도 모른다. 뒤로는 못 가는 자동차이니, 어쨌든 앞으로는 최대한 멀리, 최대한 빨리 가보자는…… 고속도로는 후진할 수 없는 길이니까, 무조건 앞으로만 나가야 하는 길이니까…… 그러면서 나는 얼핏얼핏 삼촌도 나와 비슷한 게 아니었을까, 그래서 그토록 오랜 세월 프라이드에서만 머문 게 아니었을까, 하는 생각을 하기도 했다. 달리다 보니까 돌아갈 곳을 아예 잊어버린 게 아닐까, 하는…… 일종의 당혹감 같은 것 말이다.

물론 그런 생각들은 내가 삼촌의 노트를 발견하기 전까지, 그것도 아주 잠깐잠깐씩만, 하게 된 것에 불과했지만.

8

삼촌의, 철심으로 단단하게 묶은 네 권짜리 대학노트가 나온 곳은 프라이드 트렁크의 예비 타이어 바로 아랫부분에서였다. 학교에서 집으로 돌아오는 길에 옆 차선 운전사가 계속 손짓을 해서 내려보니, 이런, 왼쪽 뒷바퀴가 바람 빠진 풍선처럼 주저앉아 있었다. 최대한 저속으로 일차선으로만 달려 다시 기아자동차 홍제동 AS센터에 도착해 트렁크에 들어 있던 예비 타이어를 빼내보니, 그 아래 삼촌의 노트가 들어 있었다. 내가 삼촌의 프라이드를 몰기 시작한 지 거의 반년 정도 흐른 뒤의 일이었다.

그것은 일종의 '차계부'와도 같은 것이었다. 87년 10월 16일부터 씌어지기 시작한 삼촌의 노트엔 한 줄 한 줄, 그날의 출발지와 중간 도착지, 최종 도착지, 총 운행거리와 주유량 등이 적혀 있었다. 일테면 이런 식이었다.

1987 10/27 구로동 출발 → 아현동 → 부천 춘의동 → 구로동 도착(총 63km, 춘의주유소 10l 5,420원)

거기엔 그 외 다른 어떤 문장들도 포함되어 있지 않았다. 간간이 타이어 교체와 엔진오일 교체, 공업사 전화번호 등이 적혀 있는 페이지가 나오긴 했지만, 그것을 제외하곤 삼촌은 철저하게 프라이드가 달린 거리만, 프라이드가 머문 장소만 기록해두었다. 나는 오랫동안 삼촌의 그 노트들을 읽고, 또 읽어보았지만, 그것만으로는 해석할 수 있는 것이 그리 많지 않았다. 어디

한 귀퉁이에 낙서라도 돼 있지 않을까, 찾아보았지만, 그런 것은 아무것도 없었다. 오직 반듯반듯한 정자로 씌어진 숫자와 지명만으로 이루어진 노트였다.

노트에 따르면 삼촌은 프라이드를 몰기 시작한 처음 한 달 동안은 거의 매일 구로동과 부천 춘의동 사이만을 왔다 갔다 반복했다. 그러던 것이 그해 크리스마스를 전후로 해서 바뀌기 시작했는데, 구로동과 부천 춘의동은 사라지고, 대신 무주와 대천, 삼척과 화진포, 통영과 여수 등 여러 갈래로, 일정한 패턴 없이 나누어졌다. 그때 당시 프라이드는 어떤 날은 하루 동안 무려 7백 킬로미터를 달리기도 했고, 총 30리터씩 두 번 주유한 날도 있었다. 또 어떤 때는 날짜가 뭉텅뭉텅 비어 있는 칸도 있었는데, 그땐 아마도 운행을 하지 않은 것 같았다. 하지만 그것도 길어야 나흘, 가장 길었던 기간은 열흘을 넘기지 않았다. 그 뒤로는 다시 고창과 김천, 울산과 제천, 남원과 영광 등으로 프라이드는 떠돌기 시작했다. 가평에 온 것으로 기록된 날에도, 그러나 프라이드의 최종 도착지는 강원도 화천으로 적혀 있었다.

노트에 다시 일정한 패턴이 나타나기 시작한 것은 88년 2월부터였는데, 그때부터 프라이드는 줄곧 2년간 청주 근처에서만 떠돌았다. 하지만 그렇다고 삼촌이 청주에 살았던 것은 아닌 것 같았는데, 청주는 매번 중간 도착지였지, 최종 도착지는 아니었기 때문이었다. 그때에도 최종 도착지는 충주와 원주, 장호원

등지로 따로 적혀 있었다. 그런 패턴은 다시 94년에서부터 96년까지 남양주 부근에서 한 번, 99년 하반기에 광명시 철산동을 기점으로 한 번 이루어지다가, 2001년부터는 줄곧 경남 하동을 중심으로 이어졌다. 언젠가 한번, 삼촌의 노트가 생각나 아버지에게 혹 먼 친척 중 하동에 사는 사람이 있냐고, 물어본 적이 있었다. 그러자 아버지는 이렇게 말했다.

— 우리 집안은 옛부터 안성 아래로는 단 한 번도 내려간 적이 없었다. 대대로 귀양을 안 갔다는 얘기지.

나는 어쩐지 그 말이 좀 부끄럽게 여겨졌지만, 아버지는 그렇게 생각하지 않는 것 같았다.

삼촌의 노트의 맨 마지막 페이지에 나와 있는 기록은 다음과 같았다.

2004 4/5 하동 → 하동(총 5km)

2004 4/6 하동 → 서울 홍은동(총 412km, 정안휴게소 주유소 32*l* 45,000원, 서대문주유소 36*l* 50,000원)

나는 그 기록을 본 뒤부터 막연히 삼촌이 우리 집에 프라이드를 버리고 간 것이 아닌, 돌려주고 간 것이 아닐까, 생각하게 되었다. 그때 할머니가 있는 곳은 분명 우리 집이었으니까, 어쩌면, 어쩌면…… 하지만 그런 생각은 또 어쩔 수 없이 때때로 조금 불길한 마음으로도 이어지곤 했는데, 그런 마음은 비단 나뿐만이 아닌 할머니도 마찬가지였던 것 같다. 할머니는 삼촌의 프라이드를 볼 때마다 내게 물었다.

—야 야, 저게 안 굴러가는 건 아니지?

그때마다 나는 할머니에게 너무 잘 굴러가서 문제라고 말해주었다.

—야 야, 네가 관리를 잘해라, 응? 네 삼촌 올 때까지 기름도 잘 먹여주고.

할머니는 그러면서 내게 꼬깃꼬깃 구겨진 만 원짜리 지폐 한 장을 내밀었다. 나는 가만히 할머니에게서 그 돈을 받아들었다. 그리고 말했다.

—나는? 자동차한텐 용돈 주고, 손주한텐 안 줘?

할머니는 말이 없었다.

9

하동에 삼촌의 애인이 살고 있을지도 모른다고 한 것은 그로부터 다시 1년이 지난 후, 우연히 함께 프라이드를 탄 고모의 입에서 흘러나온 말이었다. 그때 나는, 전날 할머니가 입원한 병실에서 밤을 새운 고모를 데리고 어디 아침식사를 할 만한 식당이 없나, 핸들을 잡은 채 두리번거리고 있던 중이었다. 고모는 밤새 한숨도 못 잔 듯, 두 눈이 벌겋게 충혈되어 있었는데, 프라이드 조수석에 올라타자마자 엉엉 큰 소리로 울음을 터뜨려 나를 한동안 이도 저도 못 하게 만들었다.

할머니는 폐암이었다. 이미 한쪽 폐는 암덩어리들이 반 이상 퍼져나간 상태였고, 나머지 한쪽도 언제 어느 때 이상이 생길지 알 수 없는 상태였다. 할머니는 그때 이미 여든을 넘긴 무렵인지라 가족들은 그 속마음까지야 어떤지 알 순 없었으나, 적어도 겉모습만큼은 모두들 무덤덤하게 받아들이는 눈치였다. 그리고 그건 할머니도 마찬가지인 것 같았다. 입원 사흘째 되던 날인가, 그날은 내가 보조침대에 누워 병실에서 잠을 잤는데, 자정 무렵쯤 할머니가 톡톡, 내 어깨를 두들겼다.

—야 야, 자냐? 넌 어떻게 된 애가 나이가 들어도 그렇게 초저녁잠이 많냐?

나는 할머니 쪽으로 모로 누우면서, 자정이 초저녁이면 도대체 진짜 저녁은 몇 시냐며, 할머니는 어떻게 된 게 연세를 그렇게 잡수셔도 말이 그리 많냐고, 그러다가 틀니도 다 달아나버린다고, 버릇없이 놀렸다.

—야 야, 암 맞다지? 암이라지?

할머니는 내 쪽으로 고개를 조금 더 내밀면서 물었다.

—응, 암 맞대. 한데, 아직 콩알만 해서 잘 보이지도 않는대.

나는 할머니의 링거를 쳐다보면서 그렇게 말했다.

—야 야, 불쌍해서 어쩌냐? 불쌍해서 어째?

—누가? 할머니가? 아직 콩알만 하다는데 뭐…… 약 먹으면 된대.

나는 조금 작은 목소리로 말했다.

—아니, 아니, 나 말고, 암 말이야, 암. 하필 다 늙은 몸에 들어와서…… 야 야, 늙은 몸에 들어온 암은 기력이 없어서 잘 자라지도 못한단다. 왜 거 덕적골 덕형이 할머니도 여든넷인가에 암에 걸렸는데 아흔다섯에 갔잖아. 암만 죽어난 거지.

할머니는 이야기를 하는 도중 낄낄, 웃기까지 했는데, 나는 그게 나를 위해 일부러 그러는 것만 같아 잠깐 울컥하기도 했다. 그러니까 고모가 프라이드에 올라타자마자 어린아이처럼 큰 소리로 울기 시작한 것 역시 나와 크게 다르진 않을 거라고, 나는 생각했다. 더구나 반년 전 경찰관인 고모부와 이혼한 고모는, 그즈음 아이들과도 떨어져 작은 아파트에 혼자 살고 있던 처지였다. 고모는 계속 울면서 자기 때문에 할머니가 병이 난 거라고, 자기가 속을 썩여 그런 것이라고 자책했다.

나는 화제를 좀 다른 곳으로 돌려야 할 것 같아서, 고모의 울음이 조금 진정되고 난 후, 삼촌의 얘기를 물었다.

—근데 고모, 혹시 하동에 누가 사나?

고모는 콧물을 훌쩍거리며 하동에 있긴 누가 있다고 그래, 라고 울음 섞인 목소리로 대답했다.

—한데, 그건 왜?

—아니, 삼촌이 얼마 전까지 그곳을 계속 다닌 것 같아서.

— 오빠가? 왜? 누가 봤대?

고모는 언제 울었냐는 듯, 두 눈을 크게 뜨고 내게 물었다.

— 아니, 그냥 차에 그런 기록이 남아 있어서…… 거기 삼촌 친구나 누구 아는 사람이 있는가 해서.

— 하동에 누가 있다고…… 에휴, 그러나저러나 네 삼촌은 네 할머니 저러고 누워 있는지 알기나 하는지, 하여간 진짜……

고모는 큰 소리로 코를 한 번 푼 후, 한동안 말이 없었다.

그리고 내가 24시간 추어탕집을 하나 발견하고 그쪽으로 막 핸들을 돌렸을 때, 고모는 소리치듯 큰 소리로 말했다.

— 어머, 어머, 그 여자! 그 여자가 거기 있는가 보다, 얘! 그 여자 고향이 경상도 어디라고 했는데, 그 여자가 맞나 봐!

10

그날, 고모에게서 들은 얘기는, 내가 예전 할머니에게서 듣고 듣고 또 들었던 삼촌의 얘기와는 조금 차이가 있는 것이었다. 고모에 따르면, 그때 당시 삼촌은 공장에선 있는 듯 없는 듯 지낸 건 맞지만, 일이 끝나고 나면 매일 어느 모임에 나가 새벽 무렵에나 돌아왔다고 했다. 나중에 알게 된 그 모임의 정확한 명칭은 '구로동일꾼노동자회'였는데, 가끔 삼촌과 고모가 살고 있던 자취방으로도 사람들이 모였다고 했다. 주로 함께 모여 시도 읽고 소설도 읽고 신문기사도 읽으며 토론을 하는 모임이었다. 자취방에 들어갔다가 몇 번 얼떨결에 모임에 참석하게 된 고모는 그곳에서 김지하니, 조세희니, 전태일이니, 난생처음 듣는 이름들을 알게 되었는데, 사실 그 사람들보다는 한 여자, 한 여자에게만 자꾸 눈길이 갔다고 했다. 단발머리에 동그란 뿔테 안경을 쓴, 키가 껑충하게 크고 피부도 거무튀튀한, 방직공장에 다니는 처녀였다. 남자들 틈에서도 기죽지 않고 괄괄한 목소리로 말을 하고, 가끔 함께 막걸리를 마실 때는 누구보다 먼저 젓가락으로 밥상을 두들기며 「진주낭군」을 부르던 여자였는데, 고모는 모임에 몇 번 참석하고 난 뒤, 삼촌이 그녀를 좋아하고 있다는 것을 직감적으로 알아챘다고 했다. 매번 모임이 끝난 후, 삼촌이 다시 부천에 있는 그녀의 자취방까지 바래다주고 온다는 사실 또한 알게 되었고…… 거기까지야 고모도 뭐 그러려니, 잘만 하면 금세 올케언니가 생기겠구나 생각했는데, 한데, 한데, 문제는 시간이었다. 잔업을 끝내고 사람들이 모이는 시간은 대략 밤 10시 전후, 그리고 모임이 끝나는 시간은 자정 무렵이었다. 어찌어찌 갈 때는 막차를 타고 간다고 해도, 돌아올 땐 영락없이 걸어서 와야 하는 시간이었다.

—네 삼촌은 그때 늘 조는 게 일이었어. 공장에서도 계속 꾸벅꾸벅 조는 바람에 프레스기에서 나오는 원단을 툭툭, 놓치기 일쑤였고…… 그래서 어쩌다 아무 일도 없는 일요일이 돌아오

면 하루 종일 아무것도 먹지 않고 잠만 잔 거야. 그러니, 공장에서도 좋아할 일이 없지 뭐야. 주임은 삼촌을 따로 불러 자꾸 그러면 배합실로 보내버린다고 하고…… 그땐 배합실로 가면 다들 죽는다고 했거든. 거긴 무슨 포름아미드인가 뭔가, 하도 독한 약을 써대는 바람에 들어가는 족족 어지럼병을 얻고 그랬거든.

고모가 더 화가 났던 건, 여자의 태도 때문이었다. 여자는 분명 삼촌을 싫어하는 것 같지는 않았는데, 그렇다고 더 특별하게 여기는 눈치도 아닌 것 같았다. 일 없는 날 둘이 따로 만나는 것 같지도 않았고, 선물을 주고받거나 편지를 건네는 일도 없었다고 했다. 그럼, 차라리 딱 부러지게 말을 하든지, 사람이 밤잠 못 자면서 그렇게 먼 길을 바래다주는데, 이거다 저거다 말도 안 하고, 사람을 재보는 것도 아니고 말이야…… 고모는 그 대목에서 목소리를 높이기도 했다.

— 그래서 내가 생각해보니까, 우리 오빠가 중졸이잖니? 그 여자가 그게 마음에 걸려서 그러나, 자꾸 그런 생각이 들더라구. 그때 그 여자는, 내가 간간이 보니까 아는 것도 많고, 말도 무척 잘하더라구. 반면에 우리 오빠는 매번 아무 말도 없이 앉아 있다가 꾸벅꾸벅 졸기나 하고…… 그러다가 끝나면 화들짝 일어나 점퍼를 꿰입고 졸졸 여자 뒤나 따라가고…… 그러니, 내가 봐도 좀 답답해 보이더라구.

그래서 그때 고모가 생각해낸 게 바로 자동차였다. 작은 자동차라도 한 대 있다면 배웅을 해주고 와도 시간이 얼마 안 걸릴 것이고, 그렇게 되면 공장에서 조는 일도 없을 테니까 배합실로 쫓겨나는 일도 없을 것 같았다. 또 여자의 입장에서도, 아, 이 사람이 배운 건 없어도, 그래도 고향집에 물려받을 논마지기는 좀 있구나, 생각하지 않을까, 하는…… 그게 고모의 계산이었다. 그래서 고모는 그때부터 조금 과장해서, 부풀려서, 계속 할머니를 부추기기 시작한 것이었다. 할머니에게 삼촌이 '어머, 그런 사람이 있었어?'라고 말해진다고 한 것도 그즈음의 일이었고.

하지만, 정작 삼촌이 프라이드를 갖게 된 이후부터, 그다음부터 고모의 기억은 거의, 아무것도 없는 편이나 마찬가지였다. 가평에서 직접 프라이드를 몰고 온 다음 날이던가, 딱 한 번 모임이 끝난 후, 여자를 태우던 삼촌의 모습을 지켜본 것도 같은데, 어찌된 일인지 그다음부턴 이상하게 아무것도 기억나지 않는다는 것이 고모의 설명이었다. 후에 내가 알게 된 것이지만, 사실 그건 전혀 이상한 일이 아니었다. 그땐 고모 역시 사랑에 빠져 있는 상태였으니까, 한 남자에게 빠져 거의 매일 자취방으로 돌아오지 못하고 있던 처지였으니까, 그러니…… 그 두 달 동안, 그러니까 프라이드를 갖게 된 시점부터 공장을 그만두게 된 순간까지, 삼촌에게 무슨 일이 벌어졌는지 알 수가 없었던 것이다. 그건 또한, 당연히 고모의 잘못도 아니었다. 고모는 그때 스물세 살이었다. 자취방으로 돌아가지 않아도 된다면, 돌아가지 않는 게 당연한 스물세 살, 사랑하는 사람이 생기면 모든 걸 쉴 새 없이 이야기하고픈 스물세 살, 하루하루만 의미 있는 스물세 살, 그 스물세 살 말이다.

11

지금도 별다른 일이 없으면 영업을 하고 있을 게 분명한 '삼전자동차공업사'는, 영등포역에서 내려 롯데백화점을 등지고 왼쪽으로 5백 미터쯤 가면 나오는, 창고형 건물 1층에 자리잡은 자동차정비소이다. 건물 바로 앞에 '빵꾸' '렉카 전문'이라고 붉은색 페인트로 크게 쓴 입간판을 내놓고 있는 그 공업사는, 사실 삼촌의 단골 정비소이기도 했다.

내가 그곳을 한번 찾아가봐야겠다고 마음먹은 것은 프라이드의 브레이크 페달에 생긴 문제 때문이었다. 프라이드를 몬 지 2년째 되어가던 시점이던가, 어찌된 일인지 브레이크를 밟았다가 떼도, 페달이 원위치로 되돌아오지 않는 문제가 생긴 적이 있었다. 발등으로 다시 페달을 밀어 올리면 그제야 제자리로 되돌아오곤 했지만, 그건 후진이 안 되는 것과는 차원이 다른, 심각한 문제였다. 자칫하다간 앞으로도 갈 수 없는 일이 생길 수 있으니까…… 그래서 그때 나는 잠깐, 어쩌면 이젠 정말 한계가 온 것일지도 모른다고 그만 포기할까 생각하기도 했었는데,

한데, 한데, 그게 쉽지가 않았다. 프라이드를 삼촌처럼 여기는 할머니도 할머니였지만, 나 역시도 그간 알게 모르게 정이 많이 들었기 때문이었다. 학원 제자들에겐 '리어카라이더'라는 소리를 듣기도 하고, 대리운전 기사에겐 '별 거지 같은 차(물론 내가 먼저 잘못을 하긴 했다. 후진이 안 된다는 기사에게 "아저씨, 힘껏 미시면 됩니다! 힘껏 미세요"라고 말했으니, 욕먹어도 할 말은 없는 것이다)'라는 말을 듣기도 했지만, 내겐 어느새 첫사랑과도 같은 존재가 되어버린 프라이드였다. 프라이드만 보면 이유 없이 짠해지고 안쓰러운 마음이 드는 날이 많아진 것도 그맘때쯤이었는데, 실제로 어느 폭설이 내린 겨울날엔 골목길 한켠에 수북이 눈을 맞고 서 있는 프라이드를 보고 괜스레 찔끔찔끔 눈물을 흘리기도 했다(안타깝게도 하필 그 모습을 아버지가 또 보고 말았다. 아버지는 내가 눈 내리는 날 차를 밀 생각을 하니, 그게 서러워서 우는 것이라고 여긴 모양이었다. 다음 날, 아버지는 내게 마티즈를 한 대 알아보라고, 어머니를 통해 말하기도 했다).

나는 다시 한 번, 기아자동차 홍제동 AS센터를 찾았지만, 그때에도 역시 은색 토시를 한 정비사로부터 '부품이 없다'는 말만 듣고 돌아서야 했다. 그리고 며칠 동안 계속 운행을 하지 못한 채, 멀거니 프라이드를 바라만 보다가, 그러다가 생각해낸 것이 삼촌의 노트 속에 적혀 있던 '삼전자동차공업사'였다. 그곳의 전화번호는 다행히 그때까지도 변하지 않고 있었다.

삼전자동차공업사에는 '김군'이라고 불리는 청년 한 명과, 얼핏 봐도 육십대 중반은 넘은 것 같은 뚱뚱한 남자 사장 단둘이 근무하고 있었는데, 그들은 내가 프라이드를 몰고 들어서자마자 아무 말 없이 손에서 차 키부터 뺏어 들었다. 그러곤 나를 남겨두고, 둘이 프라이드에 올라타서 신도림동 방향으로 사라졌다. 나는 공업사 앞마당에 혼자 선 채, 이게 대체 무슨 경우인가 당황해서 한참 동안 차가 사라진 방향만 바라보고 서 있었는데, 후에 알고 보니, 그건 그 공업사만의 독특한 수리 절차였다. 김군과 뚱뚱한 남자 사장은 항상 손님에게 무언가를 묻지 않고, 자신들이 직접 도로를 달려보고 난 후에야 정비를 시작하곤 했다. 내가 찾아간 첫날도 마찬가지였다. 프라이드를 몰고 나간 지 10분 정도 지난 다음 돌아온 그들은, 역시 내게 아무런 말도 하지 않고 주섬주섬 창고 한쪽 벽면에 책장처럼 쌓아 올린 플라스틱 바구니들을 뒤지기 시작했다. 그러곤 브레이크 페달을 하나 찾아와 짧게 물었다.

—갈 거죠?

나는 대답을 제대로 하지 못하고 그저 고개만 끄덕거렸다. 김군이라는 사람이 브레이크 페달을 교체하는 동안, 뚱뚱한 사장은 역시 내게 허락도 받지 않고 브레이크 오일을 교환했다.

—저기, 저 그건……

나는 그들의 침묵에 조금 주눅이 들어서, 물어볼 말들을 제대로 못 물어보았다.

—다 갈아야 하는 거 가는 거니까, 염려 마쇼.

뚱뚱한 사장은 숨을 씩씩, 거칠게 몰아쉬며 오래된 브레이크 오일을 드럼통에 받아냈다. 나는 그 숨소리를 듣고 난 뒤에야 왠지 모르게 그들에게 신뢰가 생겼고, 그래서 아무 말 없이, 묵묵히 그들의 작업을 지켜보았다.

모든 정비가 다 끝난 후, 예상보다 적게 나온 비용을 김군에게 건네다 말고, 내가 물었다.

—저기, 혹시 여기선 오토미션 교환은 안 되나요? 이게 후진이 안 돼서…… 거, 무슨 패킹 때문이라고 하던데.

김군은 아무 말 없이 나를 빤히 바라보다가, 뚱뚱한 사장 쪽을 돌아보았다.

—거, 중고로 사셨수?

뚱뚱한 사장은 목에 수건을 걸친 채, 내게 물었다.

—네?

—거, 중고로 차를 구입했나, 묻는 거요.

—아니, 그런 건 아니지만……

나는 말끝을 흐렸다.

—거, 그 차는 처음부터 그렇게 탔으니까, 그냥 그렇게 알고 타슈.

사장은 생수병을 통째로 들고 마신 후, 그렇게 말했다.

—이 차를 아세요?

—사람은 기억 못 해도, 차는 다 기억하지.

나는 사장 앞으로 한 걸음 더 다가갔다.

—이 차가 원래부터 후진이 안 된 거예요? 무슨 패킹이 떨어져서 그렇다고 하던데……

—그 패킹을 내가 뺐수다.

—여, 여기서요……? 일부러요? 아니, 왜요?

—사정이야 나도 알 수 없지. 나야 그저 해달라고 하니까 해준 거뿐이니까.

나는 사장에게 무언가 더 물어보고 싶었지만, 그러나 그러지 않았다. 왠지 그게 전부일 거란 생각이 들었기 때문이었다.

—한데, 그거 아슈?

차 키를 건네받고 돌아서는 나에게 사장이 물었다.

—이 차는 그래서 지금까지 굴러가게 된 거라우. 후진이 안 되니까.

나는 다시 사장의 얼굴을 바라보며, 그건 또 왜 그렇죠, 라고 작은 목소리로 물었다.

—아무래도 엔진에 무리가 덜 가지 않았겠수? 원래 잡다한 기능들 때문에 제 기능들이 망가지는 법이라우. 사람들이 그걸 몰라서 그렇지.

나는 살짝 고개를 끄덕이고, 다시 프라이드에 올라탔다. 브레이크 페달은 마치 뒤에 스프링을 달아놓은 듯, 팽팽하게 움직였다.

12

그 뒤로도 나는 쭉 삼촌의 프라이드를 몰고 다녔다. 프라이드는 잔고장 하나 없이 잘 달려주었고, 그사이 나는 대학원 박사과정에 진학하게 되었다. 할머니는 입퇴원을 반복하며 매 끼니마다 한 움큼씩이나 되는 약을 먹고 있었지만, 여전히 한밤중이 되면 '야 야, 자냐?' 하며 내 어깨를 톡톡, 건드렸다. 고모는 살고 있던 아파트를 모두 처분하고 아예 우리 집으로 들어왔지만, 그러나 할머니는 계속 나와 같은 방을 쓰겠다고 고집을 부렸다. 나는 할머니에게 '자동차만도 못한 손주, 그만 좀 괴롭히라'고 말했지만, 그러나 방을 옮기지는 않았다. 그래서 나는 할머니에게 계속 삼촌의 이야기를 들을 수 있게 되었다.

그사이 나는 연애도 하게 되었는데, 상대는 예전 한강시민공원에 함께 갔던 바로 그 여자 후배였다. 후배는 그동안 학교를 졸업하고 광고대행사에 취직을 했는데, 일곱번째인가 여덟번째인가, 내가 계속 집 앞으로 찾아가자 못 이기는 척 프라이드에 올라탔다. 그러면서 후배는 내게 '똥차를 오래 타고 다니는 걸 보니까 그래도 뭐, 딴짓은 안 하겠네'라고 말했다. 물론 내 어깨를 한번 퉁, 치면서 한 말이었다. 나는 후배의 말이 끝나자마자 곧장 한강시민공원으로 차를 몰고 갔다. 그리고 예전과는 달리, 기어를 중립에 놓고 운전석에서 내려 신속하게 주차를 마쳤다. 그땐 이미 빈자리를 한번 쓱 바라만 봐도, 어느 정도 세기로 밀어야 하는지 답이 나올 정도였으니, 후배 혼자 한강변을 돌아다니게 하는 일은 만들지 않았다. 나는 그날 후배와 프라이드 안에서 정식으로, 첫 키스를 하기도 했다.

연애를 시작하고 난 뒤, 나는 이전보다 프라이드에 혼자 앉아 있는 시간이 더 늘어났다. 후배의 회사는 야근을 무슨 사훈쯤으로 여기고 사장 이하 전 직원이 충실히 실천하는 직장으로도 유명했는데, 나는 그게 좀 안타까워 종종 차를 대고 그 앞에서 무작정 기다리는 일을 반복했다. 대개는 실내등을 켜놓고 책을 읽으면서 후배를 기다렸지만, 때로는 운전석을 최대한 뒤로 젖히고 가만히 누워 있기도 했다. 그러면서 나는 가끔씩 삼촌 생각을 하기도 했다. 그때까지 나는 삼촌에 대해서, 또한 프라이드에 대해서, 많은 이야기를 듣고, 또 많은 것을 알게 되었다고 생각했지만, 그래도 모든 건 제자리에 멈춰 있는 듯한 기분이 들었다. 조금 알게 되었다고 생각하는 순간, 삼촌은 다시 저만큼 달아났고, 무언가 흩어진 퍼즐을 거의 다 맞췄다고 생각한 순간, 또 다른 모양의 조각이 튀어나와 그림을 한순간에 원점으로 만들어놓았다. 그래서 나는 그것이 내가 알 수 있는, 삼촌의 거의 모든 이야기가 아닐까, 이제 내가 할 수 있는 일은 그저 알고 있는 이야기들을 반복하고, 반복하고, 또 반복하는 일이 아닐까, 지레짐작 손쉽게 생각해버리기도 했다. 물론 그것들은 모두 내가 프라이드에 앉아서 한 생각들이기도 했다. 나는 만약 삼촌의 프라이드를 몰지 않았다면, 내가 이만큼이나 삼촌에 대한 생각을 하게 되었을까 의심해보았는데, 솔직히 그 부분에 대해선 자신이 없었다. 반대로 나는 어떤 편이었는가 하면, 어느 날 삼촌이 예고도 하지 않은 채 돌아올까 봐, 그래서 내게서 다시 프라이드를 찾아갈까 봐, 염려하고 있는 편이 맞았다. 이미 내 앞으로 명의 이전도 해둔 프라이드였지만(콘솔박스에서 발견한 삼촌의 서류들은, 폐차에 필요한 서류들이기도 했지만, 명의 이전을 할 때도 똑같이 쓰이는 서류들이었다), 나는 종종 그런 상상을 했고, 그때마다 조금씩 쓸쓸해지기도 했다……

하지만, 그런 모든 생각들은, 이후 내가 삼촌과 프라이드의 숨겨진 어떤 이야기들을 새롭게 알게 되면서, 또 그것 때문에 하동까지 한번 내려갔다가 올라온 다음부터 모두 사라지게 되었는데, 그 뒤로는 그저 가만히 두 눈을 감고 프라이드가 달려온 길들을, 달려왔던 길들만 떠올리게 되었다. 그것만으로도 가슴이 먹먹하게, 때론 뜨겁게 달아올랐기 때문이었다.

13

그러니까 그때까지도 미처 내가 생각하지 못하고 있던 사람은 바로 고모부였다. 왜 그 생각을 미리 못 했을까, 하동에 내려가는 차 안에서 나는 짧게 자책 아닌 자책을 했지만, 또 한편으론 그게 당연하다는, 당연했다는 마음이 들기도 했다. 사람들은 저마다 이야기 속에 한 가지씩 여백을 두고, 그 여백을 채우려 다른 이야기들을 만들어내는 법인데, 그게 이 세상 모든 이야기들이 태어나는 자리인데, 그때의 나는 그것을 미처 알지 못하고 있었던 것이다. 고모부만 해도 그렇다. 내가 고모부에 대해서 의식적으로든 무의식적으로든 생각하지 않으려 했던 것은, 아마 그 부분이 내겐 여백과도 같은 부분이었기 때문일 것이다. 말하고 싶지 않은 이야기 같은 것……

고모부는 결혼 초기부터 고모를 때렸다. 주로 술만 마시면 손찌검을 해댔는데, 그것 때문에 고모는 병원에 두 번 입원하기도 했고, 따로 이명을 앓기도 했다. 아버지는 몇 번 나서서 두 사람을 이혼시키려 했지만, 번번이 고모의 반대로 무산되었다. 정작 고모가 이혼을 결심한 것은 그 후로도 꽤 오랜 시간이 지난 다음의 일이었는데, 손찌검이 아닌 고모부의 외도가 결정적인 사유가 되었다. 고모부는 그때 같은 경찰서 교통계에 근무하고 있던 여경과 몇 번 따로 만난 모양이었는데, 그 사실을 알게 된 고모는 단 한순간도 망설이지 않고 이혼 서류에 도장을 찍어버렸다. 고모가 그렇게 단호하게 결정을 내리게 된 것은 여경의 왼쪽 눈 주위에 시퍼렇게 나 있던 멍을 보았기 때문이었는데, 그걸 보는 순간 그렇게 서러울 수가 없었다고, 고모는 할머니 품에 안겨 엉엉 울기도 했다. 어쨌든, 그 일로 인해 고모부는 우리 집에서 주로 '쓰레기만도 못한 위인' '인간 말종'쯤으로 불리게 되었고, 그로 인해 나 역시도 자연스럽게 고모부를 피하고, 생각하지 못하게 된 것이었다.

생각해보면 그 또한 다 이 이야기의 운명이었을지 모르지만, 만약 그때 내가 고모의 심부름으로 사촌들에게 김치를 가져다주러 가지 않았다면, 그리고 만약 그때 고모부가 혼자 마루에 앉아 소주를 마시고 있지 않았다면, 이 이야기는 전혀 다른 방향으로, 전혀 다른 색깔로 마무리되었을지 모를 일이다. 그랬다면, 이 이야기는 어쩌면 프라이드를 위해, 삼촌의 이야기를 모두 여백으로 돌리고, 계속 한강시민공원 주위를 맴돌았을지도 모를 일이다. 하지만 그럴 수 없었던 것이 바로 이 이야기의 운명이다. 이제 그 여백을 채워야 하는 순간이 온 것이다. 스물세 살, 당시 고모가 사랑에 빠졌던 사람이 바로 고모부였다는 사실, 그때도 고모부는 경찰관이었다는 사실, 바로 그 여백 말이다.

고모부가 나에게 그 이야기를 꺼내게 된 것은 역시 프라이드 때문이었다. 그러지 않아도 된다고 했지만, 고모부는 굳이 아파트 주차장까지 내려와, 나와 함께 프라이드 트렁크에 실려 있던 김치통을 엘리베이터로 날랐다. 그러면서 휙, 프라이드를 돌아보면서 말했다.

— 저놈도 징글징글하게 오래 달리는구나.

나는 그때까지도 고모부에게 무언가 좀 어색한 기분이 남아 있어, 슬쩍 웃으면서 87년산인데 아직도 저렇게 쌩쌩해요, 라고 말해주었다.

— 나도 잘 알지, 87년산이라는 걸. 저놈 살 때 내 돈도 30만 원이나 들어갔는데, 뭘.

고모부는 그러면서 다시 한 번 프라이드를 돌아다보았다. 그러니까 그날 내가 고모부와 함께, 고모가 싸준 김치를 안주 삼아 소주를 마시게 된 건, 바로 그 말 때문이었다.

14

87년 당시, 삼촌이 가입해 있던 구로동일꾼노동자회는 사실 관할 경찰서 공안계로부터 요 사찰 대상으로 분류돼, 집중 감시를 받고 있던 처지였다. 이유는 그 모임의 주축 멤버들이 대부분 '학출(學出)'들로 이루어져 있었기 때문이었다. 85년 이후부터 현장 실천을 내세우고 각 사업장마다 대학 졸업생들이 위장 취업을 하는 일들이 빈번히 발생했는데, 그 때문에 사업주나 관할 경찰서 형사들은 골머리를 썩어야만 했다. 그나마 사업주의 입장은 좀 나은 편이었던 게, 그때는 아직 복수 노조가 허용되지 않던 시절인지라 대부분 노조 집행부 인원들을 주임 승진 대상자나 반장 출신들로 미리 채워놓을 수 있었기 때문이었다. 형사들이 바빠진 건 오히려 그 때문이기도 했다. 합법적 민주 노조를 세울 수 없게 된 학출들은 그 대신 지역 노동자들의 자발적인 모임을 설립, 그 안에서 문화운동과 의식 교육운동을 병행해나갔는데, 그로 인해 형사들의 감시 대상은 각 단위 사업장뿐만 아니라 구로동 전체로 퍼져나갔기 때문이었다. 해서 당시 스무 명이 넘던 영등포경찰서 공안계 형사들은 각각 팀을 나눠 몇몇 모임들의 뒤를 밟았는데, 그때 고모부가 담당했던 모임이 바로 구로동일꾼노동자회였다.

—솔직히 그때 네 고모를 처음 만난 건…… 일 때문에 의도적으로 만난 게 맞아. 네 고모가 나이도 제일 어렸고, 공장 경력도 제일 짧았고, 무엇보다 학출도 아니었으니까. 일 욕심에 일부러 다가간 거지…… 물론 그 다음엔 그렇지 않았지만…… 그래서 네 고모는 지금도 자기가 무슨 일을 한 건지 모르고 있는 거야……

고모부는 그때 자신을 은행원으로 속이고 고모에게 접근했다고 한다. 보다 철저하게 일을 진행시키기 위해 고모 명의의 통장도 개설해주고, 거기에 한 번에 몇십만 원씩 입금을 해주기도 했다. 고모에겐 은행에서 발생하는 비자금이라고 설명했지만, 사실 그건 고모부가 활동비와 업무수당비를 따로 모아, 남몰래 저축해둔 돈이기도 했다. 고모부를 실력 있고 예의 바른 은행원으로 여긴 고모는 금세 사랑에 빠지게 되었고, 그다음부턴 고모부가 따로 묻지 않아도 재잘재잘, 그날그날 있었던 일들을 남김

없이 늘어놓기 시작한 것이었다.

덕분에 고모부는 모임에 쓰이는 책자들이 주로 어디에서 인쇄되는지, 모임의 구성원들이 어느어느 공장에 속해 있는지, 모임에 드는 경비는 어느 정도인지, 손쉽게 파악할 수 있었다. 그리고 기회를 틈타 모두 국가보안법 위반 혐의로 검거할 계획까지 세웠는데, 엉뚱하게도 폭행사건이 먼저 일어난 것이었다. 피해자는 삼촌이었고, 가해자에는 모임 대부분의 인원들이 포함된……

—사실 그건 나도 좀 의외였는데…… 네 삼촌이 모임 내에서 프락치로 몰린 모양이더라구. 알고 봤더니 그때 그 사람들도 자꾸 정보가 새어 나가니까, 이상하다, 이상하다, 속으로만 생각을 하고 있었는데, 거기에, 네 삼촌이 바로 저 차, 저 프라이드를 몰고 나타난 거야. 그때 당시 네 삼촌이나 네 고모나 모두 일당제로 월급을 받고 있었거든. 네 삼촌 하루 일당이 아마 8천 9백 원쯤 됐을 거야. 자취방 월세 내고, 이런저런 세금 떼고 나면 아무것도 손에 쥘 수 없는 돈이었지. 한데, 그런 사람이 갑자기 몇백만 원짜리 프라이드를 몰고 나타나니 의심을 받을 수밖에. 아마 그러다가 린치사건으로 이어진 모양이야……

어쩌면 그때 당시 같은 모임에 있던 사람들은 삼촌에게 웬 자동차냐고, 처음엔 웃으면서 물어봤을지도 모를 일이다. 하지만 삼촌은 말을 제대로 하지 못했을 것이 분명하다. 우리 엄마가 여자 태워주라고 사준 거예요, 삼촌은 그 말을 차마 하진 못했을 것이다. 그 자리엔 그 여자 또한 분명 함께 있었을 테니까……

—어쨌든 그 사건 조사하면서 나머지 사람들도 모두 구속할 수 있었지. 모양새가 좋잖아. 불순좌경세력들이 폭력까지 휘둘렀으니까, 우리가 예상한 그림보다 훨씬 좋은 그림이 나온 거야. 문제는…… 네 삼촌이었는데, 분명 모임엔 이름이 올라가 있으니까 기소를 하는 게 마땅한데, 그러기엔 내가 좀 미안한 거야. 그래서 내가 우리 반장한테 사실 저 친군 빨대가 맞다고, 내가 활동비로 따로 포섭한 친구라고 말해준 거지. 그 말도 아주 틀린 건 아니었던 게, 그 프라이드를 살 때 내가 네 고모 명의로 넣어둔 돈 중에서 30만 원이 빠져나갔거든. 물론 네 고모는 그때 잠깐 빌려 쓴다고 생각했겠지만 말이야……

—삼촌도, 삼촌도 그걸 알게 되었나요?

나는 술잔을 단숨에 입안에 털어 넣으며 물었다.

—그럼, 잘 알지. 네 삼촌 조사 끝나고 나갈 때 내가 다 말해줬으니까. 그때 30만 원이면 꽤 큰돈이었거든.

나는 그제야 프라이드가 후진되지 않는 이유를, 그 수수께끼를 푼 것만 같은 기분이 들었다. 어쩌면, 어쩌면, 그것은 그 30만 원과 관계된 일일지도 몰랐다.

—거기에 삼촌이 좋아했던 여자도 한 명 있었다던데…… 혹시, 모르세요?

—모르긴, 잘 알지. 주동급이어서 내가 직접 조서 꾸몄는걸…… 걘, 그때 형기 받고 그다음 해에 바로 청주로 갔지, 아

마. 네 삼촌도 그 뒤에 나한테 찾아와서 걔 어디로 갔냐고 물어 본 적이 있었어……

15

고모부가 알아봐준 여자의 정확한 주소는 경남 하동군 화개읍 법왕리로 되어 있었다. 쌍계사를 지나 칠불사 방향으로 작은 도로를 타고 10킬로미터쯤 올라가면, 거기가 바로 여자가 살고 있는, 여자의 고향이었다.

처음, 서울에서 하동으로 출발할 때쯤만 해도, 나는 어쩌면 거기에 삼촌이 있을지도 모른다고 생각했다. 그래서 프라이드 콘솔박스에 내 인감증명서와 주민등록초본을 각각 두 통씩 넣어두고 출발했다. 삼촌을 만나면, 나는 거기에 그냥 프라이드를 놓아두고 올 생각이었다. 예전, 삼촌이 한 방식 그대로…… 하지만, 프라이드가 논산 근처에 접어들었을 때, 나는 삼촌이 그곳에 없을지도 모른다는 생각을 하게 됐고, 그냥 그 여자를 만나 이런저런 얘기나 듣고 오자, 마음을 고쳐먹었다. 그러나 또 차가 곡성 톨게이트를 지나 구례 방향으로 접어들었을 땐, 그러지도 말자, 그냥 프라이드가 갔던 길을 한번 똑같이 따라갔다가 되돌아오자, 로 바뀌게 되었고, 그 결심은 쌍계사를 지날 때까지도 변하지 않게 되었다.

때는 또 벚꽃이 피는 4월이었던지라, 나는 쌍계사 입구에서부터 쌍계사 주차장까지 채 5킬로미터도 되지 않는 거리를 무려 두 시간이나 걸린 다음에야 겨우 지나칠 수가 있었다. 차들은 벚나무로 터널을 이룬 일방통행로를 천천히, 꽃잎이 휘날리는 것을 충분히 기다려주면서 움직였다. 때때로 도로는 벚꽃 그늘을 만나 잠깐잠깐씩 어두워지기도 했는데, 그래서 꽃잎들은 더 환해졌고, 더 선명하게 차 유리창 위로 떨어졌다. 나는 잠깐 차에서 내려, 벚꽃들이 우수수 달라붙어 있는 프라이드를 휴대전화 카메라에 담았는데, 그러나 이내 지워버리고 말았다. 어쩐지 꼭 상여 같다는, 이별의 수순 같다는 느낌이 들었기 때문이었다.

여자의 집은 칠불사 계곡에 위치한, 지리산 등산객들을 위한 작은 탐방로 옆에 있었다. 비탈 바로 옆에, 조금 아슬아슬한 느낌마저 들게 지어진 세 칸짜리 한옥집이었는데, 민박도 하고 재첩국을 파는 식당도 겸하고 있는 모양이었다. 그럴 마음도 없었지만, 차가 올라가기엔 좀 무리인 도로인 것 같아, 나는 그냥 여자의 집이 잘 보이는 작은 상회 앞에 프라이드를 대고 한참 동안 운전석에 앉아 있었다. 저녁 무렵이라 여자의 집 굴뚝 위로 하얀 연기가 피어올랐지만, 그러나 사람의 모습은 보이지 않았다. 나는 그 연기를 보면서 두 개비의 담배를 더 피운 다음, 돌아가기 위해 시동을 걸었다.

그때, 누군가 톡톡, 창문을 두들겼다. 교복을 입고 책가방을 멘, 중학생쯤 되어 보이는 소녀들이 두 명 서 있었다.

—아저씨, 아저씨, 이거 뒤로 못 가는 차 맞죠? 그렇죠?

머리를 질끈 하나로 묶은 소녀가 물었다. 나는 다시 시동을 껐다.

—그렇긴 한데…… 넌, 그걸 어떻게 아니?

소녀들은 내 질문엔 대답하지 않고, 거봐, 빨리 5백 원 내놔, 빨리 줘, 하면서 같은 자리를 뱅뱅 맴돌았다. 나는 운전석 밖으로 나와 한참 동안 그런 소녀들을 지켜보았다. 생각 같아선 내가 그냥 5백 원을 주고 싶었지만, 또 그럴 기분은 아니었다.

—전, 그 차 타봤거든요. 어, 그런데 아저씨가 바뀌었네?

소녀는 결국 5백 원을 받지 못한 채 쌕쌕, 숨을 내쉬며 다시 내 앞에 섰다. 5백 원을 주지 않은 소녀는 멀리 뛰어가고 있었다.

—이 차를 타봤어? 언제?

—한 3년쯤 됐나? 학교 갈 때 한 번, 집에 올 때 한 번 타봤어요. 어, 그러고 보니……

소녀는 말을 하다 말고 프라이드를 보며 깔깔, 웃어댔다.

—왜 그래? 차에 뭐 묻었니?

나는 고개를 숙여 프라이드를 둘러보면서 물었다.

—아니요, 그게 아니고 아저씨도 고생 좀 하시겠다고요. 여

긴 차 돌릴 데가 없거든요. 저 아래까지 내려가야 겨우 돌릴 수 있는데, 그러자면……

소녀는 그렇게 말하면서 또 한 번 크게 웃었다.

—저 위로 가면 돌릴 데가 없니?

—저기는 그냥 등산로예요. 여기보다 길이 더 좁아져요. 예전에 이거 몰던 아저씨도 저 위까지 올라갔다가 엄청 고생한 적 있거든요.

—저 위? 저기 저 한옥집?

나는 손가락으로 여자의 집을 가리키며 물었다.

—네, 저기가 내 친구네 집인데, 언젠가 한번 그 아저씨가 나랑 친구랑 집까지 다 태워준 적이 있었어요.

—네 친구가 저 집에 사니?

나는 조금 작은 목소리로 소녀에게 다시 물었다. 그러자 소녀가 화난 듯한 표정을 지으며 대답했다.

—아저씨도 좀 전에 보셨잖아요? 아까 그 5백 원 갖고 튄 년.

16

삼촌의 프라이드가 완전히 멈춰 선 것은 재작년 6월 말의 일이었다. 장마가 좀 길어져서 걱정을 했더니, 역시나 시동이 걸리지 않았다. 배터리가 방전된 줄 알고 점프 케이블로 몇 번 시도해보았지만, 계속 쳇소리만 낼 뿐, 시동은 걸리지 않았다. 레커차를 불러 삼전자동차공업사까지 갈까도 했지만, 그러나 나는 그러지 않기로 했다. 이미 너무 오랜 길을 달려온 프라이드라는 생각이 들었기 때문이었다. 나는 그냥 계속 프라이드를 담벼락 옆에 세워두기만 했다. 집에 들어올 때나 나갈 때, 둥둥, 지붕을 두 번씩 두들겨주면서.

내가 다시 그 프라이드를 몬 것은, 그러니까 마지막으로 몬 것은 그해 10월 초순의 일이었다. 나는 할머니를 모시고 병원에 다녀오다 말고, 끙끙 아버지의 소나타 뒤에서 프라이드를 빼냈다. 그리고 거기, 조수석에 할머니를 태운 채 보닛을 두 손으로 밀면서 동네 한 바퀴를 돌았다. 그냥 꼭 한 번, 프라이드가 사라지기 전에, 그래 보고 싶었다.

나는 차를 밀면서 할머니한테 물었다.

— 할머니, 아직도 손주보다 자동차가 더 좋아?

할머니는 내 질문엔 대답하지 않고, 가만히 조수석 등받이에 기대앉아 있었다. 할머니는 몇 번 마른기침을 하기도 했다. 그러곤 한참 후에 이런 말을 했다.

— 야, 야, 이러니까 꼭 옛날 생각난다. 옛날에 네 삼촌도 나랑 논일 끝내고 집으로 돌아올 때면 꼭 리어카를 이렇게 밀었거든. 끌지 않고, 꼭 뒤에서 밀었어. 이 할미 얼굴 계속 바라보면서 말이야……

나는 허리를 더 아래로 깊숙이 숙인 채, 프라이드를 밀었다. 나는 할머니의 얼굴을 보지 않으려고 노력했다. 그러면서 또 생각했다. 삼촌은 이렇게 직접 민 것 또한 노트에 적어놓은 것일까, 그렇다면 그 거리는 과연 어떻게 잴 수 있는 것일까.

김 박사는 누구인가?

첫번째 Q&A

Q: 김 박사님, 안녕하세요? 저는 이제 막 사범대학교를 졸업한, 올해 스물네 살이 된 임용고시 재수생입니다. 이름은 그냥 최소연이라고 해둘게요. 꽤 오랫동안 아무에게도 말하지 못한 채 끙끙거리고 있다가 이렇게 김 박사님께 펜을 들게 되었어요. 김 박사님이라면 어떤 해결책을 줄 수 있지 않을까, 김 박사님이라면 저와 똑같은 증상을 지닌 사람들을 여럿 만나보지 않았을까, 하는 기대감으로 용기를 낸 거죠. 처음부터 너무 부담을 드리는 거 같아 죄송하지만, 그만큼 지금 제 상황은 절박 그 자체랍니다.

김 박사님.

제게 어떤 이상한 증상이 나타나기 시작한 건 지금으로부터 약 4개월 전이었어요. 그러니까 제가 10년 넘게 살았던 분당 부모님 집을 떠나 노량진 고시원으로 들어간 지 한 달쯤 지난 뒤의 일이죠. 작년 임용고시 1차 시험에서 떨어진 뒤, 며칠 고민하다가 휴대폰도 끊고 메신저도 지우고 머리도 귓바퀴가 훤히 드러나 보이도록 짧게 자른 후, 노량진행을 결심한 거예요. 결정은 신속하고 단호했으나, 사실 좀 분해 있었던 것도 맞아요. 전 정말 작년 시험에 꼭 붙을 거라 믿고 있었거든요. 그래서 보란 듯이 졸업과 동시에 국어교사가 되어 교단에 설 줄 알았어요. 그만큼 작년엔 그 누구보다도 열심이었거든요. 중학교로 실습 나갔을 때도 다른 교생들처럼 학생들과 말을 섞지 않고 늘 독서실로 칼퇴근했고요, 졸업여행이나 바캉스 같은 것은 꿈도 꾸지 않았어요. 버스나 지하철에선 18종 교과서에 있는 모든 단편소설들과 고전소설들을 따로 제본해서 들고 다니며, 읽고 또 읽었고요(오죽했으면 친구들 사이에서 제가 '제본녀'라고 불렸겠어요), 새벽 1시 잠들기 전엔 꼬박꼬박 '인강'으로 교육학 기출문제풀이를 들었어요. 그렇게 꼬박 반년을 책상에만 앉아 있었더니, 가을쯤 되니까 어느 정도 교육학이나 전공 교과에 대한 체계가 잡히더라구요. 기출문제 오답노트와 서브노트들만 대충 쓱 훑어보아도 저절로 눈앞에 어떤 도표들이 보였고, 핵심단원 목표들은 컨베이어벨트를 타고 척척 줄지어 나오는 벽돌들처럼, 제목만 봐도 저절로 머릿속에 떠오르게 되었어요. 그래서였는지 시험 보기 한 달 전부턴 오히려 마음도 더 편해졌고, 조심스럽게 상위권 점수로 합격하지 않을까, 예상하기도 했지요. 한데…… 결과는 그 반대였어요. 전공에서 2점 차이로 떨어지고만 거예요. 도무지 무엇이, 어떻게, 어디에서부터 잘못된 건지 지금도 알 순 없지만, 굳이 이유를 찾으라고 한다면 막판에 조금 해이해진 마음 때문이 아닐까, 내 안에 세워진 어떤 체계들을 너무 믿은 것은 아닐까, 생각하고 있어요. 그것이 아니면 도무지 설명될 수 없는 일이거든요. 또 그렇게 생각하는 게 그나마 제게 위안이 되는 일이기도 하고요.

김 박사님.

사실 전 그렇게 임용고시에 목 매달 만큼 절박한 처지는 아니에요. 초등학교 교감선생님인 엄마와 고등학교 수학교사인 아빠가 있으니(전 외동딸이거든요), 경제적으로 어려움이 있는 것도 아니었고요, 엄마나 아빠가 임용고시를 강요하거나 은근히 압박하는 성격을 가진 사람들도 아니었어요. 오히려 아빠는 제가 대학원에 진학해서 더 많은 공부를 하길 바라는 눈치였지요. 어쩌면 바로 그런 점이 제 자신을 임용고시에 더 집착하게 만들었는지도 모르겠어요. 뭐랄까, 환경 자체가 남들보다 더 좋으니까, 그 정도도 못 해내면 난 정말 쓸모없는 인간이 되고 말겠구나, 하는 생각 같은 거 말이에요. 교직에 대한 환상이나 사명감 같은 것은 애초부터 없었어요. 그저 어렸을 때부터 그게 나쁜 직업이란 생각은 단 한 번도 하지 않았으니까, 그게 제 유일한 선택의 기준이 된 거였죠.

노량진 고시원생활도 별다르진 않았어요. 오전과 저녁 시간엔 주로 고시원 앞에 있는 사설독서실에 앉아 있었고요. 오후엔 학원 강의와 스터디, 인터넷 강의를 반복해서 들었어요. 일주일에 딱 한 번 분당 집으로 가서 속옷과 선식을 챙겨오는 것을 빼곤 노량진 밖으로 벗어난 적도 없었어요. 다시 고시원 책상 위에 제본한 자료들을 순서대로 꽂아두던 처음 일주일이 좀 어렵고 힘들었지, 그다음부턴 작년과 동일한 페이스와 마음가짐이었어요. 서브노트에 자를 대고 도표를 그린 다음, 음운과 음절과 단어와 문장과 화용과 고전문법을 적어나가고, 하이라이트 자습서를 목차순으로 풀어나가고, 중·고등학교 교육과정 해설서와 심화교과서를 밑줄 그어가며 읽어나가는 일상. 그것들이 다시 반복된 거죠. 때때로 멍하니 모니터 속 강사의 입술만 바라보고 앉아 있는 순간들도 있었지만, 대체로 집중을 했던 거 같아요. 어쨌든 이 순간은 지나가면 다시 오지 않을 시간들이라 여겼으니까요. 시간처럼 정직한 것은 또 없다고 생각했으니까요.

한데, 그러던 나날 중 갑작스럽게 그 증상이 찾아온 거예요. 좀더 자세히 말해서 어떤 목소리가, 남들에겐 들리지 않는 목소리가 계속 제 귓전에만 들려오기 시작한 거죠. 높낮이도 없고, 감정도 없고, 성별도 모르겠고, 나이도 모르겠고, 가끔 노래방 에코처럼 여러 번 울리면서 들리는 목소리 말이에요.

처음 그 목소리가 들려온 건 사설독서실이 있는 건물 엘리베이터 안에서였어요. 고시원 옆 분식집에서 김밥으로 저녁을 때우고 곧장 독서실로 향하던 길이었죠. 그날 엘리베이터 안에는 저 말고도 장수생으로 보이는 남자 한 명이 더 타고 있었는데, 야구모자에 추리닝, 삼선슬리퍼를 신고 있는, 노량진에서 흔히 볼 수 있는 그렇고 그런 삼십대 중반의 남자였어요. 불이 들어온 버튼은 단 하나, 독서실이 있는 11층이었죠. 저는 평상시 하던 그대로 손에 들고 있던 제본된 교육학 기출문제집을 들여다봤어요. 남자가 제 등 바로 뒤에 서 있었지만, 그가 뭘 하고 있는지, 뭘 보고 있는지, 알 순 없었죠. 관심도 없었던 게 사실이었고요. 엘리베이터 문이 닫히고 이삼 초나 흘렀을까, 그때 처음 그 목소리가 들려온 거예요.

—11층 문이 열리면 너는 등 뒤에 서 있는 남자에게 욕을 할 것이다.

사실 저는 그렇게 놀라진 않았어요. 그건 목소리가 아니라, 그냥 제 무의식이라고 생각했으니까요. 나이가 들어도 노량진을 떠나지 못하고 있는 남자가 좀 답답해 보였구나, 그래서 이런 생각이 드는구나, 하고 말았던 거죠. 한데, 그게 아니었어요. 목소리는 더 구체적이고 또렷하게 제 귓가에 반복해서 들려왔어요.

—11층 문이 열리면 너는 등 뒤에 서 있는 남자에게 '씨발놈, 지랄하고 자빠졌네' 하고 욕할 것이다.

김 박사님이 오해하실까 봐 미리 말씀드리지만, 저는 여태까지 그런 욕을 입에 담아본 적도, 누군가에게서 들어본 적도 없는 사람이에요. 제 주위엔 그렇게 거친 말을 쓰는 사람도 없었고, 부모님들도 집에선 서로 경어를 쓰는 분들이에요. 그런 제게 처음 그 목소리가 주었던 정서는 마치 고전시가에서 '에헐질번하괘라' 같은 어휘들을 처음 만났을 때 느꼈던 생경함 그 이상도 이하도 아니었어요. 그래서였는지, 저는 뒤도 한 번 돌아보지 않고, 어깨도 한 번 움찔거리지 않고, 계속 손에 든 기출문제집만 내려다보았지요.

정작, 그 목소리가 두렵게 다가온 것은 엘리베이터가 11층에 도착하고 난 뒤, 등 뒤에 서 있던 남자가 제 팔꿈치를 가볍게 밀치며 먼저 내린 다음이었죠. 그제야 그 목소리들이 엘리베이터 버튼에 새겨진 숫자처럼 고딕 문양으로 하나하나 제 머릿속에 새겨지더라구요. 욕이 주는 어감 때문에 두려운 건 아니었어요. 그 말들을 제가 입 밖으로 내뱉을 거라는 예언이 무서웠던 거지요. 물론 저는 아무 말도 하지 않았지만, 어쩌면 그건 제가 안간힘을 다해 참고 있었기 때문에 그렇게 된 게 아닐까, 그런 생각이 들더라구요. 다리가 막 떨려서 한 발짝도 움직일 수 없었던 게 그 증거처럼 여겨졌죠. 전, 그날 다시 고시원으로 돌아와 일찍 잠자리에 들었어요. 몸에 무리가 온 게 아닐까, 아직도 작년 일을 잊지 못한 게 아닐까, 그게 맞을 거야. 계속 그 생각을 하면서 오랫동안 뒤척였죠.

그 후 며칠 동안 그 목소리는 들려오지 않았어요. 그래서 저는 정말 아무것도 아닌 일로 여기고, 다시 예전 페이스 그대로 생활해나갔지요. 개나리가 막 만개하기 시작한 계절이었지만, 그러거나 말거나, 저는 계속 형광펜을 쥐고 노란색 밑줄만 그어 댔어요.

그 목소리가 제게 다시 들려온 건 열흘쯤 지난 어느 날, 학원 강의를 듣는 도중이었어요. 교육학 강사 중 수강생들에게 유난히 일대일 질문을 많이 하는, 유명한 '일타 강사'가 한 명 있었는데, 그날도 늘 하던 그대로 맨 오른쪽 줄에 앉은 사람들에게 차례차례 지난 강의 내용을 질문했어요. 저도 그 줄에 앉아 있었기 때문에 나름 마음에 준비를 하고 있었는데, 그 순간 또 그 목소리가 들려온 거예요.

— 네 차례가 되면 너는 '이 개새끼야, 그걸 왜 나한테 묻는데' 하고 대답할 것이다.

강의실엔 3백 명도 넘는 수강생들이 가득 들어차 있었어요. 통로에까지 가방을 깔고 줄지어 앉은 사람들로 인해 마치 피난민을 가득 태운 화물선 같았죠. 그런 장소에서 그 목소리를 들으니까, 이번엔 처음부터 다리가 떨리기 시작하더라구요. 정말이지 제가, 제 의사완 무관하게, 강사에게 욕을 할 것만 같았어요. 아니, 3백 명 전체에게 욕을 퍼부을 것만 같았어요. 그럼 사람들이 나를 어떻게 바라볼까? 내게 뭐라고 수군거릴까……? 저는 제 바로 앞사람이 대답할 때, 한 손으로 입을 가리고 강의실 밖으로 빠져나왔어요. 허리를 숙인 채 통로에 앉은 사람들 사이사이를 헤집고 나가는 저를 보고 '일타 강사'가 마이크에 대고 말하는 소리가 들려왔지요.

—쟁, 뭐지요? 경쟁률 줄어드는 소리 들리나요, 여러분! 자, 박수!

김 박사님.

그다음 날부턴 시도 때도 없이 목소리가 들려왔어요. 거의 하루에 한 번 꼴이었죠. 고시원 총무에게도 욕을 하게 될 것이다, 분식점 아르바이트생에게도 욕을 하며 빨리 김밥을 내오라고 소리칠 것이다, 학원 복도에서 우연히 눈이 마주친 사람에게도 저주를 퍼부을 것이다, 심지어 교재 표지에 적힌 저자의 이름을 향해서도, 그의 있는지 없는지 알 수 없는 후손들에게까지도 욕을 하게 될 것이다…… 목소리는 그렇게 계속 저를 부추기고, 또 부추겼지요(아아, 김 박사님 여기에 그 욕설들을 고스란히 옮길 수 없는 제 마음을 이해해주세요. 차마 다시 적기도 민망한, 난생처음 듣는 욕설들이었다는 것 정도만 밝혀둘게요).

다행히 저는 지금까지 단 한 번도 그 욕설들을 입 밖으로 꺼내놓진 않았어요. 그때마다 손으로 입을 가리거나, 두 눈을 꾹 감거나, 아예 재빨리 그곳을 떠나버리는 방법으로 그 상황들을 모면했죠. 하지만 하루에 한 번 그런 목소리가 머릿속을 맴돌다 떠나버리면, 그다음부턴 거의 아무런 일도 할 수 없었어요. 교재도 눈에 들어오지 않았고, 강사의 목소리도 들려오지 않았어요. 밤잠을 쉽게 이룰 수도 없었고, 체중도 눈에 띄게 줄어들게 되었죠. 무엇보다 저를 괴롭혔던 건, 언제가 한 번쯤 제가 그 목소리를 그대로 따라, 누군가에게 큰 소리로 욕을 하게 될 거란 상상이었어요. 그렇게 된다면…… 그렇게 된다면…… 아마도 전 스스로를 견딜 수 없을 것만 같아요.

사실 정신과를 찾아가볼까, 몇 번 고심도 해보았지만, 교직에 응시하고 있는 처지인지라 선뜻 결정을 내리지 못하겠더라구요. 부모님에게도 쉽게 말을 꺼내놓을 수 없었고, 친구들과는 연락을 끊은 지 오래이니 뜬금없이 그런 말을 꺼내기도 미안했고, 제가 할 수 있는 일이란 고작 독서실 칸막이 책상에 앉아 소리 죽여 우는 것밖에 없더라구요. 그리고, 그러다가, 이렇게 김 박사님에게 도움을 청하게 된 거죠.

김 박사님.

전 이제 어떡하면 좋죠? 도대체 이 목소리의 정체는 뭐죠? 정말 제가 다른 사람들에게 욕을 하게 되면 어쩌죠?

김 박사님의 조언, 기다리겠습니다.

A: 김 박사입니다. 최소연 씨가 비교적 자세하게 자신의 처지를 설명해주셔서 상황 파악하는 데 용이했습니다. 용기 내서 문을 두드려주신 점, 고맙게 생각합니다.

지금 최소연 씨의 상황은 일종의 강박증세로 보입니다. 여기에는 물론 현재 최소연 씨가 직면한 현실, 그러니까 뜻하지 않은 시험 탈락과 그로 인한 좌절감, 다시 반복되는 수험생활의

스트레스 같은 것들이 일정 부분 원인이 되었을 거라고 여겨집니다. 실제로 많은 수험생들이 증상과 증세는 달라도 하나쯤 강박증세를 지니고 있는 것으로 밝혀져 있습니다. 그러나 최소연 씨의 경우, 그게 전부인 것 같지는 않습니다. 최소연 씨가 말하지 않았지만, 무언가 다른 이유가 더 포함되어 있는 게 아닐까. 그것이 제 솔직한 견해입니다.

누군가 말했듯, 우리의 모든 행동과 의식에는 다 그만한 기원이 존재하는 법입니다. 우리의 작은 손짓 하나, 말실수 하나, 생각 하나, 모두 우연히, 갑작스럽게 튀어나오는 법은 없다는 뜻입니다. 그것이 학습의 결과이든, 경험의 산물이든, 유전의 측면이든, 어떤 인과관계의 법칙이 그 안에 내재되어 있습니다. 그것이 깨지는 순간이 바로 기적이고, 그것을 밑바탕으로 만들어진 것이 바로 종교입니다. 우리 사회에 종교인이 많다는 것은, 그만큼 우리가 인과관계의 틀에서 한 치도 벗어나지 못한 삶을 살아가고 있다는 반증이기도 합니다.

최소연 씨는 '난생처음 듣는 욕'이라고 했지만, 저는 그렇지 않을 거라 확신합니다. 영화에서든, 소설에서든, 언젠가 한 번쯤 최소연 씨가 '경험'한 것들이 되살아난 경우일 것입니다. 그것들이 최소연 씨 무의식에 자리 잡고 있다가 고되고 각박한 수험생활을 틈타 전면에 등장한 경우라고 생각됩니다. 문제는 그 강박증세를 없애기 위해선 그 기원을 먼저 알아내야 한다는 것입니다. 스트레스를 해소하는 것은 일시적인 치유일 뿐, 언제고 다시 반복될 위험성을 가지고 있습니다. 기원을 알아내 거기에서부터 하나하나 실마리를 풀어가는 것, 시간은 좀 걸리지만, 그게 더 확실한 치유법일 것입니다.

저는 최소연 씨가 일부러 제게 어떤 부분을 숨기고 있는 거라고 생각하진 않습니다. 최소연 씨도 미처 의식하지 못한 부분, 최소연 씨의 무의식이 가로막고 있는 어떤 기억들이 분명 존재하고 있을 것입니다. 마음을 좀더 여유롭게 갖고, 자신의 내면을 들여다보고, 과거를 돌아보십시오. 그것이 마음 치유의 첫번째 단계입니다. 기원을 알아내면 치유법은 금세 찾아낼 수 있을 터이니, 힘들고 어렵겠지만 보다 객관적으로 자신을 바라보는 훈련을 해주시길 바랍니다.

연락 또 기다리겠습니다. 김 박사였습니다.

두번째 Q&A

Q: 김 박사님, 일전에 상담 문의 드렸던 최소연이에요. 그때 김 박사님께서 해주신 조언, 정말 많은 도움이 되었어요. 그 점, 다시 한 번 감사드립니다.

사실, 처음 김 박사님의 말씀을 듣고 어안이 좀 벙벙했던 것도 사실이에요. 제게 들려오는 목소리에, 그 상스러운 욕설들에 기원이 있다니, 그 모든 것들이 이미 다 '경험'한 것들이라니,

제가 쉽게 받아들일 수 없는 말씀만 하시니 살짝 짜증이 나기도 했어요. 워낙 이런 상담을 많이 하시는 분이니 그냥 대충 형식적인 답변만 해준 게 아닐까, 의심하기도 했고요.

결론부터 미리 말씀드리자면, 찾았어요! 김 박사님이 말씀하신 그 기원 말이에요. 정말 저에게도 그런 '경험'들이 있었더라구요. 그것들을 제가 감쪽같이 잊고 있었을 뿐, 분명 난생처음 들은 목소리는 아니었던 거죠. 그걸 지금까지 왜 잊고 살았는지 모르겠지만(아마 의식적으로 잊어버리려고 노력했나 봐요), 한번 기억의 실마리가 풀리니까 이제는 차르르르, 영사기 돌아가듯 당시의 일들이 또렷하게 눈앞에 떠오르게 되었어요. 김 박사님께서 정말 제대로 짚으신 거지요.

눈치채셨는지 모르겠지만, 제가 좀 집요한 구석이 있거든요. 김 박사님의 조언을 듣고 머리로는 끊임없이 의심을 하면서도, 몸과 마음으론 계속 그 '기원'이라는 것을 찾았던 거지요. 주말, 분당 집으로 돌아갈 때마다 제 방 책상 의자에 앉아 어린 시절 앨범이나 일기, 그동안 모아두었던 소설책이나 DVD, 친구들과 주고받았던 메일 목록까지 샅샅이 뒤지기 시작한 거예요. 방문을 꼭꼭 걸어 잠근 채, 제 모든 기억력을 총동원해서 필사적으로 무언가를 찾으려 했던 거지요. 날이 희부옇게 밝아올 때까지 졸업앨범을 펼쳐 들고 동창생들 얼굴 하나하나를 더듬거리다 보면 괜스레 눈물이 나오기도 했어요. 도대체 왜 제게 이런 일이 생기게 되었는지, 억울하기도 하고 두렵기도 했지요. 그런 저를 비웃기라도 하듯, 목소리는 오래전 담임선생님에게까지 욕을 하라고 또 부추겼고요……

그렇게 몇 주가 지난 어느 날, 초등학교 2학년 때 쓴 그림일기에서 무언가 한 가지 이상한 것을 발견했어요. 몇 달 동안 계속 유독 토요일자 일기만 같은 그림, 같은 내용으로 채워져 있는 거였죠. 내용은 뭐 별 게 아니었어요. 학교 운동장에 엄마와 제가 있는 모습이었죠. 엄마는 벤치에 앉아 있었고, 저는 아무도 없는 운동장을 혼자 뛰어다니면서 놀고 있는 그림. 처음에는 아, 그래, 이랬던 적도 있었구나, 하긴 그때 엄마와 나는 같은 초등학교에 다녔으니까, 하고 넘어갔는데, 일기가 여러 번 반복되니까 좀 이상한 기분이 들더라구요. 그래서 좀더 찬찬히 일기들을 살펴보다가 불현듯 엄마 손에 쥐인 검은 수첩이 눈에 들어온 거예요. 원근법을 무시한 채, 기괴하게 확대되어 교문보다 더 크게 그려진 엄마의 검은 수첩. 그것을 본 순간 차르르르, 영사기가 돌아가기 시작한 거였죠.

김 박사님.

제 기원은 바로 '엄마'였어요. 무슨 일 때문이었는지 알 순 없지만, 그 시절 엄마는 토요일 오후마다 아무도 없는 학교 운동장 벤치에 앉아, 검은 수첩을 들여다보며 욕을 해댔어요. 검은 수첩에는 주로 사람들의 이름이 적혀 있었는데, 엄마는 그 사람들을 한 명 한 명 불러가면서 욕을 했어요. 제가 엄마 곁에 가까이 다가가면 뚝, 말을 멈췄지만, 제가 조금만 떨어지면 중얼중얼 욕을 했어요. 어떤 땐 운동장 한가운데에 서 있는 저에게도 들릴 정도로 엄마의 목소리는 커졌죠. 나쁜 년, 육시헐 년, 찢어죽일 년, 니가 뭔데, 니가 뭔데, 염병을 떨고…… 엄마는 무표정한 얼굴로 계속 그렇게 욕을 하고, 또 욕을 해댔죠. 무슨 이유 때문이었는지, 그건 지금도 알 수가 없어요. 저에게 기억나는 건 오직 욕을 해대던 엄마의 얼굴과 목소리뿐이에요. 월화수목금 그리고 토요일 오전까지 학교에서 만났던, 4학년 3반 담임선생님이기도 했던 엄마와는 전혀 다른 얼굴과 목소리를 하고 있는 엄마. 그 엄마가 십수 년이 지난 지금, 낯선 목소리가 되어 제게 다시 돌아온 거예요. 예상치도 못한 순간에, 차르르르, 소리를 내며……

김 박사님.

그러나, 기원을 알아냈다 한들, 변한 것은 아무것도 없어요. 가슴이 조금 후련해지긴 했지만, 목소리는 여전히 들려오고 있고, 시험 준비는 계속 지지부진이에요. 괜스레 되살아난 기억 때문에 엄마 얼굴만 똑바로 쳐다볼 수 없는 처지가 되고 말았어요. 아무것도 모르는 엄마는 평상시처럼 선식을 챙겨주고, 속옷 아래 '사랑하는 내 딸아, 어려울 때는 과거를, 즐거울 땐 현재를, 어떤 일을 할 때는 미래를 떠올리거라' 같은 편지를 끼워 넣어주곤 해요. 엄마의 편지를 읽는 그 순간에도, 저는 예전 엄마가 욕하던 모습만 계속 떠오르니……

김 박사님.

이제 저는 어떤 방법을 써야 할까요? 기원을 알아내는 곳에서부터 치유는 시작된다고 하셨잖아요? 한데, 저는 지금 잘 모르겠어요. 다 팽개치고 이 모든 것에서부터 도망만 가고 싶을 뿐이니, 그저 김 박사님의 충고만 손꼽아 기다릴 뿐이에요. 이제 저에겐 아무런 선택의 근거도 남아 있지 않은 거 같아요. 오직, 김 박사님의 말씀만 따라갈 뿐이죠.

A: 김 박사입니다. 최소연 씨는 지금 누구보다도 어두운 터널을 지나가고 있습니다. 터널은 최소연 씨가 생각한 것보다 훨씬 더 길고, 더 음습한 곳일지도 모르겠습니다. 터널 안으로 들어가면 우리의 심장박동 소리와, 숨소리와, 발소리가 더 크게 울려 퍼지는 것은 자명한 사실입니다. 우리의 두려움은 사실 터널의 어둠보다도, 그 울림 때문일지도 모르지요. 그러나 명심해야 할 것은, 그 모든 것들은 다 우리가 만들어낸 것이라는 사실입니다. 그러니, 최소연 씨가 앞으로 해야 할 일은 명확합니다. 최소연 씨의 경우, 이미 그 두려움의 실체를 다 들여다보았으니, 그저 뚜벅뚜벅 터널 입구를 향해 걸어 나가기만 하면 됩니다. 귀를 닫고 눈을 의지해서, 방향감각을 찾으시길 바랍니다.

최소연 씨는 수험생이라는 특수한 신분이니, 좀더 효과적이고 빠른 전략들이 필요할 것 같습니다. 제가 권해드릴 수 있는 방법은 '사고 멈춤'과 '의미 안심'이라는 인지행동 치유법입니다. 우선, 목소리가 들려올 때마다, 최소연 씨의 생각을 다른 곳으로 돌리거나 정지시키는 방법이 있을 것입니다. 고무줄을 손목에 묶어두었다가 목소리가 들려올 때마다 세게 잡아당겼다가 놓는 식으로, 자극을 이용해 사고를 멈추는 겁니다. 좀 아프기는 할 테지만(아파야 효과적입니다), 반복적으로 하다 보면 목소리보단 통증에 더 집중하는 자신을 발견하게 될 것입니다. 두번째, '의미 안심'은 목소리와 정면으로 부딪치는 치유법입니다. 욕이 들릴 때마다 그것을 회피하지 말고, 백지 위에 그대로 받아 적어보십시오. 마치 영어단어 외우듯, 백 번이고 천 번이고 계속 반복해서 욕을 적는 것입니다. 그러면 어느 순간, 욕은 의미를 잃어버리고 단순한 단어로 다가오게 될 것입니다.

마지막으로 또 하나. 힘들고 어렵겠지만, 주변 사람들에게 최소연 씨의 증상에 대해 솔직하게 말하고 도움을 요청하는 것도 좋은 방법일 것입니다. '사고 멈춤'이나 '의미 안심'은 일시적인 효과는 가져올 수 있으나, 본질적인 치유법은 될 수 없습니다. 최소연 씨는 보다 적극적으로 자신의 상처와 직면할 필요가 있어 보입니다. 최소연 씨에게 들려오는 목소리의 '기원'이 어머니에게 있다면, 어머니에게 도움을 청하십시오. 어머니에게 솔직하게 털어놓는 그 순간, 어쩌면 최소연 씨는 상당 부분 자신을 감싸고 있던 강박증세에서 벗어날 수 있을 것입니다. 말로 표현한다는 것은, 자신을 좀더 객관적으로 바라본다는 뜻입니다. 속으로만 계속 그 감정들을 쌓아두면, 그 두께만 더 늘어날 뿐입니다. 지금 최소연 씨에게 일어나고 있는 증상들이 부끄럽거나 수치스러운 일들이 아니라는 것을 자각하시길 바랍니다. 증세를 가족과 함께 공유하는 것보다 더 좋은 치유법은 없습니다. 조금만 더 용기를 내서, 마음의 문을 여시기 바랍니다. 터널은 곧 끝나게 될 것입니다.

이상, 김 박사였습니다.

세번째 Q&A

Q: 김 박사님. 저, 최소연이에요. 이제는 김 박사님께 문의드리는 것이 마치 오래된 친구에게 편지하는 것처럼 편하게 느껴지네요. 한 번도 직접 뵌 적은 없지만, 제 모든 것들을 속속들이 알고 있는 이 세상 단 한 사람이 바로 김 박사님 같아요. 그래서 이렇게 제 속마음을 숨김없이 털어놓을 수도 있는 거구요.

김 박사님.

저, 이제 목소리 들려오는 문제는 많이 좋아졌어요. 여전히 간간이 들려오긴 하지만, 예전처럼 잠을 이루지 못하거나, 두려움에 떨며 자리를 피하지는 않아요. 모두 다 김 박사님이 알려주신 방법 덕분이에요. 김 박사님 말씀을 듣고, 그날부터 바로 손목에 고무줄을 차고 다녔거든요. 하나로는 안심이 안 돼 세 줄을 빽빽하게 손목에 묶고, 목소리가 들려올 때마다 잡아당겼지요. 학원에서도 툭, 엘리베이터 안에서도 툭, 독서실에서도 툭, 버스 안에서도 툭. 정말이지 김 박사님 말씀대로 아픈 만큼 목소리에 덜 신경쓰게 되더라구요. 어떤 날은 하도 세게 잡아당겨서 손목이 작은 화상을 입은 듯 벌겋게 부풀어 오르기도 했지만, 그만큼 제가 그 목소리들을 온전히 다 이겨냈다는 생각이 들어 스스로 대견해하기도 했어요.

또 어떤 날은 독서실에 앉아 연습장 가득 '좆 까는 소리 하지 마, 이 개새끼들아'라는 문장을 써나가기도 했어요. 처음 그 문장을 쓸 땐 얼굴이 확확거리고 누군가 훔쳐볼까 연신 뒤를 돌아봤지만, 반 넘게 적어나가다 보니, 문장과 문장 사이가 서로 모호해져 마치 '개새끼'들을 제가 어르고 달래고 있는 듯한 느낌이 들더라구요. '개새끼들아, 좆 까는 소리 하지 마, 응?' 뭐, 이런 식으로 말이죠. 그러면서 느낀 건데요, 욕도 어디에, 무엇과 함께 배치하느냐,에 따라 의미가 확 달라지는 거 같아요. 강아지에게 '개새끼'라고 하면 욕 같지 않고, 오히려 더 친근하게 느껴지기도 하잖아요? 어쩌면 욕 자체는 아무 의미 없는 것인지도 몰라요. 그게 무엇과 결합해 있느냐,가 문제지…… 어쨌든, 김 박사님 말씀대로 의미는 사라졌고, 조금 더 무신경하고, 여유로운 상태가 되었어요. 그 점, 다시 한 번 감사드려요.

내친김에 엄마에게도 말할 결심을 했어요. 누군가에게 털어놓는 것만으로도 치유가 될 수 있다고 하셨으니, 좀더 용기를 낸 거였죠. 마침 지지난주 일요일 오후, 엄마와 단둘이서 아파트 앞 공원에 산책을 나가게 되었는데, 그곳 벤치에 앉아 지금까지 저에게 일어났던 모든 증상에 대해서 숨김없이, 차근차근 엄마에게 털어놓았어요. 처음 증상이 생겼을 때, 그때 들려왔던 욕설들(모두 구체적으로 엄마에게 말해줬어요), 그것 때문에 밤잠을 자지 못하고 뜬눈으로 고시원 천장만 바라봤던 일, 학원에서 들려왔던 욕설들, 그것 때문에 깨진 공부 페이스, 그리고 그 욕설의 '기원'을 찾아 헤맨 일까지…… 그렇게 한참을 엄마한테 말하고 나니까, 정말이지 가슴 한구석이 막혔던 수챗구멍 뚫리듯 쿠르르륵, 소리를 내며 시원해지더라구요. 눈물이 계속 흘러나왔지만, 그 느낌을 놓치고 싶지 않아서 말을 쉽게 멈출 수가 없었어요. 지나가는 사람들이 있건 없건, 얼굴을 엄마의 허벅지에 묻은 채, 다시 어린아이로 되돌아간 것처럼 큰 소리로 울어댔지요. 나는 지금 치유받고 있구나, 치유되고 있구나, 하는 생각을 하면서 말이에요.

한데요, 김 박사님.

그 순간 전혀 예상치도 못한 일이 벌어진 거예요. 어느 정도 눈물도 진정되고, 마음도 안정되어 천천히 고개를 들어보니, 엄마가 낯선 얼굴로 저를 노려보고 있는 거예요. 그러더니 낮고 감정 없는 목소리로 이렇게 말했어요.

— 그래서? 그래서, 그게 다 나 때문이라는 거야?

엄마의 목소리는, 제게 들려오던 그 목소리들과 닮아 있었지만, 그것들보단 훨씬 더 선명하고 또렷하게 들려왔죠. 저는 한동안 죽은 나무처럼 움직일 수가 없었어요. 기껏 제가 할 수 있는 일이라곤 손목에 묶여 있던 고무줄을 최대한 당겼다가 다시 놓는 일이었는데, 그것마저도 허둥거려 잘 되지 않더라구요. 슬쩍 마주친 엄마의 눈은 조금 흔들리는 것 같았지만, 이내 다시 바둑알처럼 딱딱하게 굳어버렸지요.

—개 같은 년.

엄마는 그렇게 뇌까리듯 내뱉곤 혼자 일어나 집 쪽으로 걸어갔어요. 저는 계속 틱틱, 고무줄만 당겼다 놓았을 뿐이죠. 아무리 세게 고무줄을 당겼다 놓아도, 엄마의 목소리는 쉬이 사라지지 않고 귓전에 더께처럼 쌓여가더군요. 어디에 배치해도, 그 무엇과 나란히 놓아도, 의미가 변치 않을 것 같은 엄마의 목소리. 그러다가 그만 툭, 고무줄이 끊어졌는데, 그 순간 제 마음속에서도 무언가 가느다란 실 한 가닥이 투닥, 끊어져버리는 것 같았어요. 저는 벤치에 오랫동안 앉아 있다가, 집이 아닌 고시원으로 돌아왔지요.

김 박사님.

이상한 건 그날 이후, 엄마의 행동이었어요. 마치 아무 일도 없었다는 듯, 엄마는 다음 날 제게 전화를 걸어 왜 선식도 안 갖고 갔니, 속옷은 어쩌니, 한참 동안 걱정을 늘어놓았어요. 통장에 따로 용돈을 보냈다는 말도 했고, 시험이 끝나면 일본으로 가족여행을 다녀오자는 말도 했어요. 저는 짧게 짧게 대답만 했지요. 어제 왜 그랬냐고 물어보고 싶었지만, 엄마의 목소리가 너무 따뜻해, 차마 그럴 수가 없었어요. 제가 물어보면, 언제 또 엄마가 욕설을 내뱉을는지 알 수 없었고…… 전화를 끊고 나니까 그제야 와락, 엄마가 무서워지더라구요. 아무렇지도 않은 엄마의 목소리를 들으니까, 어쩌면 지금까지 엄마는 속으론 계속 나에게 욕을 하고 있었을지도 모른다는 생각이 들었어요. 지금까진 단지 참았을 뿐이라고…… 그런 생각이 들자, 여태까지 들려오던 목소리들은 모두 사라지고, 그 자리에 대신 엄마가 내게 했던 욕설만, 그 음절들만 스타카토 찍힌 채, 또박또박 들려오더라구요. 더불어 나와 마주치는 모든 사람들 역시 어쩌면 속으로 끊임없이 나를 욕하고 있을지 모른다는 생각이 들었어요. 학원 '일타강사'도, 고시원 총무도, 엘리베이터에서 마주치는 장수생도, 분식집 아르바이트생도, 모두 속으론 내게 '개 같은 년'이라고 하면서, 겉으론 아무렇지도 않은 표정을 짓고 있는 것이라고…… 환청은 갈수록 더 심해지고 있고, 저는 학원도, 독서실도 가지 못한 채, 계속 고시원에만 틀어박혀 있는 상태예요.

김 박사님.

저는 이제 엄마를 보는 것도 무섭지만, 엄마를 보면 저도 대뜸 엄마에게 욕을 할까 봐, 그게 더 두려워요. 그건 아무도 장담할 수 없는 거잖아요? 하지만 또 그러면 안 되는 거잖아요?

김 박사님, 대답 좀 해주세요. 이제 제가 믿을 수 있는 사람은 오직 김 박사님뿐이에요.

A: 김 박사입니다. 최소연 씨의 말을 들으면서 역시 엄마란 인물은 우리에게 만고불변의 드라마일 수밖에 없겠구나, 하는 생각을 했습니다. 개인적으로 저 역시도 어머니에게 많은 상처를 받고 또 주기도 하였지만, 여전히 이해할 수 없고, 느닷없는 존재가 바로 어머니인 것 같습니다. 그러나, 최소연 씨, 아무리 이해할 수 없다고 해도, 우리는 이해하려는 노력을 그만두어선 안 됩니다. 노력을 그만두는 순간, 우리의 영혼은 상처 입고, 스스로를 비하하게 되며, 늘 불안과 공포에 시달릴 수밖에 없는 존재가 되고 맙니다. 노력이라는 말속엔 이미 이해라는 의미가 포함되어 있는 것입니다. 또한 표출이라는 의미도 수반하고 있습니다. 그러니, 최소연 씨. 어머니를 정면으로 마주 보시기 바랍니다. 최소연 씨가 어머니를 계속 피하기만 한다면 상황은 나아지기는커녕 더 악화될 가능성이 큽니다. 최소연 씨는 지금 어머니가 두렵다고 말했지만, 사실은 어머니에게 분노를 느끼고 있는 게 맞을 겁니다. 어머니에게 무언가를 배신당했다고, 어머니에 대한 나의 애정이 좌절되었다고 여겨질 것입니다. 그것에 대한 자기방어로 두려움이라는 감정을 앞세운 것이겠지요. 어쩌면 두려움보다는 분노가, 치유에 있어서는 훨씬 더 수월할지 모릅니다. 분노라는 감정에는 어쨌든 애정이라는 요소가 일

정 부분 포함되어 있으니까 말입니다.

어머니 또한 상처받은 영혼이 분명합니다. 오래전, 어머니가 학교 운동장에서 수첩을 들여다보며 욕을 했을 땐, 다 그만한 이유가 있었을 것입니다. 그것이 치유되지 않고 붕대에 감겨 있다가, 최소연 씨로 인해 다시 세상에 삐죽, 튀어나온 것일 겁니다. 어쩌면 그것은 어머니의 의사와는 무관하게 튀어나온 것일지도 모릅니다. 그래서 어머니는 다시 아무 일도 없었던 듯 행동하고 말하고 있는 것이지요. 최소연 씨가 어머니의 처지를 좀 더 이해해주시기 바랍니다. 사실은 지금 어머니 또한 많이 당황하고, 좌절해 있을 것입니다. 최소연 씨가 먼저 손을 내밀어 어머니의 상처를 다독여주십시오. 어머니에게 어떤 상처가 있었는지 알아보고, 함께 풀어나가는 노력을 기울여보시기 바랍니다. 누군가의 마음을 헤아려보는 일, 그것만큼 자기 자신을 치유하는 데 좋은 일은 없을 것입니다. 보다 정면으로 어머니를 바라보시길 바랍니다.

이상, 김 박사였습니다.

네번째 Q&A

Q: 김 박사님. 저, 최소연이에요. 제가 너무 자주 상담을 하는 것은 아닌지, 그 때문에 김 박사님이 저를 귀찮아하시면 어

쩌지, 걱정이 돼요. 김 박사님의 답변을 읽다 보면 제 마음도 안정되고 무섭증도 많이 가라앉아요. 그래서 이렇게 계속 김 박사님께 의지하는지도 모르겠어요. 그런 제 마음, 너그럽게 이해해주시고 늘 따뜻하게 답변해주시는 점, 거듭 감사드려요.

김 박사님 답변을 읽고 또 읽다 보니, 정말이지 내가 무언가 크게 잘못 생각하고 있었던 것은 아닐까, 하는 의문이 들었어요. 돌아보니, 엄마에 대해서 아는 게 전혀 없는 거예요. 사회적으론 한 학교의 교감선생님이고, 가정에선 따뜻한 엄마이자 예의 바른 아내였지만, 그 이상 제가 아는 게 아무것도 없는 거예요. 물론 엄마의 성격이 어떻고, 혈액형이 무엇이고, 좋아하는 음식이 무엇인지, 그런 것쯤은 잘 알고 있지요. 하지만 그건 한 사람을 안다고 할 수 없는 거잖아요? 그건 누구나 다 알 수 있는 거잖아요? 누구나 다 알 수 없는 어떤 것, 그러니까 맨홀 뚜껑 옆에 핀 잡초를 볼 때 엄마는 어떤 생각이 드는지, 15층이나 17층처럼 높은 건물 유리창 앞에 서면 엄마는 어떤 기분이 드는지, 맑은 날 갑작스러운 바람이 불어와 머리칼을 흔들고 지나갈 때 엄마는 누가 제일 먼저 떠오르는지, 그런 것에 대해선 단 한 번도 생각해본 적이 없는 거예요. 단어 뜻 그대로, 엄마이기만 했던 거지요. (물론 변명을 할 수도 있어요. 어쩌면 엄마나 아빠는, 제가 단어 뜻 그대로만 당신들을 이해하고 바라봤으면, 하고 바랐는지도 모르겠어요. 집에서도 와이셔츠를 입고 있는 아빠나, 저와 목욕탕 한 번 가지 않은 엄마나, 모두 따뜻했으나 그러나 때론 저에게도 선생님이었으니까요.)

김 박사님.

저는 김 박사님 말씀대로 엄마의 처지를 좀더 이해해보기로 했어요. 우선, 십수 년 전, 엄마에게 무슨 일이 있었기에, 엄마가 무슨 상처를 받았기에, 그렇게 운동장에 나가 혼자 욕을 했는지, 그것부터 알아보기로 한 거지요. 어쩌면 그 일이 엄마를 이해하기 위한 핵심단원 목표가 아닐까, 키워드가 아닐까, 마음속으로 정리한 거였어요.

그렇다고 지난번처럼 무작정 엄마한테 물어보거나 말을 꺼낸 것은 아니었고요, 먼저 아빠 얘기를 들어보고 난 뒤, 좀더 시간을 두고 천천히 엄마와 이야기해보기로 결정했어요. 그래도 부부이니까, 내 앞에선 단 한 번도 싸운 적 없는 부부 사이니까, 나보다 아빠가 훨씬 더 많이 엄마에 대해서 이해하고 있지 않을까, 기대한 거였죠. 그래서 따로 약속도 잡지 않고 아빠 퇴근시간에 맞춰 학교 앞에서 기다리다가 밥을 사달라는 핑계를 대며 아빠와 마주 앉게 되었어요.

아빠는 그간 엄마와 저 사이에 무슨 일이 있었는지 전혀 모르고 있는 듯한 눈치였어요. 늘 똑같은 모습 그대로, 우리 딸 얼굴 상한 거 봐라, 그러기에 아빠가 그냥 다른 공부하라고 했잖니, 외우는 걸 테스트해서 교사를 뽑는다는 게 얼마나 난센스니, 뭐, 그런 말을 여러 차례 반복하면서 반주로 나온 맥주잔을 비워나갔어요. 아빠의 그런 모습을 보니까, 아, 정말 어디서부터 어디까지 이야기를 해야 좋을지, 고민이 되더라구요. 괜히 아빠에게까지 짐을 지우는 것은 아닐까, 어쩌면 아빠 역시 나처럼 엄마에 대해선 잘 모르고 있는 게 아닐까, 하는 생각이 들더군요. 하지만, 그 순간 김 박사님께서 전에 제게 해주셨던 '증세를 가족과 함께 공유하는 것보다 더 좋은 치유법은 없다'라는 조언 있잖아요? 그 말씀이 떠오르더라구요. 그래서 조심조심, 용기를 내서 말을 꺼냈어요.

저는 우선 아빠에게 요즘 초등학교 2학년 때 일이 언뜻언뜻 떠오른다고 운을 뗐어요. 아빠는 처음엔 심드렁하게 '그때가 왜?'라고 되물었죠.

—그냥…… 그때 무슨 일인지 몰라도 토요일 오후마다 엄마랑 함께 학교 운동장에서 쭉 지냈거든. 그냥 그때 생각이 계속 나.

저는 다시 한 번 차르르르, 영사기 돌아가는 소리를 들으며 그렇게 말을 했어요. 아빠의 얼굴은 살피지도 못한 채, 계속 영사기 소리에만 귀를 기울인 거죠.

—근데, 지금 생각해보니까, 그때 아빠는 통 기억에 없네? 왜 그렇지?

김 박사님. 그건 저도 정말 말을 하면서, 그제야 새롭게 떠올린 기억이었어요. 주말인데도 아빠는 없는 풍경. 저는 뒤늦게 무언가 아빠에게 해선 안 될 말을 했구나, 하고 후회했어요. 그러나 이미 아빠의 얼굴은 무섭도록 무표정하게 변해 있었죠.

— 그때…… 아빠는 2년 동안 다른 지방으로 전근 가 있었잖니……

아빠는 그 말을 한 후 오랫동안 침묵을 지켰어요. 말없이 맥주잔만 몇 번 들었다 놓았을 뿐이었죠. 저 또한 아무런 말도 할 수 없었어요. 계속 무언가 잘못되어가고 있구나, 내가 괜한 말을 했구나, 하는 생각을 하며 알 수 없는 불안감에 사로잡혔죠. 그렇게 몇 분이 흐른 뒤, 아빠는 조용히 이렇게 물었어요.

— 엄마가……, 엄마가 너한테 무슨 말을 하디……?

글쎄요, 김 박사님…… 그 순간 제가 어떤 말을 했어야 좋았을까요? 그냥 아무 일도 없었다고 말하는 게 좋았을까요? 아니면, 다른 말을 지어내 제가 보고 들은 모든 것들을 숨기는 게 좋았을까요? 저는 지금도 잘 모르겠어요. 저는 단지 엄마를 좀 더 이해하고 싶었고, 그러기 위해선 아빠의 도움이 필요했던 것뿐이에요. 그래서 사실을 있는 그대로 말했을 뿐이에요. 그때 두 분 사이에 어떤 일이 있었는지, 그건 지금도 알 수 없지만, 그것까지 제가 감당할 순 없는 거잖아요? 저는 그때부터 무언가에 홀린 듯 아빠에게 모든 것을 다 털어놓았어요. 눈물도 한 방울 흘러나오지 않았고, 목소리도 떨리지 않았어요. 그저 낮은 목소리로 아빠에게 엄마가 내게 했던 욕설까지, 고스란히 다 말해주었어요. 그리고 그런 엄마를 이해하고 싶다는 말도 덧붙였죠. 그건 정말 솔직한 제 속마음이었으니까요. 마음이 더 후련해지거나 더 답답해지거나 하는 일도 없었어요. 이미 그런 단계는 넘어섰으니까요.

김 박사님.

그러나, 그날 저는 아빠에게 아무런 말도 들을 수 없었어요. 아빠는 계속 침묵을 지키면서 제 말만 쭉 듣고 나더니, 고시원에 가 있거라, 라는 짧은 말만 남긴 채, 먼저 자리에서 일어났지요. 저는 또다시 알 수 없는 불안에 빠져버렸지만, 그래도 아빠를 믿었어요. 아빠가 엄마를 이해해주겠지, 엄마의 상처를 다독거려주겠지, 그렇게 계속 마인드컨트롤을 한 거였죠. 제가 그 이상 무엇을 더 할 수 있겠어요?

그리고…… 지난주에 분당 집에 들렀더니, 아빠의 짐이 모두 빠져 있었어요…… 아빠의 짐이 모두 빠져, 더 넓어져버린 거실에서 엄마는 혼자 신문을 보고 있었죠. 신문에 계속 낙서를 하며, 내가 들어온 것도 모른 채, 무언가를 끊임없이 중얼거리고 있었어요.

—나쁜 년, 육시헐 년, 찢어죽일 년, 니가 뭔데, 니가 뭔데, 염병을 떨고……

김 박사님.

저는 지금 제가 무엇을 잘못했는지, 제 선택이 어디에서부터 어디까지 틀린 것인지 알지도 못한 채 죄책감에 사로잡혀 있어요. 죄책감의 무게는 차오르는 달처럼 점점 무거워지고만 있고요. 이 무게를 제가 어떻게 감당해야 할지, 어디로 살짝 옮겨놔

야 할지, 도무지 알 수가 없어요.

김 박사님.

김 박사님께서도 어머니에게 많은 상처를 주고 또 받으셨다고 하셨죠? 김 박사님은 어떤 일을 겪으셨나요? 저한테 그 얘기를 해주시면 안 되나요? 김 박사님께서 직접 겪고 이겨내신 구체적인 이야기를 듣는다면, 제 죄책감의 무게도 조금은 줄어들 것만 같아요. 저는 이제 임용고시 준비도 깨끗이 포기했어요. 포기할 수밖에 없었죠. 저는 지금 멍하니 김 박사님의 말씀만 기다리고 있는 처지예요. 분노도, 두려움도 없이, 말하려다 그만두고, 또 말하려다 그만두는 상태. 이런 제가 이해되시나요, 김 박사님?

A: 김 박사입니다. 최소연 씨의 상황은 충분히 안타깝지만, 우선 이런 말씀부터 드리고 싶습니다. 최소연 씨의 죄책감은 어쩌면 거짓된, 위장된 죄책감일지도 모릅니다. 우리의 죄책감은 언제 생기게 되는 걸까요? 그건 어쩔 수 없이 우리의 '선택'에 부차적으로 발생하는 감정일 것입니다. 우리가 무언가를 선택했을 때, 그 선택이 틀렸거나 그로 인해 누군가 피해를 봤을 때, 그때 우리는 죄책감에 사로잡히게 됩니다. 하와가 선악과를 따는 선택을 함으로써 우리 모두에게 원죄가 생겼듯, 우리는 살아나가는 내내 이 죄책감에서 자유로울 수 없습니다.

그러나, 최소연 씨.

이번 경우는, 결코 최소연 씨 개인의 선택 문제가 아니었던 것 같습니다. 최소연 씨가 선택할 수 있는 부분이 전혀 없었다는 뜻입니다. 좀더 냉정하게 바라보자면, 그건 어디까지나 부모님 두 분 사이의 문제입니다. 최소연 씨가 계기가 된 것은 분명하지만, 그렇다고 최소연 씨가 원인이 된 것은 분명 아닙니다. 최소연 씨가 아버지에게 말을 꺼내게 된 것은 선택의 문제가 아니라, 주어진 단 하나의 과제였던 것뿐이지요. 그러니, 최소연 씨, 우선 죄책감의 무게부터 덜어내십시오. 그런 다음, 다시 부모님의 문제를 바라보시기 바랍니다. 이해의 과정은 그만큼 험난하지만, 우리가 최선을 다해서 넘어가야 할 어떤 부분이기도 합니다. 최소연 씨가 하던 일 또한 쉽게 포기하지 마시고, 시간을 갖고 하나하나 문제를 풀어나가시길 바랍니다. 이 모든 것들이 다 하나의 과정입니다. 지금 포기하면 다시 원점으로 돌아갈 수밖에 없겠죠. 모두 최소연 씨 마음에 달려 있습니다. 힘을 내시기 바랍니다.

김 박사였습니다.

다섯번째 Q&A

Q: 아니요, 아니요, 김 박사님. 제가 듣고 싶은 것은 그런 말씀이 아니고요, 김 박사님께 있었던 일들, 김 박사님과 어머

니 사이에 있었던 일들, 그 이야기들을 듣고 싶은 거예요. 그때마다 김 박사님은 어떤 마음이 드셨는지, 술을 마셨는지, 혼자 담 옆에 쪼그려 앉아 있었는지, 달리기를 하셨는지, 그런 구체적인 이야기가 듣고 싶은 거예요. 정말이지 그 이야기들을 듣는다면, 그러면 좀더 힘이 생길 거 같아요. 말씀드렸잖아요. 저에겐 이제 김 박사님이 유일한 친구이자, 제 속마음을 속속들이 알고 있는 이 세상 단 한 명뿐인 사람이라고요. 그러니, 김 박사님, 제발, 저에게 이야기를 들려주세요. 저에겐 지금 그것만이 유일한 희망이자 안식이랍니다. 김 박사님의 이야기를 기다릴게요.

A: (이제 다들 아셨죠, 김 박사가 누구인지? 자, 그럼 어서 빈칸을 채워주세요.) ....

....

....

....

....

....

....

....

....

....

……………………………………………………

……………………………………………………

……………………………………………………

……………………………………………………

……………………………………………………

……………………………………………………

……………………………………………………

그리고 다시 Q

Q: 김 박사님, 김 박사님…… 김 박사님께서 해주신 이야기 잘 들었어요. 하지만 김 박사님…… 이 개새끼야, 정말 네 이야기를 하라고! 남의 이야기를 하지 말고, 네 이야기, 어디에 배치해도 변하지 않는 네 이야기 말이야! 나에겐 지금 그게 필요하단 말이야, 김 박사, 이 개새끼야.

저기 사람이
나무처럼 걸어간다

그가 전화를 받은 것은 구역예배를 마치고 막 자리에서 일어나려던 순간이었다. 병원에서 걸려온 전화였다. 폴더를 열자마자 청년 여신도회 소속 최 간호사의 목소리가 저편에서, 마치 팽팽하게 당겨졌다가 풀려버린 고무줄처럼 와락 튀어나왔다. 그는 잠시 휴대전화에서 귀를 뗐다. 그 바람에 구역예배에 참가했던 다른 일곱 명의 여 신도들도 모두 최 간호사의 목소리를 들을 수 있게 되었다. 볕이 좋은 5월 중순, 화요일 오후의 일이었다.

"전도사님, 빨리요, 빨리. 빨리 병원으로."

최 간호사는 기증자가 나타났다고 했다. 그리고 지금 있는 곳이 어디든 당장 택시를 타고 병원으로 달려오라고 말했다. 오늘 안으로 수술을 받을 수 있을 거라는 말도 덧붙였다. 그는 통화를 하는 내내 거의 아무런 말도 하지 못했다. 네, 네, 라고 더듬더듬 대답하기만 했다. 통화를 끝내자마자 신도들이 그의 주변으로 다가왔다. 작게 웅얼거리면서 기도를 하는 신도도 있었고, 말없이 그의 손을 잡는 신도도 있었다. 또 다른 신도는 어디론가 전화를 걸기도 했다.

"전도사님, 어쩌면 좋아요, 전 자꾸 눈물이……"

"어머, 어머, 주여, 주여……"

"제 차로 가세요, 택시는 무슨."

그가 가방에서 지팡이를 꺼내기도 전에 여신도 두 명이 팔짱을 끼었다. 한 신도는 그의 발 앞에 무릎을 꿇고 직접 신발을 신겨주기도 했다. 그때까진 몰랐지만, 그의 두 다리는 덜덜 떨리고 있었다. 느닷없이 그의 생이 변하려 하고 있었다. 주차장까지 걸어 나오자, 선글라스 너머 그의 미간이 잠깐 구겨졌다가 제자리를 찾았다. 햇빛 때문이었다. 그는 고개를 조금 아래로 숙였다. 어느 집에선가 아이가 울고 있었다. 그는 잠시 그 소리에 귀를 기울였다. 그러자 그의 두 다리가 더 떨리기 시작했다. 얼굴에 열이 오르고, 맥박도 점점 빨라지기 시작했다. 그는 길게 심호흡을 해보았지만, 그러나 달라지는 것은 없었다. 그는 그것이 그리 불편하게 느껴지진 않았다.

*

병원까지는 두 명의 여집사가 동승했다. 한 명은 운전을 했고, 다른 한 명은 조수석에 탔다. 그는 뒷좌석에 앉았다. 차 안에선 옅은 박하향이 났다.

"최 간호사 걔가 좀 덤벙덤벙거리는 게 흠이지, 심성 하난 타고났다니까."

"아무렴. 지가 전도사님한테 받은 은혜가 얼만데."

여집사들은, 그가 최 간호사의 아버지와 어머니를 전도한 일에 대해서 이야기했다. 그가 일주일에 두 번씩 빠짐없이 최 간호사의 할머니가 입원한 치매 노인 전문요양원을 찾아간 일과, 그 할머니가 소천했을 때 사흘 내내 장례식장으로 출퇴근하다시피 찾아간 일들에 대한 이야기였다. 그는 염을 할 때도 최 간호사의 손을 잡고 따라 들어가 고인의 차갑고 딱딱하게 변한 팔목을 붙잡고 오랫동안 기도했다. 최 간호사의 부모들은 얼마 전 집사가 되었다.

그는 뒷좌석에 앉아 아내에게 전화를 걸었다. 다행히 두 손은 떨리지 않았다. 맥박 소리는 조금 진정되었으나, 얼굴의 열은 쉽게 내려가지 않았다. 아내는 또 얼마나 떨리는 목소리로 전화를 받을까? 그는 무의식중에 주여, 나지막이 말하면서 단축번호 1번을 눌렀다. 그러나 아내는 전화를 받지 않았다.

그가 시력을 잃은 것은 27년 전의 일이었다. 전기 합선에 따른 화재 때문이었는데, 사실 그는 그것에 대한 별다른 기억은 갖고 있질 않았다. 잠을 자고 있던 한밤중에 일어난 사고였기 때문이었다. 무언가 매캐한 연기가 후끈, 얼굴을 덮친 것까지는 기억이 나는데, 어떻게 집에서 빠져나왔는지, 병원까지는 누구의 등에 업혀 가게 되었는지, 모든 것이 흐릿하기만 했다. 그는 사고 이후 오랫동안 두 눈을 붕대로 가린 채 누워 있어야만 했다. 그리고 그 와중에 그는 고아가 되었다. 훗날, 큰아버지의 도움으로 신학대를 졸업하고 전도사가 된 이후, 그가 신도들 앞에서 처음 신앙 간증을 할 때 했던 말은 '한전을 너무 믿지 말자'라는 것이었다. 신도들은 와, 웃었고, 그는 계속 웃으면서 간증을 이어나갔다. 처음엔 한전을 원망했지만, 지금은 한전 덕택에 24시간 내내 기도 드리는 상태로 살아가고 있다, 더구나 난 지금 전기를 거의 쓰지 않아 한전에 조금 미안한 마음도 드는 게 사실이다, 마음속에 자가발전기 같은 것이 생겼기 때문이다 운운…… 한 번은 교회 스데반선교회 소속 남자 집사 한 명이 그에게 조심스럽게 물은 적이 있었다. 그래도 전도사님은 선천적인 건 아니니까 다 짐작은 하시겠네요? 그게 더 힘드실 수도 있겠지만…… 그때도 그는 웃으면서 대답했다. 아닙니다, 사실 기억이 거의 나지 않습니다. 눈 감고 지낸 세월이 더 오래니깐요. 그래도 열한 살 때면 남아 있는 기억이 제법 많을 텐데…… 누군가 남자 집사의 어깨를 툭 치는 소리가 들렸다. 그는 짧게 손사래를 쳤다. 그건 이런 겁니다. 맨 처음 시력을 잃었을 때, 친구들이 저한테 무언가를 설명해주려 무던 애를 썼었거든요. 노란 우산이 있으면, 봐봐, 이건 개나리처럼 노란 색깔이야, 이렇게 말해줬었는데, 거 이상하게도 노란색은 기억이 나는데 암만 노력해봐도 개나리꽃은 도통 기억이 나지 않는 거예요. 그리고 그걸 기억해내려 애를 쓰면 애를 쓸수록 노란색도 기억이 나지 않게 되고…… 뭐, 그런 식이었습니다. 사람들의 얼굴도, 부모님의 얼굴도, 내가 가봤던 곳들도, 하나가 흐릿해지면 다른 하나도 연이어서 흐릿해지더라구요. 뭐, 그렇게 된 것이지요……

병원에 도착하기 전, 그는 아내와 통화를 할 수 있게 되었다. 아내의 목소리 뒤로는 아이들의 울음소리와 고함 소리, 노랫소리가 뒤섞여 있었다. 아내의 일터는 아파트 1층에 있는 가정 어린이집이었다. 그의 아내는 그곳에서 보육교사로 일하고 있었다. 휴대전화 너머 들려오는 아이들의 울음소리 중에는 그의 아들 예찬이의 것도 포함되어 있을 터였다.

"무슨 일 있어요?"

아내의 목소리는, 어, 애들아 잠깐만 잠깐만, 하면서 휴대전화에서 멀어졌다가 다시 가까워졌다. 한 아이가 전화기 가까운 곳에서 알 수 없는 괴성을 지르기도 했다. 그래서 그는 같은 말을 두 번이나 더 반복해야만 했다.

“저기, 제가 지금 수술을 받으러 가고 있어요. 기증자가, 기증자가 나타났다고 해서요.”

그는 처음엔 애써 무덤덤하게 말했으나, 두번째는 그러질 못했다. 자신의 목소리가 낯설게 느껴질 만큼 그는 큰 음성으로 말했다. 조수석에 앉아 있던 여집사가 작게, 세상에 사모님은 또 얼마나 은혜로울까, 라고 말하는 소리가 들렸다.

“지금요? 수술까지요?”

아내의 목소리는 평상시와 다를 바가 없었다. 마치 식당에서 주문을 받는 사람처럼, 일상적이고 어딘지 퉁명스럽기까지 했다. 그래서 그는 조금 서운해졌다. 하지만 그렇다고 기분이 가라앉은 것은 아니었다.

“시간을 다투는 일이라서요.”

그는 예전 최 간호사가 했던 말을 떠올렸다. 네 시간, 네 시간 안에 적출이 이루어지고 수술까지 끝나야 한다, 그게 가장 이상적인 이식수술이다. 자동차가 울컥, 속도 방지턱을 연이어 두 번 넘는가 싶더니 멈춰 섰다. 시동도 꺼졌다. 병원에 다 도착한 것이었다.

“저기, 돈이, 돈이 좀 필요해요. 한 5백만 원 정도……”

그는 자동차 밖으로 나오면서 아내에게 말했다. 두 다리는 다시 떨리기 시작했다. 태양은 그때까지도 떨어지지 않아 그는 또 한 번 고개를 숙여야만 했다. 오후 4시를 막 넘어서고 있었다.

*

병원에 도착한 그는, 그러나 곧장 검사실이나 입원실로 가지 못하고 외래병동 2층에 있는 원목실 앞 장의자에 앉아 대기해야만 했다. 최 간호사가 그의 오른손을 잡고 말했다.

"여기서 잠깐 기다리셔야 할 거 같아서요. 사정은 있지만 걱정하실 건 하나도 없어요. 수술은 분명 오늘 중으로 받으실 수 있을 거예요. 안과 선생님들도 다 나와서 준비하고 있으니까 틀림없이 그렇게 될 거예요. 전도사님은 그냥 마음의 준비만 하고 계시면 되는 거예요."

최 간호사가 말한 사정이란, 바로 기증자의 사정이었다. 기증자는 일전 병원을 찾았을 때 직접 장기기증 서류를 작성한 바 있는 삼십대 후반의 젊은 여자인데, 오늘 새벽 일하던 해장국집에서 퇴근해 귀가하던 도중 교통사고를 당했다고 했다. 그리고 병원에 도착한 지 세 시간 만에 최종 뇌사 판정을 받았다고 했다. 그러니까 아직 사망에 이르진 않았다는 말이었다.

"종종 이런 경우가 있어요. 환자 입장에선 분명 사망인 거죠. 가족들이 받아들이지 못해서 그렇지…… 하지만 그것도 다 해결됐어요. 두 시간 전에 환자 오빠분이 오셔서 뜻을 보이셨거든요. 어쩌면 지금쯤 절차를 밟고 있을지도 몰라요."

최 간호사가 근무하고 있는 병원의 내규는 각막 이식의 경우,

대기순번에 따라 전화 연락을 취하는 것으로 되어 있었다. 전화 연락은 한 사람당 한 시간으로 정해져 있었다. 그 시간 안에 연락이 닿지 않으면 기회는 곧바로 다음 순번으로 넘어가게 되어 있었다.

"일이 잘 풀려서 전도사님 차례가 조금 앞당겨진 것뿐이니까 부담 같은 건 전혀 가지실 필요 없어요. 그나저나 원목실 문이 왜 잠겨 있지? 들어가서 기다리시는 게 좋을 텐데……"

병원 담당 전도사는 그도 잘 아는 사람이었다. 5년 전쯤인가, 부활절 연합예배 준비차 예비모임을 갖던 중 처음 만난, 손이 고운 여자 전도사였다. 그가 단상 위 조명 때문에 고개를 숙이자, 처음 각막 이식수술 가능성을 말해준 사람이기도 했다. 그는 그때 그 말을 그냥 웃고 넘겨버렸다.

최 간호사는 자리에서 일어나 복도 끝 쪽으로 걸어갔다. 걸어가면서 그녀는 뒤돌아 어디 가시면 안 돼요, 휴대폰도 꼭 쥐고 계시고요, 라고 말했다. 그는 재킷 안주머니에 들어 있던 휴대전화를 꺼내 손에 움켜쥐었다. 손바닥엔 땀이 흥건했다. 여집사들은 계속 그의 팔짱을 낀 채 양옆에 앉아 있었다.

그가 병원에 도착한 지 채 한 시간도 지나지 않아, 교회 담임목사와 성도 여섯 명이 원목실 앞으로 찾아왔다. 담임목사는 그를 보자마자, 그 자리에 선 채 손을 맞잡고 기도를 하기 시작했다. 「마가복음」 8장에 나오는 예수의 이적을 인용하며, 담임목사는 길게 기도했다. 예수 그리스도가 소경의 눈에 침을 뱉어 이적을 행하는 부분이었다. 일전에 그는 담임목사와 함께 그 대목에 대해서 이야기를 나눈 적이 있었다. 그는 그때 이런 말을 했었다.

"이 소경은 선천성 시각장애인은 아니었던가 봐요?"

"왜요?"

담임목사가 물었다.

"눈을 뜬 다음 예수께서 무엇이 보이느냐 물었더니, 사람들이 나무처럼 걸어가는 것이 보이나이다, 하잖아요."

"그런데요?"

"그러니까 나무를 본 적 있던 사람이라는 거죠. 이런 비유는 그런 사람들만이 쓸 수 있는 거잖아요."

담임목사는 벳새다에서 이룬 기적을 오늘 여기에서도 똑같이 행해주실 것을 믿사옵니다, 라는 말로 기도를 마쳤다. 몇몇 사람들과 휠체어 한 대가 그들 옆을 피해 지나가는 소리가 들렸다.

담임목사가 물었다.

"한데, 얼마나 더 기다려야 한다는 거예요?"

그가 대답하기도 전에, 팔짱을 끼고 있던 여 집사 두 명이 앞서거니 뒤서거니, 최 간호사의 말을 똑같이 전했다.

"그래요? 그럼 정말 바로 준비를 해야겠네요. 박 전도사, 너무 떨지 말아요. 하나님이 다 알아서 해주실 테니까."

담임목사가 그렇게 말했을 때, 최 간호사가 원목실 열쇠를 가지고 돌아왔다. 병원 담당 전도사는 협력병원으로 심방을 나갔다고 했다. 그들은 모두 원목실 안으로 들어가서 기다렸다. 앉을 자리가 부족해 몇 명은 서 있어야만 했다. 누군가 박스에서 캔 음료를 꺼내 돌리면서 '난, 벌써 입원실에 계시는 줄 알고……' 라며 말끝을 흐렸다.

"그나저나…… 수술을 하기만 하면 바로 볼 수는 있는 거래요?"

희년 여신도회 소속 권사 한 명이 물었다.

"별다른 거부반응만 없으면 일이 주 안에 흐릿하게 볼 수는 있답니다."

"흐릿하게요? 완전히 회복되는 것은 아니구요?"

"몇 달간 연습하면 더 잘 보인다고 하더라구요. 보는 훈련도 하고, 거리감각도 익히고, 절차가 좀 복잡하답니다."

"아이고, 그래도 그게 어디야. 우리 전도사님 이제 예찬이 얼굴도 볼 수 있을 테고……"

권사의 말을 듣자마자, 그는 다시 한 번 얼굴에 열이 오르는 것을 느낄 수 있었다.

그는 3년 전까지만 해도 각막 이식에 대해선 한 번도 생각해 본 적이 없었다. 그때까지 그는 어느 편이었는가 하면, 자신이 시력을 잃은 것은 모두 '하나님의 하시는 일을 나타내고자 하심'이라고 생각하고 있었다. 그것은 「요한복음」 9장에 나오는 말이었다. 그는 또한 소경 바디매오에 대한 이야기도 잘 알고 있었다. 예수 그리스도는 소경 바디매오에게 네 믿음이 너를 보게 하리라, 라고 말한 바 있었다. 그는 그것을 하나의 은유라고 받아들였다. 세속의 눈뜸과는 다른, 구원의 은유. 그는 그 은유들을 누구보다 더 잘 이해하고 있다고 생각했다. 한데, 어느 날이던가, 예찬이가 막 돌이 지났을 무렵의 일이었다. 예찬이를 목욕시키고 난 아내가 '아휴, 예찬이 머리에서 모락모락 김이 나네, 아지랑이처럼 김이 올라가네' 하고 혼잣말하는 소리를 듣게 되었다.

"김? 김이라고 했어요, 지금?"

그는 아내 쪽으로 다가가면서 물었다.

"예찬이 머리에서 어떻게 김이 난다는 거지요? 아지랑이? 아지랑이라……"

그는 손을 뻗어 예찬이의 몸을 만져보았다. 그리고 아이의 머리 위에 손을 얹고 한참 동안 가만히 있었다. 아이는 팔을 벌려 그의 손가락을 잡으려 했다. 그의 아내는 말이 없었다.

"한번 설명해줄래요? 예전부터 그게 어떻게 하늘로 올라간다는 건지 늘 궁금했거든요. 지금도, 지금도 계속 올라가고 있나요?"

그의 아내가 작은 목소리로 말했다.

"그러니까 그게…… 잔디 같기도 하고요."

"잔디요?"

그는 아이 머리 위 허공을 몇 번 주먹으로 움켜잡는 시늉을 했다.

"아니, 아니, 지느러미 같기도 하고……"

아내는 그에게 계속 설명하려 애를 썼다. 그러나, 그럴수록 그의 머릿속에서 아이의 모습은 점점 더 멀어져만 갔다. 대신 그에겐 잔디와 지느러미만 남게 되었다. 그는 쓴웃음을 지으며 다시 한 번 아이의 머리를 쓰다듬었다. 아내는 아이를 품에 안고 옷을 입혔다.

"어쨌든…… 그게 우리 아이 머리에서부터 하늘로 계속 올라간다는 거지요? 그렇지요?"

그는 조금 힘없는 목소리로 물었다. 아내는 대답이 없었다.

그가 최 간호사가 근무하는 병원을 찾아가 안과 진료를 받은 후, 각막 이식수술 대기자 명단에 자신의 이름을 올린 것은 바로 그다음 날의 일이었다. 햇빛을 보거나 밝은 조명을 볼 때마다 그는 마치 터널에서 나온 것처럼 두 눈 가득 하얀 점들이 무수히 점멸하는 것을 보았는데, 그건 아직 시신경이 살아 있기 때문에 가능한 일이라고 했다. 하지만, 서류 신청 절차를 도와주던 최 간호사는 그에게 조심스럽게 이런 말을 했다. 지금 같은 속도라면 12년 정도 기다려야 할지도 몰라요…… 그는 조금 놀랐으나, 그러나 이내 밝은 목소리로 말했다. 그럼 다다다음 월드컵은 볼 수 있는 거 맞지요? 그는 일부러 얼굴 주름을 더 많이 만들어 웃었지만, 마음은 씁쓸했다. 그건 그에게 잡히지도 않고, 헤아릴 수도 없는 시간처럼 느껴졌기 때문이었다. 그는 지팡이를 더듬어 혼자 집으로 돌아왔다. 그리고 그 모든 것을 다 잊은 채, 예전처럼 살아갔다. 하나님이 하시는 일을 나타내고자 하는 존재로서의 삶으로…… 때때로 그 삶이 버겁기도 했지만, 그에게 다른 선택이란 있을 순 없었다. 삶에 대해선 서운했지만, 또 한편 익숙해진 것도 사실이었다. 그는 그저 소경 바디매오가 되어야만 했다.

*

그의 아내가 병원에 도착한 것은 저녁 7시 무렵의 일이었다. 담임목사와 성도들은 모두 돌아갔고, 그는 불 꺼진 원목실에 혼자 앉아 있었다. 아내는 혼자 왔다. 예찬이는 감기 기운이 있어서 옆집에 맡기고 왔다고 했다.

"집에 가서 기다리시면 안 돼요? 식사도 안 하시고……"

아내가 그에게 물었다.

"최 간호사가 계속 여기서 기다리라고 했어요."

그는 아내에게 계속 서운했다. 그는 아내가 누구보다 더 자신을 잘 이해해주고 있다고 생각했다. 하지만, 그건 착각일지도 모른다는 생각이 새삼 들었다. 아내 역시 신앙의 힘으로, 성경에 나오는 구절로써만, 자신을 이해하고 있는 것은 아닐까, 의심이 들었다.

"연락이 오면 그때 택시를 타고 와도 되잖아요? 30분도 안 걸리는 거리인데……"

"그냥 여기 있을게요. 신경 쓰지 말고 집에 가 있어요."

그는 무뚝뚝한 목소리로 말했다. 그것이 그가 표현할 수 있는 최대한의 서운함이었다. 아내는 말이 없었다. 한동안 계속 또각 또각, 지갑 단추가 닫혔다 열리는 소리만 들렸다. 그는 고개를 창가 쪽으로 돌리고 앉았다. 멀리서 희미하게 구급차 사이렌 소리가 들려왔고, 누군가 고함을 지르는 소리도 들려왔다. 얼마 후, 그의 아내가 작은 목소리로 말했다.

"사실 전 수술을 하는 게 잘하는 일인지도 모르겠어요……"

그가 다시 아내 쪽으로 돌아앉았다.

"후유증도 많다고 하고…… 또 모든 걸 다 다시 배워야 하고……"

아내의 말이 다 끝나기도 전에 그가 한 손으로 탁자를 소리 나게 내려친 후, 자리에서 일어났다. 그러곤 가만히 아내 쪽을 바라보며 서 있었다. 그는 아내에게 소리치고 싶었다. 나이 들어가면서 더 커지는 자신의 외로움과 무력감, 거기에 더해 점점 더 멀어져만 가는 거리감에 대해서, 만질 수 있는 것들과 만질 수 없는 것들 사이가 만들어내는 두려움에 대해서, 평생을 어둠 속에서만 살아가야 한다는 것이 어떤 것인지에 대해서, 그건 당신의 짐작보다도 훨씬 더 가혹한 일이라고, 그는 소리치고 싶었다. 하지만, 그는 그 모든 말들을 입 밖으로 꺼내진 않았다. 십자가가 있고, 예수님의 초상이 벽에 걸려 있는 원목실이었다. 그는 그저 숨을 조금 크게 씩씩, 몰아쉬며 말없이 서 있기만 했다.

그의 아내는 미동 없이 앉아 있기만 했다. 짧게 한숨을 한 번 내쉰 것이 전부였다. 그러곤 다시 얼마 후, 자리에서 일어나 그의 곁으로 조용히 다가왔다. 아내는 그의 손에 신용카드를 쥐여 주었다. 그가 카드를 탁자에 내려놓자, 다시 집어 그의 재킷 안 주머니에 넣어주었다.

"예찬이 때문에 집에 가 있어야 할 거 같아요."

그는 몸을 창가 쪽으로 돌렸다.

"최 간호사한테 말하고 갈게요. 뭐라도 하나 시켜 드시고……"

아내는 말을 다 잇지 못하고 원목실 문 쪽으로 걸어갔다. 문 앞에 서서 아내는 말했다.

"카드 한도를 늘리느라 조금 늦은 거예요…… 그러니, 너무 서운해하지 마세요. 그리고…… 기증자가 아직 살아 계시다는데, 당신 여기 이렇게 있는 게 좀 그래 보였어요."

아내는 원목실 밖으로 나갔다. 그러나 그는 뒤돌아보지 않았다. 사이렌 소리는 이제 아주 가까운 곳에서 들려왔다. 누군가 우는 소리가 들려왔다.

*

그는 밤 8시가 조금 넘어서 원목실을 나왔다. 그는 병원 지하 편의점에서 빵과 우유를 사서 비닐봉지에 담았다. 그리고 그것을 든 채, 옆 병동 응급환자 진료센터로 최 간호사를 찾아갔다. 병원 복도와 입구엔 점자 표시판이 곳곳에 붙어 있어 찾아가는 데 어려움은 없었다. 센터 출입문을 지키고 서 있던 경비업체 직원이 최 간호사를 불러주었다.

그는 최 간호사를 만나자마자, 비닐봉지를 들어 보이며 물었다.

"이걸 먹어도 되는지, 금식을 해야 하는지, 몰라서요."

최 간호사는 대답 없이 그의 손을 잡고 병동 밖으로 나왔다.

"전도사님, 이런 말씀 드리기 좀 그렇지만…… 이렇게 나와 계시면 안 돼요. 사람들 보는 눈도 있고……"

"아, 그런가요? 이거 내가 괜히……"

그는 왼손으로 자신의 머리칼을 쓸어내리면서 말했다.

"제가 전도사님 때문에 오늘 근무도 바꿨거든요. 준비되면 제가 바로 원목실로 연락을 드릴게요. 그때까지 조금만 참으세요. 네? 아셨죠?"

그는 고개를 끄덕였다.

"한데, 좀 많이 기다려야 하는 거예요? 혹시 무슨 문제가……?"

"아니요, 아니요. 전혀 문제없어요. 어른들은 다 동의했는데, 아이가 조금 받아들이기 힘든가 봐요. 아이 외삼촌이 설득하고 있다니까 곧 잘될 거예요."

최 간호사의 주머니에서 휴대전화가 울렸다.

"전도사님, 저 바로 들어가 봐야 해요. 아셨죠? 원목실에서 나오시면 안 돼요."

그는 뛰어가는 최 간호사의 등 뒤에 대고 또 한 번 고개를 끄덕였다.

그는 다시 원목실로 돌아와, 소파에 앉았다. 그는 계속 원목실 불을 켜지 않았다. 소파에선 몸을 움직일 때마다 마치 눈길 위를 밟는 것처럼 뽀드득거리는 소리가 났다. 그는 가방에서 점자 성경을 꺼내려다가 그만두었다. 비닐봉지에서 빵과 우유를 꺼내려다가, 그것 역시 그만두었다. 그래도 금식을 해두는 게 좋을 거야. 그는 허기가 일었지만, 아무것도 먹지 않았다. 자, 그럼 이제 무엇을 하면서 기다릴까? 그는 오른손으로 마른세수를 하면서 생각했다. 평상시 같았으면, 예찬이와 함께 누워 성경책을 읽거나 찬송가를 부를 시간이었다. 예찬이는 곧잘 이부자리 위에 선 채 율동을 하면서 찬송가를 불렀다. 그는 그 모습을 볼 수 없었으나, 그러나 그래서 더 많은 것을 상상할 수 있었다. 작은 두 손이 그리는 동그란 원과, 으쓱거리는 어깨와, 볼록하게 접혔다 펴지는 무릎들…… 때때로 그는 예찬이를 따라 자리에서 일어나 자신이 상상한 그대로 율동을 하기도 했는데, 그러다가 간혹 바로 옆에서 가계부를 작성하고 있던 아내의 발을 밟기도 했다. 아, 그러고 보니…… 그는 거기까지 생각을 하다가 오른손으로 재킷 안주머니에 들어 있던 카드를 만져보았다. 카드는 반듯하게, 주머니 깊숙이 잘 들어 있었다. 어쩌면 그것 때문에 그럴 수도 있었겠구나. 그는 잠깐 아내 생각을 했다. 5백만 원을 카드로 결제한다고 해도, 그 돈을 또 어찌 마련해야 할까. 아내는 어쩌면 그 걱정 때문에 마냥 기뻐하지 못했는지도 모른다. 5백만 원이면 아내의 다섯 달 급여와 맞먹는 금액이었다. 그 또한 교회에서 월급을 받고 있었으나, 그건 교통비와 헌금을 하고 나면 남는 돈이 거의 없을 만큼 적은 금액이었다. 생활비는 전적으로 아내의 월급에 기대고 있었으므로, 그들은 따로 옷을 사거나 신발을 사지 못했고, 저축 또한 하지 못했다. 그는 계속 카드를 만지작만지작거렸다. 그러자 비로소 그때까지도 그의 얼굴에 남아 있던 열기 같은 것이, 조금 식는 듯한 기분이 들었다. 그는 소파 등받이에 허리를 깊숙하게 파묻었다. 그래도…… 어떻게 될 거야…… 목사님도 알고 있으니까 손을 보태줄 거고, 김 장로님도 가만 보고 있진 않을 거야. 가만…… 김 장로님 둘째아들 치과개업식이 언제라고 했더라……? 이번 주 토요일이라고 했던가, 다음 주라고 했던가? 그는 소파에 거의 눕다시피 허리를 뒤로 젖혔다. 허기 때문인지 자꾸 하품이 밀려 나왔다. 김이라…… 아지랑이 같은 김이란 말이지…… 손에 잡히진 않는데 분명 존재한단 말이지…… 그는 오른손으로 몇 번 허공을 움켜잡아보았다. 그러면서도 왼손은 계속 휴대전화를 움켜쥐고 있었다. 아지랑이는 또 뭐라고 그랬더라…… 지렁이 같다고 했던가, 아니, 용수철 같다고 했던 거 같은데…… 용수철이라면 왠지 너무 차가운데…… 그는 그렇게 생각에 생각을 이어나가다가 그대로 까무룩, 잠이 들고 말았다.

밤 10시가 조금 넘은 시각이었다.

꿈에서 그는 병실 침대에 앉아 있었다. 그의 바로 앞에는 담임목사와 몇몇 성도들이 서 있었다. 그는 두 눈을 가리고 있던 붕대를 풀고 미간을 잔뜩 웅크린 채, 천천히 눈꺼풀을 깜빡거려 보았다. 두 눈을 깜빡거리자, 저 멀리 터널이 끝나고, 하얀 점이 점점 더 커다랗게 다가오는 것을 볼 수 있었다. 그러나 예전처럼 점멸하지는 않았다. 눈곱 때문에 조금 뻑뻑한 느낌이 들었지만, 통증이 심하거나 불편하지는 않았다. 그는 실눈을 뜬 채, 천천히 주변을 둘러보았다. 사람들이 서 있는 것 같기는 한데, 윤곽이 자꾸 물결처럼 흘러내려, 조금 현기증이 일었다. 그래서 그는 바로 옆 창문 밖을 바라보았다. 희미했지만, 하나 둘 사물들이 눈에 들어오기 시작했다. 그는 창문 밖을 손으로 가리키며 담임목사에게 말했다. 보세요, 목사님. 저기, 저기, 사람이 나무처럼 걸어가요. 담임목사는 그가 가리킨 곳을 바라보았다. 그러곤 말했다. 허허, 이 사람, 사람이 어떻게 나무처럼 걸어가나? 사람은 사람처럼 걸어간다네. 나무는 나무처럼 서 있는 거고. 그는 담임목사를 한 번 바라본 후, 다시 창문 밖으로 고개를 돌렸다. 하지만, 목사님…… 분명 성경에는…… 담임목사는 그의 곁으로 한 걸음 더 다가와 어깨를 툭툭 치면서 말했다. 이 사람아, 이제 비로소 눈을 뜬 거라네. 이제 무언가에 기대지 말고 자네가 직접 봐야지. 어떤가, 우리가 나무처럼 보이는가? 담임목사는 그렇게 말한 후, 성도들과 함께 큰 소리로 웃었다.

아니요, 목사님…… 나무가 아니라 물결처럼 보여요. 물결처럼 계속…… 흘러내리기만 해요…… 그는 그렇게 말하고 싶었으나, 그러나 입술이 떨어지지 않았다. 계속 현기증이 일어 다시 두 눈을 감고 말았다. 그제야 두 눈이 아려오기 시작했다.

*

딸깍, 누군가 문을 여는 소리에 그는 잠에서 깨어났다. 짧은 시간 동안이었지만, 그는 자신이 잠들어 있던 곳이 어디였는지 생각해내려 애써야만 했다. 병실이었는지, 교회였는지, 그도 아니면 지하철이었는지, 그는 오로지 과거를 되짚어 자신이 있는 곳을 알아낼 수밖에 없는 사람이었다. 꿈이라도 꾼 경운 한참 동안 어리둥절할 수밖에 없었지만…… 그나마 왼손에 계속 쥐고 있던 휴대전화가 이곳이 병원이었고, 원목실이었다는 사실을 금세 알아차릴 수 있게 도와주었다.

원목실 문을 연 사람은 말이 없었다. 스위치를 켜거나, 다시 문을 닫고 나가지도 않았다.

"최, 최 간호사?"

그가 먼저 말을 걸었다. 그러나, 상대는 여전히 말이 없었고, 곧이어 다시 문이 닫히는 소리가 들렸다.

그는 쥐고 있던 휴대전화의 버튼을 눌러 시간을 확인했다.

10시 30분을 막 넘어서고 있었다. 꿈이었나? 그는 소파에서 일어나 문 앞쪽으로 걸어갔다. 손잡이를 한 번 돌려본 후, 스위치를 찾아 올렸다. 하얀 점들이 무수히 위에서부터 아래로 쏟아져 내려오는가 싶더니 이내 사라졌다. 그가 더듬더듬 소파로 되돌아가 앉으려던 순간, 다시 문이 열렸다.

"저기…… 여기 좀 있어도 되지요?"

중학교 3학년쯤이나 되었을까, 여자아이의 목소리가 들려왔다. 목소리는 문밖에서 울렸고, 말끝이 조금 갈라져 있었다.

"그게…… 저도 여기서 누굴 기다리고 있는 처지라……"

그는 엉거주춤 자리에서 일어나며 문 쪽을 향해 말했다.

"그래요? 그럼, 괜찮겠네요, 뭐."

그는 상대방의 말에 당황했다. 그래서 어떤 다른 핑계를 대려고 했다. 하지만 그 전에 여자아이는 원목실 안으로 걸어 들어와 그의 맞은편 소파에 앉아버렸다. 발걸음 소리가 작은 것으로 보아, 스니커즈를 신고 있는 듯했다.

"저도 곧 비워줘야 하는 거라서……"

그는 소파에 앉으면서 그렇게 웅얼거렸다.

"그럼, 그때까지만 있을게요."

그는 할 말이 없어졌다. 그는 누군가와 함께 있고 싶지 않았다. 조용히 최 간호사의 호출을 기다리고 싶었다. 하지만 이곳은 병원의 원목실이었다. 이곳은 그 누구라도 찾아와 기도를 할 수 있는 곳이었다. 그는 자신의 신경이 날카로워져 있다는 것을 느꼈다. 그는 허리를 좀더 곧게 펴고 두 손을 깍지 꼈다.

툭툭툭, 신발 끝으로 소파 테이블 다리를 건드리는 소리가 났다. 그 소리는 점점 빨라지는가 싶더니 이내 느려졌고, 잠시 후엔 조용해졌다. 복도에서 카트 한 대, 지나가는 소리가 들려왔다. 여자아이가 물었다.

"불 좀 끄고 있어도 되죠?"

그는 곧장 대답하지 않고 잠시 굳은 듯 앉아 있었다. 그러곤 짧게 숨을 한 번 내쉰 후, 쓰고 있던 선글라스를 벗어 재킷 바깥 주머니에 들어 있던 케이스에 넣으며 말했다.

"나야 상관없지만서도……"

여자아이는 아무렇지도 않다는 듯 바로 말을 받았다.

"그럼, 됐어요."

곧바로 스위치 내리는 소리가 들리자, 그는 공간이 조금 줄어들었다는 느낌을 받았다. 그 외에 다른 변화는 없었다. 하지만, 그는 곧 후회가 되었다. 누군가 원목실 안으로 들어오기라도 한다면, 엉뚱한 오해를 받지 않을까, 걱정이 되었다. 차라리 나가 있을까? 그는 소파 테이블에 기대 세워두었던 지팡이를 찾았다. 그러나 그의 손에 먼저 닿은 것은 빵과 우유가 들어 있던 비닐봉지였다. 부스럭, 비닐봉지가 내는 소리가 놀랍도록 커다랗게 들려, 그는 저도 모르게 움찔하고 말았다. 그리고 그제야 그는 자신이 당황한 것이 아니라, 사실은 긴장하고 있었다는 것을 스스로 깨닫게 되었다. 처음, 여자아이의 목소리를 들었을 때부터, 자신이 마치 어떤 커다란 죄를 지은 사람처럼, 그것을 들켜버린 사람처럼 행동했다는 것을, 그는 비로소 인정하게 되었다. 그것이 무엇 때문이었는지, 그는 잘 알고 있었다. 최 간호사로부턴 계속 연락이 없었다.

*

그와 여자아이는 말없이 원목실에 앉아 있었다. 원목실 창문은 한 뼘쯤 열려 있었으나, 바람은 안으로 불어오지 않았다. 이따금 문밖에서 누군가 걸어가는 소리가 들렸고, 한 차례 응급환자 진료센터에서 의사를 찾는다는 방송이 흘러나왔다. 여자아이는 주머니에서 휴대전화를 꺼내 전원을 켰다가, 이내 다시 꺼버렸다. 그는 그 소리들을 모두, 하나도 빠뜨리지 않고 들었다.

그는 깍지를 낀 채, 계속 자신의 직감과 싸워야만 했다. 그는 느닷없이 원목실 안으로 들어온 이 여자아이가, 어쩌면 최 간호사가 말한 바로 그 아이일지도 모른다는 생각에서 쉬이 벗어날 수가 없었다. 확신할 순 없었지만, 왠지 그럴지도 모른다는 생각이 사라지지 않았다. 늦은 밤, 병원을 돌아다니는 아이를 만난다는 것은 흔치 않은 일이었다. 불을 끄고 있어도 괜찮겠냐고 물었던 아이의 목소리와, 외삼촌이 설득하고 있다는 최 간호사의 목소리, 그 목소리와 목소리들이 함께 뒤엉켜 그의 머릿속에 여러 모양의 점자들을 또각또각 찍어나갔다. 그가 한 번도 만져

본 적 없는, 위아래로 계속 휘어지는 점자들이었다.

만약 그렇다면…… 만약 그렇다면 아이에게 자신은 어떻게 비춰질까? 그는 미간을 잔뜩 웅크리며 생각했다. 그것은 명백하고도 또 명백한 일이었다. 엄마의 죽음을 손꼽아 기다리는 사람, 그 이상도 이하도 아니었다. 그가 의도한 것은 아니었지만, 그는 분명 그런 사람이 되어 있었다. 부도덕하고 몰인정하고 염치없는 사람, 아니, 그 이상의 사람…… 그는 깍지 낀 두 손을 풀어 바지에 여러 번 문질렀다. 무릎에서 열이 올랐다.

당혹감 때문이었는지는 몰라도…… 하지만 그는 또 한편, 이 아이가 기증자의 아이가 아닐 수도 있다는 가능성에 대해서도 생각했다. 그가 얼핏 생각한 기증자의 아이는, 이제 갓 초등학교에 입학한, 채 열 살도 되지 않는 꼬마아이였다. 삼십대 후반이라는 기증자의 나이 때문에 자동적으로 그런 그림이 그려진 것이었다. 그래, 그럴 수도 있을 것이다. 그는 시간이 지날수록 그 가능성에 대해서 필사적으로 매달렸다. 앞에 앉아 있는 이 아이는, 어쩌면 누군가의 문병을 온 학생일 수도 있고, 장염이나 빈혈 때문에 입원한 환자일지도 모른다. 어쩌면 지금 환자복을 입고 있을지도 모르고, 혹 상복을 입고 있을지도 모른다…… 그는 그 가능성들을 지키고 싶었다. 그래서 그는 여자아이에게 아무것도 묻지 않았다. 아무것도 묻고 싶지 않았다.

다시 툭툭툭, 신발 끝으로 소파 모서리를 건드리는 소리가 났다. 그 소리는 작았지만, 규칙적이었다. 여자아이가 먼저 입을 열었다.

"창문 좀 더 열어놔도 되죠?"

그가 대답하기도 전에 여자아이는 창문 쪽으로 걸어갔다. 십자가 바로 아래에 있는 창문이었다. 여자아이는 그 창문 앞에 서서 담배를 피웠다. 원목실에서 담배를 피우다니, 그는 계속 창문 쪽을 바라보았지만, 그러나 아무런 말도 하지 않았다. 여자아이는 창밖으로 몇 번 침을 뱉고 난 후, 다시 소파에 다가와 앉았다. 두 다리를 테이블 위에 올려놓는 것이 느껴졌다.

여자아이가 물었다.

"저 때문에 짜증나죠?"

그는 여자아이가 무슨 뜻으로 그런 말을 했는지 몰라, 고개를 갸웃했다.

"원래 이렇게 생겨먹은 애니까 다른 오해는 하지 마시라구요. 아저씨가 앞이 안 보인다고 일부러 이러는 건 아니니까……"

그는 천천히 고개를 끄덕였다.

"병원엔 담배를 피울 곳이 별로 없어서요."

여자아이와 그는 다시 침묵에 빠졌다. 침묵 속에서, 그는 좀 전의 일을 떠올렸다. 그는 자신으로 인해 예수 그리스도가 어떤 모욕을 당한 것 같은 기분에 사로잡혔다. 왜 제지하지 못했을까? 왜 나무라지 못했을까? 다른 때 같았으면 어떻게 행동했을까? 그는 침묵했지만, 그래서 마치 그 옛날 베드로처럼 '나는 그를 모릅니다'라고 예수 그리스도를 부인해버린 것만 같았다. 결과적으로 그런 생각이 그를 당혹감 속에서 구해내주는 데 도움이 되었다. 그는 자신의 확인되지 않은 직감에서 벗어나, 서러움과 모멸감을 느꼈고, 그래서 다시 전도사라는 본연의 직분으로 되돌아올 수 있었다. 그는 심지어, 설령 앞에 앉아 있는 여자아이가 기증자의 딸이라고 할지라도, 자신이 죄책감을 가질 필요는 없는 게 아닌가, 라고 생각하기에 이르렀다. 자신은 그저 연락을 받고 온 것에 지나지 않았으니까……

그는 다시 깍지를 끼었다. 그리고 짧게 기도를 올렸다. 그런 다음, 엉덩이를 조금 앞으로 빼면서 말했다.

"여기 입원해 있는 건가요?"

그는 낮은 음성으로 물었다. 하지만 이번엔 여자아이 쪽에서 대답이 없었다.

"담배 피우러 여기 들어온 거예요?"

여자아이가 몸을 조금 비트는 소리가 들렸다. 테이블 위에 있던 다리를 내려놓는 소리도 들려왔다.

"뭐, 겸사겸사."

여자아이는 성의 없이 대답했다.

"그거 알아요? 학생이 여기서 담배를 피운 최초의 사람일 거예요. 아마 앞으로도 그런 사람은 없을 거고."

"그래요? 그거 영광이네요."

여자아이는 비아냥거리듯 말했다. 그러곤 자리에서 일어나 다시 창가로 다가갔다. 라이터 켜는 소리가 두어 번 들리는가 싶더니, 이내 담배 연기 내뿜는 소리가 들려왔다. 담배 냄새가 원목실 안에 가득 찼다.

그는 가만히 창가 쪽을 바라보았다. 그리고 말했다.

"담배를 피운 것 때문에 뭐라고 그러는 건 아니에요. 그냥 이 모든 게 단순히 우연은 아닐지도 모른다는 얘기를 하고 있는 거예요."

여자아이는 소리 나게 퉤, 창문 밖을 향해 침을 뱉었다.

"그래요? 그럼 우연이 아니면 이게 뭐죠?"

"예정되어 있었던 것이겠죠. 하나님께서 학생을 특별하게 여겨 이리로 인도하셨던 것일지도 모르고, 그래서 나를 여기에서 기다리게 하셨던 것일지도 모른다는 거지요."

"지금 저를 전도하시는 거예요? 혹시…… 목사님이세요?"

"뭐 그런 비슷한 일을 하는 사람입니다."

여자아이는 말이 없었다. 탁탁, 소리를 내어 담배를 끄는 소리가 들렸다.

"난 그냥 갈 곳이 없어서 여기 들어온 것뿐이에요."

여자아이는 그에게 등을 보인 채 말했다. 그는 보지 않아도 그것을 알 수 있었다.

"그래서 하필 들어온 곳이 하나님의 품 안이었다는 거지요. 전도하려고 하는 말이 아니라, 그게 학생한텐 중요하다는 거예요. 우리 삶은 늘 그렇게 느닷없이 변하곤 하니까요."

그는 짧게 헛기침을 한 번 했다. 그리고 말을 이었다.

"그게 하나님이 우리 곁에 살아 계시다는 증거이기도 하지요."

그가 거기까지 말했을 때, 그때까지도 계속 그의 왼손에 쥐여 있던 휴대전화가 울렸다. 그는 휴대전화를 쥔 채 창가 쪽을 한 번 바라보았다. 공간을 가득 메운 벨소리가 그를 전도사에서 다시 나약하고 힘없는 한 명의 수술 대기자로 변하게 만들었다. 여자아이에게선 아무런 소리도 나지 않았다. 그는 조심스럽게 폴더를 젖혔다.

최 간호사가 아니었다. 그의 아내가 한 전화였다. 아내는 힘없는 목소리로 아직이지요, 라고 물었다. 그는 짧고 작은 목소리로 그래요, 라고 대답했다. 여자아이가 소파 쪽으로 다가오는 소리가 들려, 그는 자신도 모르게 몸을 왼쪽으로 조금 돌렸다. 그도, 아내도, 몇 초 동안 아무런 말도 하지 않았다. 휴대전화에선 오직 가느다란 숨소리만 들려왔다. 그가 먼저 예찬이는 좀 어때요, 라고 물었다. 아내는, 지금까지 보채다가 좀 전에 겨우 잠들었다고 대답했다. 그러곤 다시 휴대전화에선 아무런 소리도 들려오지 않았다. 그는 갑자기 이 모든 것이 하나의 시험은 아닐까, 라는 생각이 들었다. 그러자 아내와 예찬이가 몹시 그리워졌다. 작고 작은 단칸방에 이불을 펴고 누워 있는 아이와, 그 아이의 머리맡에 걱정스러운 표정으로 앉아 있는 아내, 방안엔 아마도 시큼한 땀 냄새가 배어 있으리라…… 그는 어서 빨리 이곳을 벗어나 집으로 달려가고 싶어졌다. 자신의 두 손으로 직접 아이의 머리끝에서부터 발끝까지 하나하나 만져보고 싶은 충동이 일었다. 그는 아내에게 바로 집으로 가겠다고 말했다. 말을 하면서도 그는 자신의 목소리가 조금 낯설게 변해버렸다는 것을 느낄 수 있었다. 아내는 느린 목소리로, 무슨 일이 있냐고 물었다. 그는 아니라고, 아무 일도 없다고 대답했다. 아이 때문이라면…… 그의 아내는 무슨 말인가를 더 하려 했지만, 그는 바로 출발하겠다면서 서둘러 전화를 끊어버렸다. 전화를 끊자, 그의 마음은 더 조급해졌지만, 몸은 한결 가벼워진 것 같은 기분이 들었다. 그는 자신의 충동적인 결정이 바로 앞에 앉아 있는 여자아이 때문에 비롯된 것임을 잘 알고 있었지만, 더 이상 생각하지 않기로 했다. 이곳을 벗어나기만 한다면, 수술에 대한 생각만 버린다면, 이 모든 모멸감과 수치스러움, 그리고 그것들을 감추기 위해 어쩌면 억지로 꾸며낸 모든 말들에서 벗어날 수 있을 것만 같았다. 그래서 그는 계속 아내와 아이를 보고 싶다는 생각을 했다. 그는 더듬더듬 손을 뻗어 테이블에 놓인 가방을 찾아 어깨에 멨다. 지팡이도 찾아 손에 쥐었다.

그는 소파에서 일어나 잠깐 여자아이를 기다렸다. 하지만 여자아이는 일어나지 않았다.

"나는 이제 가봐야 하는데……"

그는 가방을 한 번 고쳐 메면서 말했다. 그러나 여자아이는 계속 미동도 하지 않았다. 그는 여자아이가 답답했지만, 또 한편 처음으로 여자아이가 안쓰러운 생각이 들기도 했다. 밤에 만

나는 아이는, 그 이유가 무엇이든, 그에겐 모두 서글프게 다가왔다. 그는 그것을 잊고 있었다.

그는 다시 소파에 앉았다. 그러곤 잠시 손가락으로 무릎을 툭툭 두들기다가, 무언가 결심한 듯 말했다.

"문단속만 잘해준다면…… 여기 더 있어도 될 거예요."

여자아이는 여전히 말이 없었다. 그에게 이제 여자아이는, 밤에 만난 한 명의 아이에 지나지 않았다.

그는 갑자기 생각난 듯, 손을 뻗어 소파 테이블 위에 놓여 있던 비닐봉지를 찾았다. 그는 그 안에서 빵과 우유를 꺼내 테이블 위에 반듯하게 올려놓았다.

"이게 뭔지 잘 안 보이죠? 불 좀 켤까요?"

그가 자리에서 일어나려 하자, 여자아이가 무뚝뚝한 목소리로 말했다.

"대충 보여요."

그는 빨대를 찾아 비닐을 벗겨냈다.

"빵과 우유예요. 원래는 내가 먹으려고 산 건데…… 다른 건 뭐 줄 게 없고, 이거라도 좀 먹으면서 있어요."

그는 우유의 귀퉁이를 연 다음, 그곳에 빨대를 꽂았다.

"그래도 어둠 속에선 내가 더 잘 보니까……"

그는 여자아이 앞쪽으로 우유를 밀어주었다. 그리고 내처 빵봉지를 벗겨내기 시작했다. 잊고 있던 허기가 새삼 일었지만, 그는 무시했다.

"무슨 일 때문에 그러는지는 잘 모르겠지만…… 너무 애쓰지는 마요. 애쓴다고 되는 일은 별로 없으니까……"

그는 빵 아래에 비닐봉지를 깔아, 우유 바로 옆에 놓아주었다. 그러면서 그는 느릿느릿한 목소리로 자신의 이야기를 들려주기 시작했다. 시력을 잃고 난 후, 사춘기 시절 하나님을 원망하며 손등을 자해하고 눈썹을 모두 뽑아버린 일과, 남들보다 손재주가 없어 안마 자격증을 따지 못한 일, 신학대학교에 들어가서도 8년 동안 졸업을 하지 못하고 계속 학점을 따지 못한 일 등에 대해서, 그는 하나하나 이야기해주었다. 그것들은 대부분 그가 지금까지 살면서 느껴왔던 절망과 서러움에 대한 이야기들이었다. 여자아이는 숨소리도 내지 않고 가만히 앉아 있었다. 그래서 그는 마치 벽에 대고 이야기하는 듯한 기분이 들었다. 그래도 그는 상관없었다. 그가 예찬이에 대해서 이야기를 했을 때, 그러니까 예찬이가 그의 손을 이끌어 신발을 찾아주었던 이야기를 했을 때, 여자아이 쪽에서 우유를 집어 드는 소리가 들렸다. 빨대를 통해 우유가 올라가는 소리도 들렸다. 그것은 아주 작은 소리였지만, 그는 분명하게 들을 수 있었다. 그래서 그는 다른 이야기들도 마저 더 하게 되었다. 보이지 않게 되어서 더 많은 것을 볼 수 있게 된 이야기와, 눈이 멀게 되어서 더 많은 것을 상상하게 된 이야기, 더 많은 은혜를 받게 된 이야기들에 대해서, 애쓰지 않아도 이젠 많은 것들이 저절로 보이게 된 이야기들에 대해서, 그는 두 손을 깍지 낀 상태로 계속 들려주었다. 그것은 그의 진심이었고, 그래서 여자아이에게 말을 하는 도중, 그는 마치 간증이라도 하는 것처럼 가슴이 벅차오르기도 했다. 여자아이는 대꾸 없이, 이따금 우유와 빵을 먹으면서 그의 말을 가만히 듣고만 있었다. 창밖에선 또 한 차례 구급차 사이렌 소리가 들려왔지만, 그는 이야기를 멈추지 않았다. 원목실 안은 이제 담배 냄새는 사라지고, 대신 그 자리에 빵 냄새만이 가득 차게 되었다.

*

그는 병원에서 나와 곧장 버스정류장 쪽으로 걸어갔다. 버스는 이미 끊긴 시각이었지만, 그는 택시를 잡지 않았다. 왠지 그래야만 할 것 같았다. 그는 버스정류장 벤치에 앉아 도로에서 나는 소리에 가만히 귀를 기울였다. 주위엔 아무도 없었고, 차들이 지나갈 때마다 가로수 위쪽에 있는 잎사귀들이 한쪽으로 쏠렸다가 다시 제자리를 찾아가는 소리가 들려왔다. 그는 고개를 뒤로 젖혀, 하늘 쪽으로 두 눈을 향하게 했다. 그는 피곤했고, 허기가 졌으며, 또 허탈했다. 최 간호사의 전화를 처음 받았던 오후부터 지금까지의 일들을 모두 떠올려보니, 그는 그저 자신이 한없이 불쌍하게만 느껴졌다. 그는 아무것도 보이지 않았다. 오직 그것만이 진실이 아닐까? 고개를 뒤로 젖힐수록, 그는 가도 가도 어둠뿐인 우주 속에 홀로 남겨진 듯한 기분, 무중력 공간 속에 혼자 허우적거리고 있는 듯한 느낌이 들었다. 보이지 않게 되어서 더 많은 것을 볼 수 있게 되었다는 것은, 사실은 거짓말이 아닌가, 그건 그저 나 자신을 위로하기 위한 말들이 아닌가, 그는 그런 생각을 하기도 했다. 그러자 그의 눈에선 찔끔 눈물이 흘러나왔다. 너무 많은 것들을 애쓰면서 살아가야 하는, 그런 운명인 것만 같았다.

그가 집까지 걸어갈 마음으로 벤치에서 일어났을 때, 최 간호사에게서 전화가 걸려왔다.

"전도사님, 죄송해요. 제가 너무 늦었죠."

최 간호사는 그의 대답을 기다리지 않고, 응급환자가 너무 많이 밀려와 정신이 없었다는 이야기와, 지금까지 저녁도 먹지 못했다는 이야기들을 빠르게 늘어놓았다. 그는 최 간호사에게 서운한 마음이 들었지만, 내색하진 않았다. 어쨌든 그는 전도사였고, 최 간호사 또한 그를 위하느라 한 일이었다.

"근데, 전도사님. 원목실 아니세요? 왜 차 소리가 들리죠?"

그는 자신의 감정을 들키지 않기 위해서, 일부러 헛기침을 몇 번 한 후, 버스정류장이라고 말했다. 집으로 돌아가는 길이라고도 말했다.

"어머, 어머. 전도사님 너무 오래 기다리셔서 화가 나셨구나. 전도사님, 그러지 마세요. 지금 절차가 다 끝났단 말이에요. 가시면 안 돼요."

최 간호사는 계속 그가 말할 틈을 주지 않았다. 그는 몇 번 '아니, 나는……'이라고 웅얼거리면서 말을 끊으려 했지만, 소용이 없었다. 최 간호사는 거기 그대로 가만히 계시라고, 자신이 모시러 가겠다는 말을 끝으로 전화를 끊었다. 그는 전화를 끊고 몇 걸음 집 쪽을 향해 걸어가다가 다시 버스정류장으로 돌아왔다. 그래도 인사는 하고 가야 하지 않을까, 그는 그렇게 생각했다. 그러면서 그는 또 한편, 자신의 마음속에 한 번 들어왔던 희망이 아직도 사그라지지 않고 계속 남아 있는 것은 아닐까, 그래서 이러는 것은 아닐까, 의심이 들기도 했다. 이것 역시 시험이 아닐까, 하는 생각……

몇 분 후, 헐떡거리면서 버스정류장으로 뛰어온 최 간호사는 무작정 그의 팔짱을 낀 채 병원으로 걸어가기 시작했다. 그는 최 간호사를 향해 '아니, 나는 좀더 생각해보는 게 좋을 거 같은데……'라고 말했지만, 최 간호사는 발걸음을 늦추지 않았다.

"전도사님, 이번에 기회를 놓치면 또 몇 년을 더 기다려야 할지 알 수 없어요. 이것도 다 제가 손을 써서 어렵게 잡은 순번이란 말이에요."

그는 이대로 가면 안 되겠다는 생각이 들었다. 그래서 그는 팔에 힘을 주어 최 간호사의 손을 풀었다.

"최 간호사 애쓴 건 아는데…… 그래도 나 하나 때문에 다른 사람이 뒤로 밀리는 거잖아요. 내가 그걸 그만 깜빡 잊고 있었어요."

그는 입꼬리를 올려 미소를 지으려 애썼다. 그는 스스로 자신이 한 말이 대견스러웠으며, 비로소 시험에서 벗어난 기분이 들었다. 후회는 없었다. 최 간호사는 잠시 그의 앞에 말없이 서 있는가 싶더니, 다시 팔짱을 끼면서 말했다.

"그래요, 전도사님. 그건 분명 잘못된 일이에요. 하지만, 그건 제가 잘못한 일이니까 전도사님은 신경 쓰지 않으셔도 돼요. 그러니 일단 가셔서 검사만 받아보세요. 전도사님 눈이 그동안 또 어떻게 변했는지도 알 수 없고…… 여러 가지 체크할 것도 많으니까, 결정은 그다음에 하셔도 되잖아요?"

그는 할 수 없이 다시 최 간호사의 손에 이끌려 병원으로 돌아왔다. 엘리베이터를 타고 3층에서 내린 그는 잠시 복도 한편에 서서 대기해야만 했다. 늦은 시각이었지만, 복도에는 여러 명의 사람들이 지나다녔고, 어디론가 침대를 옮기는 소리도 들려왔다. 그는 바지주머니에서 손수건을 꺼내 이마와 목을 훔쳤다. 얼굴에선 또다시 열이 오르기 시작했다.

최 간호사가 누군가와 함께 그의 곁으로 다가왔다.

"이분이 안구 이식을 받으실 분이세요."

볼펜으로 무언가 적는 소리와, 오후부터 지금까지 내내 병원에서 기다리셨다는 최 간호사의 말이 들려왔다. 또 누군가의 발소리와, 누군가가 누군가의 어깨를 가볍게 두들겨주는 소리, 끊길 듯 끊길 듯 계속 이어지는 작은 흐느낌도 들려왔다. 볼펜으로 무언가를 적던 사람이 사무적인 목소리로 '자, 이쪽으로 오시죠'라고 그의 손을 끄는 순간이었다.

퉤, 소리와 함께 별안간 그의 눈에 차가운 이물질이 와 닿았다. 그것은 그의 눈에서부터 천천히 뺨 위로 흘러내렸다.

"어머, 어머, 얘가 왜 이래!"

"송이야, 왜 그러는 거야!"

그의 주변이 갑자기 소란스러워졌다. 발소리가 들렸고, 누군가가 소리 내어 우는 소리, 누군가가 누군가의 팔을 힘겹게 잡아끄는 소리도 들려왔다. 그는 놀라지 않았다. 그는 움직이지도 않았다. 그저 가만히 침이 뺨을 타고 흘러내리는 것을 기다렸을 뿐이었다. 누군가 그의 팔짱을 끼고 뒤를 돌아 서둘러 걸어가기 시작했다. 그의 뺨 위에선 계속 비린내가, 우유 냄새가 났지만, 그는 그것을 닦아내지 않았다. 그는 자신이 어디로 가는지도 모른 채, 무작정 따라가기만 했다. 나무처럼 딱딱하게.

탄원의 문장

1

법도 어차피 문장으로 되어 있는 거니깐요, 라고 변호사는 사건 기록 파일을 덮으며 말했다. 나는 가만히 고개만 끄덕거리고 앉아 있었다. 사실 우리도 이게 다 문장 싸움이거든요. 문장이 안 되는 애들이 승소율도 낮은 거예요. 사십대 중반의, 얼굴에 팔자 주름이 선명한 변호사에게선 희미하게 나프탈렌 냄새가 났다. 그는 넥타이에 조끼까지 갖춰 입고 있었지만, 아래는 발목 부근에 고무줄이 넓게 들어간 파란색 추리닝을 입고 있었다. 어쨌든 그의 개인 사무실이니까, 뭐. 나는 그것이 그리 어색하거나 불편하게 여겨지진 않았다. 그는 자주 정강이 근처를 긁어댔다.

—문장이야 이 선생님이 저보다 훨씬 더 나을 거고…… 길게 써주시면 더 좋고요.

나는 사무장이 주고 간 서류봉투를 만지작거리면서 물었다.

—근데 그게 정말 도움이 될까요?

변호사는 검지와 중지로 소파 손잡이를 두들기며 말했다.

—뭐, 참고자료이긴 한데…… 그래도 없는 것보다야 백배 낫죠. 때론 탄원서라는 게 판사들 마음을 흔들기도 하니깐요. 이렇게, 이렇게.

변호사는 자신의 손가락을 세워 좌우로 빠르게 흔들어댔다.

—이렇게, 판사들 마음을 흔드는 게 중요한 거죠. 사정없이.

나는 그의 손가락을 바라보면서 예의상 한 번 씨익, 웃어주었다. 그리고 버릇처럼 작은 목소리로, 그럼 일종의 소설 같은 거로군요,라고 말했다.

—그렇죠, 소설 같은 거죠. 그렇게 생각하고 쓰시면 됩니다. 뭐, 오죽 잘 써주시겠어요.

나는 괜한 말을 했다는 생각이 들었다. 나는 자리에서 일어났다.

—아, 그리고 워드 말고요, 손 글씨로 써주세요.

변호사는 나를 따라 일어서며 말했다. 손 글씨요?

—그래야 정성스럽게 보이니까요. 막 이렇게 흔들려면.

나는 변호사와 악수를 했다. 변호사는 악수를 하면서도 계속 탄원서 얘기를 했다. 사건에 대해서 이렇다 저렇다 판단하는 내용 말고요, 그냥 사건 외적인 것을 중심으로…… 피고인의 평소 인간성은 이렇다…… 좋은 제자다, 이런 식으로. 변호사의 말이 길어져 나는 다시 자리에 앉아야 하는 것은 아닐까, 잠시 고민했다.

—아, 그리고 다른 학생들도 같이 쓰면 좋겠네요. 될 수 있으면 많이요. 그냥 한 장 쓰고 쭉 연서명 같은 거 하지 말고요, 다 다른 탄원서로다가……

나는 짧게 그렇게 해보겠다고 대답했다. 변호사는 기다리고 있겠다는 말을 했다. 비가 오려는지 한낮인데도 창문 밖은 어두웠다. 내가 미처 사무실 밖으로 나가기도 전에 다시 소파에 앉은 변호사는 맹렬하게, 손을 추리닝 안으로 넣어 허벅지를 긁어댔다.

변호사 사무실에서 나와 택시를 기다리며 나는 잠깐 P의 얼굴을 떠올렸다. 그리고 다시 고개를 돌려 변호사 사무실 간판을 올려다보았다. 이건 마치 문장으로 제자를 구해내라는 명령 같네. 그렇게 생각이 들자 의외로 마치 전열선을 함부로 건드린 듯 손가락 끝이 찌릿해져왔다. 문장이라, 문장이라 말이지…… 나는 택시를 잡을 생각도 하지 않은 채 몇몇 문장들을 서둘러 머릿속에 떠올려보았다. 그러자 어느새 몇몇 문장들은 말풍선처럼 허공에 둥둥 떠다녔다.

물론…… 나는 그 이후, 그때 떠올렸던 문장들과는 전혀 다른 문장들을 종이에 옮겨 적게 되었지만, 그래서 지금 여기에 그 사정들에 대해서 주저리주저리 변명을 늘어놓고 있는 것이지만, 당시엔 그저 그 말풍선들만 생각하면서 오랫동안 담배를 피워댔던 것이 사실이다. 법도, 치기도, 우울도, 분노도, 제자도, 입증 불가능한 세계들도, 그땐 모두 내 문장 속에 깃들어 있었으니까…… 그 모든 것들이 다시 문장 밖으로 빠져나가 침묵 속으로 사라져버리는 데에는 그리 오랜 시간이 걸리지 않았다.

2

사건은 누군가의 죽음으로부터 시작되었다.

내가 소설을 가르치면서 월급을 받고 있는 대학교에 재학 중인 한 여학생이 자취방에서 숨진 채 발견된 것이었다. 신학기가 시작된 지 불과 3주도 지나지 않은, 3월의 토요일 정오 무렵 일이었다. 사인은 급성 호흡부전. 사망 당시 혈중 알코올 농도는 0.235퍼센트였다. 과도한 음주가 사망의 직접적인 원인이라는 것이 응급실 당직 의사의 소견이었다.

사망 당일, 아내와 아이들을 데리고 아파트 단지 앞 뷔페에서 저녁을 먹고 있던 나는 학과 조교에게서 그 소식을 전해 들었다. 한쪽 손에 접시를 든 채 휴대전화를 받은 나는, 직감적으로 '자살'이라는 단어를 먼저 떠올렸다. 그것 이외에 다른 어떤 인과관계도 그려지지 않았기 때문이었다.

—누구? 걔가 누군데?

—이름을 말씀드려도 잘 모르실 거예요. 학교에 잘 안 나오던 애라서……

조교의 말처럼, 나는 이름을 듣고도 그 여학생의 얼굴이 떠오르지 않았다. 조교 역시 이름과 학년 외에는 아는 것이 거의 없는 것 같았다. 박수희, 2학년. 키가 작고, 단발머리라는 것. 그것이 전부였다.

—2학년? 그럼 내 수업도 듣고 있는 애 아니야?

나는 아내 옆으로 다가가 앉으며 말했다. 그러곤 아내 접시에 담겨 있던 구운 새우 한 마리를 머리부터 통째로 입에 넣으며 장례식장 위치를 물었다. 장례식장은 살고 있는 아파트 단지에서 차로 15분 거리에 위치한 곳이었다. 나는 구운 새우를 으드득 씹으며 냅킨에 장례식장 이름과 호실을 적었다. 아내가 흘끔 냅킨을 내려다보는 것이 느껴졌다.

조교와의 통화가 끝나고도 나는 곧바로 자리에서 일어나지 않았다. 나는 계속 아내의 접시에 담긴 구운 새우와 홍합을 먹으며 앉아 있었다. 어차피, 변할 것은 없어 보였다. 새로운 사실 또한 일어나지 않을 것 같았다. 그리고 무엇보다 나는 장례식장 음식이 먹기 싫었다.

—무슨 일인데?

아내가 작은 아이의 턱받침을 바르게 잡아주며 물었다.

—응, 제자가 죽었대.

나는 삼각형 모양으로 작게 썰린 베이컨 샌드위치를 우물거리며 말했다. 그리고 그것으로도 부족해 큰아이 접시에 담긴 크림 스파게티와 고구마 피자를 먹기 시작했다. 아내는 그런 내 모습을 한동안 가만히 바라만 보다가 짧게, 무덤덤한 목소리로 말했다.

—이거, 괴물 다 됐네.

나는 아내 말을 신경쓰지 않고 계속 음식을 먹었다. 큰아이가 울기 시작했다.

3

꼭 그런 것만은 아니겠지만, 예상 때문에 그 예상과는 다른 일들이 더 크게 느껴지는 때가 종종 있다. 그것이 소설에서 이루어진 일들이라면, 차근차근 플롯을 뒤집어보면서 빗나간 예상들을 이해하고 천천히 고개를 끄덕거릴 수도 있겠지만, 현실에서의 우리는 언제나 허둥거리다가 자신이 무엇 때문에 놀랐는지도 모른 채 또 다른 예상 속으로 빠져버리기 일쑤다. 그러니까 그때 자살이라고 믿고 장례식장으로 향했던 내가, 그 후 반년 넘는 시간 동안 예상과는 다른 일들에 묶여 그것 이외의 문장들은 하나도 살피지 못한 채로 살아야 했던 것은 어찌 보면 당연한 일일지도 모른다. 어찌 그러지 않을 수 있었을까? 자살인 줄 알았더니 과실치사였고, 그로 인해 또 다른 제자 세 명이 한꺼번에 긴급체포된 마당이었다. 그것이 그날 장례식장에서 나를 기다리고 있던 사실이었다. 그러니 나는 그저 그 사실에 매달린 채 또 다른 예상에 또 다른 예상을 더하며 무언가를 수습하기에 급급했던 것이었다. 그것이 그때 내가 생각해낼 수 있었던 플롯의 전부였다. 물론 그 세 명의 제자 중에 P가 포함되어 있었던 이유가 가장 컸고.

4

사건 발생 4개월 후 내려진 1심 법원의 판결문을 살펴보면 대강 다음과 같다.

—피고인 P와 K와 L은 같은 대학교 같은 학과 3학년 동기생들로서 서로 대화 도중 같은 학과 2학년 후배들 중 몇 명이 선배들에게 인사를 잘 하지 않는다는 이유로 위계질서를 바로잡기 위한 술자리가 필요하다고 상의한 후 일정을 확정하여 20XX. 3. 22. 15:00시경 피해자 박수희(여, 20세) 등 2학년 학생 14명에게 익일 6시까지 학교 정문 앞 ◇◇ 호프집으로 모이되 나오지 못하는 사람들은 3학년생인 피고인 P에게 미리 연락하여 허락을 받으라는 문자 메시지를 발송함으로써 2학년 학생들이 위압을 느끼고 불참하지 못하도록 하였다. 20XX. 3. 23. 19:00시

경 ◇◇호프집 △△룸에 피고인들과 피해자 박수희를 포함 2학년 학생 12명이 참석한 가운데 K와 L은 평소 잘 알고 지내던 ◇◇호프집 아르바이트생인 J에게 '차후에 안주와 맥주를 주문할 테니 우선 1.8리터 참이슬 소주 열 병을 갖다 달라'고 말한 후 다시 △△룸으로 들어갔고, 피고인 P는 자리에 앉기도 전에 2학년 학생 중 군 제대 후 복학한 H의 뺨을 때리며 '장난으로 모이라고 한 거 같냐, 웃지 마 이 새끼야'라고 말함으로써 강압적인 분위기를 유지했다. 이후 피고인 P는 2학년 학생들 앞에 맥주 글라스(230밀리리터 용량)를 놓고 술을 따라주면서 '학과 선후배 관계가 개판이라서 너희들을 따로 불렀다'고 말하면서 '너희들이 특히 학과 일에 비협조적이고 지나치게 개인적이어서 선배들이 너희들 이름을 다 모를 정도'이며 '오늘 이후 그런 일이 없도록 하자'라고 말한 후 한 명 한 명 돌아가면서 자기소개를 하고 난 뒤 술잔을 비우도록 지시하였다. 피고인 P는 '각자 주량에 따라 알아서 마시라'고 말은 했지만, 2학년 학생들이 술잔을 비우면 곧장 다시 소주를 따라 줌으로써 위압적인 분위기를 계속 유지했으며, K와 L 또한 각각 자신의 자리 앞에 앉은 2학년 학생들에게 같은 방식으로 음주 강요 및 훈계를 하고…… 20:00시경 다수의 2학년 학생들이 술에 만취하여 화장실에서 구토를 하고 탁자 위에 팔을 베고 엎드리는 일이 벌어지는 와중, 피해자 박수희 역시 몇 번 탁자에 이마를 대고 엎드려 있다가 피고인 P가 다시 맥주 글라스에 소주를 가득 따라주는 것을 보고 술 취한 목소리로 '이 선배가 왜 이렇게 자꾸 술만 따라 주실까?'라고 말하자, 피고인 P는 '이 선배? 너 지금 술 취했다고 내가 만만해 보이냐'라고 말한 후 '마셔!'라고 소리쳐서 피해자 박수희로 하여금 재차 소주를 마시게 하고, 그대로 쓰러져 의식을 잃게 만들었다. 피고인 P와 K와 L은 의식을 잃은 피해자를 병원으로 즉시 후송하지 않고, 역시 많은 양의 술을 마셔 취해 있던 2학년 학생인 S와 C로 하여금 피해자를 부축하여 피해자 혼자 거주하는 ＊＊원룸 ＊＊＊호로 옮기도록 한 후, 짧은 시간 동안만 피해자를 지켜보게 한 뒤, 사후 대처를 전혀 하지 않고 피해자를 방치한 과실로, 피해자로 하여금 같은 날 22:00시경부터 익일 01:00시경 사이에 혈중 알코올 농도가 0.235퍼센트인 상태에서 과도한 음주로 인한 급성 호흡부전 내지 급성 심부전 등으로 사망에 이르게 하였다……

5

1심 법원 판결문에 나와 있는 '범죄 사실'은 지난 4개월 동안 내가 알아본 내용들과 크게 다르지 않은 것들이었다. 나는 그 내용들을 이미 그날 밤 함께 있었던 다른 2학년 학생들에게서 여러 번 들어 알고 있었다. 학생들의 진술은 몇몇 엇갈리는 부분도 있었지만, 시간이 지나자 모두 엇비슷해져버렸다. 어쨌든 함께 입학한 학생이 죽은 사건이었다. 그게 핵심이었다. 그 학생과 친했든 그렇지 않았든, 그것이 진술에 어느 정도 영향을 미쳤을 것이다. 후에 나는 그 영향에 대해서도 길게 글을 한 번 썼다가 모두 다 지워버린 일이 있긴 했지만, 당시에는 나 또한 그 영향 내에서 자유롭지 못했던 것이 사실이다. 나는 검은색 넥타이를 매고 사흘 내내 장례식장으로 출근했으며, 발인도 참석하고 화장장과 장흥 근처 한 사찰에서 운영하는 가족공원묘지까지 따라가 유골이 안치되는 것을 지켜보기도 했다. 피해 여학생의 부모는 해남 어딘가에서 호박고구마 농사를 짓고 있다고 했는데, 그래서였는지 부부 모두 손이 마치 이제 막 땅속에서 캐낸 더덕 뿌리처럼 거칠고 차가웠다. 나는 그 손을 잡고 계속 '면목이 없게 되었습니다'라는 말을 반복해야만 했다. 여학생의 아버지는 몇 번 술에 취해 영정 앞에 드러누워 '수희야 못 가! 가면 안 돼!'라고 소리치며 울기도 했다. 그때마다 여학생의 어머니는 '이 양반아, 이 양반아. 여기서 이러면 우리 애 어찌 가라고' 하면서 함께 그 자리에 쓰러지기도 했다. 나는 그 장면들을 모두 지켜보면서 안주 없이 계속 소주를 마셨다. 마음은 아팠지만 눈물은 나오지 않았다. 사실 나는 장례식장에서도 죽은 여학생보다 구치소에 수감된 P를 더 많이 생각하고 앉아 있었다. P가 안됐다는 생각을 하기도 했다. 하지만, 그것을 누군가에게 말하진 못했다. 애도 기간이었기 때문이었다.

학교에도 면목 없긴 마찬가지였다. 죽은 여학생은 아니었지만, 사건에 연루된 P와 K와 L은 서류상 행정상 모두 내 지도 학생으로 되어 있었다. 사건이 과실치사 쪽으로 방향을 잡자 학교에서도 마냥 쉬쉬하면서 넘어갈 수만은 없는 분위기가 되었고, 그 때문에 일주일에 한 번씩 학생처장 주도로 학생 징계 안건이 포함된 회의가 열리기도 했다. 그때 그 회의에서 나는 무슨 이야기를 했던가? 나는 고개를 숙인 채 그저 묻는 말에만 짧게 짧게 대답했을 뿐이었다. 음주 사고 예방 대책 및 교수 상담 강화, 선후배 일대일 멘토링제 실시 같은 뻔한 안건들이 오갔지만, 나는 가만히 듣고만 있었다. 어쩐지 그 모든 안건들이 다 나 때문에 나온 것 같았기 때문이었다.

몇 번째 회의였던가, 불쑥 학생처장이 내게 물어왔다.

—피해 여학생 쪽 상황은 현재 어떤가요?

나는 그것이 어떤 의미의 질문인지 대번에 눈치챌 수 있었다. 상황에 따라선 학교 쪽에도 일정 부분 책임을 묻는 소송을 진행할 수도 있는 사안이었다.

—별다른 움직임은 없는 것 같습니다.

말은 그렇게 했지만, 나는 장례식 이후 피해 여학생의 부모를 만난 적이 없었다. 따로 전화를 걸거나 다른 학생들을 통해 연락을 주고받은 적도 없었다. 나는 다만 몇 번 피해 여학생의 학생 기록 카드를 찬찬히 살펴보았을 뿐인데, 거기에 나와 있는 박수희의 아버지는 1948년생, 어머니는 1955년생이었다. 박수희 외에 다른 자식은 없었다. 그러니까 박수희는 부부가 우리 나이로 각각 마흔넷, 서른일곱에 얻은 외동딸인 셈이었다. 나는 그 대목에서 짧게 한숨을 한 번 내쉬었지만…… 한숨은 한숨이었을 뿐, 마음까지 내려앉지는 않았다. 솔직하게 말하자면, 나는 박수희를 서류를 통해 처음 만났고, 서류를 통해 비로소 그 존재를 알게 된 것이나 마찬가지였다. 나는 그 점을 인정하기로 했다. 1학년 1학기 때 평점 1.78, 2학기 때 평점 1.68, 혈액형은 O형, 키는 156센티미터, 체중은 41킬로그램, 고등학교 2학년 때 백일장 입상 기록…… 그것이 내가 알고 있는, 또 앞으로도 변할 것 없는, 박수희의 전부라고 생각했다. 그땐, 분명 그랬다.

당시 정작 내가 더 신경 쓰였던 부분은 P에 대한 징계 안건이었다.

—검찰 쪽 판단이 저런데 학교에서 가만히 손 놓고 있을 수만도 없고…… 어떻습니까? 어느 정도 수위로 징계를 내리는 게…… 징계위원회에서도 우리가 미리 결정을 내려주기를 바라는 눈치라서요.

학생처장이 그렇게 운을 뗐을 때도 나는 침묵을 지키고 앉아 있을 수밖에 없었다. P에 대해서라면 나는 보다 많은 말을 할 수 있었지만, 그러나 아무런 말도 할 수 없었다. 자리가 자리였던 탓도 있었지만, 나는 그것이 다른 사람들 앞에서 내가 취할 수 있는 어떤 윤리적인 태도 같은 거라고 생각했기 때문이다.

빌어먹을 윤리적인 태도. 나는 괜스레 속으로 그렇게 중얼거리기도 했다. 나는 P에게 미안했고, 또 한편 화가 나기도 했다.

—이 선생님 의견은 어떻습니까?

학생처장이 그렇게 물었을 때, 나는 그가 좀 짓궂다는 생각이 들었다.

—저야 뭐……

내가 말끝을 흐리자, 학생처 직원이 규정집을 들추며 제적과 제명의 차이에 대해서 길게 설명하기 시작했다.

한 행정학과 교수가 의견을 냈다.

—다 좋은데요, 징계는 최소한 1심 법원 판결 이후로 미루는 게 어떨까요? 무죄 추정의 원칙이라는 것도 있는데.

몇몇 교수들이 고개를 끄덕거렸다. 그중에는 물론 나도 포함되어 있었다. 행정학과 교수는 '자칫하다간 수감된 학생들의 부모에게 되레 행정소송 같은 것을 당할 수도 있다'라는 말을 덧붙였다. 학생처장은 잠시 고민하는 듯한 표정을 짓는가 싶더니 그럼 그렇게 하자며 회의를 끝마쳤다. 나는 회의실에서 나온 뒤에도 바로 연구실로 올라가지 못하고 7층 복도 유리창 앞에 오랫동안 서 있었다. 교내에는 이리저리 벚꽃들이 날리고 있었고, 담쟁이넝쿨들은 하루가 다르게 붉은색 벽돌들을 지워가며 좌우로 번져나가고 있었다. 나는 그것들을 바라보면서 두 개비 연속 담배를 피웠다. 내가 할 수 있는 일이라곤 고작 그 정도가 전부인 것 같았다. 죽은 학생 한 명과 그 때문에 수감된 제자세 명 사이에 가만히 서 있는 것. 빌어먹을 윤리적인 태도를 취하는 것.

그것이 1심 판결이 나오기 전까지의 내 모습이었다. 하지만 1심 판결이 나온 이후로 나는 조금씩 변하기 시작했다. 말하자면 애도 기간이 끝난 것이었다.

6

내게 처음 탄원서를 부탁한 사람은, 다름 아닌 P였다. 후에 직접 사무실에서 얼굴을 보게 된 P의 2심 변호사는, 지금 막 구치소 접견을 마치고 나오는 길이라며, 처음 내게 전화를 걸어왔다.

—탄원서 얘기를 하니까 P가 제일 먼저 선생님 얘기를 하더라구요. 이 번호도 P를 통해서 알게 된 거고요.

나는 '아, 예' 하며 말꼬리를 길게 끌었다. 무언가 일이 다시 시작되는 듯한 느낌이 들었고, 그래서 나는 괜스레 창문 밖 하늘 쪽으로 시선을 돌렸다. 여름 하늘 한가운데로 비행운이 선명하게 찍혀 있었다.

—어떻습니까? 2심 재판은 잘될 거 같나요?

나는 일부러 탄원서 대신 다른 질문을 했다. 1심 재판부의 주문은 'S와 L은 각각 보호관찰 1년과 160시간의 사회봉사 명령,

P는 금고 1년의 실형'이었다. 그러니까 구치소에 남은 사람은 오직 한 명, P뿐이었다. P는 즉각 항소했다.

—이게 사실 처음부터 말이 안 되는 사건이에요. 판결문만 봐도 빤히 나와 있는 사실이거든요.

변호사는 그러면서 다소 장황하게 사건에 대해서 말하기 시작했다. 결국 술자리에서 강압이 있었느냐 없었느냐, 주의의무 소홀이 인정되느냐 안 되느냐의 싸움인데…… 강압은 무슨, 선배들의 문자 메시지를 받은 2학년 학생들 중 두 명은 아예 그 자리에 참석하지도 않았다는 점, 술을 마시기 전 P는 분명 '각자 주량에 따라 알아서 마시라'고 한 점 등을 자세하게 따져보면 판단 자체가 달라진다고 했다.

—주의의무 소홀만 해도 그래요. 솔직히 상식선에서 생각해보면요, 어느 누가 술에 취했다고 병원까지 데려가겠습니까? 그냥 자취방까지 데려다주고 재워주는 거, 그게 학생들에겐 상식이죠. 학생들이 피해 여학생의 사망을 예상하고도 모른 척했다면 문제가 될 수도 있겠지만, 그건 좀 아니지 않습니까?

휴대전화를 통해 들려오는 변호사의 목소리가 지나치게 커서, 나는 잠깐 말을 끊었다.

—하지만 1심 재판부는……

—국선변호사를 썼더라구요. 처음부터 사선을 썼더라면 벌써 나와 있을 문젠데.

나는 다시 한 번 '아, 예' 하며 창밖을 바라보았다.

—어떻게? 선생님께서 저희 사무실로 직접 한번 나와주시는 게…… P는 철석같이 선생님을 믿고 있더라구요. 다른 선생님들은 몰라도 선생님이라면 꼭 써주실 거라고……

나는 처음 사건이 터졌을 때보다 더 어려운 문제와 맞부닥뜨린 듯한 기분이 들었다. 뭐랄까, 그것은 마음속 깊숙한 곳에 숨겨두었던 추를 세상 밖으로 고스란히 드러내야 하는 것과 같은 일이었다. 숨길 것도 없이, 나는 그것이 신경 쓰였던 것이다. 나는 '일정을 한번 체크한 다음 다시 연락을 드리겠다'며 전화를 끊었다. 멀리서 또다시 비행기 한 대가 하늘을 가로지르며 북쪽으로 날아가고 있었다.

변호사와 통화가 끝난 지 채 5분도 지나지 않아, 또 다른 전화가 걸려왔다. 이번엔 P의 아버지였다. P의 아버지는 통화가 연결되자마자 대뜸 통곡부터 하기 시작했는데, 그래서 나는 잠깐 반사적으로 귀에서 휴대전화를 뗄 수밖에 없었다.

—아이고, 선생님. 우리 새끼 좀, 우리 새끼 좀 살려주십시오.

P의 아버지는 그렇게 말한 다음부턴 더 큰 소리로 울기만 했는데, 내가 몇 번인가 '진정하시고요, 아버님'이라고 말을 해도 도통 눈물을 거두지 않았다. 그것은 내가 P에게서 들은 아버지의 모습과는 조금 다른 것이었는데, 그래서였는지는 몰라도 그 뒤로는 나 또한 아무 말하지 않고 조용히 그 울음소리만 듣고 있었다.

7

P는 군에 입대하기 바로 직전까지 내가 글을 쓴답시고 학교 앞에 마련한 작은 오피스텔에 머물면서 숙식을 해결했던 학생이었다. 사정은 이런 것이었다. 배관공이었던 P의 아버지는, P가 자신과는 한마디 상의 없이 잘 다니고 있던 행정학과에서 문예창작과로 전과를 했다는 사실을 알자마자 그에 대한 모든 지원을 끊어버렸다. P 또한 그것을 미리 예상하고 있었다고 했다.

—아버지는 어쨌든 엔지니어니까요. 그건 무지하게 냉정하단 소리와 같은 거거든요.

P는 집에서 나와 야간에는 밤샘 편의점 아르바이트를 했고, 잠은 주로 오후 1시까지 동아리실에서 스티로폼을 깔고 해결했다. P는 그런 사정을 나에게 애써 숨기려 하지 않았는데, 나는 그와 교내 식당에서 밥을 먹으면서 두께 5센티미터짜리 스티로폼과 10센티미터짜리 스티로폼의 가격 차이에 대해서 새롭게 알게 되기도 했다. 아마도 P가 내 눈에 들어오기 시작한 것은 그때부터였을 것이다. 오피스텔과 편의점은 직선거리로 채 50미터도 떨어져 있지 않아, 나는 새벽 무렵 집으로 돌아가던 도중 종종 그와 마주치기도 했다. 그리고 대여섯 번쯤 마주쳤을 때였던가, 나는 편의점에서 담배를 사다 말고 P에게 오피스텔 버튼 잠금장치 비밀번호를 가르쳐주며, 오전 시간엔 그곳에 가서 눈을

붙이라고 말했다. 어차피 오전 시간엔 비어 있는 곳이니까, 샤워도 좀 자주 하고 속옷도 좀 빨아 입으라고, 그래야 연애도 할 수 있을 거 아니냐고, 일부러 P의 어깨를 툭, 한 대 치기도 했다. 그때 P는 내게 이렇게 말했다.

—선생님, 혹시 속옷 남는 것도 있으면 좀……

지금도 종이에 옮겨 적을 수 있을 정도로 선명한데, 그날 이후 나는 P와 많은 밤들을 함께 책을 읽거나 무언가를 쓰면서 보내곤 했다. 분명 오전 시간만 이용하라고 말했지만, P는 자신의 얼마 되지 않는 짐을 배낭과 편의점 비닐봉지 세 개에 나눠 담아 아예 오피스텔로 옮겨왔다. 나는 오피스텔 신발장 옆에 얌전히 놓인 그것들을 보고 피식, 바람 빠지는 소리를 내며 한 번 웃었을 뿐, 별다른 말은 하지 않았다. 짐이 너무 단출해, 자꾸 그쪽으로만 눈길이 갔기 때문이었다.

P는 오피스텔에서 생활하면서부터 편의점 아르바이트도 저녁 타임으로 옮겼는데, 그래서 가끔 자정 무렵 나와 함께 라면을 안주 삼아 소주를 마시기도 했다. 우리는 주로 이온 음료에 소주를 섞어 마셨고, 그래서 조금 더 빨리 취했고, 조금 더 빨리 깨곤 했다. 때때로 아내가 김치나 통닭을 들고 찾아오는 날도 있었는데, 그럴 땐 셋이 함께 마셨다.

—아유, 그냥 얌전히 행정학과나 다니지 왜 그랬어? 나중에 결혼해서 아내한테 얼마나 원망을 들으려고.

나보다 주량이 갑절은 더 되는 아내는 한번 자리에 앉으면 쉽게 일어나려 들지 않았다.

—제가 한 학기밖에 안 다녀서 잘은 모르지만…… 행정이라는 게 항상 법 뒤에 오는 거래요. 거기 교수님이 그러시더라구요. 법을 따라갈 수밖에 없는 게 행정의 운명이라구요. 한데 문학은 안 그렇잖아요? 진짜 문학은 항상 법 앞에 있는 거잖아요? 안 그런가요, 선생님?

P는 나를 보며 그렇게 물었다. 나는 술기운을 못 이기고 아무 생각 없이 그저 고개만 몇 번 끄덕거려주고 말았다.

—어머, 너 그러면 잘못 왔다, 얘. 이이는 준법정신이 투철해서 소설 속에 나오는 애들도 순 자기 같은 애들만 그리는데…… 어떻게 된 게 애들이 죄다 당하기만 하지 짱돌 한 번을 못 던져요.

P는 어리둥절한 표정으로 나와 아내를 번갈아가며 바라보았다. 아내는 술 한 잔을 급하게 마신 후, 계속 말을 이었다.

—그리고 그건 좀 그렇다, 얘. 뭐 앞에 있다고 하면 되겠니? 그냥 아무 이유 없이 해야 사랑이 생기지…… 어머, 그건 그렇고 너도 웃을 때 눈꼬리가 처지는구나. 이이랑 똑같네…… 아내 엄청 고생시킬 관상이다, 얘.

P가 아내에게 한 말이 무엇이든, P는 분명 또래 학생들에 비해 문학적 재능이 한 뼘쯤 뛰어난 친구가 맞았다. 문학적 재능

이란 게 사실 독서량이라고 해도 별반 틀린 말은 아닐 텐데, 그런 점에서 P는 체호프 이전에 레스코프를 읽은 친구였고, 카버 이전에 시중에 나와 있는 피츠제럴드의 전작을 모두 뗀 친구이기도 했다. 내가 책상에 앉아 무언가를 끼적거리다가 슬쩍 뒤를 돌아보면, P는 항상 식탁 의자에 구부정한 자세로 앉아 책장을 넘기고 있었다. 나는 P의 등을 가만히 바라보다가 다시 책상 위로 고개를 돌리곤 했는데, 그 모습 때문이었는지는 몰라도 마음을 다잡고 쓰고 있던 글의 마침표를 간신히 찍었던 적도 몇 번 있었다. 물론 나는 그것에 대해선 P에게 말하지 않았다.

그렇게 P와 함께 지낸 세월이 1년하고도 6개월이었다. P는 군 입대를 앞두고 새로 연애도 시작했는데, 상대는 같은 과 1년 후배인 최라는 친구였다. 최 또한 학교 앞 커피 전문점에서 저녁 5시부터 밤 11시까지 아르바이트를 하고 있던 처지라, 그들의 데이트는 주로 오피스텔 바로 앞에 있는 버스 정류장에서 시작과 끝을 맺곤 했다. 입대를 보름 정도 앞둔 때였던가, 나는 P와 술을 마시다가 그대로 오피스텔 방바닥에 누워버렸다. 그리고 두 눈을 감고 한참 동안 무언가를 생각하다가 불쑥 P에게 물었다.

—좋냐?

P는 대답 대신 실없이 웃는 소리를 내다가 벌렁 내 옆에 따라 누웠다.

—네, 좋아요.

—세상에서 제일 나쁜 놈이 입대 앞두고 연애 시작하는 놈이라더라.

—개가 먼저 절 좋아한 거예요.

—네가 그렇게 만들었겠지. 나쁜 놈 같으니라고.

P는 그 말에는 더 크게 웃었다. 그러곤 다시 이런 말을 했다.

—그러니까 나쁜 놈 안 되게 선생님이 좀 지켜주세요.

—누가 누굴 지켜 이놈아. 나 지키기도 바빠.

나는 그 말을 한 후, 괜스레 천장 쪽을 올려다보았다. 나는 P가 가엾다는 생각이 들기도 했다. 그러다가 나는 이렇게 말했다.

—너 요즘 내가 맨날맨날 오피스텔 와서 짜증나겠다.

P는 그 말이 무슨 뜻인지 바로 알아듣지 못하고 한동안 멀뚱멀뚱 있다가, 툭 내 어깨를 치면서 말했다.

—아이 참, 선생님도. 아니에요.

—-어, 이 자식이 이젠 스승을 막 치네. 아닌 게 아닌 거 같은데.

나는 그러면서 P의 목을 감싸기도 했다. 말하자면…… P와 나는 그런 시절을 함께 보낸 사이였다.

8

나는 P의 탄원서를 쓰기로 결정했다. P와, P의 아버지의 부탁이 있기도 했지만, 사실 더 결정적인 이유는 변호사가 길게 늘어놓은 설명들 때문이었다. 그것은 마치 어떤 커다란 막 같은 것이 갑자기 흘러내리면서 그동안 볼 수 없었던 무대 뒤편이 한꺼번에 드러난 것과 비슷한 효과를 불러일으켰는데, 시간이 지날수록 나는 어쩐지 그것이 더 진실에 가까운 것일지도 모른다는 생각을 하게 된 것이었다. 누군가의 죽음 때문에, 그 영향 때문에 차마 말하거나 볼 수 없었던 것, '사건'이 아닌 '사고'일 수도 있다는 가능성, 눈에 띄진 않지만 분명 존재하는, '사실' 이외의 세계들. 그것들이 비로소 보이기 시작한 것이었다.

내가 더 이해할 수 없었던 것은 P와, 그리고 S와 L의 형량이 각각 달랐다는 점이었다. 그 점에 대해서 변호사는 이렇게 설명했다.

—그러니까 그게 말이 안 된다는 거예요. 검찰 조서 보니까 P가 술값을 계산했다는 점, 주로 P가 박수희에게 술을 권했다는 점, 그거 때문에 책임이 더 막중하다는 거예요. 이게 말이 됩니까? 이러면 어디 무서워서 술값 낼 수 있겠어요?

나는 그즈음 P가 주말마다 이삿짐센터에서 아르바이트를 했다는 사실을 알고 있었다. 술값은 아마도 거기에서 나왔을 것이다. 그 무렵 P는 늘 술을 마시고 있었으니까.

—알고 보니까 1심 단독판사가 연수원 나온 지 몇 년 안 되는 여자더라구요. 뭐, 뻔하지 않습니까? 무조건 매뉴얼대로만,

배운 대로만 법령을 적용한 거죠.

그래서 판결문 속 문장들을 모두 그런 식으로만 채웠던 것일까? 형용사 하나 없이, 시간대별로 주어와 목적어와 술어로만 나열한 그 문장들은, 오로지 입증 가능한 사실들로만, 누군가가 술을 마시게 하고 또 누군가 그 술을 마시고, 또 누군가 그 술 때문에 사망에 이르게 되었다는 결론들을 향해서만, 무정하게 내달리고 있었다. 나는 그 문장들이 답답했고, 또 한편 불편했다. 내가 답답했던 이유는, 그 안에는 P가 그즈음 겪었던 실연과, 그로 인해 한 글자도 쓰지 못하고 지낼 수밖에 없었던 나날들과, 치기와 분노와 우울의 기록들이 모두 빠져 있었기 때문이었다. 그것들은 모두 입증 불가능한 세계이니까, 법의 이름 아래 고려되지 않고 모두 배제된 것들이었다. 하지만 그 역시 엄연한 사실이라는 것을 나는 알고 있었다. 나는 그것이 답답했다. 내가 불편했던 이유는, 나 역시 그 문장들과 똑같은 태도를 지난 몇 개월 동안 취했다는 사실을 그제야 똑똑히, 정면으로 바라보았기 때문이었다. 나는 입증 불가능한 세계를 빤히 알고 있었으면서도 침묵하는 쪽을 택하고 말았다. 누군가 죽었으니까, 그 어떤 무게도 그것보다 더 무겁지 않다는 생각을 분명 하긴 했지만, 좀더 솔직하게 말하자면 나는 그 누구에게도 비난받고 싶지 않았다. 눈에 보이지 않는 세계로 누군가의 죽음에 대해 이의를 제기할 만큼의 용기가 내겐 없었던 것이었다. 어쨌든 죽은 박수희 역시 내 제자인 것은 분명한 사실이니까. 그것만이 입증 가능한 세계였으니까.

나는 아랫입술을 한 번 깨물고 나서, 변호사에게 이렇게 말했다.

—쓰겠습니다. 다음 주 월요일에 사무실로 찾아뵈면 될까요?

9

변호사 사무실을 다녀온 이후, 나는 조교를 통해 몇몇 학생들에게 따로 탄원서를 부탁했다. 내가 말을 꺼내면 괜스레 부담을 느낄까 봐 일부러 조교의 입을 거친 것인데, 의외로 꽤 많은 학생들이 탄원서를 쓰겠다며 흔쾌히 나섰다고 했다. 그것이 나에겐 알게 모르게 힘이 되었고, 또 어떤 확신을 심어주기도 했다. 변호사는 최종 선고 기일까지 석 달 정도 걸릴 것으로 예상했는데, 그 기간 안에만 써주면 아무 문제 없다고 말했다. 까짓것. 나는 정말이지 내 문장으로 제자를 구해낼 수도 있다는, 어떤 자신감 같은 것이 생기기도 했다. 그것은 또 한편 마치 문장으로 법과 싸우는 듯한 느낌을 주기도 했다. 머리끝과 손가락 끝 모두 뾰족해져버린 듯한 느낌이었다.

그런 뾰족함 때문인지는 몰라도…… 나는 최에게도 기어이

P의 탄원서 얘기를 꺼내고 말았다. 그것은 조금 즉흥적인 결정이기도 했는데, 학교에서 집으로 돌아가는 도중 커피 전문점 카운터에서 또 다른 아르바이트생과 얘기를 하고 있는 최를 보았고, 그래서 나도 모르게 그곳 문을 밀치고 들어선 것이었다. 최는 평소와 별반 다르지 않은 표정으로 나를 맞았다.

나는 솔직히 최를 잘 이해할 수가 없었다. 최는 P가 군생활하는 2년 내내 커피 전문점 출근을 하루도 빠뜨리지 않은 친구였다. P가 몇 번 휴가를 나왔을 때도 그녀는 아르바이트를 거르지 않았고, 그래서 나는 군복을 입은 채 커피 전문점 창가에 앉아 있던 P의 모습을 종종 볼 수 있었다. 그들 사이에 별다른 문제는 없는 것처럼 보였고, 실제로 P가 보내온 편지에도 그런 내용은 들어 있지 않았다. P의 마지막 휴가 때였던가, 나는 P와 최를 데리고 도심 외곽까지 차를 몰고 나가 쌈밥을 사준 적이 있었는데, 그때도 그 둘은 서로 두 손을 꽉 맞잡고 있었다. 나는 최에게 농담 삼아 '커피 전문점 앞에 열녀문 하나 세워주마' 라고 말하기도 했다. 최는 그때도 소리 없이 웃기만 했을 뿐, 별다른 말은 하지 않았다.

그런 최가 P에게 결별을 선언한 것은, 그가 제대한 지 한 달이 채 지나지 않아서였다.

나는 다른 아르바이트생의 눈도 있고 해서, 일부로 최대한 구석진 테이블에 자리를 잡았다. 그리고 커피를 갖고 온 최에게 잠깐 얘기 좀 할 수 있을까, 라고 물었다. 최는 말없이 내 얼굴을 한 번 바라보았다. 그러곤 다시 카운터로 걸어 가 앞치마를 벗어놓고 나서 내 쪽으로 걸어왔다.

어느새 4학년이 된 최는, 그러나 입학 당시와 비교해 별반 변하지 않았는데 염색 한 번 하지 않은 까만 머리칼과 화장기 없는 얼굴, 아무 무늬도 들어 있지 않은 흰색 면티 차림이었다. 예전보다 광대뼈가 조금 더 튀어나온 것 같았지만, 그렇다고 안색이 나빠 보이지는 않았다.

나는 커피를 한 모금 마신 다음, 바로 말을 꺼냈다.

—저기, P 얘기 들었지?

최는 대답 대신 고개를 작게 끄덕거렸다.

—S와 L은 나왔는데…… P만 못 나온 거라더라.

나는, 이번엔 내가 좀 짓궂다는 생각이 들었다. 하지만 나는 분명 최를 원망했던 것도 사실이었다. 사건의 최초 씨앗은 어쩌면 최일지도 모른다는 생각을 한 적도 있었으니까. P는 내게 울면서 '걔가 왜 이제 와서 이러는지 정말 모르겠어요'라고 말한 적이 있었다. 학교 앞 제과점 입간판을 발로 걷어차 돈을 물어준 것도, 제대 후 마련한 고시원 자기 방에 틀어박혀 보름 넘게 나오지 않은 것도, 모두 그 뒤의 일이었다.

—그래서 말인데…… 나하고 몇몇 아이들하고 탄원서를 쓰기로 했어.

—탄원서요?

최는 계속 고개를 숙인 채 물었다.

—뭐, 조금이라도 도움이 될까 싶어서. 그래도 우리가 P하고는 꽤 오랜 시간을 같이 지냈지 않니?

최는 그 말에 아무 대답도 하지 않고 잠깐 자신의 팔뚝을 쓸어내렸다. 커피 전문점 안은 웅웅거리며 돌아가는 에어컨 소리 때문에 조금씩 조금씩 어디론가 떠밀려가고 있는 듯한 느낌이었다.

—혹시 너도 쓸 수 있을까 해서……

나는 그 말끝에 '부담스러우면 안 써도 되고'라는 말을 덧붙였다. 그러면서 나는 내가 여전히 최를 원망하고 있다는 사실을 깨달았다. 최에겐 너무 힘든 일이 될 거라는 예상을 하지 않은 것도 아니었다. 하지만, 그래서 나는 그 말을 더더욱 하고 싶었던 것도 사실이었다.

최는 한참 동안 굳은 듯 앉아 있었다. 카운터에 서 있던 또 다른 아르바이트생이 계속 우리 쪽을 흘끔거리며 바라보았다. 다행히 손님은 많지 않았다.

—쓸게요.

최는 작은 목소리로, 그러나 무언가를 결심한 표정으로 말했다.

—그래, 잘 생각했다. P도 많이 고마워할 거야.

나는 그러면서 아직 석 달 정도 시간이 남아 있다는 말을 했다. 최는 그 말까지 듣고 난 후, 자리에서 일어났다. 그러곤 내게 짧게 목례를 하고 나서 카운터로 돌아갔다. 나는 그런 최의 뒷모습을 보면서 다시 한 번 내가 너무 짓궂다는 생각과 함께, 잘하면 이번 기회에 P와 최의 관계가 복원될지도 모른다는 순진한 생각을 하기도 했다. 그러니까 나는 그 후로 석 달 넘는 시간 동안 최가 어떤 방식으로 탄원서를 쓰게 될지, 그것이 그녀에게 어떤 의미로 다가왔는지, 전혀 예상조차 하지 못했던 것이 사실이었다. 예상했더라면…… 나는 물론 그녀에게 부탁하지 않았을 것이고, 아마 이 글 또한 세상에 없는 글이 되었을 것이다.

10

탄원서의 사전적 정의는 이렇다. '사정을 자세히 말하고 도와주기를 몹시 바라는 글, 혹은 문서.' 형식이나 양식은 따로 정해진 것이 없고, 제출하는 기관이나 대상의 명칭, 작성자의 인적 사항들만 필수적으로 기재하면 된다고 사전에는 따로 부연 설명되어 있다. 그것이 우리가 알고 있는 탄원서의 전부이다. 역사적으로 가장 유명한 탄원서는 아마도 드레퓌스 사건 때 에밀 졸라가 『로로르』지에 발표한 「나는 고발한다」일 것인데, 거기에 나와 있는 문장들을 살펴보면 대개 이런 것들이다. '제 의무는 말을 하는 겁니다.' '저는 역사의 공범자가 되고 싶지 않습니다. 만일 제가 공범자가 된다면, 앞으로 제가 보낼 밤들은 유령이 가득한 밤이 될 겁니다.' '대통령 각하, 정직하게 살아온 한 시민으로서 솟구치는 분노와 더불어 온몸으로 제가 이 진실을 외치는 것은 바로 당신을 향해서입니다.' '나의 불타는 항의는 내 영혼의 외침일 뿐입니다.' 드레퓌스의 무죄를 밝히고 더불어 진범인 에스테라지 소령과 그에 동조한 군부 세력들을 고발하는 내용이 담긴 에밀 졸라의 글은, 읽다 보면 탄원서라기보단 어쩐지 격문이나 선언문 같은 느낌을 주기도 하는데, 그것은 아마도 문장과 문장들이 대부분 단언과 확신, 정보 들로만 채워져 있기 때문에 그럴 것이다. 에밀 졸라는 그 글 때문에 프랑스를 떠나 영국으로 망명해야만 했고, 3년 뒤에는 의문의 가스 중독 사고로 사망하게 된다. 그리고 드레퓌스는…… 그 후로 2년이나 더 감옥에 갇혀 있었고, 법정에서 스스로 유죄를 인정하고 난 다음에야 가까스로 사면을 받을 수 있게 되었다.

11

문장으로 금방이라도 제자를 구해낼 수 있을 거라고 믿었지만, 그래서 법과 정면으로 '맞장' 뜨는 문장을 한번 써보겠다고 다짐도 했었지만, 탄원서를 쓰기 시작한 직후부터 나는 그 생각이 잘못돼도 한참 잘못된 것이라는 사실을 깨달았다. 탄원서의 형식과 양식은 따로 정해진 것이 없었으나, 어쨌든 그 또한 하나의 제도로서의 글쓰기인 것만은 분명했다. 아니, 제도 아래에서, 제도를 보완하기 위한 글쓰기, 그 이상도 이하도 아니었다. 말하자면 변호사가 말한 대로 '참고 자료'일 뿐인 글쓰기. 나는 그 사실을 A4용지 위에 '존경하는 재판장님께'라고 첫머리를 쓴 다음, 바로 알게 되었다. 아니, 도대체 내가 그동안 무슨 생각을 한 거야. 나는 그렇게 혼자 중얼거리기도 했다. 법에 애원하면서 법과 싸우다니, 이 무슨…… 나는 스스로도 어이가 없어 잠깐 동안 허탈하게 소리 내어 웃기까지 했다. 그러면서 변호사가 한 말, '판사들 마음을 흔드는 게 중요하다'는 말의 참뜻을 비로소 깨닫게 되었다. 그건 말하자면 법이 아닌, 법관의 영혼을 위해 글을 쓰라는 뜻이었다. 법관의 영혼, 법관의 마음…… 그렇다면 내가 써야 할 탄원서는 한계가 분명한 것이었다. 판사들이 인정한 사실을 위배하지 않는 선에서의 글쓰기. 오직 그것이 전부였다. 입증 불가능한 세계? 실연? 치기? 우울? 분노? 그런 것들은 어쩌면 애초부터 입증 가능한 것들과 상대가 되지 않는 것들이었는지도 모른다. 진정 P를 위한다면, 판사의 선처를 바라는 것이 목적이라면, 나는 그런 것들을 모른 척해야만 했다. 그리고…… 그래서 실제로 나는 그렇게 썼다. '존경하는 재판장님, 저는 사건번호 XXXX 피고인 P의 대학교 지도교수로서……' 내가 무슨 에밀 졸라도 아니고…… 나는 문장을 쓸 때마다 그렇게 중얼거리기도 했다. 갈등이나 고민의 시간은 짧았고, 문장은 그에 비례해 더 짧아지기만 했다.

탄원서를 쓰는 문제를 두고 나는 아내와 부부 싸움을 한 번 하기도 했다. 아내는 내가 P의 탄원서 쓰는 것 자체를 못마땅하게 여겼다.

—당신 정말 그럴 거야? 그걸 꼭 써야겠어?

나는 그런 아내가 매정해 보였다.

—P라고! 다른 제자도 아니고 P가 구속되어 있다고! 걔가 탄원서를 꼭 좀 써달라고 하는데, 그럼 그걸 모른 척하란 말이야?

—그래도 당신이 그러면 안 되지. 당신 제자가 죽은 일이라고.

—죽은 애도 내 제자지만, 갇힌 애도 내 제자야!

—갇힌 애한테만 더 마음을 쓰니까 그렇지!

아내의 그 말에 나는 잠깐 침묵을 지켰다. 아내에게 내 속마음을 숨기는 것은 애초부터 불가능한 일이었다. 나는 길게 한숨을 한 번 내쉰 다음, 조금 작은 목소리로 말했다.

—이건 그냥 형식일 뿐이라고. 이걸 쓴다고 달라지는 것은 하나도 없어.

—그러니까 쓰지 마.

—P가 원한 일이라고. 그게 뭐 어려운 일이라고……

—그럼 차라리 P한테 편지를 써. 그게 더 P를 위하는 길이니까.

나는 아내에게서 고개를 돌려 책상 쪽을 바라보았다. 그리고 그쪽으로 다가가 의자에 앉았다.

—그냥 내가 알아서 할게.

—당신 정말……

아내는 그런 나를 한참 동안 노려보다가, 쾅 소리 나게 방문을 닫고 나가버렸다. 나는 다시 한 번 크게 한숨을 내쉰 후, 플러스펜을 잡고 탄원서를 써나갔다.

안방으로 들어가 잠든 아이들 옆에 누워 있을 것이라고 믿었던 아내는, 그러나 자정 무렵 술에 엉망으로 취한 채 집으로 돌아왔다. 현관 신발장 쪽에서 우당탕거리는 소리가 들려 나가 보니, 거기 아내가 반쯤 누운 자세로 앉아 있었다. 아마도 나와 싸운 직후, 곧장 밖으로 나간 모양이었다.

—이 여자가 정말……

나는 아랫입술을 한 번 깨문 후, 아내의 허리를 잡아 일으켜 세웠다. 그러자 아내가 반쯤 감긴 눈으로 나를 바라보고 나서 이렇게 말했다.

—당신 문제가 뭔지 알아? 당신은 말이야, 당신을 좋아해주는 사람만 좋아해. 알아? 그게 당신 문제라고.

나는 그 말을 듣는 둥 마는 둥 힘겹게 아내를 부축했다. 언제 깼는지 아이들이 내복 차림으로 안방 문 앞에 멀뚱히 서서 우리 부부를 바라보고 있었다.

12

그 학생이 나를 찾아온 것은 P의 2심 선고 공판이 채 보름도 남지 않은, 9월 말의 일이었다. 오후 강의를 마치고 연구실로 돌아와 보니, 잠긴 문 앞에 여학생 한 명이 쪼그려 앉아 있는 것이 보였다. 가슴엔 플라스틱으로 된 파일 하나를 안고, 빨간색 백팩에 흰색 운동화를 신은 차림이었다. 꾸벅, 인사를 하기에 찬찬히 얼굴을 들여다보니 우리 과 학생은 아니었지만 낯이 익었다. 누구……,라고 물으려는데 퍼뜩 기억이 떠올랐다. 최와 함께 커피 전문점에서 아르바이트를 하던 학생, 내가 최와 얘기하고 있을 때 흘끔흘끔 바라보던 바로 그 학생이었다. 그녀는 연구실로 따라 들어와 소파에 앉기 직전, 자신을 영문학과 3학년에 다니고 있는 학생이라고 소개했다.

—그래, 무슨 일 때문에……?

나는 그녀 앞에 앉으면서 물었다.

—언니가 교수님께 이걸 좀 전해달라고 부탁해서요.

그녀는 그렇게 말하면서 가슴에 안고 있던 플라스틱 파일을 내게 넘겼다. 반투명한 플라스틱 파일 안에는 얼핏 봐도 스무장 분량이 넘는 A4 용지가 들어 있었다.

—이게 뭐지요?

나는 플라스틱 파일을 열지 않은 채 물었다.

—교수님이 언니한테 부탁한 거라던데요.

그제야 나는 그것이 최가 쓴 탄원서라는 것을 알아챘다. 그때는 이미 나와 서른 명 가까운 학생들이 변호사를 통해 재판부에 탄원서를 제출한 이후였다. 변호사에게 탄원서를 발송하기 전, 나는 학생들이 쓴 탄원서를 하나하나 살펴보기도 했는데, 그 내용들은 딱히 새로운 것이 없었다. 문장들 또한 엇비슷한 것들이 많아 '그 누구보다 따뜻한 선배' '악의 없는 실수' '선처를 베풀어주시길' 같은 표현들이 빈번했다. 내 문장 역시 그것들과 크게 다르진 않았다.

—왜 최가 직접 오지 않고……?

—언니는 여기 없어요. 아르바이트도 그만두고……

영문학과 학생은 거기까지만 말하고 나서 입을 다물었다. 나도 무언가를 더 물으려고 했지만, 그만두었다. 강의를 막 마친 직후여서 몸과 마음이 다 후줄근해진 느낌이었다.

—그래요, 알았어요. 잘 받았다고 최한테도 전해주세요.

나는 그렇게 말한 후 소파에서 일어났다. 그리고 창가 쪽 책상 의자에 앉아 담배를 꺼내 물었다. 막 담배에 불을 붙이려다 말고 무언가 이상한 기분이 들어 소파 쪽을 바라보니, 금세 나갈 줄 알았던 그 영문학과 학생이 계속 자리에 미동도 하지 않은 채 앉아 있는 것이 눈에 들어왔다. 자세히 보니 그녀는 뚝뚝, 눈물을 흘리고 있었다. 나는 물었던 담배를 다시 내려놓았다.

—교수님, 너무 하세요…… 어떻게 언니한테 그런 일을 부

탁하실 수 있으세요……

나는 조금 당황했다. 당황했지만 또 한편 어떻게든 변명을 해야 한다고 생각했다. 나는 다시 그녀 앞 소파로 다가갔다.

—아니, 나는 어쨌든 P에 대해선 최도 잘 알고 있는 사람이니까……

—교수님도 P에 대해선 잘 아실 거 아니에요? 그 개자식 말만 들으셨으니까.

여학생이 갑자기 비꼬는 듯한 말투로 말해 나는 어, 한 상태에서 그대로 멈춰버리고 말았다.

—그 개자식이 종종 언니한테 손찌검한다는 것도 말하던가요?

13

우리가 알고 있는 입증 불가능한 것들은, 어쩌면 입증 가능한 사실들로부터 나오는 것들인지도 모른다. 말하자면 그것은 '발견'의 영역이지, '발명'의 영역은 아닌 것이다. 사실들과 사실들 틈 사이에서 불가능한 것들은 시작되고 피어난다는 것, 그래서 숙명적으로 사실들의 세계에 가려질 수밖에 없다는 것, 거기에서부터 최의 탄원서는 시작되었다.

정확히 A4용지 스물일곱 장 분량으로 씌어진 최의 탄원서 맨

앞장에는 따로 포스트잇 한 장이 붙어 있었는데, 그것은 내게 보내는 짧은 메모였다.

—쓰느라고 썼는데 너무 늦은 건 아닌지 모르겠습니다. 분량이나 내용 또한 이게 제대로 맞는 것인지도 알 수 없습니다. 저의 능력으론 도무지 줄일 수 없는 것들인지라 선생님께 부탁드립니다. 맞춤하게 줄여서 제출해주시기 바랍니다.

나는 연구실 커튼을 모두 친 다음, 최의 탄원서를 한 장 한 장 읽어나가기 시작했다. 최의 탄원서는 분명 탄원서라는 제목을 달고 있었지만, 거기에는 '존경하는 재판장님'이나 '정의로운 판사님' 같은 대상이 들어 있지 않았다. 그녀는 P에 대한 이야기가 아닌, 어느 한 장소에 대한 설명으로 탄원서를 시작했는데, 나는 그녀의 문장만으로도 그곳이 어느 곳을 가리키는 것인지 대번에 알아챌 수 있었다.

—학교 정문을 나와 곧장 건널목을 건넌 후, 다시 서른 걸음 정도 걸으면 나오는 5층짜리 건물 한 채. 그곳은 층마다 열 칸 가량의 원룸이 들어차 있는데, 다섯 칸은 차도 쪽으로 나머지 다섯 칸은 그 반대쪽으로 창문이 나 있습니다. 차도 쪽은 한 달에 3만 원을 더 지불해야 하지요. 그녀가 살았던 방은 4층 차도 쪽이었습니다. 지금은 다른 사람이 살고 있어서 직접 들어가볼 순 없었지만, 마침 그 옆방은 비어 있어 조심스레 살펴볼 수 있

었습니다. 아마 그녀 방도 그러했을 테지만, 창문을 열면 교문에서 나오는 차량과 사람 들이 한눈에 들어오는, 싱크대가 딸려 있고 자그마한 욕실이 갖춰져 있는, 햇살 잘 들어오는 방이었습니다.

최는 그러면서 그 방의 벽지 색깔과 수압, 한쪽 벽에서 다른 쪽 벽까지의 발걸음 수 등을 자세하게 묘사해놓았다. 그것들은 조금 지루한 면이 없지 않았으나, 그러나 나는 그것들을 한 문장 한 문장 허투루 읽어나갈 수가 없었다. 왠지 그래야만 할 것 같았기 때문이었다. 그녀의 탄원서는 대여섯 장 뒤부터는 다시 장소가 바뀌어, 주로 해남군 송지면 일대에 대한 묘사로 되어 있었는데, 그녀는 자신이 그곳에 갈 수밖에 없었던 이유를 짤막하게 적어놓았다. 그리고 그 이유 때문에…… 나는 한동안 멍한 상태로 커튼에 가려진 창문들을 바라보아야만 했다.

—저는 이 글을 쓰기 위해서 1심 판결문을 읽고 읽고 또 읽어보았습니다. 제가 쓸 수 있는 것이라곤 오직 그 안에 있는 것들, 거기에 기록된 사실들뿐이라고 생각했으니까요. 하지만 판결문을 읽으면 읽을수록, 저에겐 한 가지 의문이 사라지지 않고 계속 맴돌았습니다. 그것 때문에 저는 해남까지 내려가게 된 것이지요. 바로 그 여학생이 한 말, '이 선배가 왜 이렇게 자꾸 술만 따라 주실까?'라는 말. 그 말이 저를 계속 괴롭혔던 것입니다. 그러니까 저를 괴롭힌 것은 '술' 뒤에 붙은 '만'이라는 보조사가 아니었습니다. 그것보다는 왜 이 아이는 '선배'라는 단어

앞에 '이'라는 지시관형사를 붙였을까? 그것들이 궁금했던 것이지요. 만약 그것이 제 추측이나 의심처럼 쓰인 것이 맞다면, 그러면 사건은 도대체 어떻게 되는 것일까요? 그 아이에게 P가 그냥 선배가 아닌 '이' 선배로 다가왔다면, 혼자만 그렇게 생각한 날들이 많았다면, 그렇다면 그날 그때 그 아이 앞에 놓인 술잔은 또 어떻게 달라지게 되는 것일까요? 저는 그것을 확인하러 해남으로 내려갈 수밖에 없었습니다. 왜냐하면 저 또한 그 '이'가 단순한 '이'가 아닌 하나의 커다란 고유명사로 다가와, 그 안에 붙들려, 아무것도 할 수 없었던 시절이 있었기 때문입니다……

14

하지만 최는 해남까지 내려가면서도 계속 자신의 의문을 부정하고, 또 부정하려 노력했다. 그것은 지나치게 자의적이고, 또 지나치게 감상적인 자기 동일시 같은 것이라고, 최는 고개를 절레절레 흔들면서 부인하기도 했다. 하지만 그럼에도 그녀는 해남으로 내려갈 수밖에 없었는데, 그곳에 간다 하더라도 해결될 수 있는 일은 아무것도 없다는 것을 스스로 잘 알고 있었지만, 그 '아무것도'를 확인하기 위해서라도 꼭 한번 가봐야 할 것 같은 마음이 들었기 때문이었다. 그녀는 때때로 자신의 가정과 의문이 너무나도 참혹해, 커피 전문점에서도, 그리고 집으로 돌아오는 버스 안에서도, 그저 멀거니 허공을 바라보며 자신의 팔뚝을 쓸어내려야만 했다. 팔뚝을 쓸어내리는 일만이 그녀를 무섬증에서 보호해주는 유일한, 그리고 오래된 습관이었기 때문이었다.

최가 해남으로 내려간 것은 2학기 개강을 목전에 둔 8월 21일이었다. 그녀는 평소 인사를 하고 지내던 2학년 후배를 통해서 입학 당시 작성했던 주소록을 얻을 수 있었고, 그곳에서 박수희의 해남 집주소를 확인할 수 있었다. 전화번호는 따로 적지 않았다. 그것은 그녀에게 필요한 것이 아니었기 때문이었다. 그녀는 커피 전문점 사장에게 사흘만 아르바이트를 쉬겠다고 말했다. 3년 전부터 최와 함께 일했던 사십대 중반의 커피 전문점 사장은 아무것도 묻지 않고 만 원짜리 몇 장을 편지봉투에 넣어 그녀에게 건넸다. 그것이 그녀에겐 작은 위안이 되었다. 마치 오랫동안 가보지 못한 휴가를 떠나는 기분이 들기도 했다. 물론 그 기분은 금세 사라지고 말았지만, 분명 해남행 버스를 올라타기 전까지는 도움이 된 것이 사실이었다. 최는 해남행 버스를 타기 바로 직전까지도 계속 무의식중에 팔뚝을 쓸어내렸다.

해남에 도착한 이후에도 최는 곧장 송지면으로 가지 못하고, 땅끝 전망대와 여객선 터미널 앞을 서성거렸다. 그녀는 괜스레 보길도로 향하는 배편을 확인하고 관광객들 틈에 끼어 매표소 앞에 줄을 서보기도 했다. 자기 차례가 되면 다시 맨 뒤로 돌아가고, 또 자기 순서가 되면 줄에서 빠지는 일을 반복하다가…… 그녀는 여객선 터미널 간판에 붙은 '땅끝'이라는 지명을 보고서야, 그 지명이 주는 본래 의미 그대로를 받아들이기로 결심했다. 그래서 그녀는 간신히 매표소 바로 길 건너편에 있는 군내순환버스 정류장으로 걸어갈 수 있었다. 송지면 미야리 816번지. 그곳이 그녀가 가야 할 곳이었다. 그녀는 이번엔 망설이지 않고 버스에 올라탔다. 더 이상 팔뚝을 쓸어내리지도 않았다.

미야리에 도착한 후, 그녀는 놀랍도록 빠르게 박수희의 집을 찾을 수 있었는데, 그건 워낙 인가 수가 적었던 탓도 있었지만 누군가 집집 시멘트 담벼락마다 흰색 페인트로 커다랗게 번지수를 적어놓았기 때문이었다. 박수희의 집은 버스 정류장에서 채 30미터도 떨어지지 않은 곳에 위치한, 빨간 양철지붕을 얹은 작은 집이었다. 담벼락 뒤로 고만고만한 대추나무와 자두나무, 감나무가 보이는 집. 최는 일부러 까치발을 딛거나 제자리 뛰기를 해서 집 안을 살펴보려 노력하진 않았다. 반대로 그녀는 담벼락이 있어 다행이라고 생각했고, 그래서 자신의 손바닥으로 꺼끌꺼끌한 담벼락을 계속 쓸면서 앞으로 한 번 뒤로 한 번, 다시 앞으로 한 번 뒤로 한 번, 반복해서 왕복했다. 이제 다 됐다, 이제 다 된 거야, 최는 그렇게 마음먹고 그곳을 떠나려 했다. 하지만 그때 막 집 안에서 어떤 소리가 들려왔고, 그녀는 저도 모르게 담벼락 아래 무릎을 감싼 채 쪼그려 앉고 말았다.

—그 소리는 분명 누군가가 방문을 열고 나오는 소리였습니다. 툇마루가 삐거덕거리는 소리가 들리고, 다시 다른 문이 열리고 물소리가 들리고 그릇들이 달그락거리는 소리가 들리고 다시 삐거덕거리는 소리…… 그리고 '어여, 한 술 떠요' 라는 여자의 목소리. 저는 몸을 담벼락 옆에 바싹 붙인 채 그 자리에 계속 쪼그려 앉아 있을 수밖에 없었습니다. 일어서면, 일어서면서 어떤 소리를 내게 될까 봐, 얼굴을 무릎 위에 묻고 가만히 앉아 있을 수밖에 없었습니다. 그래서 그 모든 소리들을 다 듣게 되었죠.

—약주 한잔 줘요?
—줘…… 거, 찬장 옆에 있을 거야.
—고구마 순도 솎아줘야 하는데……
—거, 빨리 줘.
—고랑마다 아주 난리예요. 에고, 그러려면 심지나 말지.
—정 그러면 당신이 하면 되잖아? 당신은 왜 손 놓고 있는데?
—그래서 내가 올핸 심지 말자고 했잖아요?
—염병, 같이 심은 사람이 누군데.
—……
—……

—난 또 아가 방세 보내야 하는 줄 알고…… 거, 찬도 좀 들어요.

—찬도 없구만.

—아이고, 이 양반아, 흘리지 좀 마요. 벌써부터 그러면 나중엔 어쩌려고 그래요.

—나중은 무슨…… 나중이나 지금이나.

최가 두 손으로 입을 틀어막고 울기 시작한 것은 그때부터였다고 했다. 아무 이유 없이 그녀는 눈물이 쏟아졌다고 했다.

—고구마 순 때문에 그러죠?

—……

—아가가 그거 제일 좋아했잖아요.

—……

—보고 싶어요?

—보고 싶지, 그럼……

—많이요?

—많이……

—……

—……

—올핸 그냥 놔둡시다. 심었으면 됐지……

15

나는 최의 탄원서를 다 읽은 다음에도 계속 의자에 앉아만 있었다. 고개를 들어 보니 연구실 가득 담배 연기가 들어차, 나는 잠깐 일어서서 커튼을 젖히고 창문을 열어야만 했다. 어느새 어두워진 하늘은 별 하나 없이 먹장구름 일색이었다. 나는 잠깐 두 눈을 감고 그대로 서 있었다. 그러곤 다시 몸을 돌려 책상 위에 놓인 최의 탄원서를 내려다보았다. 최는 그날 오랫동안 담벼락 아래 쪼그려 앉아 있었다고 했다. 멀리서 개 짖는 소리가 들리고, 연기가 퍼져 나오고, 별이 뜰 때까지도, 최는 그곳에 앉아 있었다고 했다. 그리고 집 안에서 아무런 소리도 들리지 않을 때쯤, 자리에서 일어나 차도를 따라 걷기 시작했다고 썼다. 그녀는 '저는 제 의문을 계속 더 부정하고만 싶어졌습니다'라고 탄원서의 마지막 문장을 적었다.

나는 다시 자리에 앉아서 가만히 손가락으로 최의 탄원서 맨 앞 장을 두들겼다. 타닥타닥, 타닥타닥. 그렇게 한참을 그러다가 그것을 책상 서랍 제일 아래 칸에 넣어두었다. 나는 최의 탄원서를 법원에 제출하지 않을 생각이었다. 나는 최의 탄원서를 줄일 마음도 없었고, 또 그녀의 문장을 감당해낼 자신도 없었다. 그것은 대상 없는 탄원서였기 때문이었다. 제도는 그녀의 문장을 이해할 수 없을 것이었다.

그날 밤, 나는 학교 앞에 있는 작은 주점에서 혼자 술을 마신 후, 조금 취한 상태에서 집으로 돌아갔다. 나는 술을 마시면서 P를 떠올렸고, 내 문장들을 떠올렸으며, 다시 판결문에 나와 있는, P에게 뺨을 맞은 H를 느닷없이 떠올리기도 했다. 그러면서 최가 말한 지시관형사의 세계에 대해서도 생각했다. 최는 지금 어디에 있는 것일까? 나는 혼자 있을 최를 생각하면서 꽤 많이 마셨다.

그래서였을까? 나는 현관문에 들어서서 신발을 벗으려고 노력하다가 그만, 언젠가의 아내처럼 우당탕 소리를 내며 그 자리에 주저앉고 말았다. 고개를 들어 보니 아내가 허리에 두 손을 얹고 서 있는 것이 보였다.

—이 인간이 정말.

나는 벽을 짚은 채 간신히 자리에서 일어났다. 그리고 아내 앞으로 한 걸음 내디디면서 말했다.

—뭐라고? 다시 말해봐, 응?

—어어? 이 인간이 진짜.

—다시, 다시 해봐.

—뭐야, 왜 그래? 무슨 일 있어?

—아니, 아니. 그 말 말고 그 전의 말.

아내는 잠깐 동안 나를 바라보다가 몸을 돌려 냉장고 쪽으로 빠르게 걸어갔다. 그러면서 혼잣말로 그러나 조금 화난 듯한 목소리로 '이 인간이 치사하게 혼자만 마시고 들어왔다 이거지'라고 말했다. 그래서 나는 아내가 무엇을 하려는지 금세 알아챌 수 있었다. 나는 식탁의자에 기대어 앉아, 이제 곧 술병을 들고 올 아내를 기다렸다. 그러면서 혼자 계속 중얼거려보았다. 이, 이, 이, 이, 이…… 혼자 있을 땐 쓸쓸하기 그지없는 이, 이, 이, 이, 이, 를.

이정(而丁)
— 저기 사람이 나무처럼 걸어간다 2

그녀가 아들에게 개명(改名)에 대해서 처음 말한 것은 11월 하순의 일이었다. 아들이 국립대 수시모집에 합격한 후, 함께 지리산 근처로 여행을 다녀온 직후의 일이기도 했다. 여행에는 서울에서 대학을 다니고 있던 딸도 동행했다. 말하자면 가족여행인 셈이었다. 그 여행을 위해서 딸은 과외 아르바이트와 여론조사 설문기관 아르바이트 일정을 어렵게 조정해야만 했고, 그녀 또한 7년째 일하고 있던 한과 공장 사장 부부에게 사정을 설명해야만 했다. 1956년생, 그러니까 그녀와 같은 해에 태어난 사장 부인은, 강정 라인과 유과 라인을 옮겨다니며 함께 일을 하곤 했는데, 어딜 갈지 아직 정하지 않았다면, 하면서 지리산 화엄사 바로 아래에 있는 콘도 이용권을 내밀었다. 그녀는 사장 부인에게 손사래를 치면서 이렇게까지 하실 필욘 없다고 했지만, 끝내 그것을 두 손으로 받아들고 말았다. 그래서 그들 가족의 여행 목적지는 지리산이 되었다.

콘도 앞 산채비빔밥 전문집에서 늦은 점심을 해결하고, 그들 가족은 화엄사 일주문 안으로 걸어들어갔다. 왼쪽에는 아들이, 오른쪽에는 딸이, 각각 그녀의 팔짱을 끼고 걸었다. 늦가을 바람은 선선했지만 햇살은 따사로웠고, 사람들은 보이지 않았다. 이따금 나뭇가지 부러지는 소리가 들렸고, 오래된 낙엽에선 튀밥을 튀기듯 고소한 냄새가 났다. 그들은 천천히 걸었고, 자주 멈춰 서서 산 아래를 바라보았으며, 그녀는 이대로 죽고 싶다는 생각을 잠깐 하기도 했다. 이 정도면…… 후회도, 미련도, 없을 것 같았기 때문이었다. 물론 그녀는 그때까지만 해도 두 달 후, 자신이 또다시 같은 생각에 빠지게 될 것이라곤 짐작도 하지 못했다. 두 달 후, 그녀는 후회와 미련 때문에 죽고 싶은 마음에 사로잡히게 된다.

화엄사 경내로 들어서기 전, 그들 가족은 검푸른 이끼가 낀 부도와 그 맞은편에 있는 공적비 하나를 보게 되었다. "아, 이게 이 사람 공적비구나." 사회학을 전공하고 있는 딸이 검은 대리석으로 된 공적비 가까이 한 걸음 더 다가가며 말했다. 한국전쟁이 끝난 후 사망한 한 경찰 총경을 기리는 공적비는 고은 시인이 쓴 것이었다. '이제 해원의 때가 무르익었으니 천하의 영봉 지리산을 생사의 터로 삼아 동족상잔의 피어린 원한을 풀어 그 본연으로 돌아감이 옳거니 여기 근본법륜 화엄사 청정도량에 한 사람의 자취를 돌에 새겨 기리도록 함이라……'로 시작된 문장은 '백척간두의 상황 중에 서로 이념을 달리하는 핏줄 하나라도 구출하자는 숭고한 인간애를 낱낱이 보였으며 전설적인 상대였던 이현상의 시신을 정중하게 장사 지내기도 하였거니와 조계종 통합종단 초대 종정 이효봉 대종사로부터 감사의 뜻을 받기도 하였던바 새삼 그의 유덕을 길이 전하는 까닭을 이에 밝혀놓으니 지나는 길손이여 한 겨를 머물러주소서. 산은 여기 있고 물은 먼 데로 흘러감이라'로 마무리되었다. 딸은 소리 내어 공적비 내용을 읽었고, 그녀와 아들은 묵묵히 듣고만 있었다. 전쟁 때 화엄사를 소각하라는 상부의 명령을 받았지만, 법당 앞에서 문짝 두 개만 태우고 만 일, 덕분에 쌍계사와 선운사와 백양사도 무사하게 된 일들이 거기 씌어져 있었다. "너, 이 사람이 더 놀라운 게 뭔 줄 알아?" 딸은 아들을 바라보면서 말했다. 아들은 어깨를 한번 으쓱거리고 말았다. "이 사람 죽음에 관한 것인데……" 딸의 설명에 의하면, 젊은 시절 좌익 계열인 조선의용대 소속으로 항일유격전 활동을 한 바 있는 공적비의 주인공은, 한국전쟁 발발 이후 경찰에 특채되어 빨치산 토벌에 혁혁한 전공을 세운다. 하지만 휴전 이후, 조선의용대 경력과 이현상의 장례를 치러준 사실 때문에 좌익 혐의로 조사를 받고, 좌천도 당하게 된다. 그리고 1958년 금강 곰나루로 가족과 함께 물놀이를 나갔다가, 아들을 바위 위에 세워둔 채 「볼가 강의 뱃노래」를 부르면서 뚜벅뚜벅 강으로 걸어 들어갔다는 것. 그게 그의 마지막이 되었다는 것이다.

"사흘 후에 강바닥에서 이 사람 시신을 찾았는데…… 전쟁 때 침수된 인민군 탱크를 꼭 끌어안은 채 죽어 있더라는 거야."

"그럼, 그 사람도 좌익이었던 거야?"

아들이 덤덤한 목소리로 물었다.

"그건 모르지…… 그냥 그래서 사람들을 혼란에 빠뜨렸다는 얘기야."

"나는 왜 그 사람이 꼭 아들 앞에서 그래야 했는지…… 그게 더 궁금한데?"

그녀는 딸과 아들의 대화를 가만히 듣고만 있었다. 그녀가 개명에 대해서 처음 생각한 것은 아마도 그때부터였을 것이다.

아들은 대학 진학과 동시에 ROTC 지원서를 내겠다고 말했다. 장기복무 지원을 하면 장학금 혜택을 받을 수 있다는 것이 아들의 설명이었다. "뭐야, 그럼 군인이 되겠다고? 차라리 육사를 가지?" 콘도 거실에 비스듬히 누워 사과를 먹던 딸이 말했다. "육사는 여름에 지원을 하거든. 그땐 아직 결정을 내리지 못한 상태였고……" 아들은 잠깐 말을 끊었다가 다시 이었다. "지금은 고민이 다 끝났거든." 그녀는 사과를 깎다 말고 아들의 얼굴을 바라보았다. 아들은 반쯤 고개를 숙인 채 주먹으로 툭툭

제 종아리를 두들기고 있었다. 신중하고 반듯한 아이였다. 아버지 없이 자랐지만 한 번도 원망이나 서러움을 내보인 적이 없었다. 또 그것을 농담으로라도 쉽게 넘기려 든 적이 없었다. 그녀는 아들이 수학여행을 가지 않고 교실에 남아 자습했다는 사실을 후에 담임교사와의 통화를 통해 알게 되었다. 학원에서 강사 보조 아르바이트를 하면서 강의를 들은 사실 또한 시간이 지난 후에야 알게 되었다. 꼭 그런 아들 때문만은 아니었지만, 그녀는 한 달에 한 번 있는 공장 회식에서 술은 입에 대지도 않고 항상 9시 이전에 집으로 돌아왔다. 그녀는 가끔 아들이 아버지처럼 여겨지기도 했다.

"등록금 때문이라면…… 그럴 필요 없다."

그녀는 아들의 얼굴을 보지 않은 채 말했다.

"엄마도 다 생각이 있으니까."

"꼭 그것 때문에 그런 건 아니에요."

아들은 사과 한 조각을 집어 들면서 말했다.

"직업군인으로 사는 것도 괜찮을 거 같아서 그래요. 어차피 갈 군대고……"

"엄마 때문에 그러니?"

"그냥 이것저것 다 생각해보고 결정한 거예요."

그녀는 소리내지 않고 작게 한숨을 한 번 내쉬었다.

"몸도 약한 애가 어떻게……"

"그리고 아직 어떻게 될지 몰라요. 그것도 경쟁률이 꽤 높다고 하더라고요."

아들은 그렇게 말한 후, 허리를 뒤로 활처럼 구부리면서 스트레칭을 했다. 그녀는 더 이상 아무 말도 하지 않았다. 가만히 누워 있던 딸이 자리에서 일어나 앉으며 말했다.

"어휴, 참 대단한 모자네. 이건 뭐 하나밖에 없는 딸을 한순간에 이기적인 인간으로 만들어버리니. 참 나……"

아들은 그 말을 듣고 농담으로라도 대꾸하지 않았다. 그저 고개를 조금 숙인 채 슬쩍 미소만 지어 보였을 뿐이었다.

그녀는 지리산에서 돌아온 지 일주일이 지난 후, 아들에게 개명에 대해서 말을 꺼냈다. 책상에 앉아 원동기 면허시험 문제집을 보고 있던 아들은 허리를 세운 채 그녀의 이야기를 들었다.

"엄마가 이름을 바꿀까 하는데……"

"이름을요?"

아들은 고개를 갸웃거리곤 손에 쥐고 있던 볼펜을 내려놓았다.

"엄마도 나중에 안 건데…… 엄마 이름이…… 그 사람 호랑 똑같다고 하더라."

그녀의 이름은 최이정(崔而丁)이었다. 그건 박헌영의 호와 똑같은 이름이었다. 그는 한때 '조선의 레닌'으로 불리던 인물이었다.

"그건 그냥 우연 아닐까요? 동명이인도 많잖아요?"

아들은 책상에서 내려와 그녀 앞에 앉았다.

"그게…… 나도 네 아버지한테서 들은 얘긴데…… 한자까지 똑같다고 하더라. 그런 한자로 이름을 짓는 경우는 흔치 않다고도 하고……"

그녀의 이름을 풀어보면 '고무래가 되겠다'라는 뜻이었다. 그것 또한 남편에게서 들어 알게 된 사실이었다. 그녀는 처음으로 아들에게 남편 이야기를 하게 된 셈이었다.

"아버지랑 헤어진 것도 그것 때문인 거예요?"

그녀는 아들의 질문에 대답하지 않았다. 그녀의 남편은 농촌진흥청에서 일했던 사람이었다.

"그럼, 외할아버지가…… 그쪽이셨던 건가요?"

"잘은 모르지만…… 아마도 그랬던 거 같아. 엄마 다섯 살 때 네 외할아버지가 돌아가셔서 얼굴도 잘 기억 안 나고…… 술만 드시다가 무슨 암으로 돌아가셨다는 얘기만 들었지, 뭐."

아들은 방바닥을 내려다보면서 작게 고개를 끄덕거렸다.

"네 외할머니 말로는 저쪽에서 무슨 학교를 다녔다는 거 같은데…… 그 이상은 나도 몰라. 네 외할머니도 일찍 돌아가셨고 나도 곧 고향을 떴으니까."

아들은 한참 동안 무언가를 생각하는 듯한 표정을 지었다. 그러곤 천천히 말했다.

"저 때문에 그러시는 거예요? 장기복무 때문에요?"

"조심해서 나쁠 건 없잖니?"

"이젠 연좌제 같은 건 없대요. 저 때문에 그러실 필욘 없어요."

"그래도 군인인데…… 신원조회 같은 건 할 거 아니니? 엄마 이름을 알아보는 사람도 있을 수 있고……"

"만약 그게 문제가 된다면…… 개명한다고 해서 바뀌는 건 없을 거예요. 어쨌든 기록은 변하지 않을 테니까요."

이번엔 그녀가 한동안 말없이 앉아 있었다. 그녀는 괜스레 손가락으로 방바닥에 자신의 이름을 써보았다.

"그래도 엄만 이번 기회에 바꾸고 싶어. 네 외할아버지가 무슨 뜻으로 이렇게 딸 이름을 지었는지는 모르겠지만…… 이젠 싫다. 더 이상 이름 때문에 불안하게 살기도 싫고."

아들은 잠시 창문 쪽을 바라보았다. 그리고 다시 그녀의 얼굴을 바라보곤 알겠다고, 짧게 대답했다.

"네가 한번 알아봐줄래? 요샌 다들 쉽게 개명을 한다고 하더라. 엄만 공장 일 때문에 도통 시간을 낼 수 없어서……"

그녀는 그렇게 말한 후, 안방으로 건너갔다. 무언가 짧은 후회가 그녀 가슴을 스쳐 지나갔지만, 그때까지만 해도 그녀는 그것이 무엇인지 알 수 없었다. 그녀는 떠나간 남편 생각을 잠깐 했을 뿐이었다. 남편은 그녀와 헤어진 후 얼마 지나지 않아 재혼을 했고, 그러곤 연락이 끊어졌다.

개명 절차는 생각보다 간단했다. 개명신청허가서와 주민등록등본 그리고 경찰서에서 뗀 범죄경력조회서 등을 가정법원에 제출한 후, 결정문을 기다리면 되는 것이었다. 예전에는 불허되는 경우가 잦았지만, 근래 들어서는 특별한 경우를 제외하곤 대부분 허가해준다고 했다. 아들은 법무사 사무소를 통해서 일을 진행할까 하다가 그냥 제 손으로 하기로 했다. 아무래도 그쪽은 수수료가 만만찮았다.

"뭐, 따로 생각해두신 이름 있으세요?"

아들은 개명신청허가서를 앞에 두고 그녀에게 물었다.

"글쎄…… 뭐가 좋을까?"

그녀는 책상에 앉아 있는 아들의 어깨에 팔을 두르면서 말했다.

"그걸 먼저 정해야 신청 취지를 적을 수 있거든요."

"그냥 네가 하나 지어주면 안 될까?"

아들은 '제가요?' 하는 표정으로 그녀를 바라보았다.

"이젠 네가 내 보호자잖니?"

"그래도…… 아들이 엄마 이름을 지어준다는 게……"

"이름이 뭐 별건가? 네가 좋은 뜻으로 하나 지어줘. 이 나이에 이젠 이름으로 불릴 일도 없을 테니까……"

아들은 그녀의 옆얼굴을 바라보다가 "생각해볼게요"라고 작은 목소리로 말했다.

후에 그녀가 알게 된 사실이지만, 아들은 그때 '개명할 이름'보다는 '개명 사유'에 더 신경을 쓰고 있었던 것이 분명하다. 무엇 때문에 이름을 바꾸려고 하는가? 어쨌든 법원의 허가 여부는 거기에 달려 있었다. 이유가 타당한가 타당하지 않은가. 돌이킬 수 없는 사건이 일어난 후, 그녀는 아들 책상 서랍에서 파지가 되어버린 여러 장의 개명신청허가서를 발견하게 되었는데, 거기엔 주로 이런 문장들이 적혔다가 다시 볼펜으로 북북 그어져 있었다.

'한자의 뜻풀이가 시대에 뒤떨어지고 무거운 바……'

'과거 역사적 인물의 호와 동일한 이름으로 인하여 본인의 의사와는 무관한 오해를……'

'부친의 정치적 색채가 지나치게 드러난 이름으로 인해……'

그 문장들은 대부분 끝을 맺지 못하고 중간에서 끝나버렸다. 그러니까 그녀의 아들은, 그 문장들이 필연적으로 논리를 갖출 수 없다는 점을, 논리에서 벗어날 수밖에 없다는 사실을, 알지 못했던 것이다. 알지 못한 채 꾸역꾸역 문장들을 적어나갔고, 그래서 자주 머뭇거릴 수밖에 없었으며, 그러다가 자연스럽게 외할아버지의 존재에 대해서 조금씩 의구심을 갖기 시작한 것이…… 그것이 맞다. 문장의 시작은 바로 거기에 있을 수밖에 없었을 테니까. 그리고 아들은 의외로 쉽게 그 흔적들을 찾아냈다.

물론 그녀는 아들이 외할아버지에 대해 자신보다 더 많은 것을 알아냈다는 사실을, 전혀 눈치채지 못하고 있었다. 그녀는 개명 절차가 생각보다 오래 걸리는 것을 단지 아들의 신중한 성격 때문으로만 여겼다. '어떤 이름을 지어올까?' 은근히 그런 기대를 한 것도 사실이었다. 그 안에 지금 아들이 바라보는 자신의 현재가 모두 담겨 있을 것이라고 생각했기 때문이다. 하지만 좀더 정확하게 말하자면 그녀는 얼마 지나지 않아 그 모든 사실들을 새까맣게 잊고 지냈던 것이 맞다. 윤달을 앞둔 설날인지라, 신정과 구정 모두 한과 수요가 많았다. 동짓날부터 시작된 야근과 잔업은 성탄 전날을 빼곤 계속 이어졌는데, 그녀는 종종 라인에서 벗어나 쌀가마니를 나르거나 조청 반죽하는 일까지 거들어야 했다. 그 기간 동안 그녀는 아들이 패스트푸드점에서 아르바이트를 시작했다는 것을 알곤 있었지만, 정확하게 어떤 종류의 일인지는 몰랐다. 퇴근하고 집으로 돌아와보면 아들은 항상 책상에 앉아 책을 읽고 있거나 컴퓨터 모니터를 바라보고 있었다. "아르바이트가 힘들지 않니?"라고 물으면 "기껏해야 햄버거 만드는 일인데요, 뭘" 하고 말았을 뿐이었다. 그래서 그녀는 정말로 그런 줄로만 알았다. 그러니까 그때까지만 해도 그녀는 아들이 보고 있던 책이 어떤 것들인지, 아들이 호적에 적힌 외할아버지의 이름만으로 인터넷 이곳저곳을 검색하다가 무엇을 찾아내게 되었는지, 또 그것 때문에 누군가와 오랫동안 통화를 하게 되었는지, 그런 것들을 알지 못하고 있었다. 그것들을 그녀가 어떻게 짐작할 수 있었겠는가. 그것들은 모두 사고 후, 다른 사람의 입을 통해서 알게 된 사실이었다. 그녀는 그때 하루하루 그저 피곤에 지쳐 씻기 무섭게 잠들었을 뿐이었다.

아들이 스쿠터를 몰고 햄버거나 치킨, 콘샐러드나 콜라 따위를 배달하는 것을 알았다면, 그녀는 그것을 하지 못하게 말렸을까? 아니, 아마 그러진 못했을 것이다. 사고 당일, 아들은 한 여자중학교 점심시간에 맞춰 후문 옆 담장 사이로 햄버거와 감자튀김을 배달했다. 여중생들은 교사들의 눈을 피하느라 시간을 끌었고, 담장 밖으로 동전을 싼 지폐를 던져주었다. 그게 일반적인 일이었다. 그리고 아들은 패스트푸드점으로 돌아가는 길에 핸들을 틀어 여자중학교와 한참 떨어진 그녀의 공장 앞까지 오토바이를 몰고 찾아갔다. 후에 아들이 근무하고 있던 패스트푸드점 매니저는 돌아올 시간이 지나 계속 전화를 걸었지만, 받지 않았다고 말했다. 걔가 근무시간에 거길 왜 갔는지 모르겠다고, 그런 말도 덧붙였다. 아들은 활짝 열린 공장 철문 앞을 몇 분 동안 계속 오토바이를 탄 채 맴돌다가, 그러면서도 자주 손목시계를 바라보다가, 다시 공장 앞 내리막길을 내려갔다. 50여 미터가량 벚나무가 심긴, 그녀가 아침저녁으로 오르내리는 길이었다. 그 길을 아들은 오토바이를 타고 내려갔고, 그리고 코너를 도는 순간 마주 오던 1톤 화물트럭과 정면으로 부딪치고 말았다. 그날 화물트럭 조수석에 타고 있던 공장 거래처 영업사원은, 아들이 입에 서류봉투를 물고 있었다고 증언했다. 그것이 바람에 날려 시야를 가린 것 아니겠냐고…… 그녀가 더 깊은 자책에 빠지게 된 것은 바로 그 때문이었다. 아들이 입에 물고 있던 서류봉투에는 그녀의 주민등록등본과 범죄경력증명서 그리고 아무것도 적혀 있지 않은 개명신청허가서가 들어 있었다.

아들은 화물트럭과 부딪친 순간, 10여 미터 정도 튕겨져나가 풀썩, 보도블록 경계석에 떨어지고 말았다.

*

아들은 병원 응급실에 실려오기 전, 이미 몸 안에서 다발성 출혈이 진행되고 있었다. 그건 헬멧을 썼던 머리 쪽도 마찬가지였는데, 눈에 띄는 타박상은 거의 없었지만, 의식은 돌아오지 못하고 있었다.

공장에서 연락을 받고 응급실로 달려온 그녀는 한동안 아들의 모습을 제대로 알아보지 못했다. 그도 그럴 것이 아들의 몸엔 너무 많은 호스와 튜브가 매달려 있었다. 상체는 누군가에 의해서 발가벗겨졌고, 등 뒤로 베개를 받쳐놓았는지 가슴은 불룩 위로 솟아올라 있었다. 젊은 의사 두 명과 간호사 세 명이 아들 침대 곁에 서 있었다. 그녀는 침대 앞에 붙어 있는 이름표를 보고 걸음을 멈출 수 있었다. 정수환, 그것이 그녀 아들의 이름이었다. 그녀는 조용히 링거 바늘이 꽂혀 있는 아들의 왼손을 잡았다. 아들의 이름을 불러보려 했지만, 목소리가 제대로 나오지 않았다. 그녀는 아들이 깁스를 하거나 붕대를 감고 있을 거라고 짐작했다. 하지만, 그런 것들은 보이지 않았다. 그게 그녀 마음을 더 무겁게 만들었다.

"저기, 보호자 되십니까?"

차트를 들고 있던 의사 한 명이 그녀에게로 다가왔다. 그녀는 애써 침착하려 노력했고, 대답은 못했지만 고개는 끄덕일 수 있었다.

"잠깐, 보실까요?"

의사는 그녀를 데리고 응급실 간호사 데스크 쪽으로 걸어갔다. 의사의 가운엔 검푸른 얼룩이 묻어 있었고, 쉰내가 났다. 천장에는 케이블카처럼 연결된 선로를 따라 쉴 새 없이 차트들이 옮겨지고 있었다.

"어떻게 말씀드려야 할지 모르겠지만,"

의사는 한 손을 이마에 얹은 채 말했다.

"상태가 많이 안 좋습니다. 엉덩뼈가 여러 조각으로 골절됐고, 그쪽 아래 동맥도 끊어진 상태입니다. 소장과 대장도 찢어져 출혈이 있고…… 복강에도 피가 고이고 있습니다."

언제 왔는지, 그녀 뒤로 두 명의 남자가 자리를 잡고 의사의 이야기를 같이 들었다. 한 명은 화물트럭 운전사였고, 또 한 명은 패스트푸드점 모자를 쓰고 있었다.

"저는 그렇게 말씀하시면 못 알아들어요."

그녀가 울먹거리는 목소리로 말했다.

"살릴 순 있는 거지요?"

의사는 짧게 한숨을 내쉬었다.

"동의서에 서명만 해주시면 바로 수술에 들어갈 순 있습니다. 한데…… 이런 경운 장담을 못 해요. 워낙 여러 부위를 수술해야 하고, 또 열었다가 다른 문제 때문에 그대로 닫아버리는 경우도 종종 있거든요. 복강 수술만 두 번을 해야 하는데…… 수술과 수술 사이에 패혈증이 올 수도 있어서…… 사실 수술을 권해드리고 싶진 않습니다."

그녀 뒤에서 누군가 아, 하고 짧은 탄식을 내뱉었다. 그녀는 의사의 얼굴에서 눈을 떼지 않기 위해 안간힘을 썼다.

"그리고 더 큰 문제는 머리 쪽인데…… 수술로 다른 부분은 어떻게 해결한다고 해도 그쪽은 이미 손상이 너무 심해서…… 의식을 되찾긴 어려워 보입니다."

그녀는 잠깐 두 눈을 감았다. 그러곤 무언가를 참는 듯 고개를 끄덕거렸다.

"동의서를, 주세요."

의사는 손으로 얼굴을 한번 쓱, 문지르고 나서 가운에 꽂혀 있던 볼펜을 빼들었다. 그녀는 의사가 건넨 볼펜으로 동의서 서명란에 자신의 이름을 적었다. 최이정. 그녀는 동의서에 적힌 자신의 이름을 다시 한 번 바라보았다. 수술은 그날 오후부터 바로 시작되었다.

딸이 병원에 도착한 것은 그날 저녁 무렵이었다. 아들이 왼쪽 허벅지 아래 동맥 봉합수술에 막 들어갔을 때였다. 수술실 앞 벤치에 공장 사장 부부와 함께 앉아 있던 그녀는, 자신의 겨드랑이 아래를 부둥켜안고 흐느끼는 딸의 등을 토닥거리면서 "괜찮을 거야, 걱정하지 마"라고 말했다. 딸의 울음소리는 쉬이 그치지 않았고 때때로 더 커지기도 했는데, 그때마다 그녀 역시 겁을 집어먹었던 게 사실이었다. 딸의 몸을 오랫동안 껴안고 있자니, 그녀는 그제야 자신의 몸에서 단내가 난다는 것을 알 수 있었다. 그것은 공장의 냄새였다. 그 냄새가 그녀를 더욱 자책하게 만들었다. 하지만 눈물을 흘리진 않았다.

패스트푸드점 매니저가 찾아와 공장 사장과 얘기를 하고 돌아가기도 했다. 공장 사장과 매니저는 수술실에서 조금 떨어진 커피자판기 앞에 선 채 짧게 대화했지만, '업무 외적인 사고'란 말과 '본사'라는 말은 그녀의 귀에도 선명하게 들려왔다. 공장 사장은 그를 돌려보낸 후에도, 그녀에게 이렇다 할 말을 꺼내지 않았다.

아들은 동맥 봉합수술 후, 곧장 복강 수술에 들어갔다. 상처가 난 소장과 대장 부위를 꿰매고 복강에 찬 피를 빼내는 수술이었다. 의사는 동맥 봉합은 그런대로 잘되었다고 말했다. 골절된 정강이뼈도 우선 바깥에서 나사로 고정시켜놓았다고 했다.

"의식은요?"

딸이 의사에게 물었다.

"그쪽은 아예 생각도 못하고 있습니다. 말씀드렸는데……"

의사는 그렇게 말한 후, 목 부위를 두들기면서 외과 병동 쪽으로 걸어갔다.

밤 10시가 지나 공장 사장 부부가 집으로 돌아간 후에도, 그녀와 딸은 계속 수술실 앞 벤치에 나란히 앉아 있었다. 병원 복도 형광등은 밝았고, 지나다니는 사람의 모습은 보이지 않았다. 그래서 딸은 세상에 엄마와 자신, 단둘만 남겨진 기분이 들었다. 수술실에선 아무런 소리도 새어나오지 않았다.

"엄마 때문이야."

그녀가 느닷없이 혼잣말처럼 말했다.

딸은 그녀의 옆얼굴을 바라보다가 어깨를 감싸 안았다.

"그렇지 않아, 엄마. 그냥 사고였을 뿐이야."

"아니야, 다 나 때문이야…… 내가 괜한 부탁을 해서…… 그래서 수환이가 저렇게 된 거야……"

"부탁? 무슨 부탁을 했는데?"

딸은 그렇게 물었지만 그녀는 대답하지 않았다. 그리고 조금 시간이 흐른 후, 그녀는 자리에서 일어나며 말했다.

"나가자."

엉겁결에 딸도 자리에서 일어났다.

"밥 먹으러 가자고."

"밥? 지금 무슨 밥을 먹는다고 그래?"

"밥 먹고 넌 집에 가서 자고 내일 아침에 다시 와."

"엄마……"

"걱정하지 마. 다 똑같아질 테니까, 다시 예전처럼 똑같이 살게 될 거라고."

그녀는 그렇게 말하고 출입구 쪽으로 걸어갔다. 딸은 그런 그녀의 뒷모습을 보면서도 걸음을 떼지 못했다. 그녀는 커피 자판기 앞에 서서 다시 한 번 딸의 얼굴을 바라보았다. 그제야 딸은 엄마의 얼굴이 이전과는 많이 달라졌다는 것을 알 수 있었다.

수술은 나흘 동안 쉬지 않고 계속되었다. 의사들은 개복한 상태 그대로 아들을 중환자실로 옮겨놓고 이틀 동안 경과를 지켜보기로 했다. 개복한 부위에는 임시변통으로 의료용 천과 비닐을 덮어놓았다고 했다. 그것들은 모두 의사로부터 들은 이야기였다. 아들은 계속 면회가 금지되어 있었다. 정강이에는 나사가, 개복한 부위에는 천과 비닐이…… 그녀는 생각하지 않으려 했지만, 자꾸만 그 모습들이 떠올랐고, 그래서 자주 손에 쥐고 있던 작은 손가방 끈을 팽팽하게 잡아당겼다. 그녀는 일부러 공장 생각을 했고, 커다란 기계 칼날에 서걱서걱 썰리는 한과를 떠올렸다. 하지만, 그것들은 다시 더 잔인한 생각으로 이어졌고, 그래서 그녀는 계속 복도 끝에서 다른 끝으로 왕복하며 걸어다녔다. 응급실로 급하게 들어온 몇몇 환자들이 그녀에게 위안이 되었던 것도 사실이었다.

입원 닷새째 되는 날, 한 차례 더 복강 수술이 끝난 후, 의사가 그들 모녀를 찾아왔다.

"이제 급한 수술은 어느 정도 마무리된 거 같습니다."

그녀와 딸은 손을 잡은 채 의사의 말을 들었다.

"경과를 지켜보면서 몇 차례 더 정형외과 수술을 하면…… 저희가 할 수 있는 일은 다 끝나는 거 같습니다."

그녀는 의사에게 꾸벅, 허리를 두 번 숙였다. 의사는 '이 정도 된 것도 사실 기적 같은 일이지요'라고 작은 목소리로 말했다.

"저기…… 머리 쪽도 수술하면 어떻게 의식을 되찾을 수 있지 않을까요?"

딸은 그렇게 물었다. 의사는 한숨을 길게 한 번 내쉰 후, 약간 짜증이 섞인 목소리로 말했다.

"이게요, 사실 출혈이 많이 된 거면 어떻게 시도라도 한번 해보겠는데요, 머리 쪽엔 그런 흔적도 별로 없거든요. 그래서 문제인 거예요. 손도 대볼 수 없어서…… 처음 수술을 권하지 않은 이유도…… 그거 때문이고요."

딸이 또 무슨 말을 하려 했지만, 그녀가 먼저 나섰다.

"애쓰셨습니다."

의사는 마치 그 말을 기다린 사람처럼 짧게 목례를 하고 자리를 떴다. 그녀는 앞으로 병원생활이 길어질 것이라고 예상했다. 그리고, 그것이 한편으론 다행이라고 여겨졌다.

*

그녀가 낯선 노인의 전화를 받은 것은 그로부터 다시 사흘이 지난 후였다. 중환자 보호자 대기실에 앉아 있다가 엉겁결에 휴대전화를 받고 보니, 아들의 것이었다.

"이거 정수환 학생 전화 아닌가요?"

느리고 탁한 목소리의 노인이었다. 그녀는 잠깐 귀에서 휴대전화를 떼고 그것을 바라보았다. 그러곤 작은 목소리로, 맞지만 지금은 전화를 받을 수 없다고 띄엄띄엄 대답했다.

"그래요? 나 김명국이란 사람이오."

노인은 자신의 이름에 유난히 악센트를 주어 말했다. 노인은, 나에게 전화가 왔었다고 전해주시오, 라고 말했다가 곧바로 정정했다.

"아니 아니, 그러지 마시고 지난번에 내가 했던 말, 그거 너무 괘념치 말라고 전해주시오."

그녀는 휴대전화를 다른 쪽 귀로 옮겨 들었다.

"저기요, 그게 무슨 말씀이신지……?"

"그렇게만 전하면 알아들을 거요."

노인은 전화를 끊으려고 했다.

"잠깐만요."

그녀는 목소리를 높였다.

"우리 아들과 무슨 얘기를 했는지 말씀해주세요. 네? 부탁이에요……"

그녀는 휴대전화를 두 손으로 잡고 허리를 숙였다. 중환자 보호자 대기실엔 그녀밖에 없었다. 기다란 소파 앞 벽면에는 TV가 한 대 놓여 있었는데, 그녀에게는 거기에서 나오는 소리가 하나도 들리지 않았다. 노인은 계속 아무런 말도 하지 않았다. 그녀는 허리를 좀더 구부린 채 두 눈을 감고 말했다.

"나는 지금 우리 아들과 대화를 할 수 없어요…… 우리 아들의 정강이엔 커다란 나사가 세 개나 박혀 있고요, 입엔 굵은 호스가 물려 있어요. 말씀을 전해드리려 해도…… 그럴 수가 없어요. 말씀을 전해드리려 해도…… 그럴 수가 없다고요."

그녀는 휴대전화를 든 채 흐느끼기 시작했다. 노인은 끙 하고 신음 소리를 한번 내곤, 울음이 잦아들 때까지 묵묵히 기다려주었다. 그리고 어느 정도 시간이 흐른 후 조금 낮은 목소리로 이렇게 물었다.

"거기, 병원 주소가 어떻게 되오?"

*

노인이 병원을 찾아오기까지 그녀를 괴롭힌 것은 이런 것들이었다.

두번째 복강 수술이 끝난 뒤부터 그녀는 하루 한 차례씩 아들의 모습을 볼 수 있게 되었다. 마스크와 일회용 장갑, 그리고 앞치마처럼 생긴 가운을 입은 채였다. 아들은 천장에서부터 길게 내려진 비닐 커튼 안 침대에 누워 있었고, 그녀는 대여섯 걸음 떨어진 곳에서 5분 정도 가만히 지켜볼 수 있었다. 비닐 커튼 안으로 들어갈 수도, 손을 잡을 수도 없었다. 그것이 간호사의 지시사항이었다. 아들의 입에는 굵다란 호스가 물려 있었는데, 그것은 일정한 속도로, 마치 땅바닥을 온몸으로 기어다니는 뱀처럼 꾸물꾸물 움직였다. 그리고 발가벗겨진 배 위에는 여러 장의 거즈가 덕지덕지 붙어 있었다. 호스 때문인지 턱은 조금 위로 들린 상태였고, 베개는 후광 모양으로 둥글게 젖어 있었다. 그녀는 아들의 모습을 보자 고통스럽기보단 오히려 후회스러웠는데, 그것은 막연하게만 생각했던 아들의 통증이 바로 눈앞에 펼쳐졌기 때문이었다. 그건 의사로부터 들은 이야기와는 또 다른 것이었다. 아들에겐 오직 통증만이 남아 있는 것 같았다. 그것이 전부인 것 같았다. 그래서 그녀는 처음으로 자신의 결정을, 동의서에 적어놓은 자신의 이름을, 후회했다. 아들이 자신으로 인해, 받지 않아도 되는 고통까지 묵묵히 받고 있는 것처럼 느껴졌기 때문이었다. 그만큼 아들은 살아 있는 사람처럼 보이지 않았다. 단지 아들의 고통만 살아 있는 것처럼 보였다.

그녀는 중환자 보호자 대기실 소파에 앉아 까무룩 잠이 들었다가, 호스를 입에 문 채 꺽꺽거리는 소리를 내며 괴로워하는 아들의 모습을 보기도 했다. 아들은 길게 눈물을 흘리면서 그녀를 바라보았다. 그녀는 아들의 눈빛이 무엇을 말하고 있는지 대번에 알아차릴 수 있었다. 정강이에 박힌 나사와, 배 위에 가로로 길게 난 수술 자국. 의식은 없지만, 그래서 더 예민해져버린 감각.

그녀는 잠에서 깬 후, 얼굴을 두 손으로 가린 채 오랫동안 울었다.

딸의 생각은 더 직접적이었다. 그녀와 함께 두 번 아들을 면회하고 다시 서울로 올라간 딸은, 그날 밤 바로 전화를 걸어왔다. 수화기 저편에서 한참 동안 침묵하던 딸은 느닷없이 울음을 터뜨리며 엄마, 우리 수환이 그냥 보내주자,라고 말을 꺼냈다. 딸은 중간중간 딸꾹질을 해가면서 계속 오열을 했는데, 우리 생각하지 말고, 수환이 생각을 해야지,라고 말하기도 했다. 그녀는 딸에게 아무런 말도 하지 않았다. 딸이 원망스럽거나 매정하게 느껴지지는 않았다. 오히려 뜬금없이 자신보다 더 많이 배운 딸이 기특하게 여겨지기도 했다.

그러니까 어쩌면 그때 만약 노인이 조금만 더 늦게 병원에 도착했다면, 그녀는 그렇게 결정을 내렸을지도 모른다. 꼭 딸의 말 때문만이 아니라, 그녀는 하루이틀 시간이 지날수록 아들을 바라보는 것이 더 고통스러워졌다. 하루는 그녀가 중환자실에 들어가 있을 때, 아들이 상체를 들썩거리면서 발작을 일으킨 적이 있었다. 금방이라도 침대 밖으로 박차고 나올 사람처럼 가슴은 퍼덕거리는데, 아들의 얼굴은 아무 일도 없는 듯이 무표정하기만 했다. 의사와 간호사는 아들의 어깨를 두 손으로 짓누르면서 주사를 놓았고, 그녀는 거기까지만 보고 다시 중환자실 밖으로 나와야 했다. 하마터면 그날, 그녀는 의사를 만날 뻔했다. 하지만 그녀는 그러질 못했고, 대신 그다음 다음 날, 노인을 만나게 되었다. 그리고 그로 인해 모든 것을 처음부터 다시 생각하게 되었다.

*

노인은 밤색 털모자와 하늘색 마스크를 쓰고 회색 누비 점퍼를 입은 채 중환자 보호자 대기실로 들어섰다. 어깨는 넓었으나 허리는 굽었고, 손에는 지팡이를 들고 있었다. 그녀는 노인을 보고 자리에서 일어났다. 노인은 병원 정문이라고 전화를 한 후, 한 시간 가까이 지나서야 모습을 드러냈다. 그녀는 그것을 서운하게 생각하진 않았다.

"나, 김명국이란 사람이오."

노인은 모자와 마스크를 벗고 그녀에게 인사를 했다. 통화할 때와는 다르게 노인의 목소리에는 힘이 없었고, 어딘가 모르게 지쳐 보이기까지 했다. 눈이 작고 희끗희끗한 턱수염을 기른 얼굴이었다.

"그러니까 수환 학생 어머니…… 맞지요?"

그녀는 말없이 고개를 한번 끄덕였다. 그들은 소파에 조금 떨어진 채 나란히 앉았다.

"내가 올해 여든여섯이오. 이 나이에 이렇게 먼 곳까지 오게 될 줄은 몰랐다오."

노인은 두 손으로 계속 지팡이를 잡은 채 앞을 보면서 말했다. 숨을 크게 한번 내쉬기도 했다.

"그래, 수환 학생은 좀 어떠우?"

그녀는, 여전히 의식은 없고 하루에도 두세 번씩 위기가 찾아오기도 한다고, 작은 목소리로 말했다. 그녀는 노인에게 묻고 싶은 것이 있었지만 기다리기로 했다.

노인이 그녀를 바라보면서 물었다.

"어떻게, 어떻게 된 일인지 내게 말해줄 수 있겠소?"

그녀는 잠깐 노인의 얼굴을 바라보다가, 다시 고개를 숙이고 천천히 사고 당일 이야기를 시작했다. 오토바이를 타고 배달을 나간 일, 배달을 끝내고 돌아가다가 그녀가 일하는 공장 앞으로 찾아온 일, 그러면서도 엄마를 찾지 않고 한참 맴돌기만 하다가 다시 돌아간 일…… 그녀는 노인에게 말을 하면서, 만약 그때 자신이 아들을 만났다면 어떻게 됐을까 생각했다. 그것은 그녀가 병원에 앉아 수도 없이 반복한 생각이기도 했다. 갑자기 찾아온 아들의 손을 잡는 생각, 함께 공장 벤치에 앉아 있는 생각, 아들의 뒷모습을 오랫동안 지켜보고 있는 생각…… 그 생각들은 그녀를 가슴 벅차게 만들기도 했지만, 결국에는 더더욱 절망스럽게 만들어버렸다. 그것을 빤히 알면서도 그녀는 그 생각들을 멈출 수가 없었다.

그녀는 말을 하는 도중, 무언가 이상한 기분에 사로잡혀 슬쩍 노인 쪽을 쳐다보았다. 뜻밖에도 노인은 지팡이를 잡은 두 손에 이마를 얹고 눈물을 흘리고 있었다. 그녀는 우뚝, 말을 멈췄다. 그녀는 이제 노인이 말을 할 차례가 된 것을 깨달았다.

한참을 그러고 있던 노인은, 자글자글한 눈주름을 훔치면서 힘없이 말했다.

"나를…… 나를…… 용서해주시겠소?"

*

그녀의 아들이 인터넷 이곳저곳을 검색하다가 자신의 외할아버지의 이름을 발견한 것은 한 달 보름 전의 일이었다. 비전향 장기수의 수기를 구술 형식으로 채집해 연도별로 정리해둔 한 대학원생의 블로그에서였다. "1948년 7월 1일 - 평안남도 강동군 승호면 대성리 소재 '강동정치학원' 장기반 입학 - 동기생으론 석기용(전남 화순), 김한영(경기 부천), 최근식(강원 홍천), 김종철(경남 창원), 박용남(충북 옥천) 등이 있었고, 후에 이정 선생의 세번째 부인이 되는 윤옥(윤레나)도 같은 학원생이었다." 그녀의 아들은 그 문장을 마우스로 드래그했다. 그리고 즐

겨찾기 항목에 그 블로그를 추가시켰다. 아들은 어머니의 호적 등본을 모니터 옆에 펼쳐놓고 계속 수기를 읽어나갔다. 수기는 원고지 천 매가 조금 넘는 분량이었지만, 그녀의 아들은 그날 밤 그것을 모두 읽었다. 그리고 창문 밖이 희부옇게 밝아올 무렵, 블로그에 나와 있는 이메일 주소로 편지를 쓰기 시작했다.

수기의 주인공이자 1954년 3월부터 1995년 광복절까지 전향을 거부하고 감옥에 남아 있던 김명국 씨는, 1927년 경기도 양평에서 태어난 사람이었다. 해방 전 일본으로 건너가 후지모토 철공소 견습공으로 일하면서 그곳 노조 지도자로부터 사회주의 사상을 학습 받은 그는, 해방 후 고국으로 돌아와 곧장 남로당에 가입하고 선전활동 사업에 매진했다. 그리고 남로당에 대한 미군정의 탄압이 심해질 때쯤 서울을 탈출해 '박헌영 학교'라고 불리는 '강동정치학원'에 입학하게 된다. 그 대목에서 김명국 씨는 조금 흥분하기도 했는데 "그건 뭐 결정하고 말 것도 없었어. 그때 조선 인민에게 가장 사랑받는 사람 또한 이정 선생이요, 친일파들에겐 가장 미움받는 사람 또한 이정 선생이었으니까. 그분이야말로 세계적인 혁명가였지. 그냥 우리 모두 그분을 찾아간 거야"라고 말했다.

강동정치학원에 입학해 6개월 남짓 교육을 받은 김명국 씨는 1949년 경북 지역으로 파견되어 동기들과 함께 유격 활동을 벌이다가 한국전쟁 때 다시 북으로 후퇴, 장풍군 소재 인민위원회에서 잠깐 일을 하기도 했다. 그리고 1953년, 다시 강동정치학원 동기생들과 함께 청옥산에 있는 강원도당에 합류하기 위해 산악지대를 통해 침투했다가, 잠복 2주 만에 모두 경찰에 체포되고 만다. 그것이 그의 감옥생활의 시작이었다. 그가 동기생들과 함께 사실상 죽음을 각오하고 다시 남쪽으로 침투한 것은 이정 박헌영과 남로당 세력의 몰락과 깊은 연관이 있다고, 대학원생은 따로 각주를 달아놓았다. 1952년 12월부터 당 간부들에 대한 전면적인 사상 검증 작업이 시작되었고, 그 이듬해 박헌영을 비롯한 이승엽, 설정식, 임화 등은 '미제국주의 고용간첩 박헌영 리승엽 도당의 조선민주주의인민공화국 정권전복 음모와 간첩사건'에 연루되어 줄줄이 구속되고 만다. 그에 따라 남로당파와 강동정치학원 출신들 또한 신분이 위태로워진 것은 자명한 사실. 김명국 씨는 이렇게 말하기도 했다. "뭐, 남아서 죽으나 떠나서 죽으나 마찬가지라고 생각했지. 그럴 바엔 차라리 이정 선생이 말씀하신 8월 테제에 따라 조국 혁명을 위해 온몸을 바치기로 결심한 거야. 이정 선생이 미제 간첩이라니…… 그건 너무 졸렬하고 가소로운 일 아니야? 그렇지 않아?"

이후 김명국 씨의 수기는 주로 감옥생활과 사상 전향서, 그에 따른 단식에 대한 이야기로 길게 이어졌다. 하지만 그녀의 아들에게 그런 것들은 별다른 의미가 없었다. 그는 오직 한 사람의 이름을 찾기 위해, 그 이름이 다시 한 번 등장하길 바라면서, 수기를 끝까지 읽어나간 것이었다. 김명국 씨의 수기에는 두 번 다시 그 이름이 등장하지 않았다. 하지만 그녀의 아들에겐 이미 어떤 확신 같은 것이 들어앉은 이후였다. 최근식, 강원 홍천 출생. 그녀의 아들은 그 이름만 오랫동안 바라보고 앉아 있었다.

*

"나는 감옥에서 40년 가까이 산 사람이라오. 그중 절반은 면회도, 편지도, 출역(出役)도 금지된 독방에서 살았지요. 인간 이하의 대접을 받았고, 차마 인간으로선 상상할 수 없는 일들을 숱하게 당하기도 했습니다. 그곳에서 내가 의지를 갖고 할 수 있는 일이라곤 기껏해야 단식뿐이 없었는데, 그것도 매번 목숨을 걸어야만 하는 일이었지요. 아무도 신경쓰지 않고 돌아봐주지 않는 그것을 위해서 목숨까지 내걸어야 하는 게 얼마나 외로운 일인지, 아마 짐작도 못할 거요. 허기가 무서운 게 아니라 침묵이 더 고통스러웠으니까. 하지만 그래도 나는 줄기차게 단식을 했소. '할 수 없다는 것을 안다. 그러나 그걸 알면서도 한다' 나는 그것이 주의자로서의 삶이라고 믿었소. 그래서 감옥에서 나오고 난 뒤 처음 몇 년까지도 나는 주의자로서의 삶을 포기하지 않았소. 감옥에 있든, 밖에 있든, 여전히 역사 문제는 내게 가장 중요한 문제였으니까. 집회에 나가든, 토론회에 나가든, 대학원생과 인터뷰를 하든, 나는 최선을 다하려고 노력했소. 우리 주의자들은 아무리 하찮은 곳에 있다 하더라도 도덕적인 책무를 저버려선 안 된다는 믿음 때문에, 나는 허리 한번 편하게 펴지 못하고 자리를 지켰지요…… 후, 하지만 그건 모두 예전 일이오. 2년 전부터 나는 복지단체에서 마련해준 방 안에 가만히 누워만 지내고 있소. 그게 지금의 내 삶이오. 무엇이 계기가 되었는지 나도 잘 모르겠소. 아마, 나와 오랫동안 감옥에 함께 있던 형님의 장례식 이후 그렇게 된 것 같은데…… 그 장례식에 모인 사람은 여섯 명이 전부였소. 첫날부터 발인 때까지 모두 여섯 명…… 아마도 그 일이 내게 어떤 식으로든 상처가 된 거 같은데…… 그걸 무엇이라고 정확히 말할 순 없소. '할 수 없다는 것을 알면서도 했지만, 결국은 하지 못했다' 계속 이런 문구만 머릿속에 맴돌고, 아무것도 하지 않는 상태, 화초 같은 상태가 되고 싶은 마음, 그런 마음뿐이었소. 주의자로서의 은퇴란 있을 수 없지만, 주의자로서의 체념은 있을 수 있는 법. 나는 그렇게 스스로를 다독거렸소. 내 장례식에 와줄 여섯 명, 아니 다섯 명을 생각하면서 계속 누워만 있었소. 물론 몸 또한 조금씩 망가지기 시작했고…… 그게 지난 2년 동안의 내 삶이었소. 분노도, 투쟁도, 의지도 없이, 가만히 돌덩이처럼 누워만 있는 삶…… 그런 와중에 수환 학생으로부터 전화가 온 거요…… 오래전 나를 인터뷰한 대학원생을 통해 연락처를 알았다면서."

"우리 수환이가…… 외할아버지에 대해서 묻던가요?"

"그러니까 부친의 함자가…… 최근식 씨 맞지요?"

노인의 물음에 그녀는 짧게 고개를 끄덕였다.

"수환 학생이 호적을 보고 불러준 것과 내가 아는 것을 따져보니, 그 사람이 틀림없는 거 같았소. 나보다 두 살 어린 것도, 생일이 음력 7월이라는 것도……"

"저는 그분에 대해선 아는 게 없어요."

"나는 그렇지 않았소…… 나는 그 친구를 잘 알고 있었으니까…… 그 친구를 원망하면서 보낸 적도 많았으니까…… 하지만 나는 다 잊고 있었다고 생각했소. 처음 수환 학생으로부터 그 이름을 들었을 때, 나는 내가 대학원생에게 그 친구를 거론했다는 사실조차 모르고 있었으니까. 아마도 동기생들 이름을 쭉 부르면서 나도 모르게 튀어나온 모양인데…… 그게 수환 학생에겐 시작이 되었던 모양이오."

노인은 숨이 가쁜지 잠깐 말을 끊었다. 주머니에 있던 손수건을 꺼내 이마를 닦기도 했다. 그런 다음 노인은 다시 말을 이었다.

"하지만 맹세코 내가 처음부터 수환 학생에게 나쁜 감정을 가지고 있었던 것은 아니었소. 그것은 믿어주시오. 나는 말한 것처럼 이미 모든 것을 체념하고, 돌덩이가 된 사람이었소. 그런 사람에겐 그 어떤 이름도, 과거도, 마음을 움직일 순 없는 법이라오. 물론 조금 퉁명스럽게 말을 했지만, 수환 학생이 그 친구 외손자라서 그런 것은 절대 아니었소. 그게 누구라도 나는 그랬을 테니까……"

"자주 통화하셨나요?"

"수환 학생이 자주 걸어왔소. 내가 아무리 시큰둥하게 말해도, 목소리 하나 변하지 않고 끈덕지게 물어왔소. '어머니도 저도 외할아버지에 대해선 아는 게 하나도 없어서요'라고 하면서, '그래도 할아버지는 우리보다는 많이 아실 거 아니에요?' 하면서…… 세번째 통화였던가, 아마도 그랬던 거 같은데 그때부터 나도 조금씩 목소리를 누그러뜨리고 말을 하기 시작했소. '네 외할아버지는 옹골찬 주의자였어' 뭐, 그렇게 말을 하기 시작한 거요…… 혹시 수환 학생이 그런 말을 하지 않던가요?"

"아니요…… 저한테 그런 말을 하진 않았어요. 제가 공장 일 때문에 늘 집에 늦게 들어가서……"

"그랬군요…… 사실 나는 그 뒤로 수환 학생에게 많은 이야기를 해주었소. 그 친구에게 원망을 품었던 적도 있었지만, 그게 수환 학생하고 무슨 상관이 있는 거겠소. 오히려 나는 수환 학생이 조금 애틋하게 여겨지기도 했소. 그래서…… 정신을 차리고, 해야 할 말과 하지 말아야 할 말을 가리면서 이야기를 해준 것이었소. 그 친구가 레닌 대학에 가겠다면서 러시아어 공부에 열성을 쏟은 일, 경북 의성에서 함께 인민위원회를 꾸리고 활동한 일, 9·28 때 아군과 끈이 떨어져 으스스한 서울 거리를 달빛에 의지해 빠져나온 일, 그런 이야기들을 해주었소. 그때까지만 해도 우리 사이엔 아무런 문제도 없었으니까……"

노인이 말을 하는 도중, 중환자 보호자 대기실로 한 여학생이 들어왔다. 여학생의 눈은 벌겋게 되어 있었고, 한 손으론 입을 막고 있었다. 여학생은 노인과 그녀를 바라보곤 다시 밖으로 나갔다. 노인은 다시 말을 이었다.

"수환 학생은 항상 내 말을 조용히 듣다가 '그 뒤에는요?'라고 물어왔소. 그 뒤에는…… 그 뒤에는…… 그러니까 그때 내가 먼저 눈치를 챘어야 했소. 어쩌면 수환 학생에게 중요했던 것은 그 뒤의 것들, 그 뒤의 것들, 우리의 과거가 아닌, 이야기의 끝이었는지도 모르겠소. 거기에서부터 수환 학생의 궁금증이 시작됐을 테니까…… 어째서 그런 주의자였던 외할아버지가 이 땅에서 결혼을 하고 딸까지 낳을 수 있었는지…… 동료들은 모두 죽거나 감옥에 갔는데, 어떻게 그런 일이 가능했는지…… 믿어줄지 모르나 나는 애초부터 그 말만은 수환 학생에게 하지 않으려고 했소. 그게 내 이야기의 원칙이었으니까. 그래서 나도 모르게 수환 학생에게 반문을 하고 말았소. '그 뒤에는요?'라고 묻는 질문에 '너는 왜 네 외할아버지 이야기를 듣고 싶은 것이냐?' 이렇게 물은 거지요…… 그리고 그제야 수환 학생의 이야기를 듣게 되었소……"

"수환이가…… 개명에 대해서 이야기하던가요?"

"그러니까 수환 학생 어머니 이름이……?"

"최이정…… 그 이정이에요……"

"후, 그러니까 나도 잘 모르겠소…… 내가 왜 그 이름을 듣고 그렇게까지 피가 거꾸로 솟았는지…… 왜 그렇게 흥분을 하고 말았는지…… 나는 수환 학생에게 모든 걸 말하고 말았소."

*

그녀의 아들이 자세히 살피지 않은 김명국 씨의 수기에는 한 명의 배신자 이야기가 나온다. 수기에는 실명이 거론되지 않았으나, 1953년 강원도당에 합류하기 위해 침투한 강동정치학원 동기생들 중 한 명임은 미루어 짐작할 수 있다. 당시 김명국 씨와 스물두 명의 동기생들은 강원도 오음산 부근에서 국군과 경찰의 이중 경계망으로 인해 한 치 앞도 나가지 못한 채, 개인 비트 속에서 무려 보름 넘게, 하루 강냉이 한 홉과 바위에 쌓인 눈을 퍼 먹으면서 지내게 된다. 달이 없는 밤마다 동기생들은 비트 속에서 나와 정찰을 하거나 서로의 안위를 확인했는데, 모두가 심한 동상과 굶주림에 시달리고 있었다. 바다 쪽으로 퇴로를 트자는 의견과, 희생이 있더라도 정면 돌파하자는 의견, 얼마간 더 상황을 지켜보자는 의견이 적힌 쪽지가 각 비트와 비트 사이를 오갔으나, 시간이 지날수록 쪽지에 적힌 문장들은 짧아져가기만 했다. 그리고 거의 대부분의 암묵적 동의로 퇴각을 결정한 다음날 오후, 한 비트당 일곱 명의 군인과 경찰들이 총부리를 겨눈 채 들이닥쳤다. 그때 김명국 씨와 동기생들은 모두 잠들어 있는 상태였는데, 비트 속으로 갑자기 쏟아진 햇살 때문에 계속 그것이 꿈인 줄로만 알았다고, 김명국 씨는 진술했다.

그리고 덧붙여 이런 말을 했다. "교도소에 가고 나서야 동기생들 중 한 명이 비는 걸 알았지. 우리 모두 그가 체포 도중 잘못된 것이라 믿었어. 그럴 수밖에 없었지. 그럴 사람이 아니었으니까…… 한데, 4·19 직후던가, 잠깐 편지와 면회가 허용된 적이 있었거든. 그때 처음 그 사람에게서 편지가 도착한 거야. 나는 뭐 읽지도 않고 찢어버렸어. 그게 무엇을 의미하는지 대번에 알아챘으니까…… 몇몇 동기생들은 그래도 그걸 읽어보긴 한 모양인데…… 뭐, 내 예상과 크게 다르지 않은 거 같았어. 결혼도 하고, 양조장에 취직해서 지낸다는…… 그렇고 그런 얘기였지. 후…… 한때는 그 사람 이름을 교도소 벽면에 적어놓고 복수하겠다고 날뛰기도 했지…… 그렇게 생각하지 않으면 버틸 수 없었거든. 버티려고 일부러 더 그렇게 생각하기도 했고 말이야……"

*

노인은 계속 말을 이었다.

"나는 수환 학생에게 '걱정하지 마라. 넌 연좌제에 걸릴 염려 따윈 하지 않아도 될 거다. 하지만 개명은 꼭 해라, 어디서 감히 그런 이름을……' 하면서 화를 냈소. 내가 하지 않으려고 했던 이야기도 다 꺼내고…… 그 친구가 교도소로 보낸 편지 이야기까지 하면서 비아냥거리기도 했소. 나는 내가 돌덩이가 되었다고 믿었는데…… 사실 그건 내 착각이었던 거 같소. 돌덩이가 된 것은 내 상처지, 내 마음은 아니었던 게요……"

노인은 의자 등받이에 허리를 기대고 잠시 눈을 감았다. 그러곤 다시 눈을 떠 천장을 한번 바라보았다. 노인은 말했다.

"수환 학생도 지지 않았소. '무언가 착각일 수도 있다. 그렇다면 왜 굳이 그런 이름을 지었겠느냐? 배신자가 왜? 무엇 때문에?' 하면서…… '할아버지는 우리 외할아버지의 편지를 읽어보지도 않고 찢었다고 하지 않았느냐? 그 안에 무슨 내용이 적혀 있는지 어떻게 아느냐?' 하면서…… 후, 나중에 생각해보니 그게…… 그러니까 수환 학생 어머니가 태어난 해가……?"

"1956년요."

"그러니까 이정 선생이 저쪽에서 숙청당한 그다음 해가 맞군요…… 우리도 교도소 안에서 그 소식을 들었는데…… 아마 그 친구도 그 소식을 밖에서 들었을 것이오. 그땐 그 뉴스로 신문이 온통 도배되었으니까…… 아마도 그것과 무슨 연관이 있지 않을까 하는데…… 물론 그건 내 짐작일 뿐이오. 내가 어떻게 그 친구의 마음을 온전히 알아볼 수 있겠소. 그리고 그 짐작도 뒤늦게 품게 된 것일 뿐이고…… 수환 학생과 얘기할 땐 그런 생각도 하지 못한 게 맞고……"

"그러면……"

"나도 잘 모르겠소. 딸 이름을 그렇게 지었다면, 어쩌면 그 친구가 더 괴로워했던 것인지도 모르겠소…… 스스로를 더 괴롭게 만들겠다는 의지 같은 것도 있을 수 있을 테니까. 하지만…… 나는 그때 그 모든 것이 다 못마땅했소. 어디서 감히…… 어디서 감히…… 그런 말들만 계속 맴돌았소. 그래서 수환 학생이 '우리 어머니는 외할아버지 이력 때문에 고통받았다. 이혼도 당하고 평생을 혼자 사셨다'라고 말했을 때, 그만 잔인하게도……"

노인은 말을 잇지 못하고 잠깐 고개를 숙였다. 그녀는 저도 모르게 아랫입술을 깨물었다. 지팡이를 잡은 노인의 두 손이 바르르, 떨렸다.

"그만 잔인하게도…… '그건 네가 잘 몰라서 하는 얘기일 거다. 자세히 알아봐라, 네 어머니가 이혼한 건 그것 때문이 아닐 게다. 연좌제 때문이라니, 함부로 그 고통에 대해서 말하지 마라. 다른 가족들은 몰라도 네 가족만은 그것을 다 피해나갔을 것이다. 그것이 네 외할아버지의 의지였으니까'라고 말해버렸소. 내가 그렇게…… 그렇게 말해버렸소…… 그게 우리의 마지막 통화였소……"

*

노인이 말을 마쳤을 무렵엔 중환자 보호자 대기실 유리창으로 비스듬히 노을이 내려앉고 있었다. 창밖 어디선가 끊임없이 수증기가 피어오르고 그로 인해 안개가 낀 듯 유리창은 점점 뿌옇게 변해갔다. 그녀는 그런 유리창을 바라보면서 몇 번 두 눈을 비볐는데, 그럴수록 시야는 더 흐릿해져만 갔다. 노인은 그녀 옆에서 다시 한 번 "나를…… 나를 용서해주시겠소?"라고 말을 했다. "오지 않으려고 했지만…… 그럴 수가 없었소"라는 말도 덧붙였다. 그녀는 그 말을 듣고도 가만히 고개만 숙이고 있을 뿐 아무런 대답도 하지 않았다. 그날, 아들은 무슨 말을 하려고 공장까지 찾아온 것일까? 그녀는 다시 한 번 그런 생각을 했다. 개명을 하지 말자고 말하려 왔던 것일까? 아니면 자기 아버지에 대해서 물으려 왔던 것일까? 아니 아니, 어쩌면 그냥 불현듯 엄마 얼굴이 보고 싶었던 것일 수도 있겠지. 그녀는 아예 두 눈을 감아버렸다. 옆에선 계속 훌쩍거리는 노인의 울음소리가 들렸고, 치이익치이익, 스팀이 들어오는 소리도 들렸다. 그녀는 애써 아들의 얼굴을 떠올리려 노력했다. 아버지 같았던 아들, 어미의 이름을 짓기 위해 노력했던 아들…… 그녀가 바랐던 모든 것들…… 그녀는 도무지 아들의 얼굴을 떠올릴 수가 없었다. 그녀는 계속 두 눈을 감은 채 천천히 입을 열었다.

"깨어날까요?"

노인은 한참 말하지 못하다가, 울음이 꽉 찬 목소리로 대답했다.

"깨어나길 바라겠소."

그녀는 그제야 두 눈을 떠 노인의 얼굴을 정면으로 바라보았다. 노인은 묵묵히 그녀의 시선을 견뎌냈다. 그리고 느릿느릿 이런 말을 꺼냈다.

"언젠가 수환 학생이 이정 선생의 이름을 처음 말하면서 그게 '고무래가 되겠다'라는 뜻 아니냐고 물어왔던 적이 있소. 나는 그때 그런 뜻도 있지만 그건 그냥 글자 모양 그대로 보는 게 맞을 거라고 말해주었소. 그러니까 쇠스랑(而)과 망치(丁)가 맞을 거라고…… 우린 해석하기보단, 보이는 그대로 믿는 사람들이었으니까."

그녀는 그 말을 듣고도 아무런 대꾸 없이 가만히 앉아만 있었다.

어디선가 세찬 바람이 불어와 유리창을 한차례 흔들고 지나갔지만, 그녀와 노인은 말없이 굳은 듯 그 자리를 계속 지키고 앉아 있었다. 곧 어둠이 내리고, 별이 먼 곳으로부터 흘러들어왔다.

화라지송침

세상엔 이런저런 무서운 것들이 많지만, 이런, 나는 휴지를 두려워한 한 사람을 알고 있다. 아, 잠깐…… 여기서 말하는 휴지란, 크리넥스 티슈나 주유소에서 인정상 그냥 던져주는 일회용 휴지, 김밥천국이나 엄마손 떡볶이집 탁자 위에 살포시 접혀 있는 냅킨들까지 모두 포함하는 것은 아니고…… 두루마리 휴지, 그것도 화장실에, 적당한 높이 위에 걸려 있는, 포장지가 뜯긴 바로 그 휴지를 말한다. 아니, 그게 무서우면 도대체 똥은 어떻게 싸나? 내 말이 그 말이다. 더구나 그 당시 그 사람은 빌딩 관리 직원으로, 말하자면 화장실이 무려 열 개나 딸려 있는 5층짜리 건물 청소부로, 곧 취업이 예정돼 있는 몸이었다. 그러니…… 이건 뭐, 옆에서 지켜보는 사람 마음까지도 괜스레 엠보싱만큼이나 우둘투둘해질 수밖에……

나는 3년 전 다니고 있던 건설회사 홍보실에서 구조조정당한 뒤, 이렇다 할 욕심도 불만도 마음속에 품지 않은 채 충실히 가사(家事)에만 전념하고 있는 처지였다. 빨래를 널다가 베란다에 쪼그리고 앉아 백석의 시를 읽기도 하고, 유치원에 간 아들을 기다리며 아파트 벤치에 앉아 중학교 때 대강 훑어본 헤르만 헤세를 다시 읽기도 하고, 자정 무렵 퇴근하는 아내를 기다리며 책장에 꽂혀 있던 스피노자를 더듬더듬 읽기도 했다. 그게 지난 3년 동안 내가 한 일의 거의 대부분이었다. 그 말인즉슨 뭐 좀 시간이 많았다는 뜻이다(책만 안 읽으면 됐으니까. 집안일은 해도 해도 언제나 티가 안 났으니까). 그래서 나는 사심 없이, 거의 유니세프와도 같은 마음으로, 그를 도와주려 노력했다.

하지만 결론부터 미리 말하자면, 나는 실패하고 말았다. 물론 이런저런 사정이 있긴 했지만, 내가 상황을 너무 만만하게 본 탓도 적지 않았다(이런, 상대가 두루마리 휴지였으니까). 나는 그걸 단순히 번개를 처음 본 아이의 두려움, 비행기를 처음 탄 노인의 막막함과도 같은 것이라고 생각했다. 그도 그럴 것이 그는 15년 가까이 두루마리 휴지가 없는 곳에서, 두루마리 휴지가 전혀 필요 없는 곳에서 지내다가, 막 세상 밖으로 나온 사람이었으니까. 막상 두루마리 휴지와 친해지려니 어색하기도 하겠지. 하지만 별수 없이 곧 서로의 마음을 이해하고 친해지게 되겠지. 나는 혼자 그렇게 생각하고 말았다.

솔직히 나는 지금도 그가 왜 두루마리 휴지를 두려워하게 되었는지, 그 이유에 대해선 명확히 알지 못한다. 그가 떠나고 난 뒤, 다른 사람에게 짧은 일화 하나를 더 듣게 된 것, 그게 전부일 뿐이다. 그 이야기를 먼저 들었다면 상황은 조금 달라졌을까? 아니, 아마 그러진 않았을 것이다. 사실을 말하자면, 나는 그 이야기를 듣기 전부터 어떤 짐작을 하고 있었으니까…… 나는 한 살 두 살 나이를 먹어갈수록 짐작과 진실 사이엔 그리 큰 강물이 흐르지 않는다는 사실을 알게 되었다. 짐작이란, 어쩌면 진실을 마주 보기 두려워서, 그게 무서워서 바라보는 그림자 같은 것일지도 모른다는 생각 또한 갖게 되었다. 그러니 이 이야기의 운명 역시 어쩌면 그와 다르지 않을 것이다. 그저 모르는 척 다른 이야기를 하는 마음들, 강의 그림자를 바라보면서 하는 짐작들. 나는 지금 그것을 하려고 하고 있다. 이제야 비로소 중요한 건 두루마리 휴지가 아니었다는 것을, 그것을 알게 되었으니까.

*

나는 결혼하기 전부터, 아니 결혼하고 난 이후에도 종종 아내로부터 그에 대한 이야기를 들었었다. 방금 전 문장이 대과거형으로 끝난 까닭은, 몇 년 전부터 아내는 그에 대한 이야기를 단 한 번도 내게 꺼낸 적 없기 때문이다. 고등부 입시학원 수학 강사인 아내는 퇴근하고 돌아오면 잠들어 있는 아이의 이마를 짚어보고 난 후, 식탁의자에 앉아 정수기 물을 한 잔 따라 마셨는데, 그때 아내의 표정은 뭐랄까, 마치 지하 백 미터 갱도에서 막 올라온 광부나 수개월 동안 바다를 떠돌다가 오랜만에 뭍에 발을 내디딘 원양어선 선원과도 같았다. 그만큼 그녀는 지쳐 보였고, 목소리 또한 잔뜩 잠겨 있었다. 그쯤 되면…… 집에서 살림이나 하고 시나 읽고 있는 남편을 원망할 법도 했지만, 급여의 상당 부분을 밀알심장재단 같은 곳에 기부하고 있는 아내는, 단 한 번도 나에게 서운한 기색을 내비친 적이 없었다. 오히려 전자담배나 핸드크림 같은 것을 슬쩍 식탁 위에 내려놓으며 갑갑하지 않아, 나가서 친구들도 만나고 그래, 라고 말을 건네기도 했다. 그러니 뭐…… 나 또한 아내에게 이렇다 할 불만을 갖고 있지 않을 수밖에(불만이라니? 나는 종종 아내에게 진심으로 감사한 마음을 느끼곤 했다. 아내에게 무엇을 더 해줄 수 있을까, 고민하기도 했고). 더구나 3년 정도 집안일을 해보니, 이런, 이게 생각보다 적성에 맞았다. 처음엔 빨래를 개키면서 콧노래를 흥얼거리고 있는 내가 흠칫, 낯설었지만, 이젠 뭐 욕실 수납장에 차곡차곡 개켜 있는 수건들만 봐도 마음 한구석이 절로 뻐근해지곤 했다. 아내가 스타킹을 뒤집은 채 세탁기 안에 그냥 던져놔도, 배와 대추와 도라지와 꿀을 오쿠(뭐 이런 브랜드의 중탕기가 있다. 살림하는 사람들은 다 안다)에 넣고 하루 종일 달인 즙을 한 모금만 마시고 손도 안 대도, 나는 서운해하지 않았다. 물론 나도 때때로 퇴근한 아내와 식탁의자에 앉아 함께 라면도 끓여 먹고, 영화도 보고, 이런저런 이야기도 하고 싶지만, 그건 너무 무리한 바람이라는 것을 잘 알고 있다(아내는 늘 먼저 잘게,라는 말을 남기고 안방으로 들어갔다). 어쨌든 아내는 하루 종일 말로 일을 하는 사람이었으니까. 그 덕분에 우리 세 식구가 먹고살 수 있는 것이니까⋯⋯ 그러니 그에 대한 이야기뿐만 아니라, 다른 이야기들 또한 제대로 나누지 못한다 하더라도, 나는 그게 일종의 생활의 풍경 같은 것이라고만 생각했다. 나는 아내가 잠든 새벽 1시 무렵, 혼자 라면을 끓여 먹고, 거실 소파에 누워 케이블 방송을 보다가, 새벽 3시 무렵 그대로 잠이 들곤 했다.

그런 와중에 경찰서에서 연락이 온 것이었다. 그쪽에서 실종 신고를 한 사람을 찾았으니, 직접 와서 확인해보라고 했다. 실종 신고요? 나는 수화기를 든 채 고개를 갸웃거렸다. 그리고 뭔가 착오가 있는 것 같다고 말했다. 우리 집에선 나만 제대로 있으면 아무 문제 없다고, 그런 말까진 차마 경찰에게 하지 못했다. 김기종 씨 찾는 거 아니세요? 거, 분명 전화번호는 맞는데⋯⋯? 경찰은 자신 없는 듯한 목소리로 말했다. 수화기 너머에서 서류를 뒤적거리는 소리도 들렸다. 이게 좀 오래된 건이긴 하지만 신고인은 김석만 씨로 되어 있거든요. 거기가 김석만 씨 댁 아닙니까? 나는 그 말에 무춤 허리를 세우고 앉아 어, 그건 우리 장인어른인데, 라고 혼잣말을 했다. 그럼, 맞네요. 경찰은 한결 밝아진 목소리로 말했다. 나는 인중을 긁적거리다가, 말을 할까 말까 망설이다가, 결국은 이렇게 말하고 말았다.

한데요, 우리 장인어른은 벌써 5년 전에 돌아가셨는데요?

*

그는 아내의 재종동생이었다. 재종동생? 그건 또 뭐야? 결혼 전, 나는 아내에게 그렇게 물은 적이 있었다. 우리 종조부님의 아들의 아들이란 소리야. 아내는 조금 심각해진 표정으로 말했다. 종조부님? 나는 말끝을 흐리면서 물었다. 우리 할아버지의 형님, 그러니까 큰할아버지의 아들의 아들이란 뜻이야. 나는 손가락으로 촌수를 꼽아보았다. 그럼 서로 육촌지간이네? 아내는 말없이 고개를 끄덕거렸다. 에이, 그럼 이제 슬슬 남이 되어가는 친척이네, 뭐. 나는 심드렁하게 말했다.

근데, 그게…… 그게 그렇지가 않아……

아내는 잠깐 고개를 숙였다가 조금 긴 이야기를 내게 들려주었다.

아내의 아버지, 그러니까 나의 장인어른이 잘 다니던 출판사를 갑작스럽게 그만둔 것은 아내가 막 여섯 살이 되던 해인 1980년의 일이었다. 장모님이 여기저기 들어두었던 곗돈을 첫 순번으로 받아 한순간 사라져버렸기 때문이었다. 금액은 당시 장인어른이 감당할 수 없었던 3천만 원이 조금 넘는 액수. 남자가 있었겠지. 아버지는 한 번도 나한테 그 얘긴 하지 않았지만…… 그러지 않고선 그렇게 갑자기 떠나버린다는 게…… 아내는 그 말을 하면서 머리를 한 번 쓸어 올렸는데, 나는 그때 왠지 어떤 위로의 말을 건네야 한다는 심리적 압박 같은 것을 느꼈다. 그래서 기껏 한다는 소리가 '뭐, 도박 같은 거일 수도 있잖아?'였다. 아내는 그런 나를 빤히 바라보다가 '남자라고! 남자! 그것도 아주 젊은 남자!'라면서 평소 아내답지 않게, 거의 울먹이듯 소리를 질렀다. 그래서 나는 잠자코 고개를 숙이고 앉아 있었다. 그러게, 그 젊은 남자랑 도박을 했나, 속으로 웅얼거리면서.

이야기는 계속 이어졌다.

아침부터 출판사로 찾아오는 계주와 계원들, 그리고 집 안방을 차지하고 앉아 방바닥을 치며 통곡하는 아주머니들 때문에(아내는 한동안 그 아주머니들이 차려주는 점심을 먹었다고 했다), 장인어른은 10년 넘게 다니고 있던 직장과, 유산으로 물려받았던 빨간 기와지붕집을 한순간 포기해야만 했다. 그 돈으로 우선 급한 곗돈부터 메우고 외동딸인 아내와 함께 여인숙을 전전한 것이었다. 우리가 결혼하고 난 다음다음 해에 폐암으로 세상을 뜬 장인어른은, 항암치료를 받을 때에도 집 안 냉장고 가득 염소고기를 넣어두고 끼니때마다 손수 고아 드시곤 했는데, 마지막 순간까지도 당신이 당신의 운명을 좌지우지할 수 있을 거라고 굳게 믿었던 양반이었다. 보진 못했지만 아마 젊은 날엔 더 대단했겠지…… 그런 장인어른이 딱 한 번, 모든 것을 그냥 놓아버릴 뻔했던 순간이, 어린 딸과 여인숙에서 지내던 바로 그 시절이었다. 출판사에서 하루 종일 연필과 지우개를 들고 문장을 고쳤다가 지우기를 반복했던 장인어른은, 처음 얼마 동안은 난생처음 공사판에도 나가고, 연탄도 나르고, 고철도 주우면서 자신 앞에 난데없이 던져진 운명을 돌파하려 노력했지만, 이런, 채 두 달도 되지 않아 모든 것을 그대로 놓아버리고 말았다. 아무리 새벽부터 밤늦게까지 일해도 빚은 더 쌓이기만 했고, 공사판에서 철근을 나르다가 생긴 어깨 부위의 건초염도 도통 나아질 기미가 보이지 않았기 때문이었다(그때 제때 치료받지 못한 건초염으로 인해 장인어른은 평생 왼쪽 팔을 어깨 높이 이상 들어올리지 못하는 처지가 되고 말았다). 이전까지는 세상의 어떤 부분이 잘못되었고, 세상이 원망스러웠고, 그래서 세상 탓을 하려고 노력했던 장인어른은, 서서히 서서히 자기 자신에게 그 모든 화살을 돌리기 시작한 것이었다(말하자면 '세상 사는 게 다 그렇지'에서 '나는 왜 이따위로 살지?'로 바뀐 것이었다). 그것은 일종의 초기 우울증 증세였는데, 그래서였는지 몰라도 장인어른은 새벽부터 늦은 밤까지, 여인숙 방 밖으론 나가지도 않은 채 줄곧 소주만 마셔댔다. 하나뿐인 어린 딸이 밥을 굶든 말든, 몇 시간을 울다가 지쳐 잠들든 말든, 폭음에 폭음을 거듭한 것이었다. 언젠가 장인어른은 그때 당시 이야기를 잠깐 나에게 해준 적이 있었는데, 내일은 일을 나가야지, 딸아이를 위해서라도 내일은 어떻게든 일을 나가야지 마음을 먹었지만, 여인숙 방문 밖 수돗가가 왜 그렇게 멀게만 느껴지는지, 방 안에서 한 발짝도 움직이지 못한 채 마음속으로만 계속 세수를 하고 면도를 하고 양치를 했다고, 그러다가 또 하루가 그냥 갔다고, 허허, 웃으면서 말하기도 했다. 하마터면 그때 모든 것이 다 끝날 뻔했다는 말도 허허, 웃으면서……

"그때 큰할아버지가 우릴 구해주신 거야."

아내의 말에 따르면, 당시 지방 소도시에서 개업 변호사로 일하고 있던 장인어른의 큰아버지가, 직접 운전기사를 대동하고 여인숙 앞까지 찾아왔다고 했다. 그때 이미 환갑을 훨씬 넘긴 아내의 종조부는, 운전기사가 얼마 되지 않는 짐을 트렁크에 싣는 내내 파이프 담배를 입에 문 채 말없이 차 안에만 앉아 있었다고 했다. 장인어른은 어린 딸을 품에 안고 조수석에 탄 채 내내 울기만 했고……

"나는 뭐 처음엔 좋았지. 집이 어마어마했거든. 대문 열고 들어가면 바로 돌계단이 나오는데, 그걸 다 오르고 나니까 널따란 잔디 정원이 펼쳐져 있는 거야. 거기에 3층으로 된 커다란 슬래브 저택과 단층으로 된 별채, 그리고 연못까지 있었거든. 말하자면 꿈에서나 보던 집에서 갑자기 나하고 아빠하고 살게 된 거야."

"식구가 많았나 보지?"

아내는 그건 아니라고 했다. 원래 손이 귀한 집안인지라 종조부도 아들 한 명, 종조부의 아들, 그러니까 아내의 종숙(아내는 그냥 삼촌이라고 불렀다)도 아들 한 명, 그렇게 삼대가 모여 사는 집이라고 했다.

"한데 사람은 그것보다 훨씬 더 많았어."

"왜? 일하는 사람들이 그렇게 많았어?"

"아니, 그건 아니고…… 우리처럼 어려워진 사람들을, 그 집 자식들을…… 큰할아버지가 다 거둬주셨거든."

그래서 한때 그 집에서 싼 학생 도시락만 열한 개가 넘었다는 말씀.

"슬래브 저택 3층은 아예 통으로 다 트여 있었는데, 다섯 개도 넘는 책상을 한쪽 벽면으로 다 붙이고 거기에 앉아서 경주에서 온 오빠, 충주에서 온 언니, 나주에서 온 재수생, 뭐 그런 언니 오빠들이 죽 앉아서 공부를 하는 거야. 웃겼던 건 의잔데…… 왜 거 교회에 있는 장의자 같은 거 있잖아? 그걸 큰할아버지가 어디다가 특별히 주문해서 맞춰온 거야. 아마 4미터도 훨씬 넘었을걸? 책상은 다섯 개도 넘는데 의자는 하나인 거지. 의자를 당겨 앉으려면 모두 일어나서 하나 둘 셋, 하고 구령을 붙여야 했으니까."

그 집에 들어간 이후, 장인어른은 종조부가 알아봐준 공증 사무실에 출근하기 시작했고, 그때부터 다시 차근차근 남은 빚을

갚아나가기 시작했다(생활비가 한 푼도 들지 않아 가능한 일이었다고 했다). 아내는 그 집에서 초경을 하고, 사춘기를 겪고, 짝사랑도 했지만(상대는 종조부의 고등학교 동창의 손자라고 했다. 말하자면 그 집을 거쳐 간 십수 명의 고등학생 중 한 명), 때때로 갑갑하고 그래서 벗어나고 싶은 마음도 종종 들었다고 했다.

“큰할아버지가 엄청 엄격했거든. 출퇴근할 때마다 아이들을 일렬로 세워놓고 한 명 한 명 인사를 받았고, 어쩌다 텔레비전이라도 한번 보려고 하면 다들 무릎 꿇고 봐야 하고, 명화극장 같은 걸 보면 꼭 감상문도 내라고 하고…… 지금 생각해보면 별것도 아니었는데 그땐 그런 게 그렇게 못마땅했던 거야…… 우리 집이 아니라서 그런 거라는 생각도 들고…… 중학교 때부터는 아빠한테 매번 우리끼리 따로 나가서 살면 안 되냐고 조르기도 하고, 철이 좀 없었지…… 거기다가 더 결정적인 건……”

종숙, 그러니까 아내가 삼촌이라고 부르던 종조부의 외아들 때문이었다고 했다. 무슨 일인지 아내의 종숙은 아무런 일도 하지 않은 채 늘 집에만 틀어박혀 있었는데, 인사를 해도 대꾸 없이 그냥 지나치기만 하고, 항상 이맛살을 찌푸린 채 말없이 시선을 돌렸다고 했다. 그래서 저 삼촌이 왜 저럴까, 아내는 궁금했는데, 중학교 2학년 때였던가, 그만 그 이유를 알아버렸다고 했다.

“중간고사 때였던가, 아마 그랬을 거야. 평일인데도 일찍 집에 돌아와서 다른 언니들하고 3층 공부방에서 한창 수다를 떨고 있었는데…… 그때 벌컥, 방문이 열리고 그 삼촌이 들어온 거야. 술을 좀 마셨는지 불콰한 얼굴로 한참 동안 우리를 노려보고 있다가…… 그러다가 막 우리에게 소리치기 시작한 거야. 꺼져, 이 종놈의 새끼들아! 너희 집으로 다들 꺼져버리라구! 그렇게 막……"

하지만 장인어른이 나에게 해준 아내의 종숙 이야기는 또 조금 다른 것이었다.

"그 형님이 좋은 대학 나와서 계속 사법고시를 준비했는데…… 이상하게 그게 잘 안 됐던 거야. 늘 2차에서 떨어지고…… 너의 종조부님도 표현을 안 해서 그렇지 기대를 많이 했었는데…… 그 집에서 공부한 다른 학생들은 행정고시도 되고, 외무고시도 되고, 다 잘됐는데 그 형님만 계속 안 되니…… 그러니까 더 부담을 가졌던 게지. 평생 책밖에 모르고 잔정도 많았던 양반이었는데……"

장인어른이 그 집에서 나와 독립한 것은 1990년 5월, 아내가 막 고등학교에 입학했을 무렵이었다. 그러니까 꼬박 10년을 그 집에서 지낸 것이었다. 장인어른이 인근 광역시에 새로 개업한 법무사 사무실에 보다 좋은 조건으로 스카우트된 이유도 있었지만, 그때 이미 현직에서 물러나 있던 종조부가 뇌졸중으로 쓰러져 반신불수의 몸이 된 탓이 더 컸다. 아내의 종조부는 당시 장인어른을 위해 광역시 변두리에 있는 조그마한 아파트를 한 채 마련해주기도 했는데, 그 아파트를 재건축한 것이 현재 우리 부부가 살고 있는 서른두 평짜리 거처이기도 하다.

문제는 그 이후였다.

"우리가 그 집에서 나온 지 2년 만이던가, 큰할아버지가 돌아가신 거야. 뭐, 그 이전부터 몸이 워낙 안 좋으셨으니까 다들 예상은 했었지. 장례식에 어찌나 사람들이 많이 몰려들었던지 장지까지 가는 버스만 열 대가 넘었을 정도였다니까…… 문제는 그다음인데…… 큰할아버지가 그렇게 돌아가시고 얼마 지나지 않아서 그 삼촌이 쫄딱 망해버렸다는 소문이 들리기 시작한 거야. 커다랗게 무슨 골재채취회사를 차렸다가 2년 만에 망하고, 또 사기도 몇 번 당했다나 봐. 그 큰 집도 한순간에 다 남의 손에 넘어가고, 이혼도 당하고 아예 폐인이 되어버렸다는 소식도 들리고…… 몇 번인가 아빠가 그 삼촌을 만난 적이 있었는데…… 뭐, 그게 전부지…… 그 이후론 연락도 잘 안 됐다나 봐. 아빠가 몇 년 전인가 아는 경찰을 통해서 그 삼촌을 수소문해본 적이 있었는데 97년도인가, 그때 벌써 사망한 걸로 나오더라는 거야…… 아, 그때 아빠가 얼마나 울었는지 몰라. 이렇게 벽만 바라보면서 계속 큰할아버지를 부르고, 삼촌도 부르고……"

아내는 그 대목에서 잠깐 말을 끊었다. 나는 또 무슨 위로의 말을 건네야 하는 것은 아닐까, 망설였지만, 결국 하지 않았다.

"얼마 전부턴 아빠가 다시 그 삼촌 아들이라도 찾겠다고 이곳저곳 알아보는 눈치던데, 그게 어디 쉽나…… 근데 나도 삼촌 아들, 걔는 가끔 보고 싶어. 나보다 네 살 어린 남동생이었는데, 피아노를 제법 잘 쳤거든. 나하고도 친하게 지내고, 또 수학학원도 같이 다니곤 했는데…… 걔가 수학 영재였거든, 수학 영재."

그 동생이, 피아노도 잘 치고, 수학 영재 소리를 듣던 아내의 재종동생이, 십수 년 만에 우리가 살고 있는 광역시 인근 한 군 소재지 양돈축사에서 발견된 것이었다. 자신의 이름도 제대로 기억 못하고, 두루마리 휴지가 어떻게 생긴 것인지도 모르는 상태로……

*

"일종의 노예였죠, 뭐."

자신을 정 과장이라고 소개한, 왼쪽 뺨 한가운데 커다란 갈색 반점이 나 있는 임시보호센터 남자 직원은 서류를 보면서 그렇게 말했다. 아내와 나는 그 말에 아무런 대꾸도 하지 않고 가만히 앉아 듣기만 했다. 아내는 어땠는지 몰라도, 나는 '노예'라는 단어보다도, 그 단어를 아무렇지도 않게 내뱉는 그의 태도가 조금 생급스럽게 느껴졌다.

"그 마을 이장 노인네였는데, 이건 뭐 개념 자체가 없어요, 개념 자체가…… 오갈 데 없는 놈 먹여주고 재워주고 입혀주고 용돈까지 줬는데 그게 무슨 죄가 되느냐고 되레 큰소리예요. 참나, 기가 막힌 거죠. 돼지나 먹이는 음식찌꺼기 던져주고, 축사에 달랑 매트리스 하나 깔아주고…… 용돈이오? 한 달에 5천 원도 줬다가 만 원도 줬다가 그랬답니다. 서른 살도 넘은 장정을 한 달 내내 수족처럼 부려먹으면서 5천 원도 주고 만 원도 줬다니, 그게 말이나 되는 소립니까?"

정 과장은 마치 우리가 마을 이장의 자식이라도 되는 양, 앞에 놓인 탁자를 팡팡, 쳐대며 목소리를 높였다. 나는 그가 5천 원이나 만 원으로 무엇을 했을까, 뭐 그런 것만 계속 생각하고 앉아 있었다.

경찰서에서 연락을 받고, 다시 시청 산하 임시보호센터라는 곳으로 차를 몰고 가는 내내, 나는 흘끔흘끔 아내의 옆모습을 훔쳐보았다. 아내의 표정은 처음 그 소식을 들었을 때나 그때나 좀처럼 종잡을 수가 없었는데, 나는 그것이 못내 마음에 걸렸다. 내가 괜한 말을 했나, 후회됐기 때문이었다. 나는 아내가 반가워할 줄 알았다(솔직히 나는 그 모습을 보고 싶어 아내가 퇴근하기 전까지 전화도 걸지 않았다). 소식을 듣자마자 곧장 경찰서로 달려갈 줄 알았다. 나는 만약 아내가 그를 위해 우리 사는 아파트의 작은 방을 내주겠다고 하면, 군말 없이 그대로 따를 생각이었다. 따지고 보면 우리 사는 아파트 또한 그의 할아버지가 마련해준 거나 다름없었으니까(물론 추가분담금이라는 게 조금 들긴 들었지만). 아마도 돌아가신 장인어른 또한 그게 내내 마음에 걸려 실종신고까지 내게 된 것일 터.

하지만 내가 퇴근한 아내에게 조금 흥분된 말투로 경찰이 했던 말을 고스란히 전했을 때, 그때 돌아온 대답은 이런 것이었다.

"그래서?"

아내의 목소리는 평상시와는 달리 차갑고, 또 날카롭기까지 했는데…… 그래서…… 그래서…… 나도 더 이상 아무런 말도 할 수 없었다. 아내는 잠깐 동안 고개를 숙인 채 식탁의자에 앉아 있었고, 나는 말없이 그런 아내를 바라만 보았다. 그러곤 끝이었다. 아내는 이내 안방으로 들어가 그곳에 딸린 욕실에서 샤워를 했고, 곧이어 딸깍, 스위치 내리는 소리가 들렸다. 나는 계속 식탁의자에 앉아 어, 뭐지, 혼잣말을 하면서 아내가 들어간 안방 문만 바라보았다. 나는 아내가 돌아온 재종동생 때문에 그러는 것이라곤 생각하지 못했다. 무언가 내가 잘못한 것이 없나, 계속 그런 것만 골몰히 고심했다. 지난달 카드 대금 때문에 그러나? 홈쇼핑한 거 때문에 그러나? 그거야 뭐, 지난달엔 오쿠 할부금도 내고 스팀다리미도 사서 그런 건데…… 나는 조금 섭섭한 감정까지 들기도 했다.

하지만, 꼭 그런 것 때문만은 아닌 듯 싶었던 게, 아내는 경찰에서 연락을 받은 뒤로도 좀처럼 재종동생을 만나러 갈 생각을 하지 않았다. 경찰에서 한 번 더 연락이 오고, 다시 임시보호센터에서 전화를 받은 뒤로도(그 전화는 아내가 직접 받았다) 아내는 사흘을 더 지체했다. 그리고 나흘째 되는 날 오전, 내게 자동차 키를 건네며 "운전 좀 해줘"라고 짧게, 그리고 무덤덤한 목소리로 말을 건넸다. 나는 그때까지도 계속 오쿠 생각만 하고 있었다.

우리는 정 과장과 사무실에 마주 앉기 직전, 임시보호센터 2층 접견실에서 처음 그를 만났다. 이후 내가 '기종 씨'라고 부르게 된 아내의 재종동생은, 임시보호센터 마크가 선명하게 찍힌 파란색 추리닝에 흰색 운동화를 신고 있었는데, 막 머리를 감고 나왔는지 짧은 머리카락 군데군데 물방울이 맺혀 있었다. 키와 덩치는 나보다 컸으나 허리가 앞으로 굽어 있어 어쩐지 조금 나이 든 사람처럼 보이기도 했고, 이마와 목 부위엔 무언가에 긁힌 듯한 상처가 나 있었다. 그래도 큰 눈과 큰 귀 때문에 전체적으론 순해 보이는 인상이었다.

아내는 기종 씨를 보고도 한동안 다가가지 못하고 내 옆에, 내 어깨에 몸을 반쯤 숨긴 채, 가만히 서 있기만 했다. 기종 씨는 슬쩍 우리 부부를 한번 쳐다보고 난 후, 계속 열중쉬어 자세를 취하고 있었다. 나는 자꾸 그의 흰색 운동화 쪽으로 시선이 쏠렸는데, 어쩐지 그 운동화가 그를 좀더 작아 보이게 만들고 있다는 생각이 들었다.

주저하던 아내가 몸을 조금 앞으로 내 보이며 먼저 말을 건

냈다.

"네가…… 기종이니? 나, 기억 안 나? 나…… 너희 집에 같이 살았던 세영 누난데……"

아내의 말에 기종 씨는 뒤통수를 긁적거리며, 고개를 숙인 채 빠른 목소리로 말했다. 그의 손등엔 하얗게 각질이 일어나 있었다.

"아닌데요. 아니, 잘 모르겠는데요. 전, 괜찮은데요."

그러면서 기종 씨는 씨익, 웃어 보였는데, 그래서 나는 그의 치아가 몇 개 남아 있지 않다는 것도 알게 되었다.

아내는 그런 기종 씨를 굳은 듯 바라보다가 별안간 그 자리에 주저앉아 두 손으로 얼굴을 가린 채, 큰 소리로 울기 시작했다.

"신고한 사람이 서울에서 그 동네로 귀농한 사람이었는데, 그 사람 아니었으면 언제까지 그러고 있었을지 알 수 없었다는 거 아닙니까. 주위에 다 시골 양반들뿐이라서 뭐가 어떻게 잘못된 건지도 모르고…… 그 이장이라는 사람도 일단 경찰에 입건은 됐는데, 뭐 별다른 혐의가 없대요. 김기종 씨가 적극적으로 나서야 혐의가 입증될 텐데, 이건 뭐 계속 괜찮다고만 하니…… 정신지체가 좀 있어 보이기도 하는데, 그렇다고 장애인 등록이 되어 있는 것도 아니고…… 하여간 좀 복잡해요."

정 과장은 그러면서 스크랩된 지방신문 한 면을 우리 앞으로 내밀었다. 거기에는 양돈축사 한편에 쪼그려 앉아 있는 기종 씨의 사진과 함께 '노예청년 발견, 십수 년간 양돈축사에서 먹고 자'라는 헤드카피가 적혀 있었다.

"이게 좀 이슈가 됐어요. 사람들을 많이 불편하게 한 거죠. 그래서 우리 센터에서도 따로 재활 프로그램을 진행하고 있고, 이 지역 시의원님 한 분도 자기 빌딩에 취직시켜주겠다고 나서고 뭐, 다 좋은 방향으로다가……"

"그럼, 여기서 계속 생활할 수 있다는 건가요?"

아내가 정 과장의 말을 끊고 물었다. 아내의 목소리는 좀 전, 기종 씨를 만났을 때와는 또 달라져 있었다.

"왜요? 무슨 문제가 있으십니까?"

"아니요. 저희도 지금 상황이 좀 안 좋아서요……"

정 과장은 내 쪽을 한번 쳐다보았다. 나는 그냥 멀뚱멀뚱 아내를 바라보고 앉아 있었다.

"사실 저희는 그쪽에서 실종신고를 해두셔서…… 그래서 좀 기대를 했던 게 사실입니다. 시의원님이나 기자들한테도 일단 그런 식으로 언질을 주었고요. 이게 육촌지간이면……"

"……"

"여기서 지낼 수 있는 기간은 최대 30일이거든요. 시 조례에 그렇게 명시되어 있어서요. 그 뒤에도 연고자가 나타나지 않으면 우리 센터와 연계되어 있는 사설 복지단체로 옮기게 되는데…… 사실 지금 거기도 문제가 좀 있거든요. 뭐, 횡령 문제도 생기고 이사진도 다 사퇴하고…… 정상화가 되려면 어느 정도 시간이 좀 걸릴 텐데……"

정 과장은 그러면서 그 기간 동안만이라도 우리가 어떻게 맡아줄 수 없겠냐고 물었다. 우선 임시보호센터에서 프로그램에 맞춰 한 달을 보내고, 사설 복지단체가 정상화되는 기간까지만…… 정 과장은 길어야 두 달, 빠르면 한 달이라고 말했다. 그게 안 되면 다시 다른 지방 단체들을 알아봐야 하는데, 그러면 지역 시의원이 약속한 취업 자리를 놓치게 될 것이라는 말도 덧붙였다. 시의원의 빌딩은 우리 사는 아파트에서도 가까운 곳에 위치해 있었다.

"안 될까요?"

정 과장의 말에 아내는 계속 묵묵부답이었다.

"이게 김기종 씨한테는 참 좋은 기회거든요. 언론에서도 관심을 갖고, 시의원님도 저렇게 적극적으로 나서고 하니까…… 조금만 더 도와주면 혹시 압니까? 곧 독립도 하고 결혼도 하고 잘 살 수 있을지……? 어떻게…… 안 될까요?"

그러니까 그때 내가 왜 그렇게 나섰는지, 그건 지금도 딱히 무어라 설명할 수 없는, 애매한 부분이 있는 게 사실이다. 꼭 기종 씨의 처지를 생각해서 그렇게 말한 것만은 아닌 게 틀림없다. 오히려 나는 그때 돌아가신 장인어른을 생각했고, 아내의 이야기에 등장했던, 내가 한 번도 본 적 없는, 종조부의 저택을 뜬금없이 머릿속에 계속 그려본 것도 사실이었으니까. 그러니까 그건 좀 감상적이고, 우발적인 결정이기도 했다.

"그렇게 하죠."

나는 정 과장의 커다란 반점을 바라보면서 말했다. 아내가 내 얼굴을 바라보는 것이 느껴졌지만, 나는 그쪽으론 시선을 돌리지 않았다.

*

기종 씨가 우리 집으로 오기 전 받았던 재활 프로그램엔 대체로 이런 것들이 있었다. 마트에 나가서 혼자 힘으로 장보기, 지갑에서 동전과 지폐를 꺼내 실수 없이 계산하기, 청소기 작동하는 법과 세탁기 조작 순서, 그리고 휴대전화로 통화하는 방법 등. 거기에 라면을 끓여 먹는 법과 수세미로 설거지하는 법, 텔레비전 리모컨 조작하는 법, 컴퓨터 전원 켜는 법, 좌변기 사용 방법과 샤워기 온수 냉수 조절 방법, 버스 혼자 타기와 지하철 일회용 승차권 구매 방법, 쓰레기종량제 봉투에 넣어선 안 되는 목록들과 재활용, 음식물 쓰레기 분리 방법, 엘리베이터 타는 법과 소화기 사용법까지. 그 중간중간 정신과 상담치료가 두 번, 미술치료가 한 번, 예절교육은 네 번, 극장 관람과 동물원 견학이 각각 한 번, 그리고 왜 들어갔는지 알 수 없는 '거침없이 자신을 표현하는' 스피치 훈련도 세 번…… 그 모든 것들이 한 달 만에, 기종 씨가 받아들이는 속도와는 상관없이, 그야말로 '거침없이' 이루어졌다.

그 기간 동안 나는 변함없이 빨래를 널고, 아이를 마중하고, 장을 보고, 청소기를 밀고, 다시 스팀청소기로 바닥을 보송보송하게 만들고, 김치냉장고에 낀 성에를 주걱으로 긁어내고, 인터넷으로 캡슐 커피머신을 주문할까 말까, 오랫동안 망설이는 일을 반복했다. 아이의 보행기와 치발기 같은, 이제는 쓰지 않는 물품들이 가득 놓여 있던 작은방을 정리한 것도 그때 한 일 중 하나였다(보행기는 재활용 품목에 들어가지 않는다고, 따로 3천원을 더 내야 한다는 아파트 경비아저씨의 말에 오랫동안 논쟁을 벌이기도 했다. '이것도 다 플라스틱이라니깐요, 아저씨!' 하고 목소리를 높이며). 그때는 마침 중고등학교 학력평가 기간인지라 아내는 조금 더 빨리 출근하고, 조금 더 늦게 퇴근했다. 그래서 아내는 아이 이마에 손 한번 짚어보지 못하고 그대로 잠들어버리는 날들이 많았다. 나 또한 아내에게 별다른 말을 걸지 못했고…… 아내는 기종 씨에 대해선 아무런 말도 꺼내지 않았다. 그래서 아내는 마치 기종 씨에 대해선 아무런 생각도 하지 않는 사람처럼 보였다. 나는 아내가 좀 부담스러울 수도 있겠다는 생각을 하기는 했다. 어렸을 땐 친했다고는 하지만 십수 년 만에 처음 만나는 육촌 남동생이었고, 뭐, 기억조차 온전치 못한 상황이었으니…… 하지만 길어야 두 달, 짧으면 한 달이었다. 나는 잠깐 아내가 나 때문에, 나한테 미안해서, 기종 씨가 우리 집으로 들어오는 것을 반기지 않는 것은 아닐까, 지레 짐작해보기도 했다(이 근거 없는 자존감은, 그러나 집에서 살림하는 남자에겐 커다란 힘이 된다). 그도 그럴 것이 기종 씨와 하루 종일 얼굴 맞대고 있어야 할 사람은 아내가 아닌, 바로 나였으니까. 그래서 나는 별걱정 없었던 것인지도 몰랐다. 나는 그와는 별개로, 아내와 결혼할 당시, 전셋집을 마련 못해 쩔쩔매던 사위를 넉넉히 품어주었던 장인어른의 얼굴을 더 많이 떠올렸으니까…… 그 무렵 아내의 내면이 내가 예상한 것보다 훨씬 더 복잡한 방향으로 번져나가고 있었다는 것을, 그것을 짐작하게 된 것은, 그로부터 또 얼마의 시간이 지난 후의 일이었다.

*

한 달 뒤, 정 과장과 함께 우리 집 현관으로 들어온 기종 씨는 품이 좀 크다 싶은 양복에 흰 운동화를 신고 있었다. 양손에는 가운데가 불룩 튀어나온, 속옷과 양말 등속이 담긴 쇼핑백을 들고 있었다. 정 과장은 신발을 벗다 말고 '이거, 구두도 어디서 후원을 받았어야 했는데' 하면서 멋쩍게 웃어 보였다.

나는 마침 유치원에서 돌아온 아이의 손을 붙잡고 그들을 맞았는데, 기종 씨가 우리 부자를 보자마자 깜짝 놀랄 만큼 커다란 목소리로 "안녕하십니까, 저는 김기종이라고 합니다!"라고 인사하는 바람에 주춤, 뒤로 물러서버리고 말았다. 아이는 그러지 말라고 했지만, 내 허벅지 뒤에 숨어 있다가 기어이 제 방으로 뛰어들어가버렸다.

기종 씨는 한 달 사이 손등에 있던 각질도 모두 사라지고, 머리카락도 제법 길어 한쪽으로 빗어 넘겼지만, 옹송그리듯 굽어 있는 어깨와 허리는 그대로였다. 그래서였는지는 몰라도 그는 어쩐지 조금 피곤해 보였고, 또 조금 병든 사람처럼 보이기도 했다.

하지만 정 과장의 말은 또 달랐다.

"알고 보니, 우리 김기종 씨가 아주 에너지 넘치는 사람이에요. 파워가 있어요, 파워가! 배우려는 자세도 되어 있고, 또 청소는 어찌나 잘하는지…… 두고 보시면 알겠지만, 같이 사는 덴 아무 문제 없을 겁니다. 사람이 아주 됐어요, 사람이."

정 과장은 기종 씨의 어깨를 툭툭, 두들기면서 그렇게 말했다. 나는 기종 씨와 눈이 마주칠 때마다 의식적으로 사람 좋은 미소를 지어 보이려고 노력했지만, 이내 무표정한 얼굴이 되고 말았다. 그저 빈방에 며칠 손님이 묵어가는 거라고 생각했지만, 그러나 막상 거실에 직접 마주 앉아보고 나니 이런, 호칭은 어떻게 해야 할지, 단둘이 있을 땐 서로 무슨 말을 해야 할지, 외출할 일이 생기면 어떻게 해야 할지, 집에 혼자 두고 가도 될지, 그런 세세한 것들이 한꺼번에 떠올라, 그러지 않으려고 애썼지만, 애쓰면 애쓸수록 더더욱 온몸이 딱딱하게 굳어져버렸다. 기종 씨 또한 굳한 자세로, 때때로 정 과장과 나를 곁눈질하면서, 말없이 앉아 있기만 했다.

정 과장은 마치 견적을 뽑으려고 나온 이삿짐센터 직원처럼 집 안 곳곳을 둘러보고 다녔다. 그런 다음, 기종 씨가 지낼 방을 휴대전화 카메라로 찍고 나서(그는 보고를 해야 한다고 했다. 그는 기종 씨와 나를 소파에 나란히 앉게 한 후, 그 모습을 카메라에 담기도 했다. 자, 치즈 하시고!), 종종 연락드리겠다는 말을 한 후 자리에서 일어났다. 나는 그가 좀더 머물길 바랐지만, 어쩔 수 없이 느적느적 현관 앞까지 따라 나갔다.

신발을 신고 나가려던 정 과장이 잊은 게 있다는 듯, 뒤돌아섰다.

"저기, 이건 뭐 별건 아니지만…… 그래도 알아두시는 게 좋을 거 같아서요."

정 과장은 괜스레 자신의 구두코에 묻은 먼지를 닦으면서 말했다.

"우리 김기종 씨가 다른 건 다 좋아졌는데요…… 허허, 이거 참, 말하기도 뭐하지만…… 거, 두루마리 휴지 있지 않습니까? 그걸 좀 무서워해요."

"네? 뭘…… 뭘, 무서워한다고요?"

"이게 참, 고친다고 애는 썼는데…… 아, 뭐 그렇다고 다른 문제가 있는 건 아니고요, 그냥 욕실에 들어갈 때마다 그것만 치워주시면 됩니다. 그럼 아무 문제없어요. 휴지는 따로 챙겨가니깐요."

"아니, 저기 그게 무슨 말씀이신지……"

정 과장은 내 말이 채 끝나기도 전에 손을 한번 들어 보인 다음, 재빠르게 현관문을 열고 나가버렸다.

기종 씨와 나는 한동안 거실 소파에 나란히 앉아 있기만 했다. 나는 몇 번 헛기침을 했고, 기종 씨는 몇 번 뒤통수를 긁적거렸다. 그때 기종 씨는 무슨 생각을 하고 있었는지 몰라도, 나는 저녁거리 사러 아이와 함께 마트에 가야 하는데…… 같이 가야 하는 걸까, 그럼 모습이 좀 우습지 않을까, 남자 둘에 아이 하나, 그리고 장보기…… 뭐, 그런 모습만 연신 머릿속에 그려보고 있었다. 잠깐 정 과장이 했던 말을 떠올려보기는 했다. 두루마리 휴지를 무서워한다니? 두루마리 휴지가 뭘? 어쨌기에? 나는 잠깐 욕실 허공을 둥둥 떠다니는 두루마리 휴지를 상상해보았다. 뜬금없이 언젠가 보았던 「꼬마 유령 캐스퍼」라는 만화영화를 떠올려보기도 했다. 하지만 그래도 휴지는 휴지일 뿐. 나는 대수롭지 않게 생각했다. 그것보단 이 어색함을 어떻게 풀어야 할지, 이 상태로 한 달 아니면 두 달을 같이 보내야 하는 것은 아닐지, 당장 그런 것들만 급하게 다가온 것이었다.

나는 숨을 한번 길게 내뱉은 후, 기종 씨를 바라보며 씨익, 짧게 웃었다. 그리고 머뭇거리다가 물었다.

"조금 덥죠?"

기종 씨는 계속 정면만 바라보고 앉아 있다가, 뒤늦게, 퍼뜩 놀란 표정을 지으며 내 말에 대답했다.

"아닌데요. 전, 괜찮은데요."

나는 기종 씨의 말에 신경 쓰지 않고 거실 창문을 어깨 넓이만큼 열었다. 해가 뉘엿뉘엿 넘어가는 6시 무렵이었지만, 훅, 더운 바람이 밀려들어왔다.

"일단 샤워부터 할래요?"

내가 그렇게 말하자마자 기종 씨는 벌떡 소파에서 일어나, 곧장 허리띠를 풀고 바지를 내렸다. 나는 당황해서 아니, 그게 아니고, 하면서 기종 씨 쪽으로 한 걸음 다가가려 했지만…… 이내 멈춰 서서 가만히 지켜보기만 했다. 그는 헐렁하고, 그래서 주름이 많이 간 파란색 트렁크 팬티를 입고 있었는데, 상체에 비해 하체는 얇고 파리해 보였다. 기종 씨는 바지를 두 번 접어 얌전히 소파 위에 올려놓은 다음, 곧장 양복 윗옷을 벗고 와이셔츠 단추를 풀기 시작했다. 문제는 넥타이였다. 그는 넥타이를 몇 번 아래로 잡아당겼다가 다시 위로 올렸다가 하면서, 계속 머리 위로 벗어내려 애썼다. 그러다가 아예 거실 바닥에 주저앉아, 머리를 허리 근처까지 숙인 채 끙끙 힘을 썼는데, 그럴수록 그의 이마와 목 부위는 차츰차츰 벌겋게 변해갔다. 어쩐 일인지 나는 그 모습을 보고 마음이 조금 풀리기도 했는데, 지금에 와서 생각해보니 그건 마치 교회 수련회에 갔다가 고등학교 1학년생과 같은 방을 배정 받은 고등학교 3학년생의 심정과도 같은 것이었다.

나는 기종 씨에게 다가가 천천히 넥타이를 풀어주었다. 내가 넥타이를 푸는 동안, 기종 씨는 히죽히죽 웃으면서 뒤통수를 긁었는데, 그가 숨을 내쉴 때마다 비릿한 쇠 내음 같은 것이 나기도 했다. 나는 그것을 내색하지 않고, 기종 씨에게 말했다.

"그냥 편하게 매형이라고 불러요. 나는 기종 씨라고 부를 테니까."

내 말에 기종 씨는 두 눈을 끔뻑거리다가, 예의 또 그 커다랗고 빠른 목소리로 이렇게 대답했다.

"고맙습니다. 전, 괜찮은데요!"

벗은 양말을 두 손에 꼭 쥔 채 총총 욕실로 걸어가던 기종 씨가 '어헉!' 비명을 지르며 다시 소파 쪽으로 뛰어온 것은 바로 그 직후의 일이었다. 그는 소파 다리 안쪽으로 얼굴을 들이민 채, 온몸을 공처럼 동그랗게 만 채, 벌벌 떨기까지 했는데, 나는 그 순간엔 뭐…… 그저 멀거니 그의 커다란 엉덩이만 바라보고 앉아 있었을 뿐, 다른 생각은 하나도 들지 않았다.

*

사실, 두루마리 휴지를 무서워한다고 해서 생활에 어떤 커다란 지장이 있거나, 심각한 질병의 위협에 직면하는 것은 아니다. 우리에겐 크리넥스 티슈도 있고, 물티슈도 있고, 또 비데도 있으니까…… 그건 말하자면 양파를 싫어하는 것과 별반 차이가 없어서, 어라, 오늘 저녁 메뉴는 오징어덮밥일세, 이런 양파를 어쩌지, 고민하는 사람에게 '어쩌긴, 골라내고 먹으면 되지'라고 말해버리는 것만큼이나 간단한 일이기도 했다. 다만 기종 씨의 경우는 단순히 싫어하는 것보다 사정이 더 심각해서 아예 식탁 아래로 숨어버린다는 차이가 있을 뿐…… 그때 같은 식탁에 앉아 있는 사람이 할 수 있는 일이란 무엇일까? 생각해보면 그 또한 아주 간단했다. 양파를 모두 골라내고 식탁 아래 숨은 그의 어깨를 토닥거리며 '이제 괜찮아요, 내가 몹쓸 양파들을 모두 물리쳤어요! 다음부턴 몹쓸 양파 대신 꼭 정의로운 피망을 넣을게요!' 하면서 안심시키는 것, 그것이 전부였다(실제로 나는 기종 씨가 집에 온 첫날, 소파에 절을 하듯 엎드려 있는 그의 등을 두들기며 '두루마리 휴지 때문에 그러는 거예요?' '그걸 치우면 되는 거죠?'라고 물은 다음, 재빠르게 식탁 위 크리넥스 티슈를 욕실에 가져다 놓았다. 그제야 기종 씨는 슬쩍 고개를 들어 욕실 쪽을 한 번 쳐다보고 난 후, 느릿느릿 자리에서 일어났다. 그는 크리넥스 티슈가 놓인 욕실에서 아주 오랜 시간 동안 샤워를 했다). 거기에다 대고 대뜸 '양파 따위를 무서워하다니, 어서 두 눈을 부릅뜨고 몹쓸 양파들과 정면승부를 해!' '이렇게 계속 양파를 무서워하면 넌 앞으로 삶은 달걀도, 감자도, 고구마도 두려워하는 나약하고 쓸모없는 인간이 되고 말 거야!' 따위의 당위를 강요하는 건 문제를 해결하긴커녕 사태를 더 악화시키는 일이 될 게 뻔했다. 평생 같이 살 사람도 아니고, 그렇다고 내가 무슨 전문적인 상담 치료사도 아닌 바에야 손쉬운 해결책을 놔두고 다른 방향을 고민할 필요는 없어 보였다. 또 그러기엔 크리넥스 티슈가 너무 가까운 곳에 있었고……

그 문제를 빼곤, 기종 씨는 정 과장의 말대로 함께 사는 데 아무런 불편이 없는 사람이었다. 그는 먼저 말을 거는 법도 없었고, 얼굴 표정이나 몸짓으로 자신의 감정을 드러내려 애쓰지도 않았다. 내가 부르기 전엔 작은방 밖으로 나오지도 않았고, 갑자기 괴성을 지르거나 아무 이유 없이 벽을 두들기는 일 또한 하지 않았다. 마치 나이 든 거북처럼 가만히 작은방에만 앉아 있으려고 했다. 처음 사흘 동안 우리는 식사를 할 때와 과일을 먹을 때를 제외하곤 거의 맞부딪치지 않았는데, 그것도 그리 긴 시간이 걸리진 않았다(그는 내가 '식사해요'라고 노크하면 무뚝뚝하고 빠른 걸음걸이로 식탁 앞까지 다가왔고, 놀랄 만큼 빠른 속도로 밥을 먹었다. 그러곤 무표정한 얼굴로 정면을 바라본 채 가만히 앉아 있었다. 내가 '먼저 일어나도 돼요'라고 말하면, 기종 씨는 '고맙습니다. 전, 괜찮은데요' 하곤 주뼛주뼛 내 눈치를 살피다가 다시 작은방으로 들어가곤 했다). 그는 저녁식사가 끝나면 곧장 잠자리에 들었고, 아침 해가 떠오르면 자리에서 일어났다. 나는 기종 씨가 집에 들어온 이후에도 변함없이 거실 소파에서 잠을 잤는데, 새벽마다 욕실에서 들려오는 그의 우렁찬 소변 소리에 퍼뜩 눈을 뜨기도 했다.

그랬으니, 뭐…… 그냥 그대로 한 달 혹은 두 달을 죽 보낸다 해도 누가 뭐라 할 사람은 없었지만…… 기종 씨 또한 서운한 기색 한 번 내비치지 않았지만…… 그러나 나는 또 그럴 수만은 없었다. 이것 역시 다 지나고 난 뒤 되짚어본 생각이긴 하지만, 기종 씨가 우리 집에 온 처음 사흘 동안, 그가 하루 종일 작은방 안에서만 웅크리고 있던 그 시간 내내, 내 머릿속에서 떠나지 않았던 것은 한 장의 사진이었다. 정 과장이 나와 아내에게 보여준 지방신문, 그 안에 들어 있던 기종 씨의 사진…… 때가 잔뜩 낀 매트리스 위에 쪼그리고 앉아 놀란 눈으로 렌즈를 바라보던 그의 얼굴…… 좀더 솔직하게 말하자면 나는 처음 사흘 동안 계속 그 사진과 싸운 것이 맞았다. 어쩐지 내가 그를 방치하고 있다는 생각도 들었고, 또 때때로 내가 그 마을 이장이라는 사람과 별다를 게 없다는, 마을 이장도 처음 시작은 이런 것이었을지 모른다는 짐작까지도 하게 되었다. 그러다가도 에이, 그래도 이건 상황이 좀 다르지, 이건 그냥 좀 어색한 사이라서 그런 거니까, 하면서 스스로를 다독거리기도 했는데, 혼자 소파에 앉아서 그런 생각과 생각들을 거듭하다가…… 나는 결국엔 아내를 원망하기에 이르렀다. 아내가 기종 씨와 나 사이에서 처음 얼마 동안만이라도 어떤 역할을 해주었으면 좋았을 텐데, 그게 맞는 것 같은데, 이건 뭐 말조차 걸지 않으니…… (내가 기종 씨와 함께 아내의 얼굴을 볼 수 있었던 시간은 대략 오전 11시에서부터 12시 사이였는데, 그래서 우리는 종종 식탁에 마주 앉아 밥을 먹다 말고 출근하는 아내를 배웅하기도 했다. 기종 씨는 허리를 숙여, 나는 오른손을 들어, 아내에게 인사했다. 아내는 그런 우리에게 손 한 번 흔들어주지 않고 말없이 현관문 밖으로 나가버렸다). 아무리 내가 결정한 일이라고는 하지만, 그래도 자기 친척인데…… 이건 너무 하잖아. 나는 욕실 바닥을 세제로 벅벅 문지르다가 말고 그렇게 중얼거리기도 했다. 그리고 더불어 나 또한 어떤 무시를 받고 있다는 느낌이, 그렇게 생각하지 않으려고 노력하면 노력할수록, 세제 거품만큼이나 몽개몽개 마음 저편에서부터 피어올랐다.

그러니까…… 어쩌면 그 이후 내가 자주 기종 씨의 방문을 노크한 것은 꼭 그를 위해서라기보단, 내 마음속에서 점점 몸피를 키워나갔던 거품 탓이었는지도 모른다. 무언가 나 또한 서서히 서서히 쓸모없는 인간이 되어가고 있다는 생각, 내가 내 자신에 대해서 어떤 커다란 착각을 하고 있는 것인지도 모른다는 생각, 그 모든 생각들에서 벗어나고 싶어서, 그래서 그렇게 그를 계속 거실 소파로, 식탁의자로 불러낸 것인지도 모른다…… 그래 봤자, 둘이 나란히 앉아 별다른 감흥 없이 낚시 채널을 보거나, 뉴스를 시청하거나, 카레를 만들어 먹는 것, 한 명은 책을 읽고 또 한 명은 멀거니 거실 창문 밖을 바라보는 것, 아파트 공원 벤치에 나가 말없이 해바라기를 하는 것, 그것이 전부였지만, 그러나 나는 의식적으로라도 그를 혼자 내버려두려 하지 않았다. 또 당시엔 그게 그를 위해 할 수 있는 내 최대한의 선의라고 생각하기도 했고……

정작 내가 그에게 집중하기 시작한 것은, 다시 두루마리 휴지에 대해서 생각하게 된 것은, 그로부터 2주일쯤 지난 월요일 오후, '대흥종합관리'라는 생소한 이름의 사무실에서 걸려온 전화를 받은 직후의 일이었다.

*

내게 전화를 걸어온 사람은 가랑가랑한 목소리를 가진, 사십대 중반의 남자였다. 그는 대뜸 내게 시의원의 이름을 대며, 자신은 시의원 사무실의 사무장 겸 시의원 소유의 빌딩을 관리하는 대흥종합관리의 소장직을 맡고 있는 사람이라고 소개했다. 남자는 그렇게 말한 다음부턴 어쩐지 조금 느릿느릿한 말투로 변했는데, 그래서인지는 몰라도 나는 마치 무언가를 일방적으로 지시받고 있는 듯한 기분이 들었다. 남자는 '정 과장에겐 말을 해두었는데' 하면서 말을 꺼냈다. 그의 용건은 대강 이런 것이었다. 현재 빌딩 관리 및 청소를 맡고 있는 직원이 두 명 있는데, 그중 한 명이 다다음 주중 디스크 수술 때문에 그만두게 된다는 것, 예정보다 조금 이르긴 하지만 김기종 씨가 그 날짜에 맞춰 출근할 수 있게 준비를 해달라는 것, 아울러 보증인 서류도 한 장 준비해달라는 것. 그는 말머리마다 '에 또' '에 또'를 붙이면서 그렇게 말했다. 그런 다음 잠깐 침묵을 지키다가, 툭 이런 말도 내뱉었다.

"에 또, 이게 의원님 지시사항이긴 하지만…… 사실 저는 지금도 반대입니다."

나는 별다른 질문 없이 네, 네, 답변만 하다가 슬쩍 옆자리에 앉아 있던 기종 씨를 바라보았다. 그는 그때도 변함없이 차려자세를 한 채 거실 텔레비전 옆 콘솔만 바라보고 앉아 있었다.

"에 또, 여기도 엄연한 직장인데…… 어떻게? 청소는 제대로 합니까?"

"네, 뭐…… 괜찮을 겁니다."

나는 조금 자신 없는 목소리로 그렇게 말했다.

"에 또, 보호자도 계시고, 의원님도 저렇게 말씀하시니까 일단 써보긴 하지만…… 에 또, 이게 만만치 않은 일이라서……"

그는 그렇게 말하고 나서 문제가 생기면 우리도 어쩔 수 없다는 말을 덧붙였다. 나는 그 말에도 네, 네, 그렇죠, 하면서 짧게 답변만 했다. 나는 그와 통화를 끝낸 후, 아무렇지도 않게 다용도실에 들어가 재활용품을 정리했다. 그러곤 이내 다시 거실로 돌아와 정 과장에게 전화를 걸었다.

그와 함께 지낸 2주일 동안, 나는 몇몇 기종 씨의 의외의 모습을 옆에서 지켜볼 수 있었는데, 그중 하나가 바로 담배였다.

그가 온 지 닷새쯤 지났을 때였던가, 무심코 거실에서 축구중계를 보다가 전자담배를 물었는데, 슬금슬금 그가 내 옆으로 엉덩이를 움직이며 다가오는 것을 느꼈다(아아, 그 순간 나는 조금 오해했고, 그래서 또 조금 놀랐다). 마치 무궁화 꽃이 피었습니다, 놀이를 하듯 내가 바라보면 멈추고, 다시 고개를 돌리면 움직이는 식이었다. 나는 리모컨을 조작하는 척하며 힐끔 곁눈질로 그를 살폈는데, 그러다가 몇 번 서로 눈이 마주치기도 했다. 그리고 얼마 지나지 않아 기종 씨의 시선이 내 손가락 사이에 있는 전자담배에 가만히 모여 있다는 것을 알게 되었다. 나는 그에게 전자담배를 내밀며 물었다.

"기종 씨도 이거 피워요?"

그는 쑥스러운 듯 고개를 숙이며 슬쩍 웃었다. 그러곤 평소와는 다르게 조용하고 느린 목소리로 물었다.

"담배인가요? 전, 괜찮은데요."

그 뒤부터 우리는 서로 눈이 마주칠 때마다 함께 베란다에 나가 담배를 피우곤 했다(기종 씨는 전자담배는 싫어했다. 그건 니코틴도 없고 연기도 제대로 나오지 않는 금연보조제였기 때문이었다). 그는 생각보다 훨씬 더 골초였는데, 그동안 어떻게 참았는가 싶게 한 번에 두 개비를 연달아 피울 때도 있었고, 혼자 베란다 앞 창문을 서성거릴 때도 있었다. 그래서 나 또한 하루 흡연량이 반 갑 정도 더 늘었다. 더불어 나는, 양돈축사 주인에게서 받은 용돈으로 그가 무엇을 했는지도 대강 짐작할 수 있게 되었다.

또 무엇이 있었던가? 진공청소기, 그렇지, 진공청소기도 있었다. 그는 내가 진공청소기로 거실 바닥을 밀 때마다 그 뒤를 마치 꼬리잡기 하는 아이처럼 발뒤꿈치를 들고, 한 손으론 헐렁하게 풀린 코드를 잡은 채, 졸졸 따라다니기도 했다. 시선은 계속 진공청소기 바퀴에 고정한 채, 무언가 심각한 일을 하듯 나를 쫓아다니던 기종 씨의 모습. 나는 몇 번인가 '기종 씬 그냥 소파에 앉아 있으면 돼요'라고 말했지만, 그는 그때마다 소파로 되돌아갔다가, 움찔움찔 내가 움직이는 방향대로 어깨를 움직이다가, 코드가 조금만 꼬이기라도 하면 다시 재빠르게 진공청소기 뒤로 따라붙곤 했다. 나는 그런 그를 흘끔흘끔 뒤돌아보다가 이내 모른 척 묵묵히 진공청소기만 밀고 돌아다녔는데, 그래서 우리는 마치 먹이를 나르는 개미처럼 나란히, 줄맞춰, 집 안 곳곳을 돌아다니게 되었다(며칠 후부턴 아이까지도 '한 줄 기차놀이하는 거야?' 하면서 따라붙었는데, 이런, 그래서 나는 정말 「토마스와 친구들」에 나오는 바로 그 '토마스'가 된 듯한 심정이었다). 한 번은 내가 '그럼 기종 씬 차라리 걸레질을 도와줄래요?'라고 물은 적이 있었다. 하지만 그는 뒤통수를 긁적거리다가 이내 고개를 절레절레 흔들었다. 그러면서 '이게요, 전 괜찮은데요, 줄 때문에 넘어질 수도 있거든요' 하면서 걱정스러운 표정을 지어 보였다. 그래서 나는 더 이상 그에게 아무것도 묻지 않았다. 그건 또 그것 나름대로, 내게 짐작되는 게 있었기 때문이었다.

하지만, 그런저런 일들보다 그래도 내 기억 속에 가장 많이 남아 있는 장면은 그와 함께 아파트 공원에 딸린 벤치에 앉아 건물들 사이로 흐릿하게 번져나가는 구름들을 바라보거나, 키 작은 배롱나무 위로 난데없이 날아온 멧새나 종다리를 한참 동안 바라보던 일, 그러다가 얼핏얼핏 나눴던 말들, 뭐 그런 것들이었다. 아마도 매일 같은 시간, 하루도 빠짐없이 그곳에 나가 앉아 있었기 때문일 텐데, 그렇다고 우리가 그곳에서 특별히 무언가를 하거나 별다른 말을 주고받은 것은 아니었다. 아이의 유치원 버스가 도착하는 오후 5시 무렵까지 우리는 단 두세 마디의 말도 나누지 않은 채 그곳에 그렇게 앉아 있기만 했다(물론 담배도 피웠다). 그는 처음엔 마치 이제 막 자대를 배치 받은 신병처럼 허리를 꼿꼿이 세우고 앉아 있다가, 해가 이우는 속도에 따라 서서히 서서히 등도 기대고, 손가락으로 벤치도 두들기고, 운동화 끝으로 툭툭 보도블록을 치기도 했는데, 그 모습 때문이었는지는 몰라도 나는 어쩐지 우리가 그사이 좀 친해진 것 같다는 기분이 들기도 했다. 그리고 또 한편으론 우리가 좀 쓸쓸한 것 같다는, 꽃도 모두 떨어지고 잎도 전부 바래지기 시작한 배롱나무 같다는 생각을 하기도 했다. 어쩌면 그래서 나는 불쑥, 아무 생각 없이 그에게 '이제 여기 떠나서 복지단체로 가면 정신없이 바쁠 거예요. 시간도 훨씬 더 잘 갈 거고요'라고 말했는지도 모른다. 그러니까 그건 그저 의례적으로 건네는 덕담 같은 것이기도 했다.

그는 내 말에 잠깐 어리둥절한 표정을 짓더니 이내 자세를 고쳐 앉았다. 그러다가 한참 후 내게 이런 말을 건넸다.

"또 어딜 가나요? 전, 괜찮은데요."

내 기억이 정확하다면 그게 아마 대흥종합관리 소장이라는 사람으로부터 전화를 받기 이틀 전쯤의 일이었을 것이다. 나는 그의 말에 어떻게 대답해야 좋을지 몰라 벤치에서 일어나 기지개를 한번 켰는데, 기지개를 켜는 그 짧은 순간, 마치 낮술을 마신 것처럼 귓바퀴에서부터 뒷목 부위까지 벌겋게 열이 달아오르는 것을 느낄 수 있었다. 그건 말하자면 '또 어딜 가나요?'란 의문문과, '전, 괜찮은데요'라는 평서문 사이의 간격이, 그 격차가 만들어낸 열기 같은 것이었는데, 그건 도저히 배롱나무 핑계를 댈 만한 여지가 없는 것이기도 했다. 하지만…… 그렇다고 내가 그 순간 무언가를 수습하기 위해 어떤 즉흥적인 결정을 내리거나, 전에 없는 다짐을 한 것은 아니었다. 나는 애써 맨손체조를 하듯 목을 좌우로 돌리고 나서 '시간이 벌써 이렇게 됐나' 혼잣말도 한 번 하고 난 후, 유치원 버스가 정차하는 아파트 정문 쪽을 향해 걸어가기 시작했다. 기종 씨 또한 곧장 타박타박 소리를 내며 내 뒤를 따라왔는데, 슬쩍 뒤돌아보니 얼굴 표정에선 서운하거나 우울한 기색이라곤 찾아볼 수 없었다. 그는 언제나처럼 무덤덤한 표정으로 연신 좌우도 살피면서 내 뒤를 따라왔다. 그래서 나는 마음 한편이 다시 편안해지기도 했지만, 또 한편 더 불편해지기도 했다. 입 밖으로 꺼내지 못한 말들이 계속 남았기 때문이었다.

내가 대흥종합관리 소장과 통화한 후, 다시 정 과장에게 전화를 건 것은 어쩌면 그런 나의 마음을 조금이라도 수습해보자는 생각 때문이었는지도 모른다. 내 짐작 속엔, 기종 씨가 '또 어딜' 가더라도 '괜찮'지 않을 거란 예단이, 무슨 엉겅퀴 뿌리처럼 돌아보면 다시 삐쭉삐쭉 솟아났고, 그걸 정 과장이 어떤 방식으로든지, 조금이라도 도움이 되는 쪽으로 해결해주길 바란 것이었다. 어쨌든 기종 씨는 '또 어딜' 가야 하는 사람이 맞았으니까……

하지만, 이런저런 안부 인사 끝에 다다음 주부터 기종 씨가 출근을 하게 되었다는 말을 꺼냈을 때에도, 정 과장은 별일 아니라는 듯한 반응을 보였다.

"네, 저도 그쪽 소장님한테 전화 받았습니다. 말도 마십시오. 그쪽에서 자꾸 말을 바꾸는 바람에 제가 몇 번을 더 전화했는데요. 어쨌든 다 잘된 일 아닌가요? 아무래도 친척집에 있을 때 출근하는 게 적응하는 데도 더 좋고……"

나는 정 과장이 무언가를 까맣게 잊고 있는 것은 아닐까, 추측했다.

"그건 그런데요…… 저기 혹시 그쪽도 그걸 알고 있는가 해서요……"

"뭘요? 무슨 문제 있습니까?"

나는 조금 주저하다가 말을 꺼냈다.

"거…… 두루마리 휴지 있지 않습니까?"

"두루마리 휴지요? 아…… 휴지! 참, 그게 있었죠. 아니, 아직도 그래요?"

수화기 저편에서 정 과장이 무언가로 툭툭, 탁자를 두들기는 소리가 들렸다. 나는 대답하지 않았다.

"허허, 이거 참."

"그래도 빌딩 청소하는 일인데…… 문제가 되지 않을까요?"

나는 무뚝뚝한 말투로 물었다.

"그건 그렇죠…… 뭐, 한데 큰 문제 있겠습니까? 그쪽도 선의로 사람을 쓰는 건데……"

나는 정 과장에게 대흥종합관리 소장이 한 말을 해줄까, 생각했지만 하지 않기로 했다. 소용없는 말처럼 여겨졌기 때문이었다.

"허허, 저는 친척집에 있으면 좀 좋아질 줄 알고…… 너무 걱정은 마십시오. 뭐, 천천히 천천히 좋아지지 않겠습니까? 그래 봤자 두루마리 휴지인데요, 뭘."

정 과장과 나는 그렇게 통화를 끝냈다. 나는, 정 과장이 은연중에 나를 질책하고 있다는 느낌을 받았다. 또 무언가를 떠넘기고 있다는 생각도 들었다. 그렇게 생각하는 내가 좀 낯설기는 했지만, 그게 엄연한 사실인 것 같았다. 어쨌든 기종 씨는 지금 나와 같이 있는 게 맞았으니까…… 그런 내 마음을 아는지 모르는지, 기종 씨는 베란다 앞으로 슬금슬금 걸어가 계속 창문을 열었다 닫기를 반복하면서 거실 탁자 위 담배를 바라보았다. 나는 한참 동안 베란다 창문을 가만히 바라보다가 담배와 라이터를 챙겨 자리에서 일어났다.

*

우리가 특정한 무언가에 과도하게 두려움을 느낀다면, 그건 대부분 잘못되거나 왜곡된 학습효과 때문에 생긴 증상일 가능성이 높다. 바퀴벌레나 비둘기, 주삿바늘을 무서워하는 사람들도 같은 경우일 텐데, 단 한 번의 안 좋았던 경험으로 인해 계속 그것을 회피하게 되고, 그 회피가 반복적으로 이루어져 대상을 제대로 바라보지 못하게 되면, 그것이 그대로 두려움으로 굳어져버리는 것이다. 나는 이틀 동안 따로 두루마리 휴지를 들고 화장실에 들어가 계속 그것을 풀었다가 감기를 반복하다가, 몇 칸씩 떼어 물에도 적셨다가 입에도 넣어보았다가, 또 둘둘 팔목에도 감아보았다가, 나름대로 고민에 고민을 거듭한 끝에 기종 씨의 증상 또한 그와 다르지 않을 거라는 결론을 내리고 말았다. 그것 말고는 도무지 두루마리 휴지로 상상할 수 있는 것이

별로 없었다. 두루마리 휴지가 살아서 둥둥 날아다닌 것도 아닐 테고, 팔뚝 위로 스멀스멀 기어올라왔을 리도 만무하고, 이건 뭐 정통으로 정수리를 맞는다고 해도 아프지 않은 게, 그게 바로 두루마리 휴지였으니까. 기껏 해야 막 풀려 내려갔거나, 툭 물 고인 바닥으로 떨어졌겠지. 그 경험 때문에 그런 거겠지…… 더구나 그는 십수 년 만에 처음 두루마리 휴지를 봤을 테니까, 어쩌면 그 자체만으로도 두려움의 대상이 됐을 수도 있고…… (얼마 후 나는 기종 씨에게 직접적으로 '두루마리 휴지가 왜 무서워요?'라고 물은 적이 있었다. 그는 그때 계속 내 시선을 회피한 채 '전, 괜찮은데요'라고 대답했다. 내가 다시 '안 괜찮으니까 그렇죠?'라고 묻자, 그는 히쭉히쭉 웃으면서 또다시 눈을 아래로 내리깐 채 '전, 괜찮은데요'라고 대꾸했다. 나는…… 관두자, 생각했다.)

그렇게 결론을 내리고 나자, 이건, 뭐 처방도 그리 어렵지 않을 것처럼 여겨졌다. 두루마리 휴지가 단순히 두루마리 휴지일 뿐이라는 것을 반복적으로, 꾸준히, 노출시켜주는 것. 그것이 내가 할 수 있는 유일한 노력의 전부라고 생각한 것이었다(인터넷을 찾아보니, 바퀴벌레를 과도하게 두려워하는 애인을 둔 한 남자는, 그녀 앞에서 계속 꾹꾹, 아무렇지도 않게 그것을 손가락으로 눌러 죽이다가 그만…… 차이고 말았다는데…… 나는 그냥 그 남자만 안쓰럽게 여겨졌을 뿐이었다).

대흥종합관리 소장과 통화를 한 10월 30일부터, 달이 바뀐 11월 14일 전후까지, 아마도 그 기간이 기종 씨와 내가 가장 친밀하고 또 서로가 서로에게 가장 많이 집중해 있던 시기였을 것이다. 기종 씨의 증상을 고쳐주겠다고 마음먹은 이후, 나는 마치 이제 막 태권도를 시작한 초등학교 1학년 아이처럼 허공에 정권도 내지르고 발차기도 하고 기왓장도 격파하고 싶은 기분에 휩싸였는데, 그건 나로선 좀 의외의 경험이기도 했다. 밥에 현미를 섞다가도 말고, 오징어채를 볶다가도 말고, 나는 자꾸 두루마리 휴지만 생각했으니까.

그도 그럴 것이 처음 며칠 동안 기종 씨의 증상은 내 예상보다도 훨씬 빠르게, 점점 나아지는 쪽으로, 흘러가는 것처럼 보였다. 물론 그 기간 동안 나는 괜스레 두루마리 휴지를 뜯어 바닥을 훔치고, 두루마리 휴지를 뜯어 나오지도 않는 코를 애써 풀고, 코 푼 두루마리 휴지를 모른 척 소파 위에 던져놓기도 하고, 심지어는 기종 씨와 마주 앉아 두루마리 휴지를 뜯어 서로의 머리 둘레 재는 일까지 하면서(기종 씨는 여섯 칸이니까 대두, 나는 다섯 칸이니까 중두) 나름 노력했던 게 사실이었다. 거실 소파에 앉아서 두루마리 휴지를 야구공처럼 허공에 던졌다가 받기도 했으며, 볼링공처럼 데굴데굴 식탁 아래로 굴리기도 했다. 기종 씨는 처음엔 두루마리 휴지만 봐도 슬금슬금 고개를 돌리고 뒷걸음질을 치려 했으나, 사흘 정도 지난 뒤부턴 엉겁결에 내가 던진 두루마리 휴지를 두 손으로 받기도 했고, 닷새가 지난 뒤부턴 다시 내 쪽으로 토스를 해오기도 했다. 나는 마트에서 12롤짜리 두루마리 휴지 한 묶음을 사서 일부러 그에게 집까지 들고 오게도 했는데, 기종 씨는 아무렇지도 않게 한쪽 어깨에 척 짊어지고, 에너지 넘치게, 한쪽 팔을 앞뒤로 흔들면서, 빠르게 내 앞을 가로질러 가기도 했다. 그래서 나는 뭐 이건 너무 쉽잖아, 라는 생각을 하기도 했다. 봐, 서로 친해지니까 좀 좋아, 그렇게 혼자 고개를 끄덕거리기도 했고.

하지만 그래도 여전히 잘 고쳐지지 않는 것은 화장실에 걸려 있는 두루마리 휴지, 그것에 대한 기종 씨의 반응이었다. 나는 몇 번인가 기종 씨가 화장실에 들어가는 시간에 맞춰, 좌변기 옆에 두루마리 휴지를 갖다 놓았는데, 그것만큼은 처음이나 시간이 좀 흐른 뒤나 아무런 변함이 없었다. 기종 씨는 계속 '어헉!' 비명을 지른 뒤 소파 쪽으로 달려와 절을 했고, 어느 날은 아예 현관문 밖으로 뛰쳐나가기까지 했다. 그때마다 나는 기종 씨의 어깨를 토닥거리며 달래주기도 했는데, 마음 한편으론 별다른 걱정이 되지 않았던 것도 사실이었다.

우리 사는 광역시에 그해 첫 서리가 내린 11월 6일 이후부터 기종 씨와 나는 걸어서 30분 거리에 떨어져 있는 빌딩까지, 그러니까 기종 씨가 앞으로 출근하게 될 시의원 소유의 빌딩까지, 매일매일 산책하듯 왕복하기 시작했다. 시의원의 빌딩은 수년 전 택지가 개발된 아파트 밀집 지역을 지나 이제 막 주택조합이 결성된 구도심 사거리 코너 한쪽에 위치해 있었는데, 우리는 오후 2시 무렵 집에서 나와, 아이가 돌아오는 5시 무렵까지, 거의 두 시간 가까이 그 빌딩 안에서만 머물렀다. 그곳에서 우리는 1층에서부터 5층까지 띄엄띄엄 남자 화장실을 살펴보며, 그곳에 여러 번 오줌을 누며, 할 일 없이 어슬렁거렸는데, 그러나 대부분은 1층 로비 자판기 옆 의자에 앉아 있었다. 그곳에 앉아 나는 자판기 커피를 홀짝거리며 기종 씨에게 커피 맛이 괜찮은 곳이라고, 일하는 사람들한텐 원래 이런 게 중요한 법이라는 말을 했다. 보니까, 4층엔 사무실도 많이 비어 있더라구요. 일도 그렇게 어렵진 않겠어요. 나는 기종 씨에게 무슨 은밀한 소문을 전하듯 그렇게 귓속말을 하기도 했다. 그때마다 기종 씨는 '그래요? 전, 괜찮은데요'라고 대꾸했다.

사흘째 되던 날인가, 나는 3층 화장실에서 함께 오줌을 누고 나오던 기종 씨의 허리를 슬쩍 붙잡았다. 기종 씨는 고개를 돌려 나를 바라보다가 무언가 짐작한 듯 어, 어, 소리를 내며 몸을 좌우로 흔들었다. 나는 아무 일도 아니라는 듯 미소를 지으며, 그러나 허리를 낮추고 종아리에 잔뜩 힘을 준 채, 마치 줄다리기를 하듯 한 발 한 발 그를 안쪽으로 끌어당겼다. 그러곤 비어 있는 화장실 칸막이 안으로 그를 데리고 들어가 서둘러 잠금쇠를 내렸다. 좌변기와 파란색 휴지통이 있고, 문 바로 옆에 두루마리 휴지가 마치 바람 빠진 배구공처럼 매달려 있는 곳이었다. 기종 씨는 두 눈을 질끈 감고 허리를 숙인 채 계속 '어헉' '어헉' 소리를 냈다. 다리는 연신 비를 맞고 서 있는 포도나무 잎처럼 후들거렸고, 입에선 길게 침까지 흘러나왔다. 그래도 나는 칸막이 문을 가리고 선 채, 두 손으로 잡은 그의 허리를 놓지 않았다.

"이걸 좀 만져봐요."

나는 두루마리 휴지 근처로 그의 왼팔을 가져갔다.

"이건 뭐…… 아무것도 아니라니깐요."

기종 씨는 손가락 끝에 두루마리 휴지가 닿자, '흡!' 소리를 냈다. 경기를 일으킨 직후처럼, 온몸에 잔뜩 힘이 들어가기도 했다. 나는 자꾸 빠져나가려는 그의 손목을 더 꽉 움켜쥐었다. 내 손바닥은 금세 땀으로 흥건해졌다.

"이걸 해야…… 일을 할 수 있는 거예요."

나는 이를 앙다문 채 그렇게 말했다. 기종 씨는 급기야 엉엉, 소리 내어 울기 시작했지만, 그러나 나는 더 단호해 보여야 한다고 생각했다.

"괜찮죠?"

"……"

"아무렇지도 않죠?"

"……"

나는 계속 그의 왼팔을 잡은 채 다그치듯 물었다. 기종 씨는 힘이 빠졌는지, 그도 아니면 정말 아무렇지도 않아졌는지, 내가 이끄는 대로 가만히 손을 뻗고 서 있었다. 여전히 고개는 모로 돌린 채, 계속 어깨를 들썩거리고 있었지만, 울음소리는 조금씩 조금씩 잦아들었다. 시간이 지나자 숨소리도 차츰차츰 일정하게 돌아왔다. 그래서 나는 또 이제 막 무언가 하나의 단계가 지나간 것이라고 생각했다.

"이때요? 할 만하죠?"

나는 그의 허리를 감싸고 있던 한쪽 팔을 풀면서 말했다. 그의 손목을 붙잡고 있던 나머지 팔에서도 힘을 뺐다. 그러자 기종 씨는 왼쪽 팔뚝으로 눈물을 훔치고 나서, 애써 차려자세를 취하려 노력했다. 그는 그때 울먹거리는 듯한 목소리로 이렇게 말했다.

"아닌데요…… 전, 괜찮은데요."

후에 나는 기종 씨가 그때 한 말속엔, 내가 미처 알지 못했던 어떤 진실이 들어 있고, 또 그걸 알아달라고 한 말일지도 모르겠구나, 되짚어 짐작하게 되었지만…… 당시엔 그저 '이제 거의 다 됐네'라는 생각으로 스스로 뿌듯해했던 것이 사실이다. 아마도 그래서 그와 함께 칸막이 잠금쇠를 풀고 밖으로 나왔을 때, 문 바로 앞에 서서 우리를 조금은 당혹스러운 표정으로, 또 조금은 호기심 가득한 눈빛으로 바라보고 서 있던 두 명의 남자 고등학생들 옆을 아무렇지도 않게 지나친 것인지도 모른다. 칸막이 안에서 기종 씨와 내가 한 말들을 고스란히 복기해보고, 어어, 좀 이상한 상상을 할지도 모르겠는걸, 신경이 쓰이기도 했지만, 그렇다고 되돌아가 주저리주저리 설명할 마음까진 들지 않았다. 그도 그럴 것이, 그때 내 몸속엔 튼튼한 골격 하나가 새로 세워진 듯, 뻐근하고 묵직한 기분만 가득했을 뿐, 다른 생각이 끼어들 틈조차 없었던 게 사실이었으니까…… 바늘 하나 들어갈 틈 없는 선의와 노력이 전부였으니까.

*

정서(情緒)에 대해서 제대로 파악하지 못하면 언제나 혼란스러운 상태에 머무를 수밖에 없다고 주장한 사람은 스피노자였다. 그는, 사람들의 결함과 어리석은 행동들을, 슬픔과 조롱과 한탄과 우울 들을, 마치 선, 면, 물체처럼 증명할 수 있다고 생각했는데, 그래서 도달한 결론은 '인간의 모든 정서에는 각각의 원인이 있다'는 것, '그것을 제대로 알기만 하면 혼란에서 빠져나올 수 있다'는 것 등이었다.

내가 새삼 스피노자의 문장을 떠올리고 또 그것을 곰곰 생각하게 된 것은 기종 씨가 출근하기 나흘 전 새벽 무렵, 술에 취해 들어온 아내가 혼잣말처럼 웅얼거리는 말을 들은 다음부터였다. 그때도 나는 소파에 누워 까무룩 잠들어 있다가 현관문 여는 소리에 슬쩍 눈을 떴는데, 설핏 바라본 식탁 위 벽시계는 새벽 2시를 넘어서고 있었다. 나는 잠깐 일어날까, 생각하다가 도로 눈을 감고 몸을 더 웅크리는 쪽을 택했다. 몸이 피곤한 것도 피곤한 것이었지만, 그것이 그즈음 아내를 대하는 나의 태도

이기도 했다. 기종 씨가 우리 집에 들어온 이후, 아내에 대한 나의 감정은 자꾸 안으로 구부러지고 옥아드는 원처럼 맥없이 줄어들기만 했는데, 그건 단순한 원망이나 서운함 때문만은 아니었다. 처음 시작은 원망과 서운함이었을지 모르지만, 시간이 지나자 그것은 어떤 분노와 적대감으로까지 변해버렸고, 나는 그것을 그동안 알지 못했던 아내의 낯선 이면이 한꺼번에 드러났기 때문이라고 생각했다. 말하자면 그동안 아내의 모든 행동들이, 기부나 나에 대한 태도나 가정에 대한 희생 같은 것들이, 어쩌면 그저 안간힘에 지나지 않았다는 것, 그것을 티 나지 않게 애써 감추고 있었다는 것, 하지만 갑작스러운 기종 씨의 등장으로 한순간 와르르 무너져버렸다는 것, 그래서 정서의 혼란상태에 빠져버리고 말았다는 것, 그것이 그때까지 내가 추측한 아내의 가려진 마음 저편의 풍경이었다. 물론 거기에는 나 또한 기종 씨와 다름없는 처지라는, 알 수 없는 연대감 같은 것도 한몫한 게 사실이지만……

내 예상대로라면 신발을 벗고 곧장 안방으로 들어가야 하는 것이 맞았지만, 아내는 한동안 현관 앞에 주저앉아 작게 숨만 내쉴 뿐 움직이지 않았다. 박하향 같은 술 냄새가 공기 중에 점점이 퍼져 내려앉았고, 몸을 제대로 가누지도 못하는지 연신 손바닥으로 바닥을 짚는 소리도 들렸다. 나는 모로 누운 몸을 다시 반대쪽으로 돌리면서 어떡할까, 망설였지만, 그러나 계속 일어나지 않았다. 애꿎은 현관 센서등만 지루하게 켜졌다 꺼지기를 반복하고 있었다.

이윽고 아내의 슬리퍼 끄는 소리가 이어지는가 싶더니, 방문을 여는 소리가 들렸다. 그제야 나는 소파에서 반쯤 몸을 일으켜 자리에 앉았는데, 직감적으로 아내가 연 방문이 안방이 아닌, 기종 씨가 잠들어 있는 작은방이라는 것을 알아챘기 때문이었다. 작은방에선 기종 씨의 코 고는 소리가 문턱을 넘어 일정하게 들려왔다. 나는 발소리를 죽여 그곳으로 걸어가보았다.

아내는 잠든 기종 씨의 머리맡에 등을 보인 채 주저앉아 있었다. 나는 한 손으로 벽을 짚은 채 그런 아내를 말없이 바라보았다. 그리고 얼마 지나지 않아 그녀의 어깨가 작게, 아파트 외관 네온사인 불빛을 받아 희미하게, 떨리고 있는 것을 볼 수 있었다. 나는 그래서 조금 복잡한 심정이 되어버렸다.

그러길 또 몇 분 후, 아내는 고개를 푹 수그린 채 작은 목소리로 웅얼거리기 시작했다.

"가……"

아내는 머리를 한 번 쓸어 올리면서 기종 씨 얼굴 가까이에 대고 분명 그렇게 말했다. 아내의 고개는 다시 힘없이 아래로 숙여졌다.

"가라고……"

기종 씨의 이마에 아내의 머리카락이 닿았지만, 기종 씨는 깨지 않았다. 코 고는 소리도 여전했다. 나는 자세를 바꿔 팔짱을

긴 채, 아내를 바라보았다.

"가…… 가라고…… 가라고, 이 종놈의 새끼야……"

아내의 목소리가 커졌다. 아내는 두 손으로 방바닥을 짚은 채, 같은 말을 반복했다. 기종 씨는 미간에 주름을 만든 뒤, 오른손으로 벅벅 머리를 긁으면서 벽 쪽으로 돌아누웠다. 나는 아내 곁으로 다가갔다. 하지만 아내는 고개를 들지 않은 채, 계속 울음 섞인 목소리로 말했다.

"가라고, 제발……"

나는 아내의 겨드랑이에 두 손을 넣어 그 자리에서 일으켜 세우려 노력했다. 하지만 아내의 몸은 아래로 축축 처지기만 할 뿐, 제대로 중심을 잡지 못했다. 아주 잠깐, 아내와 나의 눈이 마주쳤지만, 아내나 나나 아무런 말도 하지 않았다. 아내는 반쯤 감긴 눈으로 다시 기종 씨를 바라보다가 이내 고개를 떨어뜨린 채 그대로 잠들어버리고 말았다. 나는 중간에 몇 번 멈췄다가 다시 걸음을 뗐다가 하면서 겨우 안방 침대로 아내를 옮겨올 수 있었다. 나는 잠든 아내를 내려다보면서, 만약 스피노자가 지금 아내의 정서를 바라보았다면, 과연 어떻게 정리하고 증명하고 보충할 수 있을지 생각해보았다. 그로부터 얼마 뒤…… 아내의 정서가 고스란히 나에게 옮아올 것을 예상하지 못한 채, 나 또한 무력하고 혼란스러운 정서에 휩싸이게 될 것을 예견하지 못한 채, 마치 수학 문제 풀듯 아내의 정서를 이리저리 계산하려 들었던 것이었다. 모든 정서에는 원인이 있다는 것을 알면서도 그렇게, 계속……

*

괜찮아질 듯, 금세 나아질 듯 보였던 기종 씨의 증상은 그러나 좀처럼 어느 단계를 넘어서지 못하고 계속 같은 자리를 맴돌았다. 나는 기종 씨가 출근하기 전날까지 모두 세 번을 더 그와 함께 화장실 칸막이 안으로 들어갔는데, 그때마다 그는 매번 울었고, 매번 비명을 질렀으며, 또 매번 머리카락 끝부분이 목덜미와 이마 부분에 짝짝 달라붙을 정도로 땀을 흘려댔다. 그러면서도 그는 내가 이끄는 대로, 별다른 저항 없이, 손끝으로 더듬더듬 두루마리 휴지를 만져보곤 했다. 출근하기 전날 밤엔 밤 10시까지 우리 집 욕실에서 기종 씨 혼자 힘으로(물론 내가 지켜보긴 했지만) 두루마리 휴지를 갈고, 휴지통을 비우고, 좌변기 청소하는 일을 반복했다. 그는 계속 내 눈치를 살피면서, 그러다가 또 두 눈을 질끈 감은 채, 덜덜 떨리는 손으로 두루마리 휴지를 갈았고, 그러곤 이내 후다닥 소파까지 뛰어가 아무 일 없었다는 듯 팔걸이 바로 옆에 차려 자세를 취한 채 앉아 있곤 했다. 나는 그런 기종 씨를 보면서 나도 모르게 몇 번 '그렇게 하려면 다 그만둬요' 라고 신경질을 부리기도 했는데, 당시엔 그것도 다 그를 위한 걱정에서 나온 말이라고 생각했을 뿐, 미안한 마음은 들지 않았다. 실제로 난 마치 수능을 목전에 둔 수험생의 학부모가 된 듯한 심정이기도 했다. 괜스레 내가 더 불안하고 마음 졸이고 긴장되었던 것도 사실이니까……

기종 씨가 출근을 하기 시작한 처음 일주일 동안, 나는 하루 두 번씩 시의원의 빌딩까지 직접 찾아가보곤 했다. 편의점과 안경점이 입주해 있는 1층 상가 주변을 맴돌다가 나는 엘리베이터 문짝을 마른 걸레로 닦고 있는 기종 씨를 슬쩍 훔쳐보기도 했는데, 그는 점퍼 위에 파란색 조끼를 하나 더 걸치고, 팔뚝까지 올라오는 빨간색 고무장갑을 양손에 낀 모습이었다. 따로 감독하거나 감시하는 사람은 없었지만, 기종 씨는 마치 연락도 없이 방으로 찾아온 애인을 맞은 자취생처럼, 앉았다 일어서기를 반복하면서, 부지런히 걸레질을 하고 있었다(그러다가 몇 번 엘리베이터 문이 열리자 휘청, 안으로 고꾸라지기도 했다). 나는 건물 안으로 들어가 직접 화장실을 살펴보고 싶은 마음도 들었지만, 그러나 그러진 않았다. 그건 아마도 그 마음보다, 어떤 두려움과 초조함이 더 컸기 때문이었을 것이다(실제로 난 그즈음 낯선 번호로부터 전화가 걸려오면 깜짝깜짝 놀라기도 했는데, 혼자 낮잠을 자던 도중 대흥종합관리 소장으로부터 다시 데려가라는, 여기도 엄연한 직장이라는, 항의 전화를 받는 꿈을 꾸기도 했다). 대신, 나는 기종 씨가 퇴근하면 함께 집까지 걸어오면서 이것저것을 물어보았는데, 기종 씨는 '별일 없었어요?'라는 질문에도 '아닌데요. 전, 괜찮은데요'라고 대꾸했고, '화장실은요? 화장실도 기종 씨가 청소해요?'란 질문에도 '아닌데요. 전, 괜찮은데요'라고 대답했다. 그래서 나는 마음이 좀 놓이기도 했지만, 또 한편 조금 허탈한 기분이 되었던 것도 사실이었다.

일주일이 지난 다음부터 나는 하루 한 번씩 기종 씨의 퇴근 시간에 맞춰(기종 씨는 오전 7시에 출근했다가, 오후 4시 무렵 퇴근했다) 시의원의 빌딩에 찾아갔다. 나는 때론 30분 먼저, 또 때론 한 시간 먼저 빌딩 앞에 도착할 때도 있었는데, 그럴 때면 편의점 앞 비치파라솔에 앉아 따뜻하게 데워진 캔커피를 마시면서 기종 씨를 기다리곤 했다. 혼자 그렇게 커피를 마시면서, 찬바람에 어깨를 잔뜩 수그린 채 앉아 있다 보면, 가끔 '내가 왜 이렇게까지 하지?' 스스로 궁금해질 때도 있었다. 그간 정이 많이 들어서 그런 것일 수도 있었고, 또 어떤 책임감 때문에 그런 것일 수도 있었지만, 그러나 나는 이것 또한 '일종의 선의'라는 생각을 가장 많이 했다. 무엇보다 그편이 가장 손쉬운 대답이었기 때문이었다. 여전히 기종 씨는 두루마리 휴지를 무서워했고, 또 그것을 계속 피하려고만 했지만, 직장생활엔 별다른 무리가 없어 보였다. 정 과장의 말처럼 그쪽에서도 '선의'로 사람을 쓰는 것이기 때문에 크게 문제 삼지 않는 것일지도 몰랐다. 그렇다면 그동안 내가 너무 예민하게 반응한 것은 아닐까? 괜한 노력을 한 것은 아닐까? 기종 씨는 '또 어딜' 가더라도 '괜찮지' 않을까? 나는 스스로 그런 질문들을 하면서 자주 빌딩 쪽을 흘끔거렸다. 그리고 그런 질문들이 내 안에서 튀어나올 때마다, 나는 의외로 조금 우울해지고 쓸쓸한 기분이 되어버렸다.

하지만…… 그런 모든 선의와, 책임감과, 우울과, 질문들은, 불과 며칠 후 기종 씨와 함께 집으로 돌아오는 도중 우뚝, 멈춰버리고 말았는데, 그 뒤로 나는 줄곧 아내와 돌아가신 장인어른에 대한 짐작에만 사로잡혔을 뿐, 기종 씨에 대한 생각은 모두 접고 말았다. 비로소 가려져 있던 어떤 부분이 내 안에서 훅, 두루마리 휴지의 마지막 몇 마디처럼 풀려버렸기 때문이었다.

*

그러니까 그날 또한 나는 퇴근한 기종 씨와 함께 집을 향해 걸어가고 있었다. 거리엔 플라타너스 가로수들에서 떨어진 마르고 우그러진 나뭇잎들이 바람의 방향에 따라 이리저리 쏴아, 소리를 내며 몰려다니고 있었고, 버스정류장 입간판 기둥에선 마치 누군가 안에 들어가 휘파람을 부는 것처럼 연신 웅웅거리는 소리가 들려왔다. 전날, 정 과장으로부터 전화 한 통을 받은 나는, 다른 날들보다 어깨를 좀더 안쪽으로 움츠린 채, 'ㄹ' 자를 억지로 펴놓은 듯한 보도블록들만 내려다보면서 말없이 걷고 있었는데, 그래서인지 몰라도 자꾸 기종 씨에 비해 한두 걸음 뒤처지기도 했다.

전날, 정 과장은 나에게 문제가 됐던 사설 복지단체에 새로 이사진이 구성되었으며, 조만간 회의를 열어 예산이나 인원, 직원 보충에 대한 안건을 처리할 것이라고 말했다. 그러면 기종 씨 또한 바로 입소할 수 있을 거라고, 요즘 같은 세상에 육촌지간에 그러는 게 쉽지 않은데 그동안 애 많이 쓰셨다고, 그런 말들을 덧붙였다. 나는 정 과장의 말에 '네, 네, 그런가요. 잘됐네요'라고 대답했지만, 전화를 끊는 그 순간부터 다시 예전 배롱나무 앞 벤치에서처럼 귓바퀴와 뒷목 부위가 벌겋게 달아오르는 것을 어쩔 순 없었다. 한편으론 잘되었다는 생각이 들었다가도, 또 다른 한편에선 어쩐지 좀 멍한 기분도 들었고, 또 조금 걱정스러운 마음도 생겼다. 무엇보다 나는 기종 씨에게 어떤 식으로 말을 꺼내야 할지, 그것이 가장 부담스러웠는데, 그렇다고 기종 씨에게 함께 살자고, 독립할 때까지 같이 지내자고, 그런 말을 할 마음까진 들지 않았다. 어쨌든 선의는 선의이고, 생활은 생활이었으니까. 사이가 벌어졌다고는 하지만, 아내의 입장 역시 생각하지 않을 수 없었으니까……

나는 말없이 계속 걸어갔다. 고개를 숙인 채, 기종 씨가 복지단체가 아닌 근처 고시원이나 원룸 같은 것을 얻어서 지내면 어떨까, 내가 종종 반찬이나 빨래 같은 것을 도와줄 수도 있으니까. 어차피 기종 씨도 나중에 독립을 하려면 그편이 좋지 않을까…… 나는 은근슬쩍 기종 씨에게 그 말부터 먼저 꺼내보는 게 어떨까, 하는 생각으로 고개를 들었다.

그리고…… 나는 그 말들은 꺼내지도 못한 채, '어?' 하면서 그 자리에 멈춰 서고 말았는데…… 어리둥절한 눈으로 주위를 둘러보니 어느새 내가 낯선 길 중간에 와 있다는 것을 깨달았기 때문이었다. 그 길은 우리가 늘상 걸어다니던, 시의원의 빌딩이 있는 구도심에서부터 초등학교 옆길을 지나, 아파트 단지 정문까지 죽 이어지는 왕복 2차선 도로변 인도가 아니었다. 초등학교 옆 단독주택 골목 어딘가에서부터 시작된 길인 건 맞는 거 같은데, 분명한 건 내가 한 번도 와본 적 없는, 오래되고 좁은 골목길이라는 점이었다. 멀리 야트막한 시멘트 층계가 보이고, 그 너머로 재개발된, 우리 사는 아파트 옥상이 보이는…… 나는 계속 같은 자리에 멈춰 서서 골목길 한쪽에 서 있는 금이 가고 철골 구조물이 삐죽 튀어나온 전봇대와, 군데군데 페인트가 벗겨진 의류 수집함과, 기우뚱하게 쌓아 올려진 연탄재들을 바라보았다. 그러곤 다시 나를 기다리지도 않은 채, 성큼성큼 앞으로, 아파트 단지 쪽을 향해 두 팔을 휘적거리며 걸어가고 있는 기종 씨의 뒷모습을 바라보았다.

내 짐작이 시작된 것은 바로 그 순간부터였다.

*

결과적으로 보자면 그게 기종 씨와 나의 관계의 끝이었다. 그때 그 골목길에서 나는 내 몸에서 무엇인가 쑥 빠져나간 듯한 기분에 사로잡혔는데, 당시엔 그것이 무엇인지 명확히 알 수 없었다. 예기치 않은 교통사고나 어디선가 갑자기 날아온 야구공에 뒤통수를 얻어맞은 것처럼 나는 한참을 얼얼한 상태로 멈춰서 있다가, 다시 터덜터덜 기종 씨의 뒤를 따라갔을 뿐이었다. 그리고 그를 따라 아파트 단지 정문 입구에 도착했을 무렵, 나는 아내와 돌아가신 장인어른이 미처 나에게 말하지 못한 어떤 부분이 있었다는 것을, 말할 수 없었던 어떤 이야기가 있었다는 것을, 비로소 짐작하게 되었다. 나는 처음엔 그 짐작들을 애써 외면하려, 그저 오해일지도 모른다고 부인하며, 기종 씨와 함께 아파트 공원에 딸린 벤치에 앉아 두 개비 연속 담배도 나눠 피워보았지만…… 그러나 한 번 시작된 짐작은 생각처럼 쉬이 사라지지 않았다. 대신 시간이 지날수록 침묵과 당혹감만이, 마치 밑바닥을 온전히 다 드러낸 저수지처럼 내 마음 깊은 곳에 가로놓이게 되었다.

그런 침묵과 당혹감은 사설 복지단체로부터 재차 연락이 오고, 그로 인해 기종 씨가 우리 집을 완전히 떠나게 된 12월 초순까지 계속 이어졌는데, 그 기간 동안 나는 단 한 번도 기종 씨가 일하는 빌딩 앞을 찾아가보지 않았다. 나는 그에게 별다른 질문도 하지 않았고, 함께 담배를 피우지도 않았다. 공원 벤치에 앉아 이제는 오래된 유골 같은, 앙상한 나뭇가지들만 남은 배롱나무를 바라보는 일도 하지 않았으며, 함께 멍하니 낚시 채널을 보는 일 또한 하지 않았다. 마치 예전 처음 사흘로 되돌아간 듯 우리는 식사할 때만 간간이 얼굴을 마주쳤을 뿐, 그 외 시간엔 거의 맞부딪치지 않았다(나는 기종 씨가 집에 있을 때면 오래된 믹서기를 선반에서 꺼내 커터 하나하나까지 모두 분해해 정성스럽게 닦기도 했고, 세탁기 배수구에 덕지덕지 앉은 때를 건어내거나, 신발장 속에 있던 낡은 운동화를 모조리 욕조 안에 담고 치덕치덕 락스를 묻힌 칫솔로 한 켤레씩 한 켤레씩 빨아내기도 했다). 기종 씨는 나의 돌연한 변화에도 그다지 의아해하거나 놀라는 표정을 짓지 않았는데, 그는 몇 번인가 베란다 앞에 선 채 창문을 열었다 닫기를 반복하더니, 그마저도 며칠 뒤부턴 하지 않았다(나는 베란다 문턱에 따로 담배와 라이터를 갖다놓았지만, 기종 씬 혼자 담배를 피우지 않았다). 그는 퇴근하고 돌아오면 곧장 내가 차려주는 저녁밥을 먹었고, 그다음부턴 계속 작은방에 들어가 나오지 않았다. 아침엔 내가 만들어준 토스트를 먹고 출근했다. 기종 씨는 항상 거실 소파에 앉아 건성건성 신문을 들춰보고 있는 나를 향해 꾸벅, 허리를 굽혀 인사한 다음 씩씩하게 현관문을 열고 나갔는데, 나는 그저 짧게 목례만 했을 뿐,

손을 흔들어주지도, '잘 다녀오라'는 의례적인 인사말도 건네지 않았다. 나는 그때…… 분명 기종 씨에게 어떤 다른 마음이 있었던 것은 아니었다. 그보다는 그저 장인어른과 아내 생각을 더 많이 했을 뿐이었다. 하지만 장인어른과 아내를 떠올리다 보면 언제나 마지막엔, 거기엔 또 기종 씨가 서 있었다. 어쩌면 애초부터 우리 집에 오지 말았어야 할 사람을, 그런 사람을 내가 즉흥적으로, 선의라는 이름으로, 아무 생각 없이 받아들인 것은 아닐까, 하는 짐작들…… 그런 낭패감들…… 물론 그 모든 것은 나의 짐작일 뿐이었지만, 짐작이었기에 내 침묵과 당혹감은 더 커져만 갔다. 그건 누군가에게, 그러니까 아내나 기종 씨에게, 물어보거나 확인해볼 수도 없는, 그런 문제였다. 두루마리 휴지 따위는 아예 새까맣게 잊어버리게 만드는……

결국 그 짐작들은 기종 씨가 떠나는 그날까지도 계속 이어졌고, 그래서 나는 조금 무뚝뚝하고 사무적인 태도로 그를 떠나보내고 말았다. 그가 떠나기 전전날 밤, 나는 퇴근하고 돌아온 아내에게 짧게 '내일모레 기종 씨 떠난대'라고 말해주었다. 곧바로 안방으로 들어가려던 아내는 잠깐, 멈춤 화면처럼 내게 등을 보인 채 그대로 서 있었는데, 하마터면 그때 나는 아내의 등을 향해 내 짐작에 대해서, 언젠가 기종 씨가 우리 집에 찾아온 적 있지 않았느냐고, 그것도 여러 번 찾아오지 않았었냐고, 물어볼 뻔했다. 하지만 나는 그러지 않았고, 아내는 다시 말없이 안방

문을 열고 안으로 들어갔다. 나는 그런 아내에게 더 이상 서운함이나 원망 같은 것을 느끼지 않았다. 되레 나는 아내에게 미안하고 또 한편 안쓰러운 감정마저 들기도 했다. 그건 그동안 아내가 보여준 모든 행동들이, 기종 씨를 대하던 모든 태도들이, 어쩌면 죄책감의 또 다른 표현이었을지 모른다는 짐작 때문이었다.

기종 씨는 처음 우리 집에 왔을 때처럼 양복을 입었지만, 따로 넥타이는 매지 않은 모습으로 내 앞에 섰다. 나는 전날 아내가 식탁 위에 올려놓은 편지봉투를 그의 양복 안주머니에 넣어주었다. 편지봉투에는 만 원권 지폐 백 장이 들어 있었다. 쇼핑백에는 따로 담배 두 보루도 넣어주었다. 사설 복지단체에서 나온, 노란색 조끼를 맞춰 입은 남자 두 명은 현관문 밖에 선 채, 무덤덤한 표정으로 기종 씨와 나의 작별을 지켜보고 서 있었다. 그들은 모두 자원봉사 배지를 달고 있었다. 나는 신발장 앞에 서서 그에게 '잘 가요. 잘 지내고요'라고 짧게 인사를 건넸다. 그러자 기종 씨는 신발을 신다가 말고 내게 꾸벅, 허리를 굽혀 인사했다. 그러곤 큰 목소리로 이렇게 말했다.

"고맙습니다! 전, 괜찮은데요!"

나는 기종 씨의 시선을 피한 채, 구두라도 사줄걸, 하는 마음으로 그의 흰 운동화만 계속 바라보았다. 나는 어쩐지 나 또한 그를 누군가에게 떠넘기고 있다는 생각이 들었다. 이게 내 알량

한 선의의 전부라는 생각도 들었다.

기종 씨는 그런 나를 뒤로한 채, 씩씩하게, 에너지 넘치는 모습으로, 현관문 밖으로 걸어 나갔다.

*

어쩌면 우리는 모두 무언가를 참아내고 있는 사람들인지도 모른다. 지금 참아내고 있는 그 무엇으로 우리는 우리의 존재를 증명할 수도 있을 것이다. 고독을 참아내는 사람들과 그렇지 못한 사람들, 죄의식을 참아내는 사람들과 그렇지 못한 사람들, 거절을 참아내는 사람들과 망상을 참아내는 사람들. 당연한 말이지만 그 사람들 모두가 같을 수는 없다. 거기에 더해, 우리는 서로가 서로를 참아내기도 한다. 누가 어떤 괴물 같은 짓을 하더라도, 그것을 누가 참아내고 있는가, 누가 그것을 견뎌내지 못하는가. 그것이 우리의 현재를 말해주는, 숨겨진, 또 하나의 눈금일 것이다.

그런 점에서 보자면, 나나 아내나, 우린 둘 다 기종 씨를 참아내지 못한 사람들이었다. 물론 나의 그것과 아내의 그것이 다를 수 있고, 나의 짐작과 아내의 진실이 같을 순 없을지라도, 기종 씨를 외면했다는 점에서 아내나 나는 같은 사람이었다. 나는 가끔 내가 그를 참아냈으면 어떻게 되었을까, 하는 생각을 해보았다. 만약 그랬다면, 아내는 나 또한 참아내지 못했을 것이다. 그건 결코 아내를 비난하고자 하는 말이 아니다. 나 역시도 아내의 입장이었다면, 그건 또 장담할 수 없는 일이었으니까. 아내나 나나, 우리는 서로가 서로를 참아내는 선에서, 그렇게 적당히 타협하면서 지내는 사람들인지도 몰랐다. 그게 조금 쓸쓸하게 들릴지 몰라도, 그게 또 우리였으니까.

그래서였는지는 몰라도, 기종 씨가 우리 집을 떠난 이후, 아내와 나는 금세 예전 모습 그대로 돌아갈 수 있었다. 아내는 퇴근하고 돌아와 다시 예전처럼 아이의 이마를 한 번 짚어본 후, 식탁의자에 앉았고, 나는 그런 아내에게 정수기 물 대신 홍삼에 꿀을 탄 차를 한 잔 건넸다. 아내는 한두 모금 마시다가 그대로 잔을 내려놓았지만, 대신 내게 동료 선생님 한 명과 함께 수학 전문학원을 차리는 문제에 대해서 진지하게 상의해오기도 했다. 괜찮은 자리에 학원이 하나 나왔는데 권리금이 너무 높다는 게 아내의 고민이었다. 나는 아내가 무엇을 에둘러 말하는지 바로 짐작할 수 있었다. 그래서 나는 아내에게 한번 해보라고, 모자라는 돈은 우리 사는 아파트 담보 잡고 대출을 받으면 되지 않겠느냐고 말해주었다. 아내는 내 말에 아무 말 없이 골똘히 생각에 잠긴 표정을 짓다가, 먼저 잘게, 말하곤 안방으로 들어갔다. 나는 아내가 남긴 차를 마저 다 마시고, 다시 라면도 하나 끓여 먹고 난 후, 새벽 3시 무렵 소파에 누워 그대로 잠이 들었다.

아내가 출근한 오후에는 그 나름대로 바쁜 일이 많아졌다. 아이와 함께 유치원에 다니는 여자아이 엄마의 권유로 인근 대학교에서 진행하는 원어민 유아스쿨에 새로 등록했기 때문이었다. 그곳은 자동차로 20분 거리에 있는 곳이었다. 그곳에서 아이가 찰리인지 줄리인지 하는 친구와 함께 손을 머리 위에 얹고 율동을 하고 있는 내내, 나는 학부모 대기실에서 다른 엄마들이 말하는 사립 초등학교 진학 문제나 인근에 새로 분양하는 아파트 시세, 새로 나온 드럼 세탁기의 성능에 대해서 경청하곤 했다. 그리고 그곳에서 만난 다른 엄마의 권유로 '엄마와 함께하는 어린이 수영교실'에도 새로 등록했다. 그래서 나는 다시 일주일에 세 번씩은 자동차로 15분을 달려가 수영 모자를 뒤집어쓴 채 아이의 물장구를 멀거니 바라보아야만 했다.

때때로 기종 씨 생각이 나기도 했다. 그건 조금 불가피한 일이기도 했다. 욕실을 청소하거나 화장실에 앉아 있을 때, 나는 오롯이 두루마리 휴지를 바라보다가 자연스럽게 그를 떠올리곤 했으니까. 그렇다고 기종 씨가 일하는 빌딩에 가볼 생각까지는 들지 않았다. 잘 지내고 있겠지. 어쩌면 지금쯤 아무렇지도 않게 척척 두루마리 휴지를 갈아 끼우고, 치울지도 몰라. 나는 애써 그렇게 생각하고 말았을 뿐이었다. 가끔씩 내가 예전에 했던 짐작들이 떠오를 때도 있었지만, 그러나 더 이상 당혹스러운 마음은 들지 않았다. 오해일 수도 있고, 오해가 아니라 하더라도, 그건 그 나름대로 아내의 상처이자 아픔이라고 생각했기 때문이었다. 그 자리에 기종 씨의 마음이나 아픔은 들어오지 못했다. 나는 그저 아내 마음만 짐작했을 뿐이었다. 그게 내 한계일지도 모르고, 또 옹졸하고 이기적인 마음이라 할지라도, 나는 그것을 인정하기로 했다. 내가 뭘…… 나는 내가 가진 것들만 잘 참아내는 사람이 맞는걸……

*

이듬해 3월 초순 무렵, 나는 정 과장으로부터 오랜만에 전화 한 통을 받았다. 아이와 함께 수영교실을 마친 후, 주차장까지 걸어가면서 쪽쪽 요구르트를 빨고 있을 때였다. 낯익은 전화번호네, 생각하면서 무의식중에 통화 버튼을 눌렀더니 정 과장이었다. 나는 아이를 조수석에 먼저 태운 후, 자동차에서 서너 걸음 떨어진 곳에 서서 그와 통화를 했다.

정 과장은 예전과 달리 목소리에 힘이 빠지고 어쩐지 조금 우울해 보이기까지 했는데, 그래서 나는 그가 감기에라도 걸린 줄 알았다. 하지만 이내 그것이 무엇 때문인지 알게 되었다.

"저기…… 혹시 요새 김기종 씨 만나신 적 있나요?"

정 과장은 짧게 아내와 나의 안부를 물은 후, 잠시 침묵을 지키다가 그렇게 물었다.

"아니요."

"전화 통화도 없으셨고요?"

"네……"

나는 어쩐지 취조를 받고 있는 듯한 느낌이 들었다.

"무슨 일 있나요?"

내 질문에 정 과장은 길게 한숨을 내쉰 후, 짜증 섞인 목소리로 대답했다.

"아니, 이틀 전에 김기종 씨가 말없이 사라졌다고 해서요."

"사라져요?"

"분명 직장에선 제시간에 퇴근을 했다고 하는데 복지단체엔 들어오지 않았다는 거예요."

나는 점퍼 주머니에 들어 있던 담배를 꺼내 물었다.

"제가 보름 전에도 복지단체에 갔다가 김기종 씨를 만난 적이 있었거든요. 그때도 다 괜찮다고만 했는데……"

정 과장은 잠깐 말을 끊었다. 그러곤 다시 내게 물어왔다.

"어디 다른 데 갈 만한 곳은 없을까요?"

"글쎄요……"

나는 담배에 불을 붙이며 말했다.

"허허, 참. 이거 신고를 해야 하나……"

"저기…… 혹시요……"

나는 조금 뜸을 들인 다음 말했다.

"거기에 간 건 아닐까요?"

"어디요?"

정 과장이 수화기 가까이에 대고 말했다.

"거기 있잖아요…… 그 양돈축사……"

"에이, 거길 왜 갑니까? 거, 뭔 좋은 추억이 있다고……"

정 과장은 실망스러운 빛이 역력한 목소리로 말했다. 그래서 나는 '그런가요?' 하면서 작게 웅얼거렸다. 하지만 나는 다시 정 과장에게 그곳 주소를 물어보았다.

"아닐 거예요. 괜한 걸음 하지 마세요."

정 과장은 내게 주소를 불러준 다음, 그렇게 말했다. 우리는 서로 조만간 또 연락을 하기로 하고, 통화를 끝냈다.

정 과장과 통화한 이후에도 나는 아이를 태우고 원어민 유아 스쿨에도 가고, 수영장에도 가고, 엄마들과 대기실에서 수다도 떨면서 예전과 마찬가지의 생활을 계속해나갔다. 그즈음 아내는 새로 인수한 학원 일로 아침 8시에 나가 직접 전단지도 돌리고, 교재도 따로 제작하느라 몸과 마음이 다 분주한 상태였다. 그래서 나도 몇 번 저녁 도시락을 싸 들고 학원으로 찾아가 화장실도 청소해주고, 책상에 걸레질도 해주고, 문제지 복사하는 일도 도와주곤 했다. 나는 아내에게 정 과장과 통화한 사실을 말하진 않았다. 그건 꼭 아내를 위해서라기보단 차라리 나를 위한 것이기도 했다. 나는 또 무언가를 참아내지 못하는, 그런 나를 보고 싶지 않았다. 나는 그가 어디로 사라졌을까, 마음 쓰지 않으려고 노력했다. 또 실제로 어렵지 않게, 그렇게 생활할 수 있었다. 이 땅의 유치원 아이들은 왜 그리도 배워야 할 게 많은지, 나는 아이를 새로 미술학원에 등록시키며 속으로 투덜거렸지만, 결과적으론 그게 그를 잊는 데 도움을 준 건 사실이었다. 이건 뭐 책 한 줄 제대로 읽을 틈 없이 정신없이 차를 빼고 차를 대고, 다시 승합차에서 내리는 아이를 받아 안아야만 했으니까. 다른 엄마들도 모두 그걸 견뎌내고 있었으니까…… 나는 그를 깨끗이 잊어버렸다고 생각했다.

그러나, 꼭 그렇지만도 않았던 게…… 달이 바뀐 4월 중순, 나는 아이의 유치원 숙제를 도와주기 위해 차를 몰고 국도로 나갔다가 무의식중에 그만 정 과장이 불러준 양돈축사 방향 쪽으로 핸들을 돌리고 말았다. 물론 처음엔 그럴 마음이 전혀 없었다. 아이의 숙제는 진달래 꽃잎을 따서 책갈피 사이에 넣어오는 것이었는데, 처음엔 뭐 이런 숙제를 내줘서 부모들을 괴롭히나 생각했지만, 간만에 아이와 함께 시 외곽으로 나오니 그럭저럭 기분이 괜찮아졌다. 어쨌든 봄이었으니까. 나는 찡긋찡긋 봄 햇살에 미간을 찡그리는 아이의 얼굴을 룸미러로 흘끔흘끔 바라보며 천천히 차를 몰고 갔다. 국도는 한적했고, 가로수들은 죄다 푸른 이파리들로 뒤덮여 있었다. 나는 적당한 야산 근처에 차를 세우고 진달래를 찾아볼 생각이었다. 하지만 그렇게 몇 개의 이정표를 지나고, 또 몇 개의 삼거리를 지나면서 나는 차츰차츰 무표정한 얼굴이 되어갔는데, 핸들을 틀 때마다, 또 가속 페달을 밟을 때마다, 나는 내 의식 깊은 곳에 잠재해 있던 어떤 것들이 점점 더 선명해지는 기분이 들었기 때문이었다. 나는 몇 번인가 핸들을 돌리려고 했지만 마음뿐, 그게 잘 되지 않았다. 마치 마음에 앞서 몸이 먼저 달려가듯, 가속 페달에서 좀처럼 발을 떼지 못한 것이었다. 그리고…… 얼마 지나지 않아 나는 그것을 그대로 내버려두기로 마음먹었다.

*

정 과장이 말한 양돈축사는 국도변에서 얼마 떨어지지 않은 낮은 둔덕에 위치해 있었다. 10여 채 정도 모여 있는 마을을 지나 50여 미터쯤 비포장도로를 오르니 슬레이트 지붕을 얹은 두 개의 건물과, '우성사료'라고 커다랗게 적힌 둥근 탑 모양의 탱크가 눈앞에 나타났다. 거기가 기종 씨가 10년 넘게 생활한, 예전 내가 지방신문에서 사진으로 본 적 있던, 마을 이장이 운영한다던 바로 그 양돈축사였다. 나는 비포장도로 중간에 아무렇게나 차를 세워두고 아이와 함께 내려섰다. 비포장도로 주변엔 노란 민들레가 무리 지어 피어 있었고, 듬성듬성 제비꽃도 눈에 띄었다. 아이는 몇 걸음 앞서 가다가 길 가장자리에 주저앉아 나뭇가지로 무언가를 파헤쳤다. 어디선가 거름 냄새가 났지만, 이따금 불어오는 바람에 저 멀리 물러서버리곤 했다. 나는 아이의 등을 물끄러미 바라보다가 심호흡을 한 번 한 후, 천천히 천천히 양돈축사 쪽으로 걸어 올라갔다.

양돈축사는 이미 꽤 오랜 시간 동안 방치된 듯, 사람의 흔적을 찾아볼 수 없었다. 축사 입구 오른편엔 외발 리어카가 세워져 있었고, 그 옆엔 축사에서 떼어낸 듯한 기다란 쇠파이프들이 층층이 쌓여 있었다. 전나무 군락과 이어진 축사 왼편은 쑥부쟁이와 구절초가 어른 무릎 높이까지 자라나 있었는데, 군데군데 컵라면 용기와 신문지, 복숭아 깡통 들이 어지럽게 버려져 있었다. 나는 그것들을 덤덤하게 바라보다가, 힐끔 아이가 앉아 있는 곳을 가늠한 뒤, 다시 몇 걸음 축사 쪽으로 걸어갔다.

해가 지려면 아직 한참을 더 기다려야 했지만, 문짝이 떨어져 나간 축사 안은 마치 불 꺼진 터널처럼 어두컴컴했다. 나는 차마 축사 안으론 들어가지 못하고 상체를 조금 앞으로 기울인 채 두리번거렸다. 축사 안엔 시멘트 포대가 두 줄로 나란히 쌓여 있었고, 전선 뭉치와 사다리도 놓여 있었다. 한쪽엔 거무튀튀하게 변해버린 짚더미가 있었는데, 나는 그쪽을 오랫동안 바라보았다. 아무것도 움직이는 것은 없었다. 그제야 나는 길게 숨을 한 번 내쉬었다. 무언가에 안도하기도 했고, 또 무언가에 마음이 더 무거워지기도 했다.

그만 돌아서서 아이 쪽을 향해 한 걸음 떼었을 때, 누군가 나를 불러 세웠다.

"누구쇼?"

축사 왼편, 전나무 군락지에서 밀짚모자를 쓴 남자 한 명이 내려오고 있었다. 그는 한 손에 조선낫을 들고 있었는데, 그래서 나는 조금 긴장이 되기도 했다. 나는 바지 주머니에 들어 있던 휴대전화를 만지작거렸다.

가까이 다가온 남자는 내 또래로 보였는데, 꽁지머리에 턱수염을 기르고 있었다.

"아이가 유치원에 진달래를 따 가야 한다고 그래서."

나는 턱으로 아이 있는 쪽을 가리키며 말했다.

"여긴 진달래 없어요. 저쪽, 저 국도 건너편 야산에 가면 많을 거요. 여긴 순 쑥부쟁이뿐이에요. 에이, 지긋지긋한 놈들."

남자는 낫으로 제 앞의 잎사귀들을 헤치면서 말했다.

나는 말없이 남자가 가리킨 야산을 바라보았다. 그러다가 나는 좀더 용기를 내보기로 했다.

"저기…… 혹시 여기가 예전에 그 신문에 났던……?"

남자가 쓱 한 번 나를 바라보았다.

"맞아요. 그 노예청년 있던 곳."

남자는 의외로 심드렁한 목소리로 말했다.

"내가 신고했는걸요, 뭐."

"아, 네……"

나는 그래서 그가 누구인지도 알게 되었다.

"아유, 말도 마요. 그것 때문에 내가 얼마나 고생을 했는데요."

남자는 목덜미에 있던 수건으로 쓱, 얼굴을 닦았다. 그는 축사 안으로 들어가면서 말했다.

"시골 양반들이라서 공익 제보가 뭔지, 윤리가 뭔지, 그런 걸

잘 몰라요. 이건 뭐 아직도 성황당이나 찾고 있으니……"

나는 그의 뒤를 따라 축사 안으로 들어갔다. 그러면서 다시 아이가 있는 쪽을 바라보았다. 아이는 이제 일어나 둔덕 쪽을 향해 돌을 던지고 있었다.

"그럼, 이제 여기는……"

"내가 샀어요. 그 이장님한테."

남자는 낫을 내려놓고 발로 전선뭉치를 한쪽으로 치우며 말했다.

"이장님 아들이 눈치가 빠르더라구요. 어차피 매물로 내놓은 거, 상관하지 않더라구요."

"아, 네……"

나는 남자의 말을 건성건성 들으며 축사 안을 살펴보았다.

"여기다 딸기하우스를 한번 해보려고요. 돼지는 이제 사양산업이거든요."

남자는 휘이 축사 지붕을 둘러보며 말했다. 나는 남자가 좀 수다스러운 사람이라고 생각했다. 나는 이제 그만 아들 쪽으로 가볼 마음으로 계속 축사 입구 쪽을 바라보았다. 그러다가…… 나는 무언가를 얼핏 보고 말았다. 그것은 축사 한편, 시멘트 포대 아래 놓여 있었다. 겹겹이 쌓인 시멘트 포대 때문에 온전히 그 모습이 다 보이진 않았지만, 나는 그것이 무엇인지 알 것만 같았다. 나는 그쪽으로 한 걸음 더 다가가 보았다.

그것은 커다란 장의자였다. 4미터까진 안 되어 보였지만, 족히 3미터는 충분히 넘는 크기의 의자였다. 뽀얀 먼지가 뒤덮인 팔걸이와 등받이엔 물결무늬가 새겨져 있었고, 한쪽 다리는 안쪽으로 기우뚱하게 휘어 있었다. 누군가 꽤 정성스럽게 제작한 듯, 아직도 걸터앉는 부분은 단단해 보였고, 또 매끄러워 보였다. 그 위에 시멘트 포대들이 줄줄이 쌓여 있었다. 나는 계속 그것 앞에 서 있었다. 남자는 연신 딸기는 전깃불로 키우는 거거든요, 하면서 말을 이어나갔지만, 나는 그 말들이 제대로 귀에 들어오지 않았다. 대신, 어떤 짐작들이, 가려졌던 짐작들이, 더 선명하게 내 눈앞에 펼쳐지는 기분이었다. 나는 가만가만 그 짐작들을 바라보며 서 있었다.

*

아마도 몹시 추운 겨울날이었을 것이다. 아니, 어쩌면 무더운 여름날이었을 수도 있겠지. 기종 씨와 그의 아버지는 의자를 앞뒤로 든 채, 어딘가를 향해 걸어가고 있었을 것이다. 걷다가 언덕을 만나면 그들은 잠시 의자에 앉아 쉬기도 했을 것이다. 거기에 앉아서 빵이나 우유로 끼니를 때웠을 수도 있겠지…… 그러곤 다시 일어나 그들은 또 걸어갔을 것이다. 그들은 계단을 오르고 골목길을 지나, 장인어른의 낡은 아파트로 찾아갔을 것이다. 그들은 아마 어떤 부탁을 했을 테고, 의자를 보여주며 무언가 애원했을지도 모른다. 하지만 그들은 거절을 당했을 것이다. 그것도 한 번이 아닌 여러 번…… 골목길이 눈에 익고, 다시 골목길이 몸에 밸 때까지, 계속 찾아갔지만, 그러나 그들은 번번이 거절을 당했을 것이다. 마지막으로 찾아갔을 때, 어쩌면 장인어른은 그들에게 편지봉투를 내밀었을지도 모른다. 그 안엔 얼마 정도의 돈이 들어 있었을 것이다. 그러면서 장인어른은 그들에게 어떤 다짐을 받아두었을지도 모른다. 이제 다시는 오지 말라고, 이게 내가 할 수 있는 전부라고…… 그 말을 들은 기종 씨와 그의 아버지는 또다시 의자를 앞뒤로 들고, 어딘가를 향해 걸어갔을 것이다. 그 의자에 앉았던 또 다른 누군가를 찾아갔었을 수도 있겠지만…… 그러나 아마도 장인어른이 마지막이었을 가능성이 크다. 어쨌든 양돈축사에서 가장 가까운 곳은 장인어른의 아파트, 지금 우리가 살고 있는 서른두 평짜리 아파트가 맞으니까.

내가 양돈축사를 떠나기 직전, 꽁지머리 남자에게서 들은 일화는 이런 것이었다. 기종 씨의 아버지가 양돈축사에서 가까운 폐비닐하우스에서 목을 맸다는 것, 의자를 밟고 올라가 목을 맸다는 것, 그 아래에서 기종 씨가 꼬박 사흘을 지냈다는 것, 그것이 전부였다. 남자는 그러면서 이런 말도 덧붙였다.

"이장님이 그 청년 아버지 장사를 치러주었다고, 그다음부터 계속 머슴처럼 부렸다는 거 아닙니까. 아니, 그게 말이 됩니까?"

나는 말이 된다고 생각했다.

*

그날 밤, 나는 밤늦도록 혼자 소파에 앉아 있었다. 아이의 원아 수첩엔 진달래꽃 대신 민들레꽃을 넣어주었다. 나는 그날 아들과 함께 진달래꽃을 찾으러 가지 못했다. 한참을 더 양돈축사 주위를 맴돌다가 그대로 자동차를 몰아 집으로 돌아왔을 뿐이었다. 그러곤 다시 아무렇지도 않게 아이 밥을 챙겨주고, 양치질을 도와주고, 동화책을 읽어주었다. 새벽 1시 무렵 돌아온 아내는 맥주를 한잔 걸친 상태였다. 아내는 나에게 당신도 학원에서 가르쳐볼 마음이 없는지 물어보았다. 국어도 좋고, 세계사도 좋고, 마음먹고 준비하면 가능하지 않겠느냐고, 아이 문제도 있으니까 일단 파트 타임으로 시작하고…… 아내는 다른 날들보다 말이 많았다. 나는 생각해보겠다고 짧게 대답해주었다.

한참 동안 소파에 앉아 있다가, 나는 다시 느릿느릿 욕실로 걸어 들어갔다. 그리고 그곳 좌변기에 옷을 입은 채 그대로 앉아보았다. 눈 앞엔 바로 두루마리 휴지가 매달려 있었다. 나는 오랫동안 그것을 바라보다가 잠깐 고개를 숙였다. 그러다가 다시 그것을 쳐다보았다. 나는 무언가를 참아내야 한다고 생각했다. 하지만 나는 또 계속 무서운 마음이 들었다. 그것이 무서워

나는 자칫 소리 내어 울 뻔했다. 나는 팔뚝으로 입을 가린 채 계속 두루마리 휴지를 쳐다보았다. 끅끅, 소리가 났지만, 나는 그때마다 좌변기 레버를 눌렀다. 다행히…… 소리는 새어 나가지 않았다.

내겐 너무
윤리적인 팬티 한 장

1

이것은 십수 년 전 어느 날, 내게 실제 있었던 일이다. 십수 년 전 일을 새삼 여기에 다시 꺼내든 이유는 간단하다. 그것이 내 안에서 아직 해결되지 않았기 때문이다. 이해되지 않고, 알 수 없는 것들을 이해하기 위해선, 우선 그것들에 대해서 차근차근 이야기해야 한다. 그것이 내가 알고 있는, 유일한 윤리이다. 오직 그 윤리 때문에 이야기는 존재하는 것이다. 여기, 십수 년 전 어느 날, 숨 막힐 듯한 뙤약볕 아래, 씩씩거리며 어딘가를 향해 기어올라가고 있던 한 젊은 영혼의 기록이 있다. 내가 알고 싶은 것은 바로 그 '씩씩'이다.

2

십수 년 전 어느 날이라고 말했지만, 사실 정확한 날짜를 기억하고 있다. 내가 군에서 제대한 지 닷새 뒤에 일어난 일이니까, 정확히 1994년 7월 11일, 일이었다. 삼십칠팔 도는 우습게 뛰어넘던 기록적인 혹서로 아주 유명했던 여름. 그 여름이 기억나지 않는 사람들을 위한 도움말 하나, 북조선 김 주석이 사망했던 바로 그 여름이었다(내가 제대하고 이틀 후에 김 주석이 사망했으니까, 그의 기일은 정확히 그해 7월 8일 토요일이다). 김 주석이 사망하고 다시 이틀 후, 나는 부랴부랴 서울 미아리 형 집으로 올라갔다. 마치 담배를 사러 나가는 사람처럼, 조용히, 가방 하나 들지 않고, 부모님에게도 알리지 않은 채……

나의 서울행은 다름 아닌 김 주석 때문이었다. 신문과 방송에선 연일 조문을 가니 마니, 북조선 군부가 오판을 하니 마니, 전군 전투준비 태세가 진돗개 셋이니 둘이니, 떠들어댔다. 사람들은 당장이라도 전쟁이 터질 것처럼 라면과 생필품을 사재기했고, 미군애들 항공모함은 태평양을 오염시키며 동해를 향해 신나게 달려오고 있는 중이었다. 어느 누군가는, 중국이 이번 기회에 북조선을 합병할지도 모른다, 우리가 가만 있으면 안 된다, 이번이 기회일지도 모른다, 라고 말하기도 했다. 그러니…… 내가 좀 겁을 먹었겠는가. 전쟁이 발발하면 동원령이 떨어질 것은 십중

팔구 자명한 사실이었다(당시, 사회 분위기는 분명 그런 것이었다). 제대한 지 채 일주일도 못 돼서 다시 군대로 끌려 들어간다는 것은, 미안, 너 다시 들어오래, 라는 말을 듣는다는 것은, 그건 너무 가혹하지 않은가. 사람 놀리는 것도 아니고…… 나는 징병 기피자의 비장하고 비굴한 심정으로, 서울행 버스에 올라탔다. 동원 명령서가 전달되지 못할 곳으로, 사람들이 많은 곳으로, 그곳에 꼭꼭 숨어 전쟁이 끝나기만을 기다리고 싶었다. 너무 나약하고 심하고 민감한 반응이 아니냐고?

물론, 그것이 전부는 아니었다.

3

아버지 또한 나의 이른 서울행에 단단히 한몫했다. 제대하고 돌아와 남들 하는 모양새 따라 큰절하고 무릎 꿇어 앉은 나에게, 아버지는 대뜸 9급 경찰 공무원 시험교재와 교습 테이프부터 내밀었다.

—고등학교만 졸업해도 시험을 볼 수 있다고 하더라.

나는 멀거니 아버지가 내민 시험교재와 교습 테이프를 내려다보았다. 그리고 잠시 경찰복을 입고 있는 내 모습을 떠올려보았다. 곧 무너져내릴 것만 같은 파출소 낡은 책상에 앉아, 충혈된 두 눈을 비비며 매일 똑같은 순찰일지를 매일 똑같은 필체로 작성하고 있는, 과중한 업무와 극악무도한 취객들의 고함 소리, 노회한 파출소장의 잔소리를 매일 듣고 사는, 힘없고 쓸쓸한 순경을.

나는 아버지가 건네준 시험교재와 교습 테이프를 보면서, 어떤 위기감 같은 것을 느꼈다.

4

제대를 하고 집으로 돌아오는 버스 안에서 나는 막연하게나마 소설을 공부해보는 것은 어떨까, 하고 나름대로 심각하게 궁리했다. 입대하기 전, 남들 다 하는 진학도, 취직도 하지 못한 채, 하루 종일 골방에 엎드려 벽시계와 지루한 눈싸움만 반복하며 지냈던 적이 있었다. 문밖 출입도 거의 하지 않았고, 아주 늦게 일어나고 늦게 잤으며, 이틀에 한 번꼴로 세수를 하던 시절이었다. 해가 떠 있을 적에는 주로 쓸데없는 공상들을 했고, 한밤중이나 새벽 무렵에는 고등학교 때 쓰다 남은 공책 뒤쪽에 무언가를 깨알같이 적어나갔다. 무엇을 쓰겠다고 작정한 것도 아니었고, 또 그것이 무슨 내용이었는지 지금은 하나도 기억나진 않지만, 나름대로 진지했고, 그 일에 꽤 몰입해 있었던 것 같다. 그것밖에 달리 할 일도 없었으니까……

5

한 번은 새벽 무렵 화장실을 다녀오던 아버지가 졸린 눈으로 내 방문을 열었던 적이 있었다. 나는 아버지가 방으로 들어온 것도 모른 채, 무언가를 열심히 적고 있었다.

—그게 뭐냐?

그제야 나는 화들짝 놀라 쓰고 있던 공책을 가슴 아래로 감추었다. 가끔 밥상에 마주 앉을 때마다, 내 속에서 어떻게 저런 게 나왔는지, 하는 자조와 탄식을 내 숟갈 위로 수북이 얹어주던 아버지였다. 아버지는 거의 반강제로 내 가슴 밑에 있던 공책을 빼어 들었다. 그러곤 마치 남파 공작원의 난수표를 해독하는 공안검사처럼, 이리저리 뒤적거리기 시작했다.

—이게 뭐냐고?

—그냥, 아무것도 아니에요……

—일기냐?

아버지는 한 장 한 장 자세히 읽기 시작했다. 그건 분명 일기는 아니었다. 하지만 나는 몹시 부끄러웠다.

6

—그냥 소설이에요……

내 입에서 어떻게 '소설'이라는 단어가 튀어나오게 되었는지, 그건 지금도 알 수 없는 일들 중 하나이다. 단지 당장의 부끄러움을 만회하기 위한 것이었는지, 그도 아니면 내 안의 어떤 다른 이의 목소리였는지, 그건 나도 잘 모르겠다. 어쨌든 나는 분명 '소설'이라고 말했다.

—소설?

아버지는 공책에서 시선을 거둬 잠시 내 얼굴을 빤히 바라보았다. 그러곤 들고 있던 공책을 무덤덤한 표정으로 나에게 건네주었다.

—하여간 게으른 인간들이 하는 짓은 하나씩 다 해보는구나.

나는 고개를 숙인 채 묵묵히 아버지의 말을 들었다.

—소설 좋아하면 폐병 걸린다더라.

아버지는 그 말을 끝으로 내 방에서 나갔다. 방문 밖에선 예의 그 '내 속에서 어떻게 저런 게 나왔는지' 하는 소리가 들려왔다.

7

몇 년이 지났지만, 아버지는 변한 게 없어 보였다. 그런 아버지에게 소설 공부 운운하면 되돌아올 소리는 뻔해 보였다.

—너, 그러다 폐암 걸린다.

혹은,

—경찰관 되고 나면 소설을 쓰든 붓글씨를 쓰든 말리지 않으마.

나는 아버지가 건네준 시험교재와 교습 테이프를 내 방 책상 한편에 얌전히 쌓아둔 채, 다음 날 곧장 서울 형 집으로 도망쳤다.

8

당시 총각이었던 형은 무슨무슨 이동통신회사에 다니고 있었다. 나와는 성격도 외모도 판이하게 달라 세들어 살고 있는 원룸도 깔끔했고, 차림새도 말끔했다(형은 고등학교 때부터 서울로 유학을 와, 그 뒤 쭉 혼자 지냈다). 어디어디 전자회사에서 최신형 워크맨이 출시되면 가장 먼저 구입해야 직성이 풀리고, 계절이 바뀔 때마다 유행 패턴을 예측하여 서너 벌의 옷가지를 사들이고, 그 추측이 맞아떨어지는 것을 즐거운 표정으로 지켜보는 것이 취미였다. 그래서였는지 나와는 통 대화가 없었다. 제대하고 처음 만난 나에게 던진 말이 고작, 샤워부터 하고 방에 들어와라, 였으니까.

9

사고가 일어난 것은 서울에 올라온 바로 그다음 날이었다. 깨어보니 형은 이미 출근하고 없었다. 아침을 먹는 둥 마는 둥 다시 잠자리에 누웠다. 잠깐 켜본 TV에선 계속 김 주석 사망에 관련된 보도를 내보내고 있었다. 라면공장 사장이 나와 '요즘만 같으면 살 것 같다'라는 다소 엉뚱한 인터뷰를 해, 기자를 당황시키기도 했다. 나는 다시 한참 동안 잠을 잤고, 여러 개의 꿈을 꿨고, 그래서 땀을 아주 많이 흘렸다. 그때 꿨던 내 꿈이라는 게 그랬다. 추리닝을 입은 채 김장독 안에 숨어 있던 내게, 어머니가 다가왔다. 어머니의 손엔 곱게 잘 다려진 군복이 들려 있었다. 어머니는 내게 '이 에미 걱정은 말고……' 하며 말끝을 흐렸다. 그 옆에서 아버지는 '난 또 네가 진짜 제대한 줄 알았지 뭐냐. 서류가 잘못된 거란다. 그냥 휴가 나왔다가 복귀하는 셈 쳐라' 하며 흠흠, 헛기침을 해댔다. 아버지와 어머니 뒤에는 중대장이 양손을 허리춤에 댄 채 꼿꼿이 서 있었다. 그리고 그 옆에는 같은 날 전역한 동기생들이 오른팔을 씩씩하게 내저으며 '전우의 시체를 넘고 넘어'를 합창하고 있었다. 어머니의 손에 이끌려 김장독 밖으로 끌려 나온 나는 '씨이 진짜, 사람 놀리는 것도 아니고……'라고 말했다. 그러면서 연신 팔꿈치로 눈물을 닦아댔다……

꿈에서 깨어보니 이부자리는 온통 축축하게 젖어 있었다. 시큼한 땀 내음이 풍겨져오기도 했다. 꿈이 좀 사납긴 했지만, 그래도 나는 그렇게 며칠 동안 죽은 듯이 잠만 자고 싶었다. 게으르고 게을러져 세상 사람들이 미처 나를 알아볼 수 없을 만큼 뚱뚱해졌으면, 경찰 공무원 신체검사에 탈락할 만큼 비대해졌으면, 하고 바랐다. 나는 서서히 입대하기 전의 나로 되돌아가고 있었다. 중간에 형이 한 번 전화를 했다. 늦을 거라고, 기다리지 말고 먼저 밥 차려 먹으라고 말했다. 그러곤 한참을 침묵하다가 얼마나 있다가 내려갈 거냐고, 너도 이제 정신을 차려야 하지 않겠느냐고, 다소 장황하게 말을 꺼냈다. 나는 졸음이 가시지 않은 목소리로 아주 짧게짧게 대답했다. 그게 마지막이었다. 그날, 내가 일상인으로, 온전한 스물네 살의 사회인으로 대화한 내용의 전부……

10

담배를 사러 나갔다. 문밖 출입을 극도로 자제할 생각이었지만 떨어진 담배 앞에선 배겨낼 재간이 없었다. 목 부위가 늘어난 면티와, 서랍장에서 찾아 입은, 형의 다소 현란하고 화려한 색상의 반바지, 그리고 맨발에 슬리퍼 차림으로 원룸을 나섰다. 아무 생각 없이 원룸의 현관문을 닫고 계단을 한 걸음쯤 내려갔을 때, 그제야 나는 열쇠를 가지고 나오지 않았다는 것을 깨달았다. 형의 반바지엔 호주머니가 없었다. 내 손엔 달랑 천 원짜리 지폐 한 장과 라이터 한 개가 들려 있었을 뿐이었다(형의 원룸은 그때까지만 해도 최신식이었던 버튼식 자동 잠금 현관문이었다). 나는 형의 회사 전화번호도, 주소도 모르는 상태였다(형은 '삐삐'를 갖고 있었지만, 역시나 나는 번호를 외우고 있지 못했다). 아는 것이 하나 없으니…… 나는 좀 난감해졌다.

나는 현관문 앞에 쪼그려 앉아, 내가 알고 있는 번호를 조합해 이것저것 버튼을 눌러보았다. 고향집 전화번호, 형 생일, 아버지 생신, 내 생일, 혹, 광복절은 아닐까, 아니 형은 의외로 단순한 구석이 있을지도 몰라, 천사나 빵빵빵빵, 뭐 이런 게 아닐까?

그렇게 한참 동안 버튼을 누르고 있을 때, 형의 원룸 바로 옆 현관문이 빼꼼 열렸다. 하늘색 헤어밴드를 한, 이십대 후반의 젊은 여자였다. 그녀는 막 밖으로 나오려다가 나를 발견하곤 그 자리에 주춤, 멈춰 섰다. 그녀의 양손에는 쓰레기봉투가 들려 있었다. 당황한 것은 나였다. '허허, 이게 아니었네, 이게 아니었어.' 나는 그녀를 바라보며 일부러 사람 좋은 웃음까지 지어 가며, 당황하지 않은 척 노력했다. 여자는 그런 나를 곁눈질로 바라보다가, 발걸음을 돌려 재빠르게 집 안으로 사라졌다. 덜컥, 여자의 현관문이 둔탁한 금속음을 내며 닫히고, 곧이어 서둘러 보조키 잠그는 소리가 들려왔다. 그러곤 아무 소리도 들려오지 않았다.

날씨는 조금 더 후텁지근하게 변해버린 것 같았다. 나는 천천히 계단을 내려와 손 그늘을 만들어, 형이 세들어 살고 있는 3층짜리 원룸 건물을 노려보았다. 형의 방은 2층에 있었다. 잘만 하면 도시가스관을 타고 기어올라갈 수 있을 것도 같았다. 아니, 어쩌면 철사 같은 것으로 쉽게 열 수 있을지도 몰라. 이미 일은 벌어지고 만 것을 어떻게 하느냐. 나는 될 수 있는 한, 낙천적으로 생각하려고 애썼다. 담배를 피우면 좋은 생각이 떠오를지도 모르니…… 담배부터 사기로 한 것이었다.

11

형의 집에서 가장 가까운 담뱃가게는 '신일슈퍼'였다. 말이

슈퍼지, 구멍가게 위에 간판만 큼지막하게 매달아놓고 무조건 슈퍼라고 우기는, 그 허다한 영세 상점 중 하나였다. 제대로 작동되지 않는 냉장고와, 선반 위에 초라하게 진열된 복숭아 통조림과 고등어 통조림, 파리 끈끈이의 무수한 주검들과, 어딘가에서 풍겨져 나오는 시금털털한 냄새. 담배만 팔지 않는다면 결코 들어가고 싶지 않은 가게였다. 가게 주인은 사십대 후반의 부부였다. 그 더운 날, 그들 부부는 카운터 한편 얼기설기 만들어놓은 쪽방에 앉아 털털거리는 선풍기 바람을 쐬고 있었다. 남편은 뚱뚱한 부인의 무릎을 베고 누워 있었다.

돈을 받고 담배를 꺼내려던 부인이 한참 동안 내 행색을 위아래로 훑어보았다. 담배만 받으면 뒤돌아보지 않고 나가려던 나는 슬슬 짜증이 치밀어오르기 시작했다. 가뜩이나 열쇠 때문에 이미 한 번 잡친 기분이었다. 부인은 특히 내가 입고 있는 반바지를 유심히 살펴보았다.

—총각, 아무리 더워도 그렇지, 그렇게 빤스만 입고 돌아다니면 어떡해?

처음, 나는 별일 아니라고 생각했다. 짧으면 무조건 팬티 아니면 수영복, 혹은 기저귀라고 생각하는 세대이니, 그냥 혀 몇 번 차고 등 돌려 잊어버리겠거니, 생각했다.

—이거 반바지입니다. 담배 빨리 주시겠습니까?

제대한 지 채 일주일도 지나지 않았던 그때, 내 말은 거의 '다'나 '까'로 끝나곤 했다. 고치려 해도 잘 고쳐지지 않았던 화법.

—무슨 소리야? 빤스 맞구만. 젊은 사람이 우길 걸 우겨야지.

그제야 남편도 자리에서 일어나 부인 옆에 앉았다. 덩치도 왜소하고, 이마도 좁고, 눈꼬리만 길고 가늘게 관자놀이 쪽으로 뻗은, 의심 많고 호기심 가득한 얼굴이었다. 나는 아예 그들 부부를 무시하기로 마음먹었다. '빤스'라고 생각되면 생각하라지, 하는 심정이었다. 한데…… 담배를 안 주니, 돈은 냈는데……

—이게 최신 유행이라 아주머니가 잘 모르실 겁니다. 올 여름엔 다 이런 반바지 차림으로 돌아다닐 겁니다.

나는 인내심을 갖고 부인을 설득하려 했다. 하긴, 형의 반바지는 어른들에게 오해를 살 만도 했다. 허리선에 고무줄이 들어가 있고, 멋들어진 하와이안 비치가 알록달록 그려져 있었으니까(그것도 대부분 형광색으로).

—그게 무슨 해괴망측한 소리래? 무슨 지랄 났다고 사람들이 빤스만 입고 싸돌아 댕겨? 총각이 잘 모르나 본데, 이게 그, 그 뭐냐? 잉, 그래. 트, 트렁크 빤쮸, 트렁크 빤스 아냐?

부인의 말에 나는 잠시 움찔했다. 부인의 입에서 나도 모르는 단어가 튀어나왔기 때문이었다. '트렁크 빤스'라니? 그런 건 들어본 적도, 입어본 적도 없었다. 그때만 해도 나는, 팬티라 함은 '쌍방울'이나 '백양'에서 나온 순면 백 퍼센트의 오각형 모양이 전부라고, 알고 있었다. 물론 거기에 색깔을 넣은 팬티가 있다는 것 정도는 알고 있었다. 내가 입대하기 전까지는 분명 그랬다. 나는, 부인이 무슨 엉뚱한 소리를 들었거니 생각했다. 트럭으로 한 무더기씩 떼다 파는 팬티가 있나, 그걸 두고 저렇게 열 내나, 했을 뿐이었다. 하지만 부인은 아주 단호했다.

—내, 얼마 전에 이 양반 모시메리 사러 신앙촌에 갔다가 그 집 여편네가 보여줘서 잘 안다니까. 길이도 딱 그 정도였어.

—아, 글쎄 아니라니깐요. 이건 반바지예요, 반바지! 그때 아줌마가 본 팬티 색깔이 이거랑 똑같아요? 정말 이 바지 천하고 똑같냐구요?

나는 더 이상 밀려선 안 된다고 생각했다. 나는 목소리를 한 톤 정도 더 높였다. 그러자, 이상하게도 '다'나 '까'로 끝나던 화법이 사라져버렸다.

—아니, 뭐, 똑같은 건 아니지만……

—그리고요, 아주머니, 전 이 바지 안에 팬티 입었단 말이에요. 이제 됐죠?

나는 반바지의 고무줄을 퉁퉁, 튕기며 말했다. 생각 같아선 당장 반바지를 내려, 내 새하얀 팬티를 아주머니에게 보여주고 싶었지만, 옆에 있는 아저씨가 마음에 걸렸다.

—그러길래…… 왜 빤스 위에 빤스를 껴입고 싸돌아다니냔 말이지, 내 말은……

평상시 같았으면 담배고 뭐고, 깨끗이 포기하고 뒤돌아 나왔을 것이다. 하지만 집은 잠기고, 달랑 들고 온 담뱃값 천 원은 이미 지불된 상태이고…… 나는 잠시, 이 사람들 혹 이런 식으로 손님들 돈을 떼어먹는 게 아닐까, 제풀에 지쳐 성내면서 그냥 나가게 만드는 게 이 가게의 영업 방침이 아닐까, 뭐 그런 생각까지도 했었다.

12

아주머니가 내게 막 담배를 넘기려던 순간, 일군의 고교생들이 가게 안으로 밀려들어왔다. 교복을 입은 남자아이 셋, 여자아이 둘. 오늘 내가 빵빠레 하나씩 쏜다, 나는 구구콘이 더 좋다, 난 베스킨라빈스 아이스크림 아니면 안 먹는다, 그럼 처먹지 말고 우리 먹는 거나 구경해라 등등, 좁은 가게 안은 학생들로 인해 금세 활어 경매장처럼 변해버렸다. 그 바람에 내게 담뱃갑을 건네려던 부인의 손이 다시 원위치로 되돌아가고 말았다. 돌이켜 생각해보면, 그때 화를 버럭 내며 가게를 나서는 게 옳았다. 낡은 가게 미닫이문에 발길질 한 번 하고, 침 한 번 뱉는 게, 그게 오히려 더 깨끗했을지도 모른다. 그런데, 그러질 못했다. 무슨 담배에 사무친 원한이 그리 많다고……

—잉, 학생들 마침 잘 왔네. 저 총각이 현재 입고 있는 것이 반바지여, 트, 트렁크 빤쮸여?

학생들의 시선이 일제히 내 반바지 쪽으로 쏠렸다. 보자마자 웃음을 터트리는 여학생, 고개를 좀더 내 아랫도리 쪽으로 숙여보는 남학생, 심지어 직접 자기 손으로 만져보려는 '싸가지' 없는 학생까지……

—트렁크 맞네.

—바캉스 가서 입는 반바지 아니야?

—색상 좋고.

—아저씨, 이거 어디서 샀어요?

나는 더 이상 참을 수가 없었다. 말없이 그들 모두를 노려보다가 부인 손에 들린 담배를 거의 뺏다시피 해서, 밖으로 뛰쳐나왔다. 뒤에선 여전히 트렁크네 아니네, 섹시하네 야하네, 하는 소리들이 들려왔다. 태양은 정확히 내 정수리께 도달해 있었고, 거리에선 고무 타는 냄새가 진동하고 있었다. 난, 결코 부끄러워서 뛰쳐나온 게 아니었다. 그들이 무슨 말을 하든, 나는 반바지라고 확신하고 있었다. 군에서 단체로 구입해 입었던 축구 유니폼 바지와 거의 같은 재질, 같은 길이의 반바지였다. 나는 단지 소란이 귀찮았을 뿐, 당당했다.

13

그러나, 그날의 불행은 그 정도에서 끝나지 않았다. 왜 그런 날이 있지 않는가. 오해가 오해를 부르고, 그러다 보면 정말 무엇이 오해이고 진실인지 엉망으로 뒤섞여버리는 날. 그날이 바로 그랬다.

담배는 샀지만 방으로 들어갈 일이 막막했다. 도시가스관을 타고 들어가기엔 내 운동신경이 미덥질 못했다. 그렇다고 형이 퇴근할 때까지 기다릴 수도 없는 노릇이고…… 나는 연신 담배만 피우며 원룸 건물 주위를 맴돌았다. 등 언저리는 금세 땀으로 흥건해졌고, 목덜미는 불에 덴 것처럼 따끔거렸다. 나는 거의 자포자기하는 심정으로 골목 한편에 놓여 있던 쓰레기봉투들을 뒤적거리기 시작했다. 혹, 알맞은 크기의 철사 같은 것을 발견한다면, 분풀이하는 심정으로 열쇠구멍이라도 한번 쑤셔보리라, 하는 마음이었다.

얼마나 그러고 있었을까. 누군가 나를 지켜보고 있다는 느낌이 들었다. 뒤돌아보니 또 그 '신일슈퍼' 주인이었다. 이번엔 아주머니가 아닌, 아저씨. 그를 보자마자 나는 어떤 오기 같은 것이 발동했다. 나는 성큼성큼 그에게로 다가갔다.

—또 뭐요?

나는 대뜸, 이제 막 공장에서 나온 송곳처럼 날을 세웠다. 그러나, 아저씨의 표정은 전혀 흔들림이 없었다. 뒷짐을 진 채 내 반바지와 얼굴을 찬찬히 훑어보았다. 그러곤 준비해온 결정타를 날렸다.

—네가 그놈, 맞지?

14

신일슈퍼 주인아저씨의 말에 따르면, 당시 형이 살고 있는 동네 반경 10킬로미터 이내에서 두 달 사이 네 차례나 성폭행 사건이 발생했다고 한다. 주로 혼자 사는 여자들을 대상으로, 벌건 대낮에, 증거도 별로 남기지 않고, 순식간에 범죄가 이루어졌다고 한다. 슈퍼 주인아저씨는 나를 그 '용의자'로 확신하고 있었다.

—아까 우리 가게에 들어온 아이들이 그러는데, 머리 짧은 거며, 눈썹 진한 거 하며, 딱 몽타주 속 그놈이라는 거야. 그리고 그놈도 가끔 너처럼 빤스 차림으로 나타날 때도 있대. 빨리 일 치르고 도망가려고.

주인아저씨의 추측을 듣고 나니, 나는 오히려 더 기운이 솟았다. 내가 입고 있는 반바지가, 틀림없는 반바지라는 확신이 들었다. 부부가 온전한 정신을 가지지 못했구나, 하는 생각도 잠깐 머릿속을 스치고 지나갔다.

—그래서 절더러 뭘 어쩌라는 겁니까?

—어쩌긴? 같이 파출소에 가야지. 가서 용서를 구하고 벌을 받아야지. 도망갈 생각은 행여 하지도 말어, 이 사람아! 내가 이래 봬도 해병대 출신이야!

—조옷습니다! 가시죠, 파출소! 대신, 어르신이 틀리면, 어

르신도 벌을 받아야 합니다. 아시죠, 무고죄!

나는 바락바락 악을 썼다.

그렇게 해서 우리는 정말 미아 3동 파출소까지 가게 되었다. 가는 도중 아저씨는 행인 몇 명을 불러세워놓고, 내 반바지가 팬티인지 반바지인지, 의견을 구하기도 했다. 대부분의 사람들은 내 반바지를 한 번 보고, 다시 우리 두 사람의 얼굴을 바라보고는 아무런 말 없이 가던 길을 갔다(아, 그때마다 나와 아저씨는 또 얼마나 진지했던가!). 중년 아주머니 한 분은 '날이 더우니……' 하며 혀를 차기도 했다. 그러나, 우리 둘은 정말로 심각하고, 또 활기 넘쳤다.

15

후에 알게 된 사실이지만, 그때 북조선 군인들도 비상이기는 마찬가지였단다. 수령 동무의 사망을 틈타 남조선 괴뢰도당들이 기습 북침을 감행해올지도 모른다는 위기감에 밤낮없이 비상근무를 서야만 했단다. 그러니까 뭐냐, 둘 다 오해한 것이었다. 그 오해 덕분에 라면공장 사장은 신이 났고, 이제 갓 제대한 예비역 병장들은 밤마다 악몽에 시달렸으며, 미군 애들은 괜스레 바다를 오염시켰다. 그리고 나는…… 파출소까지 가게 되었다.

16

더위에 지쳐 있던 파출소 순경들은, 처음엔 한심스럽다는 표정을 감추지 않았다. 파출소가 '반바지와 팬티를 구별해주는 곳이냐'며 노골적으로 신경질을 냈다. 그러나, 아저씨의 입에서 '성폭행범'이라는 말이 튀어나오자마자, 상황은 급작스럽게 달라졌다. 의경 한 명은 조용히 내가 앉은 의자 뒤로 다가와 섰고, 또 다른 순경 한 명은 파출소 출입문 앞을 막아섰다.

―아니요…… 자꾸 이 아저씨가 오해를 하시는데요…… 이게 정말 반바지거든요……

경찰들의 변화에 나는 좀 당황했다. 말까지 더듬으면서 이 사람 저 사람 눈치를 살폈다. 그리고 급기야 고향 아버지에게 전화까지 걸게 되었다. 제대하고 나서 주민등록 신고를 제때 하지 않은 덕택에, 파출소 컴퓨터엔 내가 아직 현역 복무 중인 것으로 나타났다(짧은 순간, 경찰들은 나를 탈영병으로 오해하기도 했다). 경찰과 아버지는 5분 정도 통화를 했고(그 와중에도 아버지는 전화를 건네받은 경찰에게 월수입과 근무환경에 대해 이것저것 물어보아, 그를 난감하게 만들었다), 나는 열 손가락 모두 지문을 찍어야만 했다. 신일슈퍼 주인아저씨는 그 모든 과정을, 꿈에서 본 중대장처럼, 양손을 허리춤에 댄 채, 꼼꼼하게 지켜보았다.

—당분간 어디 먼 데 가지 마시고요, 일단 집으로 돌아가 계세요.

본청과 팩스를 몇 번 주고받은 경찰관 한 명이 내게 말했다. 나는 그에게 허리를 숙여 인사한 다음, 파출소 문을 밀고 밖으로 나왔다. 등 뒤에선 신일슈퍼 주인아저씨가 "아, 이 사람들아, 그냥 보내면 어떡해! 저놈이 그놈이 분명하다니까!"하며 큰소리를 냈다. 나는 아무 말도 하지 않고 고개를 푹 숙인 채, 터덜터덜 슬리퍼를 끌며 원룸 건물을 향해 걸어갔다.

내가 좀 이상해지기 시작한 건, 아마 그때부터였던 것 같다.

17

다시 원룸 건물 앞으로 돌아와, 나는 털썩, 계단 입구에 쪼그려 앉았다. 여름 해는 길기도 하지, 태양은 아직 쨍쨍했고, 골목길은 지나다니는 사람 한 명 없이 한산하기만 했다. 길고양이 한 마리가 게으르게 담장 아래 그늘을 따라 걷고 있는 것이 보였다. 나는 그 풍경을 오랫동안 지켜보고 있다가, 툭툭, 엉덩이를 털고 자리에서 일어났다. 그리고 노란색 페인트가 칠해진 도시가스관 앞으로 다가가 섰다. 도시가스관은 아디다스 운동화 로고처럼 삼선으로 길게, 옥상을 향해 뻗어 있었다. 중간중간엔 반지처럼 생긴 고정핀이 부착되어 있었다. 나는 왼손으로 도시가스관을 잡고 이리저리 힘을 주어보다가, 폴짝, 슬리퍼를 신은 채 올라탔다. 형의 원룸 쪽 도시가스관이 아니었다. 바로 옆, 하늘색 헤어밴드를 한 젊은 여자의 원룸 방향이었다.

18

그건 지금 생각해봐도 좀처럼 이해할 수 없는 선택이었다. 어쩌면 이런 것이었을지도 모른다. 그녀의 원룸 창문을 타 넘고 들어가서, 내가 지금 입고 있는 것이 반바지인가 팬티인가, 그것만 물어보고 싶었는지도 모른다. 그녀에게 그날 있었던 일을 하나하나 다 이야기해주고, 그녀의 답을 들은 후, 그녀가 아까 버리려 했던 쓰레기봉투를 대신 버려주고 싶었는지도 모른다…… 아니, 어쩌면 그 당시에 나는 일을 확 저지르고 싶었는지도 모른다. 내가 원하든 그렇지 않든, 나는 이미 그렇게 규정되어버렸다는 자의식이 머릿속에서 쉬이 떠나지 않았다. 분명, 나는 반바지라고 생각해서 입었는데, 정말 당당했는데, 어찌 된 일인지 파출소 문을 밀고 나오는 그 순간부터 모든 것이 다 희미해져버리고 말았다. 내가 모르는 또 다른 내가 있어, 팬티만 입은 채 골목길을 활보하고, 혼자 사는 여자들의 뒤를 쫓고, 강제로 침입하고…… 그러곤 다시 아무 일 없다는 듯 팬티를 입고 나오고…… 나는 아무것도 확신할 수가 없었다. 누군가 계속 나를 지켜보는 것만 같았고, 그 눈길을 참고 견디는 것이 고통스러워, 차라리 그 기다림을 확 끝장내버리는 것은 어떨까, 하는 생각도 계속 이어졌다……

그러나…… 도시가스관을 타고 2층까지 올라간다는 것은 생각처럼 그리 쉬운 일이 아니었다. 타본 사람들은 잘 알겠지만, 손이 미끄러운 것도 미끄러운 것이었지만, 무엇보다 뜨거운 것이 문제였다. 한나절, 여름 햇살에 잘 달궈진 도시가스관은 이제 막 프라이팬에서 건져낸 소시지 같았다. 한 손, 한 손, 뗄 때마다 앙다문 어금니에선 바람 빠지는 소리가 절로 튀어나왔다. 그래도 '씩씩', 나는 하늘을 향해 뻗은 두 팔을 내리지 않았다. 연신 미끄러지면서도, 슬리퍼 신은 발로 벽을 디디며, '씩씩', 조금씩 조금씩 2층을 향해 올라갔다. 하늘은 명랑하게도 높고 푸르기만 했다. 붉은색 담벼락에선 이상하게도 비린내가 나고 있었다.

19

—너 지금 거기서 뭐 하냐?

그때 형이 나를 제일 먼저 발견하지 않았다면, 글쎄…… 그 다음 일은 어떻게 됐을지, 나로서도 장담할 수가 없다. 그 여자에게 뛰어들어가 이야기를 했을지도, 검사 앞에 끌려가 이야기를 했을지도, 혹은 동료 수감자들에게 신고식처럼 이야기를 했을지도 모른다. 그러나, 지상에 서 있는 형의 얼굴을 보는 순간, 양 어깨에서 힘이 쏙 빠져버렸다. 좀 전까지도 아무렇지 않던 허리가 아파왔고, 현기증이, 두통이, 중력이, 우르르, 한꺼번에 나를 덮쳐왔다. 나는 쪼르르르, 미끄러지다시피 해서 지상으로 내려왔다(그 덕분에 정강이에 찰과상이 생겼다). 꽤 많이 올라간 거라 생각했는데, 내려와 보니, 불과 내 키 높이 정도였다.

그때 형은 고향 아버지의 전화를 받고, 부랴부랴 택시를 잡아 타고 돌아오는 길이었다(그 덕택에 나는 이렇게 활자로 이야기할 수 있게 되었다). 형은 잠시 나를 바라보다가, 말없이 원룸 계단을 올라갔다. 그러곤 내 앞에서 신경질적으로 버튼을 누른 후, 다시 회사로 돌아가버렸다. 그때 형이 누른 버튼 번호는 '0315'였다. 후에 알고 보니, 그건 형의 전역 날짜였다.

20

원룸 안으로 들어온 후, 나는 반바지 차림 그대로 형의 침대 아래 누웠다. 그리고 오랫동안 TV를 보았다. TV에선 조총련계 재일동포 아저씨가 화난 표정으로 인터뷰를 하고 있었다.

—우리 조선 옛말에 절대로 상종하지 못할 놈을 상갓집 앞에서 춤추는 놈이라 했습니다.

벽 저편, 옆 원룸에선 희미하게 음악 소리가 들려왔다. 나는 그 음악 소리에 맞춰, 퉁퉁, 반바지의 고무줄을 튕겨보았다. 경쾌하게 퉁퉁. 세상은 아무것도 달라지지 않았다. 나는 그렇게 오랫동안 퉁퉁,거리다가 그대로 까무룩, 잠이 들고 말았다.

21

그때 꾼 꿈에서, 나는 북조선 김 주석을 만났다. 김 주석을 보자마자, 나는 반사적으로 군에서 배운 태권도 '태극 1장' 자세를 취했다. 한데, 자세히 보니, 김 주석도 나도, 모두 하얀 팬티 차림이었다. 나는 부끄러운 마음이 들어 엉덩이를 조금 뒤로 뺐다. 그러나 여전히 '태극 1장' 자세는 풀지 않았다. 김 주석은 그런 나를 오랫동안 지켜보다가, 툭 한 마디 내뱉었다.

—거, 동무래 윤리적인 반동이구만.

김 주석은 그렇게 말한 뒤, 천천히 뒤돌아 걸어갔다. 나는 그의 뒷모습이 희미해질 때쯤 되어서야, 이얍, 하고 허공에 발차기를 한 번 했다. 발은 간신히 허리선까지만 올라왔다가 내려갔다. 몰랐는데, 내 하얀 팬티엔 찔끔, 누런 오줌 자국이 묻어 있었다. 나는, 김 주석이 그 오줌 자국을 보고 그런 말을 했구나, 생각했다. 그래서 좀 부끄러워졌다.

21

눈을 떠보니 이미 한밤중이었다. 언제 들어왔는지, 형은 침대 위에서 쌕쌕, 잠들어 있었다. 형광등은 꺼져 있었지만, TV는 그대로 켜져 있었다. 정규방송이 끝난 TV에선 어지러운 주사선만이, 머리카락처럼 이리저리 일렁거리고 있었다. 나는 그 모습을 한참 동안 지켜보다가 조용히 볼륨을 줄였다. 그리고 그 자세 그대로 형에게 물었다.

—형, 자……?

—……

형은 대답 대신 끙, 신음 소리 같은 것을 내면서 등을 돌려 누웠다.

—나, 정말 궁금해서 그러는데, 응?

—……

—이거, 이거 말이야…… 정말 팬티야?

침대에선 아무 소리도 들려오지 않았다. 주사선은 쉬지 않고 계속 좌에서 우로 흘러갔지만, 내겐 그저 그 자리 그대로, 멈춰 있는 것처럼만 보였다. 나는 계속 형에게 물어보았다.

—속옷은 속에 입는 옷이 맞잖아? 그치, 형? 그래야 속옷이 되는 거잖아, 응?

나는 조금 더 목소리를 높이며, 계속 형에게 묻고 또 물었다.

대화도 통 없던 형이었지만, 그 순간만큼은 그 누구보다도 소중한 존재처럼 여겨졌다. 나는 오래전 헤어졌다가 다시 만난 이산가족처럼 오래오래, 두서없이 말을 했다.

한데, 깊이 잠들어 있는 줄로만 알았던 형이 갑자기, 툭, 한마디 던졌다.

—미친 새끼……

그걸로 끝이었다. 형은 더 이상 말하지 않았고, 나도 그 순간부터 입을 닫아버리고 말았다. 형의 그 말 이후, 갑자기 모든 것이 원상태로 되돌아온 것만 같았다. 나는 숨을 죽인 채, 계속 TV만 바라보았다. 주사선은 언젠가 TV에서 봤던 하와이 해안가처럼, 잔잔하게 파도치고 있었다.

22

7년 전까지인가, 나는 쭉 그 반바지를 입고 지냈다. 하와이안 비치는 여전했지만, 형광색은 빛이 좀 바랬다. 형은 그 반바지를 아예 나에게 줘버렸다. 나는 그날 이후, 형에게 그 반바지가 정말 반바지인지, 그도 아니면 트렁크 팬티인지 묻지 않았다. 그냥 반바지라고 믿었다. 세월이 지나 나 또한 트렁크 팬티라는 것을 입고 살게 되었지만, 그 반바지가 트렁크 팬티인지 아닌지는 지금도 잘 분간되진 않는다. 그래서 그냥 분간하지 않기로 마음먹었다. 다만 그 반바지는 철저히 집에서만 입었다. 몇 년 전 여름에는 하도 더워서 팬티도 벗어버리고 그 반바지만 입고 지내기도 했다. 그제야 그 반바지는 내게 팬티가 되었다.

그러나, 나는 지금도 궁금하다. 그날 오후, 나를 '씩씩'거리게 만들어, 도시가스관을 타고 올라가게 만든 것은 무엇일까? 그것이 반바지일까, 팬티일까, 김 주석일까? 십수 년이 지난 지금까지도, 이야기를 다 끝낸 지금까지도, 나는 그것을 잘 모르겠다. 혹시, 니코틴 때문은 아닐까?

이야기의 경계를 넘어, 이야기되지 않는 삶을 찾아서

김동식

1. 이야기의 종언(終焉)과 맞닥뜨리기를 욕망하는 이야기

소설에 대한 비평이나 해설에서 특정 용어가 몇 번 등장하는가를 이야기하는 것은 그다지 좋은 일이 못 된다고 들어왔다. 그래서, 정말로, 진정으로, 참고만 하자는 뜻에서 이야기하려고 한다. 이기호의 세번째 소설집 『김 박사는 누구인가?』에서는 '이야기'라는 단어가 정확히 100번 사용되었다. 작품들을 읽고 난 후 머릿속에 어떤 단어가 남아 있는 경우가 있는데, 『김 박사는 누구인가?』를 읽은 후에는 이야기라는 단어가 별다른 이유도 없이 입가에 맴돌았고, 출판사에서 보내준 원고 파일을 통해서 검색해보니 그와 같은 사실을 알 수 있었다. 소설이란 사람 사는 이야기를 적어놓은 글이니 당연한 일이 아니겠느냐며 가볍게 넘어갈 수도 있을 것이다. 하지만 그와 동시에 작품들 곳곳에서 사용된 이야기라는 말들은 소설에 대한 작가 이기호의 생각과 무의식을 엿볼 수 있는 통로가 될 수도 있을 것이라 생각한다. 적어도, 뛰어난 이야기꾼이라는 세간의 평가와는 무관한 지점에서, 작가가 이야기에 대해, 그만큼 무의식적이며 동시에 그만큼 자각적이라는 방증은 될 수 있을 것이다.

이기호는 이전의 소설집들 『최순덕 성령충만기』(2004)와 『갈팡질팡하다가 내 이럴 줄 알았지』(2006)에서 무척이나 매력적인 이야기들과 함께 그 이야기들을 전달하는 다양한 목소리들을 들려준 바 있다. 욕설과 비속어를 현기증 날 정도로 늘어놓는 래퍼의 목소리, 성경의 고아하면서도 숭엄한 목소리, 소설 읽기로 인도하는 최면술사의 나긋나긋한 목소리, 흙으로 만든 볶음밥의 레시피를 알려주는 얼빠진 인간의 목소리 등등. 그에게 이야기는 책이나 문자로 환원되는 것이 아니라 목소리를 통해서 전달되는 것이었다. 달리 말하면 작가 이기호 자신이 이야기꾼인 동시에 목소리 배우였던 것이다.[1] 이번 소설집인 『김 박사는 누구인가?』에서도 이야기에 대한 작가 특유의 섬세한 문제의식은 여전히 유지되고 있다. 이전의 두 소설집과 비교할 때 눈에 띄게 달라진 것이 있다면, 이야기를 전달하는 목소리의 다

1) 이기호의 『최순덕 성령충만기』와 『갈팡질팡하다가 내 이럴 줄 알았지』에 대해서는 졸고, 「이야기를 꿈꾸는 소설에 관한 이야기」, 『기억과 흔적』, 문학과지성사, 2012, pp. 89~109 참조.

양성보다는 "이야기의 운명"(p. 86)에 보다 많은 관심을 보이고 있다는 점이 아닐까 한다. 이야기는 우리가 살고 있는 세계의 어느 곳에 자리 잡고 있는가, 우리의 삶은 이야기들에 의해 어떻게 규정되고 있는가, 이야기를 둘러싸고 있는 억압의 기제는 무엇인가, 이야기는 왜 이름을 사이에 두고 공식문서와 대결할 수밖에 없는가, 이야기는 삶의 어느 지점에서 또 다른 이야기를 꿈꾸게 되는가, 이야기는 어디까지 이야기할 수 있는가, 이야기는 이야기할 수 없는 것에 도달할 수 있는가 등등. 『김박사는 누구인가?』는, 이야기를 만들어서 들려주려고 하기보다는, 이야기를 둘러싼 작가의 고민과 문제의식을 소설 속에 담아내고 있다. 소설로 씌어진 이기호 특유의 이야기론(論)이라고 불러도 좋을 터.

이야기에 대한 일반적인 규정들을 감안할 때, 이기호가 말하는 '이야기'는 독특한 의미를 지니고 있다. 일반적으로 이야기라고 하면 설화·전설·민담 등 근대적 소설양식이 확립되기 이전에 향유되었던 다양한 서사양식을 말하거나 흥미를 유발할 수 있는 사건에 근거하여 잘 짜인 서사를 말하는 경우가 많다. 이기호가 말하는 이야기는 전근대적 서사양식도 아니고 스토리텔링과 같은 이야기 공학(工學)과도 별다른 관련이 없다. 이기호의 소설들에서 이야기는 삶과 나란히 놓여 있다. 이야기는 삶의 외부와 내부에 동시적으로 존재한다. 외부의 이야기는 삶을 규정하고 구속하는 상징구조이다. 이기호의 소설들에서는 아버지와 국가의 요구(명령)로 표상되며, 주민등록이나 학적부와 같은 공식문서로 제시된다. 따라서 외부의 상징구조와 삶의 내밀한 이야기 사이에는 서열적인 또는 억압적인 구조가 형성될 수밖에 없고, 삶이란 아버지와 국가의 요구를 '입증'하는 이야기를 만들어내는 과정에 해당한다. 『김 박사는 누구인가?』의 여러 작품들이 '이름'에 주목하고 있는데, 이름이야말로 외부의 상징구조와 삶의 내밀한 이야기 사이의 서열적 · 억압적 관계를 상징적으로 재현하고 있는 기호이기 때문이다. 이름은 아버지에 의해 부여되고 국가에 의해 관리되는 기호인 동시에 삶의 고유성에 대한 이야기를 욕망하는 기호이다. 이름에는 아버지—국가의 명령(요구)과 삶의 고유한 이야기가 교차한다. 흥미로운 것은 이 지점부터이다. 이기호의 소설들에 의하면, 외부의 상징구조와 삶의 이야기 사이의 서열적 관계 아래에서도, 삶은 자신의 내부에 어쩌면 한 번도 이야기될 수 없을지 모르는 여백들을 마련한다. 『김 박사는 누구인가?』가 욕망하는 이야기의 자리 또한, 어쩌면 결코 이야기될 수 없을지도 모르는 삶의 여백들이다. 이야기의 종언과 맞닥뜨리기를 욕망하는 이야기라고 부를 수도 있을 것이다. 이기호의 이야기들은 이야기될 수 없는 삶의 지점들을 자신의 경계이자 기원으로 지시한다. 그리고 삶의 여백에는 또 다른 이야기가 잠재되어 있을지도 모른다는 희망을 함께 배치한다. 이기호의 작품들을 읽고 이야기라는 말이 머릿속에서 맴돌았던 이유도, 원고 파일에서 이야기를 장난삼아 검색해본 이유도, 이러한 사정이나 맥락과 전혀 무관하지는 않았을 듯하다. 아마도 이기호가 들려줄 '이야기의 운명'이 궁금했을 터.

2. 삶의 얼룩, 또는 겨우 이야기되는 것들

「내겐 너무 윤리적인 팬티 한 장」의 주인공은 군대에서 전역한 지 일주일 된 24세의 청년이다. 제대한 지 이틀 후에 김일성이 사망했다는 뉴스가 보도됐다. 1994년 7월 10일의 일이다. 전쟁이 난다면 국가는 이제 갓 전역한 예비군을 지체없이 동원할 것이다. 게다가 아버지는 9급 경찰 공무원 교재를 내놓으며 공무원 시험을 강요한다. 국가의 소환과 아버지의 명령. 이중의 구속과 억압 사이에서 그는 형이 살고 있는 서울로 도주한다. 어느 날 담배를 사러 형의 반바지를 입고 출입문을 나섰다가 버튼식 문이 잠기는 일이 벌어진다. 현관문의 비밀번호도, 형의 직장 전화번호도 모르는 상황이어서 난감하기만 하다. 문제는 "허리선에 고무줄이 들어가 있고, 멋들어진 하와이안 비치가 알록달록 그려져 있"(p. 351)는 반바지를 입은 옷차림이었다. 옆집의 젊은 여인이 쓰레기봉투를 버리러 나왔다가 급하게 사라진다. 좀도둑이나 빈집털이범으로 여긴 것이다. 반바지가 혐의의 시선을 불러들인 것이다.

담배를 사러 간 신일슈퍼에서는 주인이 그가 입은 하의가 팬티인지 트렁크인지 반바지인지를 놓고 시비를 건다. 그가 입은 반바지가 속옷과 관련된 일반적인 분류체계에 애매성을 증식시킨 것이다. 겨우 담배를 사서 밖으로 나온 지 얼마 되지 않았는데 슈퍼의 주인이 그의 덜미를 잡는다. 그동안 동네에서 일어났던 성폭행 사건의 용의자로 몰린 것이다. 팬티와 트렁크와 반바지의 경계를 서성이던 그의 옷차림은 이제 외설의 기호이자 성폭행의 징후로 규정되기에 이른 것이다. 무죄를 입증하기 위해서라도 경찰서로 갈 수밖에 없었다. 경찰서에서 그는 자신의 하의가 반바지라는 사실을 역설했다. 하지만 컴퓨터 조회 결과가 여전히 현역복무 중인 것으로 나오는 바람에 잠시 탈영병으로 오해받는 소동을 겪는다. 다행히 고향의 아버지와 전화가 되어 혐의에서 벗어나게 된다.

단순히 무늬가 화려한 반바지를 입었을 따름인데, 그의 정체성은 스스로 입증할 수 없는 수준에 이르렀고, 공권력의 입증을 거친 후에야 겨우 정체성의 위기는 안정될 수 있었던 셈이다. 경찰서에서 방면된 그는 형의 원룸으로 와서 건물 바깥의 가스관을 타고 오른다. 문제는 형의 집이 아니라 젊은 여자가 사는 옆집을 향하고 있었다는 것. 그는 왜 그런 선택을 한 것일까. 이유는 간단하다. 타인의 이야기들이 그의 삶을 에워싸고 있었기 때문이다. 이제 그만 군대에서 나가라는 국가의 이야기, 공무원시험을 준비하라는 아버지의 이야기, 전쟁이 나면 즉각적으로 동원될 수 있다는 국가의 이야기, 너는 빈집털이범일 것이라는 옆집 여자의 암묵적인 시선-이야기, '빤스'를 입고 돌아다니는 변태 같은 놈이라는 슈퍼 주인의 이야기, 너의 팬티는 성폭행에 대한 욕망을 외표화하는 외설적인 기호라는 사람들의 이야기, 부대를 무단이탈한 탈영범일지도 모른다는 경찰서 컴퓨터의 이야기, 그 자식은 내 아들이 틀림없다는 아버지의 이야기 등등. 그의 삶은 타인의 다양한 이야기들에 의해 중층적으로 규정되고 있으며, 자신의 이야기가 아닌 외부의 이야기들에 의해서만 스스로를 입증할 수 있는 상황에 놓여 있다.

> 그건 지금 생각해봐도 좀처럼 이해할 수 없는 선택이었다. 어쩌면 이런 것이었을지도 모른다. 그녀의 원룸 창문을 타 넘고 들어가서, 내가 지금 입고 있는 것이 반바지인가 팬티인가, 그것만 물어보고 싶었는지도 모른다. 그녀에게 그날 있었던 일을 하나하나 다 이야기해주고, 그녀의 답을 들은 후, 그녀가 아까 버리려 했던 쓰레기봉투를 대신 버려주고 싶었는지도 모른다…… 아니, 어쩌면 그 당시에 나는 일을 확 저지르고 싶었는지도 모른다. 내가 원하든 그렇지 않든, 나는 이미 그렇게 규정되어버렸다는 자의식이 머릿속에서 쉬이 떠나지 않았다. 분명, 나는 반바지라고 생각해서 입었는데, 정말 당당했는데, 어찌된 일인지 파출소 문을 밀고 나오는 그 순간부터 모든 것이 다 희미해져버리고 말았다. (p. 360. 밑줄은 인용자. 이하 동일함.)

그가 하고 싶었던 것은 자신의 존재(정체성, 고유성)를 '입증'하는 일이었을 것이다. 입증에는 두 가지 방식이 있다. 첫번째는 있었던 일을 하나하나 다 이야기해주는 방식의 입증이다. 사람들이 부여했던 혐의의 시선이 근거없는 것이었다는 사실을 이야기로써 입증하는 것. 두번째는 사람들이 가지고 있던 혐의를 실제 행동으로 옮겨 현실화함으로써 그들이 가지고 있던 의심의 구조가 타당한 것이었음을 입증하는 것이다. 스스로 외설적인 괴물 되기가 그것. 어느 쪽이든 입증의 요구를 무의식처럼 둘러쓰고 있기는 마찬가지이다. 보다 중요한 것은 이기호 소설의 주인공 청년에게 입증의 요구는 억압적 무의식으로 구조화되어 있지만, 실제로 그가 이야기를 통해서 자신을 입증해 보일 수 있는 가능성은 차단되거나 박탈된다는 사실이다.

한바탕 소동을 겪은 후 청년의 꿈이 매우 상징적이다. 꿈에서 그는 김일성 주석 앞에서 태권도 자세를 취하다가 팬티에 오줌 자국을 남긴다. "내 하얀 팬티엔 찔끔, 누런 오줌 자국이 묻어 있었다"(p. 363). 꿈을 통해서 하고자 하는 이야기는 의외로 단순하다. 낮에 청년이 입었던 하의는 팬티가 아니라 반바지라는 것. 팬티는 찔끔 누런 오줌 자국이 묻어 있거나 묻을 수 있는 옷이지만, 반바지에는 누런 오줌을 지릴 수 없다는 사실을 말하고 있는 것이다. 누런 오줌 자국은 그 자체로 그 옷이 팬티라는 사실을 입증하고자 하는 이야기의 흔적이다. 그런 의미에서 그가 하려고 했지만 결국 하지 못한 이야기는 누런 오줌 자국이 남아 있는 팬티와 상징적으로 매우 흡사하다. 이기호의 소설들에서 이야기는 '입증'의 요구에 시달린다. 그리고 이야기들은 아주 겨우, 오줌 묻은 팬티에 비유하자면 찔끔, 스스로를 입증한다. 말하고 싶었지만 하지 못하고 억압되어버린 이야기의 흔적.

3. 개인의 삶과 공적 기록 사이의 비(非)대칭성—'이름'의 위상학

공식적인 입증은 경찰서와 같은 공권력에 의해서 이루어진다. 그렇다면 국가, 경찰, 학교 등과 같은 기관들은 어떠한 방식으로 기록을 관리하는 것일까. 국가, 경찰, 학교는 어떻게 자신들의 권위를 정당화하는 것일까. 이기호의 소설이 이야기하고자 하는 '이야기'의 면모를 보다 구체적으로 살피기 위해 공적 기록이 만들어지고 관리되는 과정을 들여다보는 일이 필요할 것으로 보인다. 이야기를 둘러싸고 있는 억압의 구조를 가시화하는 과정에서, 이야기가 놓여 있는 조건들이 보다 명료하게 드러나게 될 것이다.

「행정동」에서 등장인물들 사이의 기본적인 인간관계는 대학의 '학적부'로부터 주어진다. 주인공 오재우는 지도교수의 추천으로 모교에서 비정규직으로 일하고 있다. 사실 오재우와 지도교수는 얼굴도 마주친 적이 없는 "행정상의 사이"(p. 13)였다. 하지만 아버지는 지도교수에게 반복해서 취업 청탁 전화를 넣었고, 지도교수는 아버지의 부탁을 거절하지 못했다. 이유는 단순하면서도 명료하다. 아버지, 어머니, 지도교수, 오재우가 모두 동일한 대학의 학적부에 등재되어 있었기 때문이다. 학적부에 따르면 아버지는 지도교수의 선배이고, 어머니는 지도교수와 동기이다.

오재우가 하는 일도 학적부와 관련된 일이다. 그는 1960년 이후의 졸업생 학적부를 전산입력하는 일을 하고 있다. 학교가 발급한 출입증 카드에 의해서 그의 출퇴근이 기록된다. "출입문 왼쪽 상단 센서에 갖다 대면 자동으로 문이 열리는, 그래서 모든 근태 기록이 다 저장되는, 작은 칩이 내장된 카드였다"(p. 11). 아버지는 정규직으로 선발될 기회라며 그에게 아예 퇴근하지 말 것을 종용한다. "아예 퇴근을 하지 말렴"(p. 11). 출퇴근과 관련된 사항을 빠짐없이 기록하는 학교 기관과, 아예 퇴근을 하지 않는 초인적인 성실함을 보여줄 것을 명령하는 아버지. 그는 오후 6시에 일시적으로 퇴근했다가 밤 10시에 다시 사무실로 들어가는 방법으로, 아버지의 명령을 수행하는 동시에 자신의 극단적인 성실성을 학교기관에 기입(記入)하고 있다. 오재우라는 이름은 생물학적인 아버지의 명령과 학교라는 권력기관의 관리 아래에 놓여 있는 셈이다.

어느 날 다시 행정동으로 돌아와서 일을 하고 있는데, 새벽 3시쯤 작은 소동이 일어난다. 함께 일하는 여자가 출입카드를 사무실에 놓고 왔다며 들어가게 해달라고 사정을 한다. 하지만 행정동의 수위들은 그녀의 신원이 불확실하다며 못 들어오게 막는다. 그 과정에서 수위가 여자의 가슴을 만졌느니 안 만졌느니 하는 성추행 시비까지 불거진다. 결국 여자는 쫓겨났고, 여자를 따라 나간 오재우는 자신이 입증할 테니 경찰서에 신고하자고 제안한다. 하지만 여자는 완강하게 거부한다. 학교와 관련된 불미스러운 일을 경찰의 공식 기록에 남기고 그 위에 자신의 이름을 기입하는 일을, 그녀로서는 할 수 없었던 것이다. 경찰에 신고하는 순간 입증의 요구가 그녀를 옥죄어올 것이기 때문이다. 이름은 관리되어야 할 대상이다. 문제는 밤새도록 여자와 실랑이를 하는 통에 오재우가 출근 시간에도 늦게 되었다는 것이다. 오재우가 성추행 당한 여성을 도와주려 했다는 사실을 입증해줄 기록은 그 어디에도 남아 있지 않을 것이다. 학교의 컴퓨터에는 오재우가 밤새도록 근무한 적이 없으며 아침에는 늦게 출근했다는 사실만이 기록될 것이다. 공식 기록이나 문서에서 삶의 내밀한 세부는 입증되지 않는다. 공백으로 남을 뿐이다.

원 학적부의 기록을 훼손하지 말 것, 학점과 학위 구분, 입학 연도와 졸업 연도, 주소 이외의 모든 내용은 그대로 생략할 것. 그것이 학적과에서 임시직들에게 나누어준 프로그램 작성 매뉴얼이었다. 덕분에 예전 학적부에 기재되어 있던 혈액형이나 신장, 몸무게, 보증인, 가족 관계, 질병 사항, 병역, 수상 경력, 휴학 기간 따위들은 모두 사라지게 되었다. 이유는 간단했다. 그것들까지 모두 프로그램에 담기에는 시간이나 용량이 부족했기 때문이었다. 또, 그것들이 사라졌다 한들, 학적부의 본래 의미가 훼손되는 것은 아니기 때문이었다. (pp. 20~21)

학교의 컴퓨터는 매우 꼼꼼하다. 하지만 체계적으로 허술하기도 하다. 오재우가 하는 일은 학적부를 전산입력하는 것이다. 하지만 기존의 학적부에서 학위 구분, 입학 연도와 졸업 연도, 주소만 기입하고 나머지 사항들은 모두 삭제한다. 다른 사항들은 증명(입증)에 필요하지도 않거니와 무엇보다도 프로그램 용량이 부족하기 때문이다. 오재우의 입장에서 보자면 모순적인 또는 비대칭적인 상황이 그를 둘러싸고 있다. 한편으로 그는 학적부의 기록들을 체계적으로 삭제하고 있었고, 다른 한편으로 그의 출퇴근 기록은 학교에 의해 빠짐없이 기록되고 있었다.

오재우는 컴퓨터의 전원을 켜고, 모니터에 프로그램 창을 띄웠다. 천구백사십일 년 오월 팔 일 태어난 '최민구' 씨는, 일 년 동안 가사 휴학을 했고, 네 과목을 재수강했으며, 결핵을 앓아 사십 일 동안 학교를 나오지 못했었다. 그의 혈액형은 O형이었으며, 삼남 사녀 중 차남이었고, 몸무게는 오십칠 킬로그램이었다. 오재우는 그런 '최민구' 씨를 가만히 바라보다가, 하나하나 '최민구' 씨를 지워나가기 시작했다. 다른 생각은 하나도 하지 않았다. 그는 오직 지워나가기만 했다. (p. 40)

학적부와 같은 공적 기록은 개인적 삶을 삭제하는 운동성에 의해서 만들어진다. 한 개인의 삶이 가졌던 다양함에 비하면 학교기관의 공적 기록은 너무나도 빈약하고 소략하다. 개인의 삶과 공적 기록 사이의 비(非)대칭성. 학교기관은 개인의 삶과 공적 기록 사이의 비대칭성을 체계화함으로써 자신의 공적 권위를 만들어내고 있었다. "서류란 원래 그런 것이니까. 서류란 원래 사실이 필요해서, 사실을 만들어내기 위해, 작성된 것이니까"(p. 40). 학적부에서 개인적인 항목들을 삭제하는 과정은, 개인적인 삶-이야기의 흔적들이 지워지는 과정이기도 하다. 삶의 미세한 세부들, 개인의 고유함을 입증할 수도 있었을 흔적들이 사라져가고 있다. 그렇다면 오재우의 작업에는 삭제의 운동성만 있었던 것일까. 그렇지는 않다.

그는 식빵을 천천히 오물거리면서 '김길수' 씨의 학적부를 들여다보았다. 그가 한 번도 만나본 적 없는 '김길수' 씨는 입학에서부터 졸업에 이르기까지, 모두 삼 년이라는 시간이 비워져 있었다. [……] 오재우는 계속 '김길수' 씨의 비어 있는 삼 년을 상상해보았다. 가래질을 하고 있는 '김길수' 씨와, 골방에 틀어박혀 낡은 책을 읽고 있는 '김길수' 씨와, 혁명에 가담하지 못해 자책하는 '김길수' 씨…… 그는 그런 상상을 하면서 또 한편 천천히, '김길수' 씨의 신장을 지우고, 몸무게를 지우고, 가족 관계를 지우고, 휴학 연도를 지워나갔다. 그리고 남은 숫자들을 프로그램에 입력했다. 그렇게 프로그램에 입력된 '김길수' 씨는, 예전 학적부 속 '김길수' 씨와는 전혀 다른, 또 다른 '김길수' 씨로 변해 있었다. 〔……〕 오재우는 그것이 마치 어떤 커다란 비밀처럼만 여겨졌다. 아무도 모르는, 이제는 알려고 해도 알 수 없는, '김길수' 씨도 모르고, 오직 자신만 알게 된 비밀. 오재우는 그런 비밀들을 한 장 한 장, 마음속에 쌓아가며 계속 자판을 두들겼다. (pp. 21~22)

학적부에서 삭제된 항목들은, 역설적으로 삶의 개별성과 고유성을 지시하는 기호 또는 흔적이기도 하다. 공적 기록이 기록하지 못했거나 기록할 수 없었던 삶의 내밀함과 고유함이, 삭제를 통해 마련된 공백 속에서 너울대고 있다. 아마도 이 지점이 이기호의 소설이 바라보았던 '이야기'의 가능성의 영역일 것이다. 그렇다면 학적부와 같은 공적 문서에서 도저히 지울 수 없는 것은 무엇인가. 바로 '김길수'와 같은 이름이다. 이름은 생물학적 아버지에 의해서 부여되며 국가, 학교, 경찰 등과 같은 기구apparatus들에 의해 관리된다. 하지만 이름은 한 개인의 내밀한 삶을 지시하는 고유명사이기도 하다. 문제는 이기호 소설의 '이야기' 또한, 만약 이야기가 개인의 내밀한 삶에 도달하고자 한다면, 이름을 포기할 수 없다는 것이다. 학적부가 삭제한 '김길수'의 삶을 이야기하고자 할 때, 그 이야기가 어떻게 김길수라는 이름을 삭제할 수 있을까. 이제 이름은 공식 기록과 개인의 삶－이야기가 충돌하는 상징적인 투쟁의 장(場)이 된다. 이기호의 이야기 쪽에서 보자면, 불가피한 싸움이다.

4. '이름'의 무의식들──입증에의 요구와 삶의 고유함에 대한 욕망

이름은 두 가지의 차원을 갖는다. 공적 기록에 등재된 기호이자, 개인적 삶의 내밀함과 고유함을 이야기하는 기호. 이름은 공적 기록과 삶의 이야기가 교차하는 지점이며, 공적 기록 아래에 삶의 이야기가 여백으로 배치되는 장소이다. 이름에는 입증에의 요구가 집중되는 동시에 삶의 고유함에 대한 욕망이 꿈틀댄다. 연작의 형태를 취하고 있는 「저기 사람이 나무처럼 걸어간다」와 「이정(而丁)──저기 사람이 나무처럼 걸어간다 2」(이하 「이정」으로 약칭)는 이름과 관련된 이야기를 다루고 있는 작품이다. 두 작품은 모두 강력한 상징성에 구속되어 있는 삶과 이름의 문제를 다루고 있는데, 「저기 사람이 나무처럼 걸어간다」에서는 성경과 관련되며, 「이정」에서는 남로당과 관련된 역사적 상징성이 제시되어 있다. 먼저 「이정」을 살펴보도록 하자.

「이정」은 어머니의 개명(改名)과 관련된 이야기이다. 어머니의 이름은, 최이정(崔而丁). 이름에 잘 쓰지 않는 한자들이 들어가 있기는 하지만 별다른 문제는 없어 보인다. 그런데도 어머니는 왜 개명하려는 것일까. 역사와 혈연과 관련된 거대한 상징성이 버거웠기 때문이다. '이정(而丁)'은 해방기에 남로당을 이끌었던 박헌영의 호이다. 어머니는 박헌영이 죽었던 1955년에 태어났고, 외할아버지는 남로당 계열의 빨치산이었다가 전향한 터였다. 전향한 빨치산인 외할아버지가 박헌영이 죽던 해에 태어난 딸에게 박헌영의 호를 가져와 이름으로 붙여준 것이라고 볼 수 있는 이름. 언제라도 연좌제로부터 호명될 준비가 되어 있는 이름. 아들 수환에게 개명과 관련된 행정 절차를 밟아달라고 부탁한다. 이름은 아버지로부터 주어지게 마련인데, 그녀에게 수환은 아버지 같은 아들이었다. "그녀는 가끔 아들이 아버지처럼 여겨지기도 했다"(p. 175). 개명 절차가 그다지 까다롭지 않은데도 아들은 빨리 진척시키지 못하고 있었다. 그러던 어느 날 아들은 개명 신청서를 엄마에게 가져오다가 교통사고를 당해 의식불명 상태에 놓이게 된다. 아들의 입에는 서류봉투가 물려 있었다고 한다. "아들이 입에 물고 있던 서류봉투에는 그녀의 주민등록등본과 범죄경력증명서, 그리고 아무것도 적혀 있지 않은 개명신청허가서가 들어 있었다"(p. 183).

할아버지, 어머니, 수환에게 있어 이정이라는 이름은 입증에의 요구와 관련된다. 왜 할아버지는, 박헌영의 호를 가져다가 딸의 이름으로 삼았던 것일까. 비록 전향을 하기는 했지만 여전히 이념에 대한 신념을 간직하고 있었음을 자기 자신에게 또는 그 누군가에게 '입증'하고 싶었던 것은 아닐까. 어머니의 경우 자신의 이름은 애초부터 고유성을 박탈당한 기호였다. 그녀는, '이정은 박헌영이다'라는 혐의의 구조와 맞서서, '이정은 박헌영과 무관하다'라는 사실을 '입증'하는 삶을 살아야 했다. 개명신청은 박헌영과의 무관함을 입증하고 자신의 이름에 최소한의 고유성을 부여하고자 하는 의지의 표현인 셈이다. 그렇다면 수환의 경우는 어떠했을까. 그 역시 입증에의 요구에서 자유롭지 못하다. 개명 절차를 밟지 못한 것은, 법원이 요구하는 개명 이유를 제시하는 일이 어려워서가 아니라, 개명 절차를 통해서 어머니의 고유함을 '입증'하고 싶었기 때문이다. 사고 당시 그는 아무것도 적혀 있지 않은 개명신청허가서를 입에 물고 있었다. 그에게는 뭔가 이야기할 것이 있었음이 분명하다. 아마도, 그 이야기는 고유함을 이야기하는 최소한의 언어 또는 입증의 억압적 무의식으로부터 자유로운 이야기가 아니었을까.

그는 삼 년 전까지만 해도 각막 이식에 대해선 한 번도 생각해 본 적이 없었다. 그때까지 그는 어느 편이었는가 하면, 자신이 시력을 잃은 것은 모두 '하나님의 하시는 일을 나타내고자 하심'이라고 생각하고 있었다. 그것은 「요한복음」 9장에 나오는 말이었다. 그는 또한 소경 바디매오에 대한 이야기도 잘 알고 있었다. 예수 그리스도는 소경 바디매오에게 네 믿음이 너를 보게 하리라, 라고 말한 바 있었다. (pp. 142~43)

「저기 사람이 나무처럼 걸어간다」는 어렸을 때 전기 화재로 실명한 어느 전도사의 이야기이다. 실명한 이후 그는 스스로를 「요한복음」 9장에 등장하는 소경 바디매오로 여기며 살았다. 바디매오는 하느님 아버지가 성경을 통해서 주신 이름이었다. 그는 바디매오처럼 살았고, 아내도 그를 성경의 인물로 여겼다. "아내 역시 신앙의 힘으로, 성경에 나오는 구절로써만, 자신을 이해하고 있는 것은 아닐까, 의심이 들었다"(p. 145). 시력을 잃은 것이 하나님의 뜻이기에 그는 다시 앞을 볼 수 있을 거라는 생각을 갖지 않고 지내왔다. "예찬이 머리에서 모락모락 김이 나네"(p. 143). 3년 전 어린 아들을 목욕시키던 아내의 말을 듣고는, 다시 앞을 보고 싶다는 소망을 갖게 되었다. "최 간호사가 근무하는 병원을 찾아가 안과 진료를 받은 후, 각막 이식 수술 대기자 명단에 자신의 이름을 올린 것은 바로 그다음 날의 일이었다"(p. 144). 생물학적 아버지가 부여한 이름을, 병원의 행정체계에 등재한 것이다.

그가 병원에 도착한 지 채 한 시간도 지나지 않아, 교회 담임 목사와 성도 여섯 명이 원목실 앞으로 찾아왔다. 담임목사는 그를 보자마자, 그 자리에 선 채 손을 맞잡고 기도를 하기 시작했다. 「마가복음」 8장에 나오는 예수의 이적을 인용하며, 담임목사는 길게 기도했다. 예수 그리스도가 소경의 눈에 침을 뱉어 이적을 행하는 부분이었다. 일전에 그는 담임목사와 함께 그 대목에 대해서 이야기를 나눈 적이 있었다. (pp. 140~41)

12년은 기다려야 될 거라는 이야기를 들었는데, 3년 만에 각막 이식수술 대상자가 되었다는 연락이 온 것이다. 바디매오로 살아왔던 그는 성경으로부터 또 다른 이름을 부여받게 된다. 「마가복음」에 등장하는 소경이 전도사의 새로운 이름이다. 예수가 소경의 눈에 침을 뱉어 앞을 볼 수 있게 하는 이적을 행하였고, 눈을 뜬 소경의 첫 마디는 "사람들이 나무처럼 걸어가는 것이 보이나이다"(p. 141)였다. 성경의 이야기가 현실이 되어가고 있는 것이다.

이제 각막을 기증할 뇌사 환자 가족의 동의가 남았을 따름이다. 최 간호사의 호출을 기다리며 병원의 원목실에서 대기하고 있는데, 어느 소녀가 담배를 피우겠다며 원목실로 들어온다. 그는 소녀가 마지막까지 동의를 하지 않고 있다는 뇌사 환자의 딸일지도 모른다는 생각을 한다. 그는 앞 못 보는 소경으로 힘겹게 살아온 이야기를, 그리고 원목실에 두 사람이 함께 있게 된 것이 모두 신의 은혜와 예정이라는 이야기를 소녀에게 들려준다. 그리고 자신이 먹으려고 사왔던 빵과 우유를 소녀에게 내어

준다. 그는 뇌사 환자가 죽기만을 기다리는 것처럼 되어버린 상황이 힘겹고 죄스러워서 이식수술을 포기하려고 병원 밖으로 나선다. 하지만 이내 최 간호사의 설득에 의해 병원으로 다시 들어오게 되고, 뇌사 환자의 가족들과 인사를 나눈다. 그 순간 "퉤, 소리와 함께 별안간 그의 눈에 차가운 이물질이 와 닿았다"(p. 168). 누군가가 그의 얼굴에 침을 뱉은 것이다.

> 그는 놀라지 않았다. 그는 움직이지도 않았다. 그저 가만히 침이 뺨을 타고 흘러내리는 것을 기다렸을 뿐이었다. 누군가 그의 팔짱을 끼고 뒤를 돌아 서둘러 걸어가기 시작했다. 그의 뺨 위에선 계속 비린내가, 우유 냄새가 났지만, 그는 그것을 닦아내지 않았다. 그는 자신이 어디로 가는지도 모른 채, 무작정 따라가기만 했다. 나무처럼 딱딱하게. (p. 168)

전도사의 일생은 '입증'의 삶이었다. 그는 바디매오처럼 살면서 성경의 거대한 이야기를 현실에서 입증해왔다. 원목실에서도 그는 자신의 고생담과 하느님의 섭리를 이야기하면서 자신이 각막을 기증받을 자격이 있음을 소녀에게 그리고 초월자에게 입증하고자 했다. 「마가복음」의 소경처럼 눈에 침을 맞고 앞을 보게 된다면, 그 또한 성경을 입증하는 일이 될 것이다. 소녀로 몸을 바꾼 예수는 소경에게 침을 뱉어주었다. 그는 자신의 뺨에서 흘러내리는 침을 닦을 수도 없고, 각막 이식수술을 거부

할 수도 없다. 침을 닦거나 수술을 거부하는 것은 성경을 부정하는 것이기 때문이다. 그는 '나무처럼' 성경의 이야기를 진행시켜 나갈 뿐이다. 이를 두고 이름과 관련된 근원적인 수동성이라 할 것이다. 이제 남은 일은 수술을 마친 후에 눈을 뜨고, 「마가복음」의 소경이 말했던 것처럼 '사람이 나무처럼 걸어가는 것이 보이나이다'라고 말하는 것뿐이다. 그가 받아들인 이름들(바디매오, 이름 없는 소경)과 함께, 그가 살아야 할 삶 역시 성경에 이미 씌어져 있었던 것이다. 그렇다면, 성경에 씌어진 것을 반복하는 과정 말고는, 그의 삶에 자리를 잡고 있던 또 다른 '이야기'는 없었던 것일까.

> 희미했지만, 하나 둘 사물들이 눈에 들어오기 시작했다. 그는 창문 밖을 손으로 가리키며 담임목사에게 말했다. 보세요, 목사님. 저기, 저기, 사람이 나무처럼 걸어가요. 담임목사는 그가 가리킨 곳을 바라보았다. 그러곤 말했다. 허허, 이 사람, 사람이 어떻게 나무처럼 걸어가나? 사람은 사람처럼 걸어간다네. 나무는 나무처럼 서 있는 거고. 그는 담임목사를 한 번 바라본 후, 다시 창문 밖으로 고개를 돌렸다. 하지만, 목사님…… 분명 성경에는…… 담임목사는 그의 곁으로 한 걸음 더 다가와 어깨를 툭툭 치면서 말했다. 이 사람아, 이제 비로소 눈을 뜬 거라네. 이제 무언가에 기대지 말고 자네가 직접 봐야지. 어떤가, 우리가 나무처럼 보이는가? 담임목사는 그렇게 말한 후, 성도들과

함께 큰 소리로 웃었다. 아니요, 복사님…… 나무가 아니라 물결처럼 보여요. 물결처럼 계속…… 흘러내리기만 해요…… 그는 그렇게 말하고 싶었으나, 그러나 입술이 떨어지지 않았다. 계속 현기증이 일어 다시 두 눈을 감고 말았다. 그제야 두 눈이 아려오기 시작했다. (pp. 151~52)

원목실에서 호출을 기다리며 그가 잠시 꾸었던 꿈이다. 각막이식수술을 마친 후 붕대를 풀고 외부 사물을 다시 보게 되는 장면이 제시된다. 그의 꿈은 상징적 구조의 억압과 고유성에 대한 요구 사이에서 모순적으로 구성된다. 성경처럼 말해야 한다는 의식과 자신만의 고유한 느낌을 말하고 싶다는 욕구를 동시에 반영하고 있는 것이다. 그는 '나무처럼 사람이 걸어간다'는 성경의 진술을 반복하고자 한다. 그와 동시에 '나무가 아니라 물결처럼 흘러내린다'라는 말이 하고 싶었지만 입술이 떨어지지 않는다. 마치 「이정」의 수환이 사고를 당했을 때 서류봉투를 입에 물고 있었던 것처럼. '나무가 아니라 물결처럼 흘러내린다'라는 말은, 단순히 주관적인 느낌의 표현이 아니라, 고유성에 대한 욕망을 진술하는 '이야기'이다. 성경의 이야기와는 또 다른 이야기가, 전도사의 삶과 이름 속에 잠재되어 있었음을 보여주는 기호. 자신의 고유성을 드러낼 수 있는 이야기, 또는 입증의 억압적인 무의식으로부터 자유로운 이야기. 그의 운명은 이미 언제나 성경에 씌어져 있었다. 하지만, 그의 삶과 이야기는 씌어져 있지 않은 그 무엇을 조심스럽게 욕망해왔던 것이리라. 아마도 이 지점이야말로, 이기호의 소설이 애써 도달하고자 했던, 이야기의 그 어떤 기원(起源)적인 장면은 아닐까.

5. 이야기될 수조차 없는 삶의 장면들, 또는 고유함의 자리

— 피고인 P와 K와 L은 같은 대학교 같은 학과 3학년 동기생들로서 서로 대화 도중 같은 학과 2학년 후배들 중 몇 명이 선배들에게 인사를 잘 하지 않는다는 이유로 위계질서를 바로잡기 위한 술자리가 필요하다고 상의한 후 일정을 확정하여 20XX. 3. 22. 15:00시경 피해자 박수희(여, 20세) 등 2학년 학생 14명에게 익일 6시까지 학교 정문 앞 ◇◇호프집으로 모이되 나오지 못하는 사람들은 3학년생인 피고인 P에게 미리 연락하여 허락을 받으라는 문자 메시지를 발송함으로써 2학년 학생들이 위압을 느끼고 불참하지 못하도록 하였다. (p. 177)

「탄원의 문장」은 대학교에서 벌어진 사고와 관련된 이야기이다. 후배들의 기강을 잡기 위해서 선배들이 술자리를 마련했고, 강압적인 분위기에서 과도하게 술을 마신 한 여학생이 사망했다. 술자리를 주도한 3명의 학생이 조사를 받았고, 그 가운데에서 P가 기소되었다. "죽은 여학생은 아니었지만, 사건에 연루된 P와 K와 L은 서류상 행정상 모두 내 지도 학생으로 되어 있었다"(p. 181). 특히 P와는 평소에 개인적으로 많은 대화를 나누었고, '나'의 작업실을 사용할 수 있도록 허락해주기도 했다. 그래서 고민 끝에 P를 위한 탄원서 작성을 승낙하게 된다. "오로지 입증 가능한 사실들로만"(p. 193) 채워져 있는 판결문에 맞서서 "눈에 띄진 않지만 분명 존재하는 '사실' 이외의 세계들"(p. 192)을 제시하고자 하는 마음이 컸다. 드레퓌스 사건과 관련된 에밀 졸라의 탄원서를 떠올린 이유도 거기에 있었다.

(가) 나는 그〔판결문의—인용자〕 문장들이 답답했고, 또 한편 불편했다. 내가 답답했던 이유는, 그 안에는 P가 그즈음 겪었던 실연과, 그로 인해 한 글자도 쓰지 못하고 지낼 수밖에 없었던 나날들과, 치기와 분노와 우울의 기록들이 모두 빠져 있었기 때문이었다. 그것들은 모두 입증 불가능한 세계이니까, 법의 이름 아래 고려되지 않고 모두 배제된 것들이었다. 하지만 그 역시 엄연한 사실이라는 것을 나는 알고 있었다. 나는 그것이 답답했다. (p. 193)

(나) 솔직하게 말하자면, 나는 박수희를 서류를 통해 처음 만났고, 서류를 통해 비로소 그 존재를 알게 된 것이나 마찬가지였다. 나는 그 점을 인정하기로 했다. 1학년 1학기 때 평점 1.78,

2학기 때 평점 1.68, 혈액형은 O형, 키는 156센티미터, 체중은 41킬로그램, 고등학교 2학년 때 백일장 입상 기록…… 그것이 내가 알고 있는, 또 앞으로도 변할 것 없는, 박수희의 전부라고 생각했다. 그땐, 분명 그랬다. (p. 182)

'나'는 판결문이 처음부터 배제했던 '입증 불가능한 세계', 달리 말하면 P의 내밀하면서도 개인적인 상황들에 대해 쓰고자 한다. P에 대해 너무 적게 알고 있는 판결문에 대해 P에 대해 더 많이 알고 있는 자신의 탄원문으로 맞서고자 하는 것이다. 이 지점은 용기이자 진정성이라고도 할 수 있을 것이다. 하지만 그의 용기와 진정성의 저변에는 심각한 착오 내지는 기만이 가로놓여 있다. 우선 '나'는 자신이 입증하고자 하는 P의 '입증 불가능한 세계'가 어쩌면 지극히 사적인 친밀성에 지나지 않을 수도 있다는 사실을 전혀 자각하지 못한다. 그는 P가 여자친구에게 손찌검을 했다는 사실도 모르고 있던 터였다. "그 개자식이 종종 언니한테 손찌검한다는 것도 말하던가요?"(p. 205) 또한 '나'는 학생카드에 기록된 사실이 죽은 박수희의 전부라고 생각하고 있다. 하지만 '나'의 이러한 태도는 입증 가능한 사실들만이 P의 전부라고 여기는 판결문의 시선을 고스란히 반복하고 있는 것에 지나지 않는다. 하지만 '나'는 이러한 정황을 전혀 알아차리지 못한다. 이 점을 분명하게 보여준 것이 P의 여자친구였던 최의 글이다.

그는 최에게도 탄원서를 부탁한 바 있는데, 그녀 역시 공식 문서로는 포착할 수 없는 사실들을 알고 있다고 생각했기 때문이다. 하지만 최의 글은 달랐다. 그녀는 박수희의 자취방을 직접 방문하여 그 공간을 세밀하게 묘사했고, "이 선배가 왜 이렇게 자꾸 술만 따라 주실까?"라는 박수희의 말에 숨어 있는 무의식을 살피고자 했으며, 박수희의 부모가 살고 있는 해남의 집을 찾아가기까지 한 터였다. '나'의 탄원서가 P와의 '친밀성'에 근거해 있는 것과는 달리, 최의 글은 박수희의 '고유함'을 담담하게 기록하고 있었던 것이다.

—저는 이 글을 쓰기 위해서 1심 판결문을 읽고 읽고 또 읽어 보았습니다. 제가 쓸 수 있는 것이라곤 오직 그 안에 있는 것들, 거기에 기록된 사실들뿐이라고 생각했으니까요. 하지만 판결문을 읽으면 읽을수록, 저에겐 한 가지 의문이 사라지지 않고 계속 맴돌았습니다. 그것 때문에 저는 해남까지 내려가게 된 것이지요. 바로 그 여학생이 한 말, '이 선배가 왜 이렇게 자꾸 술만 따라 주실까?'라는 말. 그 말이 저를 계속 괴롭혔던 것입니다. 그러니까 저를 괴롭힌 것은 '술' 뒤에 붙은 '만'이라는 보조사가 아니었습니다. 그것보다는 왜 이 아이는 '선배'라는 단어 앞에 '이'라는 지시관형사를 붙였을까? 그것들이 궁금했던 것이지요. 만약 그것이 제 추측이나 의심처럼 쓰인 것이 맞다면, 그러면 사건은 도대체 어떻게 되는 것일까요? 그 아이에게 P가 그냥 선배

가 아닌 '이' 선배로 다가왔다면, 혼자만 그렇게 생각한 날들이 많았다면, 그렇다면 그날 그때 그 아이 앞에 놓인 술잔은 또 어떻게 달라지게 되는 것일까요? 저는 그것을 확인하러 해남으로 내려갈 수밖에 없었습니다. 왜냐하면 저 또한 그 '이'가 단순한 '이'가 아닌 하나의 커다란 고유명사로 다가와, 그 안에 붙들려, 아무것도 할 수 없었던 시절이 있었기 때문입니다…… (pp. 207~08)

최의 글은 죽은 박수희가 P를 좋아했을 수도 있었음을 아주 간접적인 방식으로 드러내고 있다. 그렇다고 해서 박수희가 내심 P를 좋아하다보니 술을 과도하게 마시게 되었고 그 결과 사고가 일어났다는 가설을 제시하고 있는 것은 결코 아니다. 최가 주목하고 있는 것은 박수희가 P를 '이' 선배라고 지시하고 호명했다는 사실이다. 이름이 대상의 고유성을 기술하는 고유명사가 아니라는 것은 언어철학의 상식에 해당한다. 이기호의 소설이 보여주듯이, 학적부나 주민등록상의 이름은 고유성에 대한 기술이 아니라 변별성의 최소지표로 기능한다. 최는 박수희가 P를 '이' 선배라고 지칭하는 장면이 대상에게 고유성을 부여하는 화행(話行)적 제의(祭儀)라는 사실을 한눈에 알아보고 있다. 눈앞의 대상(P)을 '이' 선배로 지시함으로써, P의 이름이 가지고 있지 않았던 고유성을 새롭게 창출해내는 상징적 절차. '이'라는 말을 통해 P를 박수희 자신의 고유명사로 만드는 근원적인 지시(指示)의 장면. 박수희가 P의 이름을 부르지 않고 '이' 선배라고 불렀던 이유가 여기에 있고, 최가 "그 '이'가 단순한 '이'가 아닌 하나의 커다란 고유명사"임을 이야기한 이유도 여기에 있다.[2] 입증 불가능한 사실일 수도 있겠지만, 최는 박수희의 고유한 욕망에 대해서 이야기하고 있다. P를 고유명사로 불러들이고자 하는 박수희의 고유한 욕망. 최의 글은 박수희에게 고유함의 자리를 마련해주고 있는 것이다.

더욱 분명한 것은 최의 글과 지도교수 '나'의 탄원서 사이에 나타나는 차이이다. '나'는 법원의 판결문이 배제해버린 P의 개인적 진실을 드러내고자 한다. 하지만 '나'의 탄원서는 또 다른 사실을 '입증'하는 것에 다름 아니다. 사실의 내용에서는 차이가 있을지 모르지만, '입증'하고자 한다는 점에서는 판결문과 탄원서는 등가이다. 달리 말하면 '나'의 탄원서는, 그 의도의 순수성에도 불구하고, 판결문에 내재된 입증에의 요구를 연장하거나 반복하는 일에 지나지 않는다. 그렇다면 어느 지점에까지 밀고 나아가야 하는 것일까. 최의 글은, 입증의 무의식에 종속되어 있는 '나'의 탄원서와는 달리, 입증의 요구(무의식)와 무관한 장면을 희미하게나마 보여주고 있다.

---

2) 지시어에 의한 지시와 사랑의 의미론에 대해서는 오사와 마사치(大澤眞幸), 『연애의 불가능성』, 송태욱 옮김, 그린비, 2005, pp. 23~26 참조.

—고구마 순 때문에 그러죠?

—……

—아가가 그거 제일 좋아했잖아요.

—……

—보고 싶어요?

—보고 싶지, 그럼……

—많이요?

—많이……

—……

—……

—올핸 그냥 놔둡시다. 심었으면 됐지…… (p. 212)

최의 글 뒷부분에는 박수희의 고향집을 방문했다가 우연히 듣게 된 부모의 대화가 기록되어 있다. 그곳에는 죽은 딸을 그리워하며 여전히 고구마를 키워 방세를 보내주려는 부모가 있었다. "올핸 그냥 놔둡시다. 심었으면 됐지……"라는 말에서 알 수 있듯이, 그들은 밭에 심어놓은 고구마와의 환유적 관계를 통해서 박수희의 고유한 자리를 마련해두고 있다. 박수희의 고유함을 들여다보고자 했던 최가 울음을 터뜨린 것은 어찌 보면 당연한 일이었다. 부모의 대화에는 입증을 요구하는 대타자가 부재한다. 또한 그들의 이야기는 초월적인 시선이나 전능(全能)한 청자(聽者)를 요청하지 않는다. 입증의 무의식, 초월적 시선, 전능한 청자와 무관하게 이루어지는 삶의 장면인 것이다. 단지 숨죽이며 엿듣거나 고스란히 옮겨 적는 것 외에는 달리 어찌해볼 방도가 없는 삶의 장면. 이야기될 수 없는 삶의 장면을 이야기하고자 하는 이야기. 이 지점에서 이기호의 소설이 애써 찾고자 했던 '이야기'의 면모가 흐릿하게나마 그 모습을 드러내지 않았을까.

6. 삶의 여백에서 맞닥뜨리는 이야기의 종언과 기원

'입증'의 요구로부터 자유로운 이야기의 가능성은 어디에서 찾을 수 있는 것일까. 「밀수록 다시 가까워지는」은 20년 가까이 프라이드 자동차를 타고 다녔던 삼촌에 대한 이야기이다. 1987년에 할머니는 대동피혁이라는 회사에 다니던 삼촌에게 프라이드를 선물한다. 이유는 간단하다. 집안 형편이 어려워 중학교까지 공부를 못 시킨 것이 미안했고, 차를 가지고 다니면 어디서 색시감이라도 데리고 오지 않을까 하는 기대감 때문이었다. 하지만 엉뚱하게도 삼촌의 리비도는 프라이드에 고착되었다. "대신…… 삼촌은 프라이드와 사랑에 빠지게 되었다"(p. 48). 다니던 회사도 그만두고 프라이드와 숙식을 함께하며 전국을 돌아다녔다. 삼촌이 아무런 말도 없이 '나'의 집 담벼락 옆에 프라이드와 차키를 놓아두고 간 것은 2004년의 일이다. 결국 '나'가 프라이드를 몰고 다니게 되었는데, 차 안에서 두 가지의 문서를 발견하게 된다. 하나는 조수석의 콘솔박스에서 나온 서류봉투들인데, 폐차나 명의 이전에 필요한 서류들이 들어 있었다. "자동차등록증과 자동차세 납입영수증, 자동차 보험증서 등과 함께 삼촌의 주민등록초본과 인감증명서가 각각 두 통씩 들어 있었다"(p. 64). 다른 하나는 트렁크의 예비 타이어 아래에 있던 노트인데, 차의 운행기록을 꼼꼼하게 적어놓은 일종의 차계부였다.

87년 10월 16일부터 씌어지기 시작한 삼촌의 노트엔 한 줄 한 줄, 그날의 출발지와 중간 도착지, 최종 도착지, 총 운행거리와 주유량 등이 적혀 있었다. 일테면 이런 식이었다.

1987 10/27 구로동 출발 → 아현동 → 부천 춘의동 → 구로동 도착(총 63Km, 춘의주유소 10*l* 5,420원)

거기엔 그 외 다른 어떤 문장들도 포함되어 있지 않았다. 간간이 타이어 교체와 엔진오일 교체, 공업사 전화번호 등이 적혀 있는 페이지가 나오긴 했지만, 그것을 제외하곤 삼촌은 철저하게 프라이드가 달린 거리만, 프라이드가 머문 장소만 기록해두었다. 나는 오랫동안 삼촌의 그 노트들을 읽고, 또 읽어보았지만, 그것만으로는 해석할 수 있는 것이 그리 많지 않았다. (p. 67)

프라이드 자동차는 삼촌(의 이름)과 관련된 환유이다. 차와 관련된 기록들은 삼촌에 대한 기록들이기도 하다. 삼촌의 차에서 나온 두 가지의 서류는, 이름과 관련된 두 가지의 차원을 비유적으로 표상한다. 이름은 아버지로부터 부여되고 국가에 의해 관리되는 기호이다. 동시에 이름은 삶의 고유성에 대한 이야기를 호명하는 기호이기도 하다. 자동차등록증이나 자동차세 납입영수증 등이 국가에 의해 관리되고 기록되는 서류라면, 차계부는 삼촌의 프라이드가 달려온 고유한 경로에 대한 기록인 셈이다.

'나'는 프라이드를 몰고 다니면서 그리고 가끔씩 차계부를 들여다보면서 두 가지의 사실을 알게 된다. 하나는 삼촌의 차가 후진이 되지 않는다는 것이다. 처음에는 고장이라고만 생각했는데, 나중에 알고 보니 삼촌이 후진 패킹을 제거한 것이었다. 다른 하나는 차계부에 의하면 삼촌이 경남 하동을 반복적으로 드나든 적이 있다는 사실이다. 차계부의 마지막 운행 기록도 하동에서 서울까지였다. 어떤 사연이 있었던 것일까. 주변 사람들의 이야기와 함께, '나'가 맞추어간 삼촌의 이야기는 대략 다음과 같다. 1987년경에 삼촌은 대동피혁에서 근무하면서 '구로동 일꾼노동자회'라는 모임에 나갔다. 노동운동과 관련된 학습을 하는 모임이었는데, 삼촌은 그 모임에 참석하는 한 여자를 좋아하게 되었다. 밤늦게 모임이 끝나면 삼촌은 그녀를 부천까지 데려다주고 구로동까지 걸어오곤 했다. 할머니가 차를 사준 이유도 여기에 있었다. 당시 고모부는 노동 현장의 움직임을 감시하던 경찰이었는데, 고모와 사귀면서 내부 정보를 얻어내고 있었고, 고모를 통해서 프라이드 구입비용으로 30만 원을 지원해주기까지 했다. 조직의 내부 정보가 새 나가는 민감한 시점에 삼촌은 프라이드를 장만하게 되었고, 결국에는 프락치로 의심받는 상황에 이르렀다. 이후 삼촌은 퇴사를 하고 전국을 돌아다니게 된다. '나'는, 삼촌이 후진 패킹을 스스로 제거한 것은 고모부로부터 들어온 30만 원과 관련이 있다고 생각한다. 또한 '나'는 삼촌의 차계부에 적힌 주소를 찾아서 하동을 방문한다. 놀랍게도, 그곳에서 삼촌의 차를 알아볼 뿐만 아니라 직접 타본 적이 있다는 여중생을 만나게 된다. "아저씨, 이거 뒤로 못 가는 차 맞죠? 그렇죠?"(p. 93) 그 여중생의 집은 차를 돌릴 공간이 없는 등산로에 위치하고 있었다. 삼촌이 차를 몰고 그 집까지 갔다면 어떠한 상황이 벌어졌을까. 삼촌의 차는 후진이 되지 않기 때문에 손으로 밀면서 차를 후진시켜 골목을 빠져나올 수밖에 없었을 것이다. 여중생이 "뒤로 못 가는 차"를 알아볼 수 있었던 이유가 여기에 있다. 그렇다면 삼촌은 손으로 차를 밀었던 거리를 차계부에 기록해 두었을까.

내가 다시 그 프라이드를 본 것은, 그러니까 마지막으로 본 것은 그해 10월 초순의 일이었다. 나는 할머니를 모시고 병원에 다녀오다 말고, 끙끙 아버지의 소나타 뒤에서 프라이드를 빼냈다. 그리고 거기, 조수석에 할머니를 태운 채 보닛을 두 손으로 밀면서 동네 한 바퀴를 돌았다. 그냥 꼭 한 번, 프라이드가 사라지기 전에, 그래 보고 싶었다.

〔……〕 할머니는 몇 번 마른기침을 하기도 했다. 그러곤 한참 후에 이런 말을 했다.

—야, 야, 이러니까 꼭 옛날 생각난다. 옛날에 네 삼촌도 나랑 논일 끝내고 집으로 돌아올 때면 꼭 리어카를 이렇게 밀었거든. 끌지 않고, 꼭 뒤에서 밀었어. 이 할미 얼굴 계속 바라보면서 말이야……

나는 허리를 더 아래로 깊숙이 숙인 채, 프라이드를 밀었다. 나는 할머니의 얼굴을 보지 않으려고 노력했다. 그러면서 또 생각했다. 삼촌은 이렇게 직접 민 것 또한 노트에 적어놓은 것일까, 그렇다면 그 거리는 과연 어떻게 잴 수 있는 것일까. (pp. 95~96)

20년 가까운 세월 동안 빠짐없이 운행기록을 작성한 삼촌이지만, 손으로 차를 밀고 나왔던 그 거리를 삼촌이 차계부에 기록했는지 기록하지 않았는지는 알 수 없다. 분명한 것은 삼촌의 차계부가 입증과는 무관하다는 사실이다. 삼촌의 차계부는 차의 고유한 경로에 대한 최소 기록일 뿐이다. 더욱 분명한 것은 삼촌의 차계부에는 삼촌으로서도 어찌할 수 없는 삶의 여백이 자리 잡고 있다는 사실이다. 더더욱 분명한 것은 삼촌으로서도 어찌할 수 없는 삶의 여백은 어느 누군가에 의해서도 결코 이야기될 수 없다는 점이다. 삼촌이 차를 밀었던 만큼의 거리는, 기록되어 있지 않은 여백이거나 여백에 의해 씌어진 글쓰기이다. 어쩌면 한 번도 이야기될 수 없을지도 모르는 삶의 여백, 또는 어쩌면 결코 이야기될 수 없을지도 모르는 이야기의 여백. 삶과 이야기의 여백이 그 어떤 이야기를 들려주었던가. 이야기될 수 없는 삶이 스스로를 드러내지 않았겠는가. 삶과 이야기의 여백은 삼촌의 삶에서 어쩌면 가장 빛났을 순간을 다만 지시하고 있을 따름이다. 비트겐슈타인의 어투를 빌려서 말하는 것이 허용된다면, 다음과 같이 이야기할 수밖에 없으리라. 이야기될 수 없는 것에 대해서는 침묵해야 한다. 삶의 고유함은 이야기될 수 없고 다만 지시될 수 있을 따름이다. 이야기의 종언과도 같은 삶의 여백에서 맞닥뜨리는 이야기의 기원. 어쩌면 이 지점이 이기호의 소설이 이야기하고자 했던 '이야기의 운명'이 아니었을는지.

작가의 말

꼭 5년 전 이맘때, 다작(多作)을 하겠다는 마음으로 낯선 광주 땅으로 내려왔는데…… 이런 그만 다산(多産)을 하고 말았다. 이 무슨 봄날 개나리 꽃망울 같은 일인가, 생각하는 와중에도 고만고만한 아이 세 명이 양쪽 다리와 허리에 매달린 채 활짝 입을 벌리고 있다. 이 무슨 '복사씨와 살구씨' 같은 일이란 말인가.

두번째 소설집과 세번째 소설집 사이에 일어난 일이 그렇다.

또 그 와중에 할머니는 차가운 겨울산에 묻혔고, 종종 함께 밥을 먹었던 제자는 내 눈앞에서 죽어갔다. 막내가 태어나기 얼마 전이던가, 휴대전화를 꼼지락거리다가 우연히 나도 모르게 녹음되어 있던 제자의 목소리를 듣기도 했다. 주유소 일을 마치고 막 자취방으로 돌아온 제자는 허허, 마치 나이 든 형처럼 웃으면서 내 술주정을 받아주었다. 한동안 그 친구의 죽음을 이해하지 못해서, 막내를 안은 채 멍하니 어두운 거실 한복판에 서 있기도 했다.

마지막에 실린 소설을 빼곤, 모두 광주에서 쓴 소설들이다. 그래서 그 소설을 뺄까, 망설였지만 기억하기 위해서라도 굳이 자리를 만들었다. 작가로서 부끄럽지만, 이제 겨우 타인에게로 눈을 돌리기 시작한 느낌이다. 내 이야기에게서 간신히 벗어난 심정이 들기도 한다. 이제 아이는 그만 낳고, 그 이야기들을 할 작정이다. 그게 내겐 '복사씨와 살구씨' 같은 일들이 될 것이다.

책을 만들어준 문학과지성사에 감사의 인사를 전한다. 작가의 아내란 모름지기 '유니세프' 같은 품성을 지녀야 한다는 것을 몸소 실천하고 있는 화영에게도 따로 인사의 말을 건넨다. 다신 말없이 집 나가지 않겠다.

2013년 봄날

이기호

수록 작품 발표 지면

행정동 『문학과사회』 2009년 겨울호

밀수록 다시 가까워지는 『문학동네』 2010년 봄호

김 박사는 누구인가? 『현대문학』 2008년 11월호

저기 사람이 나무처럼 걸어간다 『현대문학』 2011년 1월호

탄원의 문장 『문학과사회』 2011년 겨울호

이정(而丁)—저기 사람이 나무처럼 걸어간다 2 『창작과비평』 2012년 여름호

화라지송침 『현대문학』 2012년 10월호~11월호

내겐 너무 윤리적인 팬티 한 장 『피크: 젊은 작가 10인의 테마 소설집』, 현대문학, 2008